Weißtannenhöhe

Christof Weiglein, geboren 1964 bei Deutschlands höchsten Wasserfällen, wohnt in Villingen-Schwenningen. Seit einem schweren Unfall ist er auf Rollstuhl und Aufzüge angewiesen. Er hat Maschinenbau studiert, schreibt Romane und wundert sich, wie das zusammenpasst.

Dieser Roman beruht auf einer wahren Begebenheit. Am 31. Mai 1928 wurden zwei Frauen auf der Weißtannenhöhe im Hochschwarzwald ermordet. Die Tat wurde nie aufgeklärt. Basierend auf Verhörprotokollen, Tatortbeschreibung und Obduktionsberichten wird hier der Fall neu aufgerollt und zu einem fiktiven Ende gebracht. Hinweis: Der Tathergang wurde entsprechend den Unterlagen der Staatsanwaltschaft Freiburg und Zeitungsberichten rekonstruiert. Alles Weitere ist eine Vermischung von Realität und Fiktion. Der Übergang ist fließend, reale Personen werden Teil der fiktionalen Handlung. Um nicht gegen den Persönlichkeitsschutz zu verstoßen, wurden deshalb die Namen der realen Personen geändert. Im Anhang findet sich eine Aufstellung der tatsächlichen Begebenheiten und der Interpretationen des Autors. Außerdem ein Personenregister.

CHRISTOF WEIGLEIN

Weißtannenhöhe

KRIMINALROMAN

emons:

Bibliografische Information der Deutschen Nationalbibliothek
Die Deutsche Nationalbibliothek verzeichnet diese Publikation in der Deutschen Nationalbibliografie; detaillierte bibliografische Daten sind im Internet über http://dnb.d-nb.de abrufbar.

Umschlaggestaltung: Leonardo Magrelli, unter Verwendung eines Motivs von Pexels/Matthew Montrone
Gestaltung Innenteil: DÜDE Satz und Grafik, Odenthal
Lektorat: Lothar Strüh
Druck und Bindung: CPI – Clausen & Bosse, Leck
Printed in Germany 2023
ISBN 978-3-7408-2021-3
Originalausgabe

Für Sabine

Der heilige deutsche Wald

»Von verbrecherischen Händen sind im Schwarzwald zwei blühende Menschenleben frühzeitig dem Tode ausgeliefert worden. Zwei Menschen, die sich als Aufgabe ihres irdischen Daseins die Erziehung der deutschen Jugend erwählt hatten, fielen Kreaturen zum Opfer, die ihrer Wünsche Ziel nur durch Anwendung von Gewalt zu erreichen suchten. Mit Abscheu wendet sich jeder noch der eigenen Achtung fähige Mensch von Verbrechern ab, die wehrlose Menschen überfallen und zu Boden treten und rauben, was hehr und wertvoll ist.
Der heilige deutsche Wald, er ist nicht mehr. Mit der Tatsache müssen wir uns abfinden, und wenn sie mit rauer Faust die Gedanken verwirrt.«

Auszug eines Kommentars in der »Freiburger Zeitung«
vom 7. Juni 1928, erstes Blatt

I

Von oben betrachtet sah es aus wie immer. Gleichgültig erwarteten Feldberg, Herzogenhorn und Belchen, die Könige des Südschwarzwalds, deren Gipfel sich über eintausendvierhundert Meter erhoben, den nächsten Tag. Und auch ihr Nachbar, die dicht bewaldete Weißtannenhöhe, schenkte den Geschehnissen im Mai 1928 keine Beachtung. Es kümmerte sie nicht, dass ein offensichtlich verwirrter junger Mann abseits der Wege durch Unterholz und Gestrüpp zu ihrem Gipfel hinaufhetzte.

»Sünde, Sünde, Sünde«, keuchte er und zog sich an einer Baumwurzel den steilen Abhang hoch. Seine Haare klebten an seinem Kopf, Schweiß tropfte auf sein Hemd. »Weiter, weiter«, befahl er sich und begann zu rennen, da der Anstieg nun flacher wurde. Seine Lungen schmerzten, sein Herz raste. Er biss sich auf die Unterlippe. Blut vermischte sich mit Speichel, den er ausspuckte und der ihm im Mundwinkel hängen blieb.

Weiter, weiter, immer weiter, bis zur totalen Erschöpfung und darüber hinaus. Nur so konnte er die Lust austreiben, diese giftige Schlange, die seinen Geist vernebelte, die Gott erzürnte. Seine Mutter hatte ihn einmal erwischt, als er unter der Decke nach Erleichterung suchte. Dem Vater hatte sie es gesagt, und der Vater hatte es ihm gezeigt. Mit dem Ochsenziemer auf nackter Haut, bis das Blut spritzte. Geschrien hatte er so laut, dass der Hofhund anschlug. Doch noch lauter schrie der Vater, während der heilige Zorn seine Hand führte. Gott um Verzeihung bat der Vater, den Teufel verfluchte er. Der Teufel, der ihm diese missratene Kreatur untergeschoben hatte. Diesen Nichtsnutz, der so schwer von Begriff war, der nicht richtig reden konnte, der immer stotterte. Depp nannte er ihn, Depp war sein Name, einen anderen kannte er nicht.

Ja, er war ein Depp, und er war ein Sünder, ein Sünder, der

immer und überall von unzüchtigen Gedanken verfolgt wurde. Schuld daran war das Foto, das er immer bei sich trug, das in seiner Hosentasche glühte, das er verbrennen musste, was er aber nicht konnte, weil die Lust so groß war, weil der Teufel selbst seine Hand führte. Sein Bruder hatte es ihm gegeben, das Foto. »Damit kannst du hobeln, bis die Rute rot wird«, hatte er gesagt. »Und wenn du's dem Vater verrätst, bring ich dich um.«

Das Foto zeigte eine halb nackte Frau auf einem Sofa. Bekleidet nur mit einem Hut mit langer Feder, einem Schal und Strümpfen, die bis zu den Schenkeln reichten. Ihr Busen war schwer, er hing zur Seite, weil sie sich dem Betrachter zuwandte. Ihre Hüften waren ausladend, das eine Bein war ausgestreckt, das andere angewinkelt. Und dort, wo sich ihre Beine trafen, dort war das dunkle Dreieck. Der geheimnisvolle Ort, das Zentrum der Lust, die Verheißung. »Genau da, da musst du ihn reinstecken«, hatte sein Bruder gesagt. »Dort ist es feucht und warm. Wenn du die Frauen dort berührst, fangen sie an zu stöhnen, bis sie ohnmächtig werden.«

Einmal hatte er das Dreieck mit der Lupe untersucht. Ein gefährliches Unternehmen, weil jeden Augenblick jemand in die Stube hätte kommen können. Hätte man ihn ertappt, hätte der Vater ihn totgeprügelt. Doch es hatte sich gelohnt, denn die Lupe hauchte dem Foto Leben ein, führte ihn ganz dicht an den verbotenen Ort. Die Aufregung, die Lust, die Angst – noch nie war er so erregt gewesen. Ein Gefühl, das nur vom Teufel stammen konnte, denn in diesem Moment stand er kurz davor, sich die Kleider vom Leib zu reißen. Und hätte sich ein Weib gezeigt, egal, ob alt oder jung, schön oder hässlich, dann wäre er über sie hergefallen, dann hätte er das Geheimnis gelüftet.

»Am Anfang sträuben sie sich«, hatte sein Bruder gesagt. »Das ist immer so. Doch wenn du sie richtig rannimmst, wenn du sie zwischen den Beinen packst, wenn sie dein Ding spüren, dann werden sie weich wie Butter, dann machen sie alles, was du willst.«

Es war nicht mehr weit. Vorn kam die Mulde, in die er sich hineinlegen und die er dann mit Zweigen abdecken konnte. Hier wollte er das Foto verbrennen, den Teufel vertreiben. Aber schon längst schwächte das Abwegige sein Vorhaben. Seine Schritte verlangsamten sich, und mit jedem Schritt wuchs seine Erregung. Jetzt war alle Sünde vergessen, jetzt beherrschte die Vorfreude auf das Foto, auf das dunkle Dreieck und die Entladung seiner Lust sein Denken.

Die Stimmen hörte er erst, als es fast so weit war. Er spähte aus seinem Versteck und sah zwei Frauen – eine jüngere und eine ältere. Sie gingen den Höhenweg Richtung Titisee. Die jüngere kam aus dem Wald und schob ihren Rock nach unten. Für einen Augenblick hatte er ihre Schenkel gesehen – sein Atem stockte. War heute der Tag, war das die Gelegenheit? Mit fiebrigen Händen schloss er seine Hose, in seinen Lenden pochte es, er war bereit. Musste er ihnen erst Angst einjagen? Würde er dazu das Messer brauchen?

Die Frauen gingen nicht weiter, sie unterhielten sich lachend auf einer kleinen Lichtung. Sollte er rennen oder langsam auf sie zugehen? Wäre nur eine nicht besser? Sollte er mit der Jüngeren beginnen? Was würde die Ältere tun? Unschlüssig verharrte er in der Mulde. Die Ältere schaute plötzlich auf und drehte ihm den Rücken zu. Dann hob sie ihren Arm und winkte. »Bis ihr hier oben seid, ist Winter«, rief sie.

Zwei Männer kamen in sein Sichtfeld, offensichtlich die Begleiter der Frauen. Er duckte sich tief in sein Versteck und wartete. Die beiden Pärchen zogen sich gegenseitig auf, dann gingen sie weiter. Ihre Stimmen wurden leiser und verloren sich im Wald. Allmählich ebbte seine Erregung ab. Nichts Verbotenes war geschehen – er war froh darum. Doch tief in seinem Inneren hatte sich ein entsetzlicher Gedanke festgesetzt.

2

Eine Woche später, am Mittwoch, dem 30. Mai 1928, im Gasthof Zum Thurner, Hochschwarzwald

Rosa Reichert, die zweiundzwanzigjährige Tochter des Wirts, wischte über den Tresen und stellte dann das Speckvesper und ein Glas Bier auf das Tablett. Ihr Vater nahm einen großen Schluck Wasser und verschwand in der Küche, er hatte ordentlich zu tun. Das Wirtshaus war gut besucht, dichte Rauchschwaden mischten sich mit dem Geruch von Bratkartoffeln und Bier. Sie öffnete das kleine Seitenfenster und sog gierig die frische Luft ein. Die Abendsonne tauchte die sanft geschwungenen Hügel des Schwarzwalds in warmes Licht, schon bald würde sie hinter dem Gipfel des Rosskopfs verschwinden. Rosa seufzte und brachte, nicht mehr ganz so beschwingt wie gewohnt – ihr Arbeitstag war lang und schwer –, das Bestellte zu Ruth Fehrenbach, einer kultivierten Frau mittleren Alters, die allein an einem Ecktisch saß.

»Das sieht aber gut aus«, sagte Ruth Fehrenbach. »Darauf habe ich mich den ganzen Tag gefreut.«

»Nach dem Wandern schmeckt's immer am besten«, entgegnete Rosa Reichert freundlich. »Wo ist denn Ihre Schwester, hat sie keinen Hunger?«

»Clara ist auf unserem Zimmer geblieben. Sie ist aber nicht meine Schwester, sie ist meine Cousine.« Ruth Fehrenbach rückte ihr Essen zurecht und strich die Serviette glatt. »Clara behauptet, keinen Hunger zu haben, was natürlich Unsinn ist. Sie will abnehmen, glaube ich, was genauso unsinnig ist. Seit geraumer Zeit liest sie Magazine, in denen junge Frauen wie Hungerhaken aussehen. Sie ist etwa in Ihrem Alter. Denken Sie auch so? Muss die moderne Frau gertenschlank sein?«

»Äh, ich lese keine Magazine. Ich hab gar keine Zeit dazu.

Ich schaff viel, und damit ich schaffen kann, ess ich. Die Kleider sollten halt passen, aber deswegen abnehmen?«

»Ich stelle seltsame Fragen, nicht wahr? Aber die Zeiten sind ja auch seltsam, und dann bin ich auch noch Lehrerin, die stellen schon von Berufs wegen seltsame Fragen.«

»Ja, manchmal schon«, kicherte Rosa.

»Clara ist auch Lehrerin. Wir wohnen beide in Mannheim und nutzen die Pfingstzeit zur Erholung. Heut früh sind wir in Triberg losgewandert, morgen geht es über die Weißtannenhöhe nach Titisee. Von dort fahren wir mit der Bahn bis Bärental und wandern dann zum Feldberg.«

»Da haben Sie einiges vor. Ist aber ein schöner Weg, und das Wetter soll auch gut sein. Es wird Ihnen gefallen.«

»Ja, in der Heimat ist es immer am schönsten. Wissen Sie, ich bin ja gebürtig aus Bittelbrunn bei Engen. Das liegt auf der Hegaualb. Kennen Sie den Hegau?«

»Vom Namen her. Ist zwar nicht weit, aber ich komm nicht viel rum.«

»Den Hegau kennzeichnen erloschene Vulkane, und Bittelbrunn ist bekannt für die jüngst gemachten steinzeitlichen Funde im Brudertal.«

Rosa Reichert schaute sich um. Das Ehepaar Birmele am großen Tisch machte auf sich aufmerksam. »Ich muss jetzt –«

»Oh, ich rede mal wieder zu viel und halte Sie von der Arbeit ab, Entschuldigung.«

»Ist schon in Ordnung, ich schwätz gern mit den Gästen.« Rosa Reichert lächelte, und ihr Blick traf sich mit dem von Herrn Lot aus Magdeburg. Er saß beim Kachelofen und hatte anscheinend ihr Gespräch verfolgt. Was sollte er auch sonst tun, begnügte er sich doch schon seit Stunden mit einem Glas Bier und starrte in die Runde. Auch jetzt machte er keine Anstalten, etwas zu bestellen, wollte er denn nichts essen? Rosa wandte sich den anderen Gästen zu. Sie mochte Lots Blick nicht, er war stechend. Seine zu großen Augen passten nicht zu seinem feisten Gesicht, das ein hölzernes Lächeln zeigte.

Zurück am Tresen schenkte die Wirtstochter Getränke ein und versorgte Geschirr. Währenddessen beobachtete sie Lot, der über den Tisch hinweg mit Ruth Fehrenbach sprach. Anfänglich entwickelte sich eine Unterhaltung, doch je länger sie ging, desto einsilbiger wurde die Lehrerin. Rosa Reichert konnte einen gewissen Widerwillen in ihrem Gesichtsausdruck und ihrer Haltung erkennen. Irgendwann stand Ruth Fehrenbach abrupt auf und verließ die Wirtsstube mit kurzem Gruß. Zurück blieben ihr leerer Teller, ihr leeres Glas und Lot, der sich unbeeindruckt wieder der Beobachtung der anderen Gäste widmete.

Die Zeit schritt voran, und Lot hatte, gedankt sei Gott, Abendbrot bestellt, das er mit unendlicher Langsamkeit verzehrte. Inzwischen verließen die letzten Gäste die Stube, auch ihr Vater hatte sich zurückgezogen und sich vermutlich schon schlafen gelegt. So blieb ihr nichts anderes übrig, als darauf zu hoffen, dass der Gast bald ins Bett ging. Ein Gähnen mühsam unterdrückend, kehrte sie die Stube aus und trocknete Geschirr ab – es gab immer etwas zu tun. Später deckte sie noch die Frühstückstische im Nebenraum, somit konnte sie morgen zumindest ein bisschen länger liegen bleiben. Bei alldem rührte Lot sich nicht, nur seine Augen verfolgten Rosa, und allzu gern hätte sie ihm den Wischmopp in die Hand gedrückt, damit er sich nützlich machen konnte.

Endlich, es war schon kurz nach elf, erhob sich Lot und kündigte seine Nachtruhe an. Wie es sich gehörte, zeigte Rosa ihm den Weg zu den Gästezimmern, die im ersten und zweiten Stock lagen. Im Erdgeschoss befand sich der Zugang zu den privaten Räumen. Ungefragt öffnete Lot diese Tür und spähte in den dahinterliegenden Gang.

»Das ist privat.« Ein scharfer Ton lag in Rosas Stimme. »Steht auch auf dem Schild an der Tür.«

»Ja, ja, natürlich. Ich sehe nicht mehr so gut und bin manchmal etwas orientierungslos. Verzeihen Sie.«

»Einfach weiter geradeaus und dann die Treppe hoch. Ihr Zimmer ist die Zwölf.«

»Ich weiß, ich weiß. Sagen Sie, kommt hier eigentlich manchmal die Polizei vorbei, um nach dem Rechten zu schauen?«

Rosa Reichert trat einen Schritt zurück und fixierte Lot – dieser Herr war ihr wirklich unangenehm. Er war ein bisschen größer als sie und untersetzt. Er trug Knickerbocker und hatte kurze, scharf gescheitelte blonde Haare. Seine vollen Lippen lächelten, seine Augen nicht.

»Natürlich, jeden Tag.«

»Das ist gut, das ist sehr gut. In diesem verkommenen Land braucht es Ordnung. Und dafür können nur die Polizei und das Militär sorgen.«

»So ist es. Wenn Sie jetzt aber bitte weitergehen würden. Es ist schon spät.« Rosa wies Lot den Weg.

»Der Mensch braucht seinen Schlaf, Sie haben recht. Und morgen warten große Dinge, da muss man ausgeruht sein.«

Erwartungsvoll musterte Lot sie, doch Rosa ging auf seine Bemerkung nicht ein, sie wollte nur ins Bett.

»Wie gesagt die Zwölf. Das ist die sechste Tür links.«

Lot nickte und ging behäbig die Treppe hinauf. Rosa wartete unten. Wie immer knarrte die letzte Stufe. Jetzt fehlte nur noch das Öffnen und Schließen der Tür. Doch das Geräusch war nicht zu hören, jedoch das abermalige Knarren der Stufe. Lots massige Gestalt warf einen langen Schatten auf die Treppe. Rosa erschrak.

»Ich wollte nur das Licht löschen«, sagte er.

»Das mache ich schon«, entgegnete sie. Ihre Stimme zitterte leicht. »Und wenn Sie heute Nacht Licht im Gang brauchen, dann gibt es bei der Treppe zum zweiten Stock einen Schalter.«

»Das ist ein gutes Haus, ein wirklich gutes Haus.« Lot wandte sich grußlos ab, und diesmal ging kurz darauf die Tür.

Rosa löschte das Licht. Für einen Moment war die Dunkelheit vollkommen. Schneller als gewohnt tastete sie sich den Gang entlang und schloss zweimal hinter sich ab.

3

Donnerstag, der 31. Mai 1928, Gasthof Zum Thurner

Rosa Reichert hatte sich noch nie gedrückt. Früher nicht vor dem langen Schulweg, auch wenn es dunkel und eisig kalt gewesen war und die Buben vom Reiterhof ihr aufgelauert hatten, um sie zu erschrecken. Heute nicht vor schwerer Arbeit oder dem Schlachten, auch wenn ihr die Viecher leidtaten. Deshalb stand sie auch an diesem schönen, frühlingsfrischen Morgen um halb acht vor dem Gasthaus und erklärte Theodor Lot, so gut es ging, den Weg zum Kandel. Jeden Gast gleich freundlich behandeln, das war ihre Devise. Sie mochte ihre Arbeit, und die Menschen sollten sich wohlfühlen, dafür war sie da. Theodor Lot war also eine Prüfung, die sie bestehen musste, egal ob ihr der Mann unsympathisch oder sogar unheimlich war.

»Da müssen Sie hin«, sagte sie und zeigte auf den höchsten unbewaldeten Punkt in Richtung Nordwesten. »Ihr Weg führt durch St. Märgen. Dort helfen Ihnen Hinweisschilder weiter. Sollten Sie trotzdem nicht zurechtkommen, dann fragen Sie am besten jemanden. Oder Sie schauen in Ihrer Karte nach – Sie haben doch eine?«

»Mit Karten habe ich schlechte Erfahrungen gemacht. Nur Linien und Bögen willkürlich zu Papier gebracht, um Geld zu verdienen. Karten lügen oft, fragen ist viel besser, fragen hilft immer.«

»Ganz wie Sie meinen«, sagte Rosa befremdet – dieser Lot war von allen guten Geistern verlassen. »Die Leute im Ort sind freundlich, sie helfen gerne. Ich muss jetzt aber rein – die Arbeit ruft. Ihnen wünsche ich noch einen schönen Tag.«

Lot sagte nichts, sondern starrte nur. Rosa verharrte kurz, dann ging sie zum Haus, seinen Blick im Rücken. Auf halbem Weg drehte sie sich um. Lot hatte sich noch nicht gerührt. Doch als sie sich wieder abwenden wollte, löste sich seine Starre, und er ging los. Jedoch in die falsche Richtung.

»Nicht da lang«, rief Rosa. »Da geht es zur Weißtannenhöhe. Sie müssen umdrehen.«

»Ich weiß, was ich tue. Der Tag ist noch jung, ich schlage nur einen kleinen Bogen.«

Rosa schüttelte den Kopf, sollte er doch machen, was er wollte. Hauptsache, er war weg.

***

Die weiße Strickjacke passte gut zu dem blauen Sommerkleid, das Clara Fehrenbach trug. Ruth ging ein Stück hinter ihr. Sie ist eine adrette junge Frau, dachte sie. Keine Spur von ihrer gelegentlichen Schwermut – der Urlaub tat ihr gut. Beschwingt schloss sie zu ihrer Cousine auf.

Die beiden hatten sich gerade von Rosa Reichert verabschiedet und strebten mit strammen Schritten der Weißtannenhöhe entgegen. Es war kurz nach acht in der Früh. Vor etwa einer Dreiviertelstunde hatte sie diesen unangenehmen Herrn Lot das Haus verlassen sehen. Zum Glück war sie ihm nicht noch einmal begegnet. Er redete wirr und stellte aufdringliche Fragen. Solche Leute musste man sich vom Hals halten. Umso angenehmer war es, mit Clara zu wandern. Die Luft war würzig frisch, der Tag ein einziges Versprechen. Im Westen reichte der Blick über Freiburg hinweg in die Rheinebene und ließ die Vogesen erahnen.

»Großartig, nicht wahr?«, sagte Ruth.

»Ja, wunderschön. Die Berge, die Natur, der endlose Himmel. Da ist man dem Schöpfer ganz nah, da fällt alles von einem ab.«

»Nicht zu vergessen das Frühstück. Reichhaltig und gut. So fängt ein Tag doch gleich richtig an.«

»Wie man's nimmt. Ich habe viel zu viel gegessen«, entgegnete Clara und fasste an ihren Bauch. »Aber manchmal kann man einfach nicht widerstehen.«

»Ist schon recht so. Du isst einfach zu wenig. Irgendwann fällst du vom Fleisch.«

»Ja, Mama«, sagte Clara und verdrehte ihre Augen.

»Du sollst mich nicht so nennen, ungezogenes Gör«, lachte Ruth und drohte mit ihrem Spazierstock.

»Ist gut, Mama.«

»Oh, Clara. Du bist unverbesserlich.« Ruth blieb stehen. »Sag mal ehrlich, warum willst du abnehmen?«

Clara wandte sich ihr zu. »Will ich das?«

»Es liegt an diesen scheinbar modernen Frauen, die so oft in deinen Magazinen abgebildet sind. Stimmt's?«

»Du schaust dir meine Magazine an?«

»Ja, und ich bin entsetzt. Wie werden die jungen Dinger noch einmal genannt?«

»Du meinst Flapper?«

»Genau, Flapper. Sie tragen kurze Röcke und kurze Haare. Dann schminken sie sich noch und hören diese entsetzliche Musik. Das ist nicht schön und gehört sich nicht für eine deutsche Frau.«

»Ach, Ruth. Moralisch taugen die Flapper gewiss nicht als Vorbilder, das weiß ich auch. Den meisten geht es nur ums Vergnügen. Aber sie bieten eine andere Sicht auf das Leben. Sie stehen für die Unabhängigkeit vom Mann, für Selbstbestimmung, sie sind auf ihre Art moderne Frauenrechtlerinnen.«

»Diese verwöhnten Weibsbilder? Die stehen nur für sich selbst. Sie sind egoistisch und narzisstisch, sie übernehmen keine Verantwortung, sie leben wider ihre Natur. Und was ich von der sogenannten Frauenbewegung halte, weißt du ja. Viel gefährliches linkes Gedankengut und wenig bürgerliche Vernunft. Es braucht keine Unabhängigkeit vom Mann. Das weibliche Dasein findet seinen Sinn in der Mutterschaft, im Klosterleben oder darin, sich ungeteilt seinem Beruf zu widmen.«

»Und schon reden wir wieder über das Lehrerinnenzölibat.«

»Ja, weil es wichtig ist. Das Zölibat ist eine Tugend. Und mir scheint es, du hast Zweifel daran.«

»Tugend bedeutet nicht Unterdrückung. Wir dürfen nicht heiraten, die Kleidung wird uns vorgeschrieben, ebenso, was wir zu lehren haben, und dann verdienen wir noch bedeutend weniger als die Männer. Was soll daran gut sein?«

»Es ist uns erlaubt, in einem wunderbaren Beruf zu arbeiten, und das ohne die Ablenkung einer Ehe. Man kann nur Mutter oder Lehrerin sein – beides geht nicht. Und vergiss nie: Die Jungfräulichkeit ist ein Gottesgeschenk.«

»Ruth, ich bin gern Lehrerin. Ich liebe die Lehre, ich liebe die Kinder. Aber der Preis ist hoch – und der ist nicht nur das Eheverbot. Wir müssen uns von fragwürdigen Kollegen vorschreiben lassen, wie und was wir zu unterrichten haben. Denk doch nur einmal an den Lohmann. Der kennt nur den Rohrstock und Geschrei – die Schüler haben alle Angst vor ihm.«

»Wegen ein paar schwarzer Schafe muss nicht gleich das ganze System schlecht sein. Natürlich ist der Lohmann unsäglich, aber das muss man aushalten. Wir Lehrerinnen müssen geduldig sein. Ich bin sicher, dass unsere Stellung stärker werden wird. Auf jeden Fall ist der Rahmen, den das Zölibat vorgibt, richtig.«

»Ist er nicht. Das Zölibat schneidet mir die Luft zum Leben ab.«

»Clara, red bitte nicht so. Hast du etwa ernste Absichten? Gibt es jemanden, der dir nahesteht?«

»Ja, nein. Ach, ich weiß nicht. Es ist mehr eine Sehnsucht. Es ist alles so eng, es muss doch mehr geben.«

»Warum? Dir fehlt es doch an nichts. Natürlich sagen die Götzen der Moderne etwas anderes. Aber hör nicht auf sie. Lass dich nicht von dem, was du jüngst gesehen oder erlebt hast, blenden.«

»Du denkst an Berlin?«

»Ja, seit du dort warst, hast du dich verändert. Die Hauptstadt hat dir nicht gutgetan.«

»Ganz im Gegenteil. Berlin hat mir die Augen geöffnet, Berlin ist Leben.«

»Genau davor warne ich dich. Berlin ist das Wahrzeichen des fehlgeleiteten Fortschritts. Du siehst nur die leuchtende Fassade. Doch dahinter herrschen Sodom und Gomorrha. Nirgends ist die Versuchung größer, nirgends kann man tiefer fallen. Diese Stadt ist künstlich, ein Moloch der neuen Zeit. Lass dich nicht verführen, wahres Glück findest du nur in einem gottgefälligen Leben. Glaub mir, ich weiß, wovon ich spreche.«

Clara winkte ab. »Ich bin nicht wie du. Ich will auch nicht so –«

»Was? So enden wie ich?«

»Das habe ich nicht gesagt. Ich meine –«

»Ich weiß, was du meinst!« Ruth beschleunigte ihren Schritt, Clara seufzte und folgte ihrer Cousine in einem gewissen Abstand.

Sie war zu weit gegangen, das wusste Clara, und es tat ihr leid. Doch Ruth brachte sie mit ihrem bigotten Verhalten und ihrem rückwärtsgewandten Denken zur Verzweiflung. Ruth lebte im Gestern, sie hätte am liebsten den Kaiser zurückgehabt. Aber sie war auch eine äußerst scharfsinnige Frau, und sie hatte recht – Berlin hatte ihr Leben verändert, Berlin beschäftigte sie immerzu. Augenblicklich schoben sich die Bilder des letzten Sommers in ihren Kopf.

Gemeinsam mit ihrer besten Freundin Anna war sie mit dem Fernzug von Offenburg nach Berlin gefahren. Eine Zwischenstation auf ihrer großen Reise, die sie auf die Insel Rügen und weiter über Malmö bis nach Stockholm hatte führen sollen. Beinahe acht unvergessene Wochen im Juli und August. Acht Wochen, in denen ihre ohnehin angeschlagene Psyche noch weiter außer Tritt gekommen war. Eine Zeit zwischen Schwermut und Hoffnung, weil der Anfang dieser Reise ihr bisheriges Leben in Frage gestellt hatte: Berlin war für Clara ein Kulturschock gewesen. Geboren in der Provinz, war Mannheim für sie schon eine Metropole, doch Berlin, die Hauptstadt der Republik, überstrahlte alles:

Berlin war Bewegung – der Potsdamer Platz war der verkehrsreichste Platz Europas. Ein endloser Strom aus Fahrzeugen und Menschen, ein getaktetes Chaos, eine Orgie des Fortschritts.

Berlin war Politik, Kunst und Kultur. Da war der Reichstag, dieses imposante Gebäude zum Wohle des deutschen Volkes, dann das Neue Museum mit der Büste der Nofretete und den Schätzen aus aller Welt und natürlich die große Berliner Kunstausstellung mit zeitgenössischen, zum Teil verwirrenden Gemälden und Plastiken.

Berlin war Schauspiel, Musik und Tanz. In unzähligen Bars gaben sich nationale und internationale Stars von Gustaf Gründgens über Marlene Dietrich bis Josephine Baker die Hand.

Berlin war Licht und Technik. Die Leuchtreklame machte die Nacht zum Tag, und im Femina-Palast ließ sich das Tanzparkett heben und das Dach öffnen – man tanzte unter freiem Himmel über der Stadt!

Berlin war aber auch Leid. Eine Armee von Arbeitslosen kroch zur besten Einkaufszeit aus ihren Baracken und suchte mit ihren ausgehungerten Kindern nach Essbarem. Kriegsversehrte, deren Gesichter von Geschossen und Splittern zerfressen und deren Gliedmaßen amputiert waren, mahnten an Straßenecken und auf Gehsteigen. Sie forderten Anerkennung und ernteten stattdessen Mitleid und Abscheu.

Und Berlin war Sünde. Alle Arten und Abarten der Sexualität wurden angeboten. Für jede erdenkliche Vorliebe, für jede Perversion gab es einen Ort – Gesetze galten hier nicht.

Zuerst mieden Clara und Anna das Berlin bei Nacht, denn Kultur und Kunst, Bauwerke und Sehenswürdigkeiten erfüllten auch so ihren Tag. Doch wenn sie sich in ihre Pension zurückzogen, lockten die Lichter und Leuchtreklamen, das Unbekannte und immer Strahlende, die Versprechungen, die diese Stadt, die niemals schlief, machte. Und so wagten sie sich einmal nach dem Abendessen auf die Straße. Zwei junge Damen aus der Provinz auf der Suche nach ein bisschen Abenteuer.

Ihr Ausflug fing ganz harmlos im Lunapark an. Ein Rummelplatz, der Tanz, Feuerwerk und spektakuläre Fahrgeschäfte bot. Weiter gingen sie über den Ku'damm – ein Bad im Licht. Varietés und Kabaretts und eine nicht überschaubare Anzahl von Kinos warteten auf sie. Sie entschieden sich fürs Kino und sahen »Metropolis«, diesen Zukunftsfilm von Fritz Lang, der sie mit seinen Massenszenen und seiner Tricktechnik berauschte.

Danach hätten sie nach Hause gehen sollen, doch die Stadt ließ sie nicht los, und sie atmeten die Luft der Schriftsteller und Intellektuellen im Romanischen Café, und sie staunten über die Auslagen im Kaufhaus des Westens. Aufgedreht und euphorisiert wagten sie sich in Richtung Nollendorfplatz, wo das Zentrum des Lasters liegen sollte, und standen schließlich vor dem Toppkeller, einem berühmt-berüchtigten Vergnügungsort, der vor allem Frauen, die anders fühlten, anzog.

Ob Anna oder sie selbst den Ausschlag gegeben hatte, das Etablissement zu betreten, konnte Clara nicht mehr sagen. Wohl war sie es gewesen, denn Neugier und geheime Sehnsüchte wa ren starke Antriebsfedern. Der Tanzsaal des Toppkellers war berstend voll und mit Papiergirlanden geschmückt, die schon bessere Zeiten gesehen hatten. Die große Pracht war das nicht, dafür war jedoch das Publikum zum Teil von außerordentlicher Eleganz – noch nie hatte Clara so schöne Frauen gesehen. Eng umschlungen tanzten sie zu bekannten, oft frivolen Schlagern, die eine untersetzte, aber durchaus hübsche Sängerin zum Besten gab.

An den hinteren Tischen fanden Clara und Anna Platz, eingezwängt von Frauen, die sie mit unverhohlener Neugier taxierten. Offensichtlich blieb Anna ungerührt, doch Clara wurde zusehends nervöser, schenkte man ihr doch wissende Blicke, die sie erröten ließen. Clara fühlte sich bedrängt, ihr sorgsam gepflegtes Weltbild geriet ins Wanken. Unvermittelt stürzte sie nach draußen, ihre überraschte Freundin im Schlepptau. Ohne auf die Richtung zu achten, brachte sie mit schnellen Schritten eine möglichst große Distanz zwischen sich und dem, was nicht sein sollte.

Auf Annas Fragen fand sie keine schlüssigen Antworten. Mehr als zu große Enge und zu wenig Luft fiel ihr nicht ein. Doch damit nicht genug: Ihr überstürzter Aufbruch hatte die beiden in eine dunkle Nebenstraße, gesäumt von Hinterhöfen, verschlagen. In einiger Entfernung konnte sie Autos vorbeihuschen und eine in einem Eckhaus gelegene Bar sehen. Vor der Bar standen nur Männer. Die meisten in Matrosenkostümen oder in Lederkluft. Die Männer betatschten und küssten sich – es war Zeit, nach Hause zu gehen.

Auf der Suche nach einem Straßenschild weckte ein anzügliches Geräusch ihr Interesse. Rhythmisches Keuchen drang aus einem Hinterhof, ein Feuerzeug flammte auf. Clara schaute in Richtung des Lichts und sah ein ihr bekanntes Gesicht: einen Mann, der genüsslich eine Zigarette rauchte. Vor dem Mann kniete ein anderer – die Situation war eindeutig. Nur kurz währte ihre Schockstarre, dann wandte sie sich ab und zog Anna mit sich. Sie hoffte, der Mann hatte sie nicht erkannt, denn er würde sicher alles tun, um seine Neigung zu verheimlichen – und sein Einfluss war groß.

Erst viel später war ihr klar geworden, dass sie durch ihr Wissen aber auch erheblich an Stärke gewonnen hatte.

Der Warnruf eines Eichelhähers riss Clara aus ihren Gedanken. Neben ihr ging Ruth. Ihr Schritt war energisch, ihr Blick starr geradeaus gerichtet. Sie jetzt anzusprechen ergab keinen Sinn, das wusste Clara. Also schenkte sie ihre Aufmerksamkeit dem Wald, der den größten Teil des Höhenwegs einnahm. Die Morgensonne schuf Inseln des Lichts, im Unterholz raschelte es, ab und zu ertönte das Pfeifen eines Vogels, gefolgt von einer andächtigen Stille, die sie veranlasste, stehen zu bleiben und zu lauschen. Clara stellte sich in einen Lichtkegel und spürte die Wärme der Sonne. Sie breitete ihre Arme aus und atmete tief ein. Ein Schauer durchfuhr sie – selten fühlte sie sich Gott so nah.

Auch Ruth hielt jetzt inne, ihre Züge entspannten sich, ein Lächeln huschte über ihr Gesicht. Clara erwiderte das Lächeln und begann zu summen. Eine warme Melodie, deren Zauber sich ihre Cousine nicht entziehen konnte. Ruth fiel mit ein, und dann begannen die beiden zu singen:

»Kein schöner Land in dieser Zeit
als hier das unsre weit und breit,
wo wir uns finden
wohl unter Linden
zur Abendzeit,
wo wir uns finden
wohl unter Linden
zur Abendzeit.

Da haben wir so manche Stund'
gesessen wohl in froher Rund'
und taten singen,
die Lieder klingen
im Eichengrund …«

Mit dem Ausklingen der letzten Strophe suchte Ruth Claras Blick. »Ist ein schönes Lied«, sagte sie. »Es erinnert an das, was das Leben ausmacht: Heimat, Natur, Glaube, Gemeinsinn.« Clara nickte verhalten, Ruth seufzte. »Wir haben es doch schön, wir zwei. Die Schule, die Kinder, der Kirchenchor, die Literaturabende und die Diskussionen, die Ausflüge und das Wandern. Weißt du, Clara, du bist mir kleine Schwester und Freundin. Ich hoffe, ich wünsche – also –, ich hätte gern, dass alles so bleibt – für immer.« Ruth schaute zu Boden.

»Ach, komm«, sagte Clara und nahm Ruth in den Arm. »Manchmal rede ich halt schneller, als ich denke. Es ist gut, wie es ist. Und was die Zukunft bringt, weiß man ohnehin nicht.«

Ruth lächelte und wischte sich verstohlen über ihre Augen. »Manchmal neigt die Frau Lehrerin zu Sentimentalitäten«, sagte sie. »Wie ein altes Waschweib. Aber jetzt hat die Frau Lehrerin wieder Oberwasser, und sie weiß zu allem ein Gedicht.«

»Ich höre«, sagte Clara.

»Nun, wenn es um die Zukunft geht, passt Schiller.« Ruth richtete sich auf und begann zu rezitieren:

»Dreifach ist der Schritt der Zeit:
Zögernd kommt die Zukunft hergezogen,
Pfeilschnell ist das Jetzt entflogen,
Ewig still steht die Vergangenheit.«

»Sehr schön, gut gesprochen, Frau Lehrerin«, applaudierte Clara. »Und was sagt uns das?«, fügte sie an.

»Die Vergangenheit ist unverrückbar. Sie hat uns geprägt, sie hat uns zu dem gemacht, was wir sind. Die Gegenwart ist nicht zu greifen, ein stetiger Fluss. Hält man sie fest, ist sie vergangen. Ja, und die Zukunft, die ist ein schüchternes Wesen, weil sie Freud und Leid bringt, weil sie geliebt und gehasst wird, weil sie nicht unterscheidet zwischen Gut und Böse.« Ruth lauschte dem Nachklang ihrer Worte und sagte dann: »Genauso ist es. Aber jetzt lass uns pfeilschnell weitergehen, wir haben noch einiges vor.«

Clara nickte und schaute sich um. »Da vorne ist ein Wegweiser«, stellte sie fest und ging darauf zu. »Weißtannenhöhe eins Komma zwei Kilometer«, las sie vor. »Ist dir eigentlich schon aufgefallen, dass wir noch niemandem begegnet sind?«

»Jetzt, wo du es sagst. Ungewöhnlich für die Ferienzeit. Wie ausgestorben. Alles ist so still.«

»Da will ich Schiller noch einmal aufgreifen. Offensichtlich stehen wir an einer Schwelle. Die Gegenwart hält die Luft an, und die Zukunft hat sich noch nicht entschieden.« Clara lächelte unsicher. »Hoffentlich ist sie uns gut gesinnt.«

4

Dienstag, der 5. Juni 1928, Weißtannenhöhe bei Breitnau

Gerade setzte ein leichter Nieselregen ein und verfing sich im dichten Geäst des Waldes. Polizeirat Gerd Tanner von der Kriminalpolizei Freiburg blieb stehen und nahm seinen Hut ab. Sein Atem ging schwer, die willkommene Abkühlung verschaffte ihm etwas Luft. *Du hast zwanzig Kilo zu viel, du hast einen zu hohen Blutdruck und ein schwaches Herz*, hörte er seinen Arzt sagen. *Wenn du so weitermachst, erlebst du deine Pension nicht mehr*. Die zwei Jahre schaffe ich noch, dachte Tanner und wischte sich mit einem Taschentuch über seine Stirnglatze.

Inzwischen war er der Letzte in dem Tross aus Vertretern der Staatsanwaltschaft Freiburg samt Oberstaatsanwalt Tauenstein, dem Bezirksarzt Dr. Kneis, dem Erkennungsdienst und weiteren Polizeibeamten, der sich die Weißtannenhöhe hinaufmühte. Schräg vor ihm wartete Oberkommissar Hans Kaltenbach. In seinem Blick lagen Spott und die ihm eigene Arroganz. Tanner winkte und setzte sich wieder in Bewegung. Im Krieg hätte er mich vermutlich zurückgelassen, dachte Tanner. Kaltenbach war ein Kriegsheld, ausgezeichnet mit dem Eisernen Kreuz erster Klasse. Als Offizier hatte er außerordentlichen Mut bewiesen, und dieser Mut, der mit einer gewissen Rücksichtslosigkeit und Kälte einherging, verschaffte ihm überall Respekt – selbst in Verbrecherkreisen.

Noch ein Stück weiter oben ging, nein marschierte der junge Kriminalsekretär Benedikt Falk. Er gehörte erst seit einem Monat zu Tanners Mannschaft und wurde gerade eingearbeitet. Tanner hatte ihn nach vorn geschickt, um die Abläufe zu kontrollieren. Keiner sollte den Tatort verändern. Das war zwar allgemein bekannt, wurde aber nicht immer eingehalten – die modernen Ermittlungsmethoden setzten sich nur schleppend durch.

Falk erfüllte seine Aufgabe mit Feuereifer, wie es einem Berufsanfänger anstand. Jedoch passten das Marschieren und Kontrollieren auch gut zu ihm – hatte er doch die gleiche Zuhälterfrisur wie der österreichische Postkartenmaler Adolf Hitler, nur in Blond. Und er hatte kein Bärtchen – zum Glück. Falks Frisur spiegelte seine Ansichten. Seinen Äußerungen war zu entnehmen, dass er politisch am äußersten rechten Rand stand. Aber trotz seiner fragwürdigen Gesinnung machte Falk seine Sache ziemlich gut.

Die Ermittlungen hatte er ins Rollen gebracht. Er hatte die Vermisstenanzeige von Lothar Fehrenbach, dem Vater von Clara Fehrenbach, bearbeitet und sich mit ihm auf die Suche nach dessen Tochter und dessen Nichte Ruth gemacht. Als sich der Verdacht eines Verbrechens erhärtete, hatte er Tanner mit Nachdruck dazu gedrängt, die Staatsanwaltschaft zu informieren. Diese hatte wiederum die Bereitschaftspolizei alarmiert, die mit einhundert Mann die Strecke Thurner – Titisee abgesucht hatte, mit bitterem Erfolg. Am heutigen Morgen um zehn Uhr hatte man die Leichen der Lehrerinnen Clara und Ruth Fehrenbach auf der Weißtannenhöhe gefunden. Fünf Tage nachdem sie zum letzten Mal gesehen wurden.

Alle stellten sich in einem gewissen Abstand um eine graue Decke auf, unter der sich ein menschlicher Körper abzeichnete. Ihre Augen ruhten auf Tanner, der als Einziger direkt neben der Leiche stand. Der Regen hatte inzwischen ausgesetzt, ein Tropfen löste sich von einem Ast und fiel auf Tanners Hutkrempe.

Tanner blickte sich um. Die Leiche lag circa fünfzehn Meter abseits des Weges.

Ein Mann vom Erkennungsdienst räusperte sich und sagte: »Das ist Clara Fehrenbach. Lehrerin, fünfundzwanzig Jahre alt. Ihre Cousine, Ruth Fehrenbach, auch Lehrerin, fünfunddreißig

Jahre alt, liegt dahinten auf der anderen Seite des Weges.« Der Mann zeigte in Richtung Südosten.

Tanner nickte, nahm einen Zipfel der Decke und zog sie langsam nach hinten, bis die Leiche vollkommen frei lag.

Jemand stöhnte.

Tanner wankte. Jedoch nur innerlich. Äußerlich blieb er ungerührt. Äußerlich bewegten sich nur seine Augen, wanderten über die Tote. Clara Fehrenbach lag auf dem Rücken. Ihr schönes Gesicht war durch zwei Einschusslöcher an beiden Schläfen verunstaltet. Ihre Züge zeigten keine Angst, sie waren seltsam ruhig, als würde sie schlafen. Ein Kehlenschnitt hatte ihren Hals durchtrennt, ihr Kleid war bis zur Brust hochgeschoben, der Unterleib entblößt, die Beine gespreizt.

Was hat man dir nur angetan, dachte Tanner. Wieder begab er sich in die Abgründe des menschlichen Seins, wieder wühlte er im Dreck. Und warum? Auf die Frage gab es zwei Antworten. Die erste: Weil es seine Arbeit war, weil sie sinnvoll war. Die zweite: Weil er das Rätsel liebte und gut war im Rätsellösen.

Tanner wandte sich an den Bezirksarzt Dr. Kneis. »Sie können mit der Leichenschau beginnen«, sagte er. Dr. Kneis nickte und fuhr über seinen Spitzbart, während sein Assistent das Notizbuch zückte. »Und wir«, Tanner schaute zu seinen Mitarbeitern, »wir gehen zum zweiten Opfer.« Ohne auf eine Reaktion zu warten, setzte Tanner sich in Bewegung.

Falk schloss zu Tanner auf und fragte: »Sollten wir nicht erst Dr. Kneis' Erkenntnisse abwarten?«

»Nicht nötig, ich habe genug gesehen. Den Rest erfahren wir nachher bei der Schlussbesprechung, außerdem erfolgt ja noch die Obduktion mit abschließendem Bericht.«

»Ah ja«, entgegnete Falk überrascht und blickte zu Kaltenbach, der scheinbar gleichmütig die Umgebung in Augenschein nahm.

»Wurde Clara Fehrenbachs Rucksack gefunden?«, erkundigte sich Tanner bei Falk. »Sie hatte doch sicher einen?«

»Ja, natürlich«, entgegnete dieser. »Er lag ungefähr zwanzig Schritte von ihr entfernt.«

»Lag?«

»Ja, der Suchtrupp hat ihn leider eingesammelt, noch bevor der Erkennungsdienst die Spuren sichern konnte.«

»Warum wundert mich das nicht?«, brummte Tanner. »Das Gleiche gilt bestimmt auch für den Rucksack der Cousine?«

Falk nickte.

»Sie werden die Verantwortlichen ordentlich zusammenfalten, Falk. Ich will, dass das nicht mehr vorkommt.«

Falk nickte abermals.

»Erzählen Sie mir etwas über den Inhalt der Rucksäcke.«

Falk bemühte sein Notizbuch. »Nichts Außergewöhnliches. Clara Fehrenbach hatte folgende Dinge dabei: einen Lodenmantel, frische und gebrauchte Wäsche, Esswaren, einen Rosenkranz, Notizblock, eine ›Badische Presse‹ vom 20. März 1928, ein illustriertes Magazin, Taschenfahrplan, Trinkbecher, Essgeschirr, Schreibzeug, Hygieneartikel. Ihr Rucksack ist blutbespritzt und wurde offen und durchwühlt aufgefunden. Ihr Geldbeutel lag leer im Gebüsch. Zu Ruth Fehrenbach: Ihr Rucksack lag neben ihr, er war geöffnet, die Trageriemen abgerissen. Der Inhalt war zum Teil verstreut, zum Teil im Rucksack verblieben. Dabei handelt es sich um folgende Gegenstände: einen Briefumschlag mit sechzig Reichsmark, eine silberne Geldbörse mit zehn Reichsmark, einen Schwarzwald-Führer, frische und gebrauchte Wäsche, Hygieneartikel, Brille, Haube, Mantel, Baskenmütze, Nähbeutel, Esswaren, Essgeschirr.«

Tanner zog die Stirn kraus. »Wichtig ist, was fehlt«, mahnte er. »Täter behalten oft Souvenirs. Machen Sie eine Liste, zeigen Sie die den Angehörigen, fragen Sie, ob ihnen etwas auffällt.«

Falk notierte eifrig.

Die drei Polizisten querten den Höhenweg. Das Gelände wurde leicht abschüssig. Ein Gendarm stand zwischen den Tannen. Er hatte seinen Helm mit dem badischen Hoheitszeichen abgenommen. Zu seinen Füßen lag unter einer ebenfalls grauen

Decke das zweite Opfer. Als er die Ermittler bemerkte, setzte er seinen Helm auf und nahm Haltung an.

Tanner grüßte und blickte in ein übermüdetes Gesicht. »Sie hatten wohl wenig Schlaf, Herr Wachtmeister«, stellte er fest.

»Eigentlich gar keinen. Bin seit gestern Abend im Dienst. Macht aber nichts. Hauptsache, wir kriegen den Mörder.«

Tanner nickte und hob die Decke an. Der Wachtmeister drehte sich weg. »Ihre erste Leiche?«, fragte Tanner.

»Nein. Ich habe sie aber schon gesehen. Einmal reicht. Manche Bilder vergisst man nie.«

Seufzend schlug Tanner die Decke zurück: Ruth Fehrenbach schien zu schreien. Todesangst hatte sich tief in ihr Gesicht eingegraben, mitten auf ihrer Stirn klaffte ein Einschussloch. Ihre Kehle war durchtrennt. Im Nacken, vom Haaransatz verdeckt, fand sich ein zweites Einschussloch. Sie lag auf dem Rücken, ihr Kopf war links zur Seite gedreht, ihre Arme zeigten in die entgegengesetzte Richtung. Ihr Unterleib war entblößt, das linke Bein war seitlich angewinkelt, das rechte Knie lag auf dem linken Unterschenkel.

Tanner deckte die Leiche wieder zu und schaute in die Runde. Falk versuchte, unbeeindruckt zu wirken, Kaltenbach war es. Seine Miene zeigte keine Regung, sondern nur nüchterne Neugier.

»Alles in allem sieht es nach einem Sexualverbrechen aus. Was meinst du, Hans?«, fragte Tanner.

»Clara Fehrenbach wurde Geld entwendet, Ruth Fehrenbach nicht. Der Täter hat also nicht direkt nach Geld gesucht, deshalb scheidet Raubmord aus – ein Lustmord ist im Moment das Naheliegendste.«

»Und wie ist es abgelaufen?«

»Zu einem so frühen Zeitpunkt ist eine Einschätzung gewagt. Aber die vielen Hinweise zeichnen ein mögliches Bild.«

»Na, dann los.«

Kaltenbach neigte seinen Kopf leicht zur Seite und starrte auf die graue Decke. »Der Einfachheit halber werde ich die beiden

Opfer beim Vornamen nennen«, sagte er und verharrte eine Weile. Dann richtete er sich auf und ging wortlos zurück zum Höhenweg. Tanner verabschiedete sich von dem Wachtmeister und folgte mit Falk.

Als Kaltenbach den Weg erreicht hatte, blieb er stehen und schaute von einer Fundstelle zur anderen. Tanner und Falk gesellten sich zu ihm. »Der Täter war Clara und Ruth seit geraumer Zeit abseits des Weges gefolgt«, eröffnete er. »Clara musste austreten. Ruth wartete, und zwar genau da, wo wir jetzt stehen. Clara stellte ihren Rucksack ab. Der Täter befand sich in ihrer unmittelbaren Nähe. Er hatte sich hinter einem Baum versteckt – Clara war ihm direkt in die Arme gelaufen. Der Täter beobachtete Clara, er wartete. Als sie ihm den Rücken zudrehte, sprang er vor. Die Waffe hielt er bereits in seiner Hand. Er schoss einmal. Er traf Clara in die Schläfe – sie war sofort tot, sie hatte keine Chance, sie hatte den Täter gar nicht gesehen. Deshalb sind ihre Züge auch entspannt. Nun war Ruth dran. Aufgeschreckt durch den Schuss, sah sie den Täter auf sich zueilen. Sie war sich der Lage sofort bewusst. Sie schrie, sie flüchtete. Warum sie nicht dem Höhenweg folgte, ist nicht ganz klar, vermutlich war sie in Panik, oder sie hoffte, sich verstecken zu können. Der Täter verfolgte sie. Ruth hatte ungefähr fünfzehn Meter Vorsprung und wurde nach rund vierzig Metern eingeholt. Ruth war schlank und mit fünfunddreißig Jahren recht jung, das Gelände ist unwegsam – der Täter muss also sportlich sein. Er packte sie am Rucksack, die Trageriemen rissen ab. Ruth wehrte sich, es kam zum Kampf. Er schoss ihr in den Nacken. Ruth brach zusammen. Er schoss ein zweites Mal, jetzt in die Stirn. Dann zückte er sein Messer und schnitt ihr die Kehle durch. Warum? Vielleicht war sie nicht gleich tot, vielleicht wollte er aber auch sichergehen, vielleicht traute er den Kopfschüssen nicht. Oder, und das ist am wahrscheinlichsten, der Kehlenschnitt gehört zum Spiel, er ist Teil seiner sexuellen Perversion. Ruths Blut tränkte den Boden, er entkleidete sie und verging sich an ihr. Danach durchwühlte er ihren Rucksack.

Inzwischen waren mehrere Minuten vergangen, dennoch ging er zurück zu Clara – und das, obwohl die Gefahr, ertappt zu werden, sich mit jeder Sekunde vergrößerte. Entweder ist er eiskalt, oder er verfiel in eine Art Rausch und vergaß jede Vorsicht. Als er Clara erreichte, lag sie tot vor ihm, dennoch schoss er ihr zum zweiten Mal in den Kopf, und zwar in die andere Schläfe. Dann schnitt er ihr die Kehle durch, riss ihr die Kleider vom Leib und machte sich ebenfalls über sie her. Die Duplizität der Vorgehensweise ist bemerkenswert und stützt meine Annahme einer Zwangshandlung. Tatsache ist, beide Opfer verloren viel Blut, der Täter badete förmlich darin, seine Kleidung würde ihn verraten. So konnte er unmöglich unter Leute gehen, er hatte aber Ersatz dabei, er war vorbereitet. Nachdem der Rausch verflogen war, durchsuchte er im Gehen noch Claras Rucksack, steckte ihr Geld ein und ließ ihn achtlos, ein paar Meter vom Tatort entfernt, liegen.«

Tanner nickte. »Zweimal das gleiche Schema: zwei Kopfschüsse, der Kehlenschnitt, der entblößte Unterleib. Nachdem der Täter sich an Ruth vergangen hatte, beendete er bei Clara sein unvollständiges Werk. Auf mich macht das den Eindruck eines Buchhalters, der seine Arbeit ordentlich abschließt – also kein Rauschverhalten. Deshalb favorisiere ich einen Täter, der sehr beherrscht ist, der einem Plan folgt.« Kaltenbach zuckte mit den Schultern, Tanner fuhr fort: »Wie auch immer. Es könnte ein Serientäter sein, wir müssen frühere Fälle auf Übereinstimmungen prüfen.«

»Sehe ich auch so«, sagte Kaltenbach, »obwohl ich von ähnlichen Fällen noch nichts gehört habe.«

Tanner überlegte. »Warum gehst du eigentlich von einem Täter aus? Warum nicht zwei? Schnellere Durchführung, weniger Risiko.«

»Triebtäter arbeiten eigentlich immer alleine. Zwei, die sich absprechen, die die gleichen abartigen Veranlagungen haben, kann ich mir nicht vorstellen. Es sei denn, der eine befiehlt und der andere führt aus. Ein Meister und sein Diener, wenn man so will.

Generell gegen zwei oder mehrere Täter spricht aber die Lage der Leichen – die große räumliche Distanz. Zwei Männer hätten die Frauen besser in Schach halten können – unwahrscheinlich, dass eine so weit hätte fliehen können. Aber hier müssen wir nicht spekulieren. Lasst uns einfach die Obduktion abwarten, dann können wir eine genaue Aussage treffen. Falls die Schussverletzungen aus derselben Waffe stammen, war es ein Täter.«

»Weil sich zwei kaum die Waffe geteilt hätten.«

»Genau.«

»Gut, belassen wir es vorerst dabei und nehmen deine Theorie zum Tathergang als Arbeitsgrundlage.«

Falk, der sich bisher Notizen gemacht hatte, ergriff das Wort. »Eines könnte ich noch hinzufügen. Und zwar gibt es einen entscheidenden Hinweis, der den Täterkreis stark eingrenzt.«

»Und der wäre?«, fragte Tanner.

»Der Kehlenschnitt. Die Frauen sollten ausbluten. Sie wurden geschächtet.«

»Und daraus schließen Sie was?«

»Der Täter kann kein Deutscher gewesen sein. Es war ein Jude!«

Kaltenbach schaute interessiert von Falk zu Tanner. Der kniff die Augen zusammen, sein Bluthochdruck meldete sich. Immer sachlich bleiben, hatte sein Arzt geraten. Nicht brüllen, ruhig atmen. »Einen guten Polizisten zeichnet eine objektive Ermittlung aus«, sagte er und atmete tief ein und aus. »Er lässt sich weder durch persönliche Abneigungen noch durch Rassismus leiten.« Wieder atmete er tief ein und aus. »Ein Mensch ist dann ein Verbrecher, wenn er ein Verbrechen begangen hat, und nicht, weil es Ihnen in den Kram passt, Falk. Außerdem sind mehr als ein Prozent der Deutschen Juden, und das schon seit mehreren Generationen.«

Falks Miene verfinsterte sich. »Das mag sein, aber es sind keine richtigen Deutschen. Deutschsein ist mehr als nur ein Pass. Die Juden haben sich in unser Volk eingeschlichen, sie verunreinigen unser Blut. Sie machen uns schwach und kränklich. Aber davon abgesehen sprechen objektiv betrachtet sogar zwei Indizien für einen jüdischen Täter: erstens das Schächten und zweitens die Niedertracht.«

»Falk«, sagte Tanner heiser und näherte sich ihm bis auf wenige Zentimeter. »Sie halten jetzt am besten Ihr Maul, sonst können Sie ab morgen hier oben den Verkehr regeln.« Falk wich ein Stück zurück. Tanner setzte nach. »Haben Sie verstanden?«

Falks Lippen wurden zu einem schmalen Strich. »Ja«, presste er hervor.

»Was, ›ja‹?«

»Ja, Herr Polizeirat.«

»Gut.« Tanner ließ Falk nicht aus den Augen. »Aber wenn Sie schon so gut Bescheid wissen, dann kehren wir doch zu den Fakten zurück: Wann sind die Frauen denn aufgebrochen?«

Leicht nervös blätterte Falk in seinen Notizen. »Am Morgen des 31. Mai zwischen acht Uhr fünfzehn und acht Uhr dreißig.«

»Wie lange braucht man vom Thurner bis hierher?«

Falk schaute von Tanner zu Kaltenbach und dann wieder zu Tanner. »Das, äh, weiß ich nicht.«

»Warum nicht?«

»Es gab viel zu tun. Die Bearbeitung der Vermisstenanzeige, die Suche nach den Vermissten, die Tatortsicherung –«

»Und da vergisst man Grundlegendes? Die möglichst genaue Eingrenzung der Todeszeit ist die Basis der gesamten Ermittlungen!«

»Ich werde mich darum kümmern.«

»Machen Sie das, Falk. Aber jetzt gleich. Hopp, hopp.« Tanner machte eine wegwerfende Handbewegung. Falk zog scharf die Luft ein. Widerwillig ging er zu den Schutzpolizisten, die aus der Gegend stammten.«

»Du weißt doch, wie lange man braucht«, sagte Kaltenbach.

»Ja, eine Stunde und fünfzehn Minuten, wenn man stramm läuft. Und am liebsten hätte ich es, dass Falk den Weg einmal selbst macht, und zwar in der tiefsten Gangart.«

Inzwischen hatte sich der Tross aus Erkennungsdienst, Staatsanwaltschaft und Rechtsmedizin zu Ruth Fehrenbachs Leiche begeben. Bei Clara standen nur noch ein Gendarm und ein mittelgroßer, hagerer Mann in einem abgetragenen Anzug. Er war ungefähr in Tanners Alter.

»Ist das ein Angehöriger?«, fragte der.

»Ja, Lothar Fehrenbach«, antwortete Kaltenbach. »Er ist Claras Vater und auch Lehrer – aber im Ruhestand. Die ganze Familie ist gewissermaßen eine Lehrerdynastie. Er hat die Vermisstenanzeige aufgegeben und ließ sich nicht davon abhalten, bei der Suche zu helfen.«

»Mein Beileid«, sagte Tanner und reichte Fehrenbach die Hand. Dessen Miene war versteinert, seine Augen lagen in tiefen Höhlen. »Ich bin Polizeirat Tanner, Oberkommissar Kaltenbach kennen Sie ja. Um uns ein genaues Bild zu machen, versuchen wir, die letzten Tage zu rekonstruieren. Können Sie mir schildern, wie es zur Vermisstenanzeige kam?«

Tonlos begann Fehrenbach zu erzählen: »Wir, meine Frau und ich, hatten mit Clara vereinbart, dass sie sich täglich meldet. Meine Frau ist sehr empfindsam, sie bestand darauf. Die letzte Nachricht erhielten wir am 1. Juni per Nachmittagspost. Es war eine Postkarte vom Thurner, wo Clara und Ruth genächtigt hatten.«

»Haben Sie die Karte noch?«, fragte Tanner.

»Ja, einen Moment bitte.« Fehrenbach öffnete seine abgewetzte Aktentasche und gab Tanner die Karte. Fehrenbachs Hand zitterte leicht. Die Karte zeigte den Thurnergasthof, im Hintergrund den Kandel. Sie war am 31. Mai von der Breitnauer Post abgestempelt worden. Aus dem Text ging hervor, dass Clara sie am Morgen desselben Tages geschrieben hatte, also kurz vor ihrem Tod. Der Text beschrieb ihre bisherige Reise und die nächsten Stationen – nichts Außergewöhnliches, nichts, was auf ein Verbrechen hindeutete. Tanner gab die Karte zurück und sagte: »Manchmal ist es gut, wenn man die Zukunft nicht kennt.«

Fehrenbach nickte abwesend. »Am Samstag, das war der 2. Juni, hätten Clara und Ruth zurück sein sollen«, fuhr er fort. »Ich wartete am Bahnhof Gengenbach auf sie. Als niemand kam, dachte ich, sie hätten den Zug verpasst und kämen mit dem anschließenden. Ich wartete also weiter. Als auch der letzte Zug die beiden nicht brachte, ging ich sorgenvoll nach Hause. Auch der darauffolgende Tag verstrich ohne Lebenszeichen. Am 4. Juni fuhr ich dann nach Freiburg und erstattete bei der Kriminalpolizei Anzeige. Der Herr Kriminalsekretär Falk nahm sich sofort meiner an und –«

»Es ist gut, Herr Fehrenbach. Den Rest der Geschichte kennen wir.«

Fehrenbach, ohne den Halt seiner Erzählung verloren, stellte seine Aktentasche umständlich ab. Als er bemerkte, dass der Boden noch feucht war, nahm er sie wieder auf.

»Ist Ihnen vor der Abreise Ihrer Tochter etwas aufgefallen?«, fragte Tanner.

»Nein. Clara war guter Dinge. Sie hatte sich sehr auf die drei Tage gefreut. Sie nahm sogar den Damenspazierstock mit, den ich ihr geschenkt hatte, obwohl sie dafür viel zu jung sei, wie sie sagte.«

»Ein Spazierstock? Wie sah der aus?«

»Gelb, aus Holz, mit geschwungenem Griff.«

Tanner wandte sich an Kaltenbach. »Der war bei den gefundenen Gegenständen nicht dabei, hab ich recht, Hans?«

Kaltenbach nickte.

Dann wandte Tanner sich wieder Fehrenbach zu. »Wir haben noch eine Liste mit den Sachen, die Ihre Tochter bei sich führte. Kriminalsekretär Falk wird sie Ihnen zeigen. Bitte schauen Sie, ob noch etwas fehlt. Ansonsten danke ich Ihnen fürs Erste, Herr Fehrenbach. Sie sollten sich für weitere Fragen zur Verfügung halten.« Tanner streckte Fehrenbach die Hand hin.

Der nahm sie und ließ sie nicht los. »Ich bin ein sehr gläubiger Mensch, Herr Polizeirat. Ich sollte vergeben können, doch im Moment empfinde ich nur Wut. Wut und Hass. Es ist wie damals im Krieg, als ich meinen Sohn verlor. All diese Abgründe, all diese Verzweiflung. Ich dachte, das hätte ich alles hinter mir gelassen. Doch jetzt ist der Krieg zurück. Ich sehe meinen toten Sohn zerfetzt von den Granaten, und daneben liegt seine kleine Schwester. Geschändet und ermordet. Endet das denn nie? Ist der Mensch von Natur aus schlecht? Wo ist Gott?«

Vorsichtig zog Tanner seine Hand zurück. »Wir werden unser Möglichstes tun. Wenn Sie mit Falk gesprochen haben, wird man Sie nach Hause bringen. Kümmern Sie sich um Ihre Frau, die wird Sie brauchen. Und …«, Tanner machte eine kurze Pause, »… verlieren Sie Ihren Glauben nicht.«

Einen Moment schien es, als ob Fehrenbach etwas erwidern wollte, doch dann wandte er sich ab und ging zu Falk, der sich noch immer mit einem Gendarmen unterhielt. Tanner schaute Fehrenbach nach. Ausgerechnet er verwies auf den Glauben, dabei hatte er mit Gott schon lange abgeschlossen. Ursache dafür waren zwei Schicksalsschläge gewesen: erst seine Frau, jung gestorben an Schwindsucht, dann sein Sohn, ein Opfer des Kriegs. Ein sehr spätes – eines ohne Ehre. Zwei geliebte Menschen zu verlieren, darüber kam man nie hinweg, egal wie lang es her war. Aber Tanner war stark, er hatte gelernt, damit zu leben – irgendwie.

Die Lagebesprechung fand unter einer mächtigen Fichte statt, die ein bisschen Schutz vor dem heftiger werdenden Regen bot.

Die Leichenschau hatte Tanners erste Eindrücke bestätigt. Details wie die eigentliche Todesursache und die Frage, ob die Schüsse aus ein und derselben Waffe stammten, konnten jetzt noch nicht geklärt werden. »Momentan gehen wir von einem Sexualverbrechen aus«, sagte Tanner. »Genaueres können wir nach der Obduktion sagen. Die findet wann statt, Dr. Kneis?«

»Morgen früh um acht Uhr im Pathologischen Institut Freiburg in der Leichenhalle. Ich bitte die Herren, pünktlich zu sein«, sagte Dr. Kneis, während er sich über seinen Spitzbart strich. Eine Geste, die er ständig wiederholte.

Tanner fuhr fort: »Seit der Tat sind fünf Tage vergangen, umso wichtiger ist schnelles und umfassendes Handeln. Der letzte Ort, wo die Opfer gesehen wurden, ist der Gasthof Thurner. Dort werden meine Mitarbeiter mit ihren Erhebungen beginnen. Gleichzeitig müssen alle Personen, die in der Mordwoche in der Umgebung des Tatorts in Gasthöfen und Wanderherbergen genächtigt haben, anhand der Fremdenbücher protokolliert werden. Hierzu ist auch das Personal nach nicht registrierten Personen zu befragen. Ziel ist es, im Abgleich mit den uns bekannten Straftätern daraus eine Liste von Verdächtigen zu erstellen. Außerdem ist ein abermaliges Absuchen der Tatortumgebung dringend geboten.« Tanner wandte sich an einen gut gekleideten Herrn, der rechts neben ihm stand. »Herr Oberstaatsanwalt, können Sie dafür genügend Männer abstellen?«

»Kriegen Sie, Tanner, kriegen Sie.« Wie immer trug Oberstaatsanwalt Tauenstein feinen Zwirn, selbst sein dunkler Lodenmantel wirkte elegant. »Ich werde Anweisung an die Gendarmeriebezirke Neustadt und Freiburg geben. Sie sollen sämtliche verfügbaren Beamten abkommandieren. Dazu noch fünfzig Mannschaften der Bereitschaftspolizei.« Da sich nun alle Augen auf ihn richteten, war Tauenstein in seinem Element. »Wir werden keine Mühen scheuen. Diese schreckliche Tat wird die Bevölkerung, insbesondere das einfache Landvolk, aufs Höchste verunsichern. Der Staat muss jetzt Stärke und Handlungsbereitschaft zeigen. Ein schneller Ermittlungserfolg ist unabdingbar.«

Tanner hatte die Ermahnung, die an ihn ging, erwartet. Der Freiburger Oberstaatsanwalt war ehrgeizig, er wollte die Karriereleiter noch weiter hinaufsteigen. Gerüchte sagten, die Politik sei sein Ziel. In einer Stadt, die schon zwei Reichskanzler gestellt hatte, blühten die Träume – und da durfte ein unaufgeklärter Mordfall nicht bremsen. Ob es Tauenstein dabei auch um die Sache ging, wusste Tanner nicht. Jedoch leistete der Oberstaatsanwalt gute Arbeit – seine Ergebnisse stimmten, da war die Motivation eher zweitrangig.

***

Noch am selben Tag in den Diensträumen der Kriminalpolizei, die sich im Amtsgericht Freiburg befanden. Es war schon spät, so gegen acht Uhr abends, und auf Tanners Schreibtisch stapelten sich die Akten. Tanner stand an einem der hohen Fenster seines Büros. Er hatte Hunger, sollte aber auf ärztliche Anordnung hin Diät halten. Er sollte auch weniger rauchen und weniger trinken. Ein Spätburgunder wäre jetzt gut, dachte Tanner und steckte eine Zigarette an. Ein Spätburgunder und dazu gemischter Braten mit Knödeln und Rotkraut. Die Vorstellung ließ Tanners Magen knurren, er inhalierte den Zigarettenrauch tief und starrte auf die Kaiserstraße. Draußen zog eine Straßenbahn vorbei, gefolgt von zwei Autos. Es regnete. Deshalb waren wenige Passanten unterwegs, und wenn, dann versteckten sie sich unter ihren ausladenden Regenschirmen. Einer stand vor dem Lichtspielhaus Friedrichsbau und begutachtete das aktuelle Programm, ein anderer ließ seinen Dackel gegen einen Laternenpfahl pinkeln. Ein Vergehen, dachte Tanner. Ich werde aber nicht schießen, vielleicht trifft Waldi ja ein Stromschlag.

Tanner war Jahrgang 1867. Er kannte noch das schummrige Gaslicht, er hatte den Siegeszug der Elektrizität miterlebt. Das ungläubige Staunen über so viel Licht, über die schier unerschöpfliche Kraft, die jetzt die Straßenbahnen bewegte und die die Maschinen und Fertigungsbänder der Fabriken antrieb. Tanner war Zeitzeuge einer technologischen Revolution, die die Welt ins 20. Jahrhundert katapultierte. Und nicht nur das. Er hatte Länder und Weltreiche untergehen und neue entstehen sehen und mitverfolgt, wie die Monarchie im Deutschen Reich ein Ende nahm. Hauptverantwortlich dafür war deren Repräsentant und Herrscher gewesen: Kaiser Wilhelm II. In seiner Genialität hatte er Deutschland in den Krieg geführt und das Ende seiner Regentschaft eingeläutet. Dieser große, menschenverachtende und seelenfressende Krieg war der Höhepunkt einer kompletten Selbstüberschätzung gewesen. Die Tragik eines Herrschers, der glaubte, sich überall einmischen zu können, und von nichts eine Ahnung hatte.

Nur zu gern erinnerte Tanner sich an ein Zitat des Kaisers: »Ich glaube an das Pferd. Das Automobil ist eine vorübergehende Erscheinung.«

Jetzt gab es unzählige Autos, aber dafür keinen Kaiser mehr. Fortschritt und Demokratie hatten ihn abgelöst – aus Schlechtem konnte auch Gutes entstehen, auch wenn der Fortschritt zum Teil ängstigte, überforderte. Alles wurde rasend schnell, die Welt schrumpfte zu einem Dorf zusammen. Man konnte mit dem Zeppelin oder dem Flugzeug den Atlantik überqueren und mit New York telefonieren, als wäre es nebenan. Süd- und Nordpol waren erobert, nur wenige Weltregionen noch nicht erforscht. Röntgenstrahlen durchleuchteten Körper und zeigten deren Skelett. Freud hatte die Untiefen der menschlichen Seele freigelegt, Sinnsucher liefen nackt durch die Gegend und ernährten sich vegetarisch. Maschinen übernahmen schwere Arbeiten und entmannten den Mann. Neue Krankheiten entstanden. Man litt an nervöser Unruhe, und Schwermut wurde gesellschaftsfähig. Das war alles ein bisschen viel für einen alternden Polizisten, der auf seine Pension hoffte und gern Spätburgunder trank.

Es klopfte. Tanner bat herein. Inzwischen hatte Waldi sein Geschäft erledigt – ohne Stromschlag. Auch gut.

Kaltenbach und Falk traten ein und entledigten sich ihrer nassen Regenmäntel, die nun an der Garderobe vor sich hin tropften.

»Und?«, fragte Tanner und zeigte zu seinem Schreibtisch. Alle setzten sich.

»Wir haben einen Verdächtigen«, entgegnete Kaltenbach. »Theodor Franz Lot, ein vereidigter Bücherrevisor aus Magdeburg. Er hat zur selben Zeit wie die Mordopfer im Gasthof Thurner übernachtet. Laut Aussage der Wirtstochter Rosa Reichert hatte sich Lot sehr seltsam benommen. Er habe zum Teil wirr geredet und habe eine unangenehme, aufdringliche Art, und er hatte wohl Kontakt mit Ruth Fehrenbach. Am Vorabend des Mordes hatte er sich mit ihr unterhalten, woraufhin diese sichtlich aufgebracht die Gaststätte verlassen hatte. Außerdem ist es wahrscheinlich, dass er von der Reiseroute der Cousinen wusste, weil er am Nebentisch saß, als Ruth Fehrenbach diese der Wirtstochter nannte. Und zu guter Letzt ist Lot ungefähr eine Stunde vor den Frauen in Richtung Weißtannenhöhe aufgebrochen, obwohl er zum Kandel wollte. Rosa Reichert hatte ihn noch darauf aufmerksam gemacht, was Lot jedoch ignorierte. Er wisse, was er tue, soll er gesagt haben. Er werde nur einen Bogen schlagen.«

»Gut, das reicht.« Tanner sammelte sich kurz, dann wandte er sich an Falk. »Richten Sie einen Funkspruch an das Polizeipräsidium Magdeburg. Geben Sie eine Personenbeschreibung Lots ab und lassen Sie seine Identität prüfen. Ordnen Sie bei Übereinstimmung seine Festnahme an. Lassen Sie gezielt nach einem Messer, einer Schusswaffe und blutiger Kleidung suchen. Die gleiche Anordnung geht an alle örtlichen Polizeibehörden mit der Aufforderung, in sämtlichen Gasthöfen, Hotels und dergleichen nach Lot zu fahnden.«

»Soll ich noch eine Beschreibung der Tat anfügen?«, fragte Falk eilfertig.

Tanner beugte sich vor. »Natürlich, Falk. Was haben Sie eigentlich gelernt? Bademeister?«

Falks Blick verfinsterte sich, Tanner hoffte auf Gegenwehr, jedoch mischte sich Kaltenbach ein. »Vergessen Sie nicht, noch die vermissten Gegenstände zu erwähnen: also Claras Damenstock und Ruth Fehrenbachs silberne Damenuhr und ihr Messer.« Falk nickte, stand ruckartig auf und ging zum Funkraum.

»Das mit der Uhr und dem Messer haben wir von Lothar Fehrenbach erfahren«, erklärte Kaltenbach und zückte ein silbernes Zigarettenetui. »Denkst du nicht, dass du Falk zu hart rannimmst?«

»Nein. Der hat bei mir jeglichen Kredit verspielt. In meiner Abteilung kriegt der keinen Fuß mehr auf den Boden.«

»Wenn du meinst.« Kaltenbach zündete eine Zigarette an und schaute dem Rauch nach. Die Tür ging auf, und Falk kehrte zurück, in der Hand die Abschrift des Funkspruchs.

»Dahin«, befahl Tanner und deutete zur Ablage.

Falk legte den Funkspruch ab und blieb unschlüssig stehen.

»Was noch?«, fragte Tanner.

»Kann ich jetzt Feierabend machen?«

»Warum?«

»Ich habe einen Termin – privat.«

»Privat gibt es nicht. Heute ist viel geschehen. Berichte müssen geschrieben werden.«

»Es ist aber wichtig. Ich fange morgen früher an. Die Berichte haben Sie bei Dienstantritt.«

»So viel Einsatz für einen privaten Termin?« Tanner musterte Falk. »Es gibt zwei Möglichkeiten: Entweder wartet eine Herzensdame oder …« Tanner nahm den Funkspruch, überflog ihn, wiegte seinen Kopf und vollendete lauernd den Satz: »… oder der junge Herr geht zur Versammlung der NSDAP-Ortsgruppe.« Ein Versuchsballon, einfach aufs Geratewohl losgelassen. Falk wurde bleich. »Sie wissen aber schon, dass der Innenminister Remmele gegen Beamte mit nationalsozialistischem Hintergrund vorgeht?«

»Wie gesagt, es ist privat.«

»Na dann.« Tanner winkte abfällig.

Falk machte auf dem Absatz kehrt und schloss die Tür mit viel Schwung, bremste aber kurz vor dem Einrasten ab und verursachte so kaum ein Geräusch. Offensichtlich konnte er sich gut beherrschen. Tanner ging zum Aktenschrank und kehrte mit einer Flasche Weinbrand und zwei Gläsern zurück.

»Für mich nicht«, sagte Kaltenbach und beobachtete, wie Tanner sich einschenkte.

»Habe leider keinen Rotwein da, aber der Weinbrand tut es auch«, entgegnete Tanner und nahm mit geschlossenen Augen einen Schluck.

»Geht's dir nur um Falk, oder bist du auf einem Feldzug gegen die Nazis?«, fragte Kaltenbach.

»Wie man's nimmt. Falk hat was gegen Juden, und das passt mir nicht. Deshalb kann ich ihn aber nicht rauswerfen, denn sonst stünde ich bald allein da. Nein, Falk ist voreingenommen, und das trübt sein Urteil. Solche Mitarbeiter kann ich nicht gebrauchen. Und wenn er dann noch mit den Nazis sympathisiert, ist die rote Linie überschritten. Demokratiefeinde haben im Staatsdienst nichts zu suchen. Nur zur Erinnerung: Vor fünf Jahren haben wir noch deren Ortsgruppengründung verhindert, und heute kommen sie aus allen Löchern gekrochen.«

»Du übertreibst, Gerd. Die Nationalsozialisten sind Krawallmacher und nichts weiter. Sie haben keine Bedeutung. Bei der Reichstagswahl im Mai hatten sie nicht mal drei Prozent und in Freiburg noch weniger.«

»Das mag so sein, aber das allgemeine Stimmungsbild spricht eine andere Sprache. Unsere Demokratie steht seit ihrer Gründung auf tönernen Füßen. Die republiktreuen Parteien waren und sind in der Minderheit, auch wenn sie bei der letzten Wahl so gut wie schon lange nicht mehr abgeschnitten haben. Es gibt zu viele, die den Staat ablehnen.«

»Und das wundert dich? Schau dir doch nur das Chaos der letzten Jahre an. Meine Eltern haben durch die Inflation ihr mühsam Erspartes verloren. Ein ganzes Leben voller harter Arbeit, um am Ende vor dem Nichts zu stehen. Jetzt bekommen sie eine spärliche Rente, die gerade für den halben Monat reicht. Sie mussten ihre alte Wohnung aufgeben und in ein feuchtes Loch ziehen. Ohne Gelegenheitsarbeiten und das bisschen, was ich erübrigen kann, wären sie aufgeschmissen. Dieser Staat hat sein Vertrauen längst verspielt.«

»Der Staat trägt wenig Schuld an dieser Misere, es ist das Erbe des Kaiserreichs. Ohne den Krieg, ohne dessen immense

Kosten, ohne die Reparationszahlungen wäre die Situation erheblich besser.«

»Die einen sagen so, die anderen so.«

»Und wo stehst du?«

»Ich bin unpolitisch. Ich achte das Gesetz und mache meine Arbeit.«

»Dann ist dir dein Arbeitgeber egal? Du würdest auch für einen Hugenberg oder Hitler arbeiten?«

»Natürlich. Und du würdest das auch tun. Unterm Kaiser warst du ja auch schon im Staatsdienst.«

»Hitler ist nicht Wilhelm II., der war nur dumm. Hitler hingegen ist gefährlich. Hast du ›Mein Kampf‹ gelesen?«

»Nein. Interessiert mich auch nicht.«

»Für das, was Hitler da schreibt, gehört er ins Gefängnis.«

»Da war er doch schon.«

»Ja, aber nur kurz – und im Land ist er auch noch, und das, obwohl er nach seinem Putschversuch in München des Hochverrats angeklagt wurde. Laut Gesetz hätte er nach Verbüßung der Haftstrafe des Landes verwiesen werden müssen, weil er Ausländer ist. Stattdessen bekam er fünf Jahre Festungshaft und wurde nach neun Monaten wegen guter Führung entlassen! Die Begründung lautete, dass ein Mann, der so deutsch denkt und fühlt wie Hitler, sich durch rein vaterländischen Willen auszeichnet und deshalb das Motiv des Verrats nicht aufrechterhalten werden könne. Das Urteil ist ein Witz und wirft ein entlarvendes Licht auf unsere Justiz.«

»Was erwartest du? Justiz und Beamtentum stammen fast vollständig aus dem Kaiserreich. Du kennst doch unsere Kameraden. Die sind hauptsächlich konservativ und streng rechts und trauern der alten Ordnung nach.«

»Genau daran krankt unsere junge Republik. Die Gerichte fühlen sich oft ihrer Weltanschauung, ihrer politischen Gesinnung, ihrer Vorstellung vom Staat und nicht dem Gesetz verpflichtet.«

»Ist das so falsch? Angenommen, das Gesetz oder Teile davon

widersprechen dem eigenen Rechtsempfinden. Menschen, die in deinen Augen rechtschaffen sind, werden verurteilt, und andere, die das Land gefährden, bleiben unberücksichtigt. Muss man da nicht die Gesetze einseitig auslegen oder gar missachten?«

»Auf keinen Fall. Du wirst den Eid nicht vergessen haben, den wir alle leisten mussten.«

»Wie könnte ich.« Übertrieben feierlich wiederholte er die Eidesformel: »Ich schwöre Treue der Verfassung, Gehorsam den Gesetzen und gewissenhafte Erfüllung meiner Amtspflichten.«

Tanner musterte sein Gegenüber. »Entschuldige, dass ich das sage, aber bei dir klingt das wie ein Lippenbekenntnis.«

»Ein Eid kann das Denken nicht verbieten.«

»Das Denken nicht, er bestimmt aber das Handeln. Für mich ist er bindend.«

»Ach ja? Nur mal angenommen, die NSDAP gewinnt die nächste Reichstagswahl und stellt die Regierung und verabschiedet mit ihrer Mehrheit Gesetze im Parlament. Gesetze, die bestimmte Bevölkerungsgruppen diskriminieren – die Juden zum Beispiel. Was dann?«

»Das wäre dann gegen die Verfassung.«

»Eine Verfassung kann geändert werden.«

»So weit wird es nicht kommen.«

»Nur als Gedankenspiel. Was würdest du tun? Wärst du dann immer noch gesetzestreu?«

»Wenn die Verbrecher das Sagen hätten, würde ich freiwillig aus dem Polizeidienst ausscheiden.«

»Tatsächlich? Dem Gegner das Feld überlassen und auf die Pension verzichten?«

Tanner verzog sein Gesicht und überlegte. »Ganz schwere Frage. Im Moment habe ich keine Antwort.«

Kaltenbach winkte ab. »Vergiss es. Ich wollte dich nur aus der Reserve locken. Die Nazis sind eine Splitterpartei. Ein paar Verrückte, die halt mächtig Radau machen und deshalb auffallen. Irgendwann interessiert sich keiner mehr für die.«

»Dein Wort in Gottes Ohr.« Tanner hatte inzwischen sein

Glas geleert und schenkte sich ein zweites ein. »Und was ist mit Hindenburg?«

»Hindenburg, unser geliebter Reichspräsident«, sagte Kaltenbach verächtlich. »Warum gerade er der erste Mann in diesem Staat ist, verstehe ich nicht. Hindenburg ist ein Ewiggestriger. Er ist Monarchist und Soldat, aber er ist kein Politiker. Nur weil er als der Held von Tannenberg gilt, befähigt ihn das noch lange nicht, dem Deutschen Reich vorzustehen. Ohnehin werden seine militärischen Erfolge überschätzt. Die Leute haben vergessen, dass es im Krieg mit dem Siegen bald vorbei war, dass die Oberste Heeresleitung unter seiner und Ludendorffs Verantwortung das Ganze in den Sand gesetzt hatte. Dass die beiden Betonköpfe, als die Niederlage unabwendbar war, die verhassten Politiker vorschickten, um Frieden zu schließen. Erst mit dem Kriegsende zeigte Hindenburg wahres taktisches Geschick. Behauptet er doch tatsächlich, dass das deutsche Heer im Felde unbesiegt sei. Dass man es durch einen Waffenstillstand von hinten erdolcht habe. Die Dolchstoßlegende ist eine Meisterleistung auf dem Gebiet der Geschichtsfälschung. Diese Legende schwächt bis heute die Republik: Erst zündet Hindenburg das Haus an, und dann wird er zum Feuerwehrkommandanten gewählt – ein Witz.«

»Das aus dem Mund eines ehemaligen Offiziers?«

»Gerade deshalb. Ich war an der Front, ich weiß, wie hoffnungslos die Lage war.«

»Dann dienen wir also jetzt schon einem Verbrecher?«

»Wenn du so willst, ja. Und jetzt brauche ich auch einen Weinbrand.«

5

Mittwoch, der 6. Juni 1928, Amtsgericht Freiburg, Kaiserstraße

Die Obduktion fand ohne Tanner statt. Auf die Gerüche und Geräusche, auf das teilnahmslose Gesicht der Toten, wenn sie aufgeschnitten wurden, konnte er verzichten – vor allen Dingen, wenn er gerade gefrühstückt hatte. Das Rührei mit Speck sollte dort bleiben, wo es hingehörte.

Tanner saß in seinem Büro und hatte gerade Falks Bericht gelesen: Fristgerecht abgeliefert, sachlich und strukturiert geschrieben, also keinerlei Anlass zur Beschwerde, was wirklich schade war. Der Junge war zuverlässig und belastbar, das musste man ihm lassen. Neben dem Bericht lag die Nachricht des Oberstaatsanwalts: Man hatte eine Belohnung von zehntausend Mark ausgesetzt – die immense Summe unterstrich die Dringlichkeit des Falls. Sobald das Ergebnis der Leichenöffnung vorlag, würde Tanner an die Öffentlichkeit gehen. Doch vorerst nahm er sich wieder seines gestern begonnenen Aktenstudiums an. Hierzu hatte er sich alle im Umkreis bekannten, nicht aufgeklärten Sittlichkeitsverbrechen geben lassen. Die Anzahl war beträchtlich, gerade wenn man von einer hohen Dunkelziffer der nicht gemeldeten Verbrechen ausging. Tanner beschränkte sich vorerst auf diejenigen, die mit einem Messer begangen worden waren und sich in der freien Natur abgespielt hatten, und ordnete sie chronologisch:

10.03.1927: Zwei junge Frauen wurden beim Hirschrank oberhalb von Nußbach von einem Exhibitionisten belästigt. Der Täter war vermutlich mit einem Fahrrad an ihnen vorbeigefahren und hatte sie dann abgepasst. Er war mit einem Messer bewaffnet. Die Frauen rannten sofort davon. Die Täterbeschreibung war aufgrund einsetzender Dun-

kelheit sehr vage: circa einen Meter siebzig groß, großer Kopf, keine Schuhe und Strümpfe.

03.04.1927 bei der Kalten Herberge: Zwei Frauen wurden von einem Mann mit einem Messer bedroht und unsittlich angefasst. Die Frauen widersetzten sich und konnten flüchten.

28.05.1927 auf der Weißtannenhöhe: Ein Mann brach aus dem Gebüsch und stellte sich zwei Frauen in den Weg. Er fragte sie nach ihrem Ziel und wurde zudringlich. Die Frauen wehrten sich mit ihren Spazierstöcken, woraufhin der Täter von ihnen abließ.

02.07.1927 beim Thurner: Eine Frau wurde von einem Mann abgepasst und nach dem Weg gefragt. Dabei entblößte der Täter sich und bedrohte sie mit dem Messer. Er entwendete ihr Geld, ihre Ausweispapiere und ihre Strümpfe und ließ sie dann gehen. Die Ausweispapiere wurden merkwürdigerweise später aus Donaueschingen zurückgeschickt.

Die letzten drei Fälle wurden vermutlich alle von derselben Person begangen, die von einer örtlichen Zeitung als »der Maskenmann« bezeichnet wurde, weil der Täter immer eine schwarze Maske trug, wahrscheinlich einen Strumpf mit ausgeschnittenen Augenlöchern. Den Beschreibungen nach war er circa dreißig Jahre alt und einen Meter siebzig bis einen Meter fünfundsiebzig groß. Die Haare dunkel, die Figur mittelstark. Tanner hatte damals von dem Maskenmann aus der Presse erfahren – der Fall wurde von einer anderen Abteilung bearbeitet. Da das letzte Verbrechen beinahe ein Jahr zurücklag, hatte sich die öffentliche Aufregung wieder gelegt, die Ermittlungen waren im Sand verlaufen.

Der Akte vom Thurner lag ein Briefumschlag bei, mit dem die Ausweispapiere der Frau zurückgeschickt worden waren. Die Adresse war in auffällig sauberer Druckschrift, der Normschrift auf technischen Zeichnungen gleichend, notiert. War der Maskenmann vielleicht in einem technischen Beruf tätig?

Tanner machte sich gerade eine Notiz, da schlug die Standuhr in seinem Büro elf, und Kaltenbach trat ein. Unaufgefordert setzte er sich und zündete sich eine Zigarette an. Den Rauch ließ er langsam entgleiten, dabei beobachtete er, wie Tanner das Kuvert und die Akten beiseiteräumte. Kurz darauf kam Falk. Sein Gesicht war bleich, seine Haare wirkten leicht feucht, offensichtlich hatte er sich frisch gemacht.

Tanner deutete auf einen Stuhl und fragte: »Brauchen Sie einen Schnaps? So eine Leiche am Morgen kann einen ganz schön mitnehmen.«

»Das war nicht meine erste Obduktion«, antwortete Falk.

»Also nicht?«

»Nein, keinen Schnaps.«

Ein Grinsen huschte über Tanners Gesicht, dann wandte er sich Kaltenbach zu. »Erzähl.«

Kaltenbach richtete sich auf und drückte die Zigarette aus. »Prinzipiell bestätigen die Ergebnisse der Obduktion meine Theorie des Tathergangs, oder sie widersprechen ihr zumindest nicht. Unter Claras Fingernägeln, sie ist die Jüngere der beiden, fanden sich keine Fremdkörper. Auch konnten keine Kampfspuren gefunden werden. Das heißt, sie hat sich nicht gewehrt, sie wurde überrascht. Ruth hingegen schon. Sie hatte fremde Hautpartikel unter den Fingernägeln und – hier wird es interessant – in der Hand ein circa sechs Zentimeter langes, schwarzes Haar, das vom Täter stammen muss – Ruths Haar ist zwar auch dunkel, aber nicht so dick.«

Tanner hob die Augenbrauen. »Das würde zum Maskenmann passen – ein Exhibitionist, der letztes Jahr mit einem Messer bewaffnet sein Unwesen trieb –, ihr habt sicher von ihm gehört. Wir werden die belästigten Frauen mit Fotos von Verdächtigen konfrontieren, wenn wir dann mal Verdächtige haben. Falk: Welche Haarfarbe hatte noch einmal Theodor Lot, der Mann, nach dem wir bereits fahnden?«

»Blond«, antwortete Falk eilfertig. »Kurze, blonde Haare.«

»Das spricht gegen Lot – es sei denn, er hat sich verkleidet, eine Perücke getragen.«

»Ist möglich. Eine einfache Maßnahme, um nicht erkannt zu werden«, stimmte Kaltenbach zu. »Nun aber zurück zur Obduktion, zur Todesursache der beiden Frauen: Ruth starb vermutlich aufgrund der Kopfschüsse, Clara sicher nicht. Sie ist verblutet. Der Halsschnitt hat ihr Leben beendet.«

»Auch das noch«, stöhnte Tanner. »Dann hat sie gelebt, als der Täter zurückkam. Schwer verletzt mit einer Kugel im Kopf.«

»Ja, aber offensichtlich war ihr Gehirn so stark geschädigt, dass sie von allem nichts mitbekam. Das sagt jedenfalls Dr. Kneis und erklärt damit ihren friedlichen Gesichtsausdruck.«

»Na, hoffentlich hat er da recht. Nicht auszudenken, wenn nicht – das arme Mädchen.«

Kaltenbach zuckte mit den Schultern und fuhr unberührt fort: »Wie bereits bei der gestrigen Leichenschau von uns angenommen, wurde beiden Frauen zweimal in den Kopf geschossen: Stahlmantelgeschoss, Kaliber 6,35 Millimeter. Alle Patronen stammten aus derselben Pistole – es handelt sich also um einen Einzeltäter. Das Fabrikat muss noch festgelegt werden. Sowohl ein Trommelrevolver als auch eine Automatik kommen in Frage – zum Beispiel eine Sauer-Pistole.«

»Also ein Westentaschenmodell«, stellte Tanner fest. »Klein, handlich und gut zu verstecken. Wird die nicht von Offizieren der Wehrmacht benutzt?«

»Nur inoffiziell zur Selbstverteidigung. Fürs Gefecht taugt die Waffe nicht«, antwortete Kaltenbach. »Kommen wir zum überraschendsten Ergebnis der Untersuchung.« Er suchte Tanners Blick. »Es gab keine Vergewaltigung – zumindest nicht im herkömmlichen Sinn. Ruth und Clara waren beide noch Jungfrauen.«

»Was?«, fragte Tanner.

»Ja, keinerlei Verletzung der Geschlechtsorgane, auch rektal keine Verletzung, keine Spermaspuren.«

Tanner schüttelte den Kopf. »Die Jungfräulichkeit lässt sich ja mit dem Lehrerinnenzölibat erklären. Beide waren ledig, beide hielten sich an die Regeln. Aber die Tat passt nicht dazu.«

»Nicht unbedingt, es gibt ja noch andere Möglichkeiten, die ein sexuelles Motiv zugrunde legen: das bloße Schauen, ein Riechen, ein Lecken, das Eintauchen des Fingers.«

»Ja, ich weiß. Dennoch müssen wir unseren Ansatz überdenken. Welche Motive bieten sich noch an?«

»Eine Beziehungstat, Rache, ein daraus resultierender Auftragsmord«, zählte Kaltenbach auf.

»Gut, dann fangen wir mal an zu spekulieren. Lasst uns von einem Auftragsmord ausgehen«, sagte Tanner und sammelte sich. »Der Mörder täuscht also eine Sexualstraftat vor, um von seinem eigentlichen Motiv abzulenken. Er folgt einem Plan, er ist eiskalt, aber er geht nicht den letzten Schritt: das Eindringen, das Verletzen. Er hätte einen geeigneten Gegenstand nehmen können. Warum tut er das nicht? Vielleicht läuft ihm die Zeit davon, vielleicht hält er die gelegte Spur für ausreichend.«

»Das klingt doch alles sehr hypothetisch«, warf Kaltenbach ein. »Wenn schon, dann ein fingierter Raubmord. Das wäre erheblich einfacher.«

»Stimmt. Aber die Fakten sind nun mal, wie sie sind, und die versuchen wir mit einem anderen Motiv in Verbindung zu bringen. Möglicherweise hat der Täter ja diese Spur gelegt, weil er Kenntnis von den Sexualstraftaten des letzten Jahres hat.«

»Kann sein, ich bleibe aber bei dem Lustmord. Alles andere ist mir zu weit hergeholt.«

»Also gut, Hans«, lenkte Tanner ein. »Setzen wir weiterhin ein Sexualverbrechen voraus. Anderes könnte sich aus Ermittlungen im privaten Umfeld der Opfer ergeben – darum werde ich mich kümmern. Du und Falk, ihr werdet in Zusammenarbeit mit den anderen Dienststellen vor allen Dingen die umliegenden Bauernhöfe und Dörfer abklappern. Fragt nach Verdächtigen, sowohl Fremde als auch Einheimische. Lauscht dem Tratsch, geht in die Wirtshäuser, in die Kirchen, macht euch ein Bild.

Aber seid euch bewusst, dass das kein leichtes Unterfangen wird. Das schwarzwälderische Landvolk ist sehr eigen, besonders wenn sich jemand von außen einmischt.«

Tanner wandte sich an Falk. »Für Sie habe ich noch eine weitere Aufgabe, weil wir jetzt an die Öffentlichkeit gehen. Sorgen Sie für eine detaillierte Ausschreibung der Fahndung. Unser Hauptaugenmerk gilt zwei Personen: zum einen Theodor Franz Lot, der jetzt auch offiziell gesucht wird, zum anderen dem eben erwähnten Maskenmann. Er hatte bei seinen Verbrechen einen schwarzen Strumpf oder ein schwarzes Tuch getragen und ist eins siebzig bis eins achtzig groß bei mittelstarker Figur. Geben Sie weiterhin an, was wir vom Täter wissen. Also, dass er vermutlich Kratzspuren im Gesicht hatte, dass er am Tag der Tat mit einem Messer und einer handlichen Schusswaffe Kaliber 6,35 Millimeter bewaffnet war und dass er möglicherweise blutige Wäsche bei sich trug. Erwähnen Sie auch das schwarze Haar und dass es sich um eine Perücke handeln könnte. Fügen Sie zum Schluss die Belohnung an, die die Staatsanwaltschaft II für Hinweise, die zur Ergreifung des Täters führen, ausgesetzt hat: Es sind, man höre und staune, zehntausend Mark.«

»Zehntausend Mark«, flüsterte Falk ehrfürchtig, so viel verdiente er nicht einmal in zwei Jahren.

Zögerlich stand er auf, und Tanner musterte ihn ungeduldig. »Ist noch was?«

»Ja, eigentlich schon«, antwortete Falk gedehnt und straffte sich. »Auch wenn das hier nicht gern gehört wird«, sagte er dann bestimmt, »ist es meine Pflicht, noch einmal auf einen wichtigen Punkt hinzuweisen. Bekanntlich hatten die Frauen durchschnittene Kehlen, und eine ist ausgeblutet. Das deutet unmissverständlich auf die Unsitte des Schächtens hin. Und das Schächten wird nun mal von den Juden praktiziert. Das ist ein Umstand, der nicht unterschlagen werden darf.«

Augenblicklich stieg Tanners Blutdruck, und auf seiner Stirn trat eine Ader hervor. »Falk, ich dachte, ich hätte mich beim letzten Mal deutlich genug ausgedrückt. Außer Schwachsinn wird hier gar nichts unterschlagen. Wenn Sie nicht objektiv ermitteln und den Verdacht einseitig auf die Juden lenken, können Sie mit einem Disziplinarverfahren rechnen. Ist das klar?«

Falk nickte.

»Ob das klar ist?«

»Ja, Herr Polizeirat«, rang Falk sich ab. »Objektiv ermitteln, alle Hinweise beachten, niemanden ausschließen«, ergänzte er mit einem verächtlichen Unterton.

Tanner war nahe daran, Falk niederzubrüllen. Jedoch besann er sich eines Besseren und bekam sogar ein Lächeln zustande. »Schön, dass Sie bereit sind dazuzulernen, Falk. Mit viel gutem Willen machen wir noch einen ordentlichen Polizisten aus Ihnen.« Tanners Lächeln verschwand. »Und jetzt raus.«

Amüsiert schaute Kaltenbach Falk nach, der die Tür nach anfänglichem Schwung wieder langsam schloss. »Der Junge heizt dir ordentlich ein«, sagte er zu Tanner.

»Du kennst meine Meinung zu dem Thema.«

»Ja, aber du wirst nichts daran ändern. Die Juden waren schon immer als Sündenböcke beliebt.«

Missmutig winkte Tanner ab und sagte: »Ich will nichts mehr davon hören. Was ist eigentlich mit Fingerabdrücken?«

»Vergiss es. Wir haben zwar die in Frage kommenden Beweismittel wie Kleidung und Rucksäcke nach Karlsruhe zur Landespolizei geschickt, aber der Regen hat vermutlich alle Spuren vernichtet.«

»Man weiß ja nie«, entgegnete Tanner und schaute zur Standuhr. Die zeigte zwölf und schlug an. Tanners Gesicht hellte sich auf – sein Zeitgefühl täuschte ihn nie. »Mittagszeit«, sagte er fröhlich. »Bin gespannt, was es zu essen gibt. Wir haben so weit alles besprochen, denke ich. Nur eines noch: Achte bitte bei deinen Ermittlungen darauf, dass Falk keinen Unsinn erzählt. Das Letzte, was wir brauchen können, sind haltlose Gerüchte.«

6

Samstag, der 9. Juni 1928, Geigishof bei Breitnau

Nichts war beruhigender als das Geräusch des mächtigen Wasserrads, das die Mühle antrieb. Das Plätschern des Bachs, das leise Knarren der Holzstreben, diese große unsichtbare Kraft, die im Wasser steckte. Johann saß an seinem Lieblingsplatz in der Mühle, wo er dem Getriebe bei der Arbeit zusehen konnte. Der Altbauer, sein Opa, hatte es ihm vor vielen Jahren erklärt: Das oberschlächtige Wasserrad, das zusammen mit dem Kammrad auf der Wasserwelle saß. Die Zähne des Kammrads, die in das Stockrad griffen und die Königswelle antrieben, die wiederum das Mahlwerk zum Leben erweckte. Die Lager, die immer gut geschmiert sein mussten – täglich drehte Johann die Schraubendeckel der Staufferbüchsen um genau eine Umdrehung und füllte Fett nach, wenn eine der Schrauben aufsaß. Die Wellen, die aus altem, hartem Eichenholz hergestellt wurden und die mit Stahldornen versehen waren, auf denen die Lager liefen. Das Wasserrad, das über zwanzig Jahre hielt, wenn man es aus dem Holz einer Kiefer fertigte. Die Schaufeln des Wasserrads, die exakt auf den Zulauf abgestimmt waren.

»Die Kraft des Wassers, die Energie, die ihm innewohnt, ist ein Geschenk Gottes«, hatte der Opa gesagt. »Wir Menschen können sie innerhalb der Gesetze der Natur nutzen. Wir können sie nicht mehren, sie nicht vergrößern, so wie der Mensch nicht mehr sein kann, als Gott zulässt. Aber wir können sie auf unterschiedliche Art nutzen, indem wir Geschwindigkeit und Kraft variieren, indem der Mensch ein Getriebe mit unterschiedlicher Übersetzung baut. Mal schnell rotierend mit wenig Kraft und mal langsam drehend mit enormer Kraft. Einer Kraft, die Eisenstangen verbiegen, Holz brechen und Menschen zerquetschen kann. Deshalb muss man sich immer vom laufenden Getriebe fernhalten, niemals darf man versuchen, es von Hand anzuhalten, niemals in die rotierenden Speichen greifen. Erst wenn die Wasserzufuhr gesperrt und der Schlusskähner gesichert ist, erst dann darf man in das Getriebe kriechen, um nötige Wartungen und Reparaturen vorzunehmen.«

Johanns Opa war ein bedächtiger Mann gewesen, der gern und mit großer Geduld erklärte, der sich nicht an Johanns Stottern störte, der sein Interesse sah und sich daran erfreute. »Du bist nicht weniger wert, nur weil du langsamer als die anderen redest. Nein, du bist klüger als all die anderen. Klüger als deine Brüder, denen Stroh aus den Ohren wächst, klüger als deine Schwestern, die nur ans Heiraten denken, und klüger als dein Vater, dessen Boshaftigkeit seinen Verstand vergiftet hat.«

Johann schloss die Augen, lauschte dem Rhythmus des Getriebes, dem Geräusch des Rüttelschuhs – dem Klipp-Klapp, das in dem Kinderlied besungen wird. Er spürte die Vibrationen des Mahlwerks und trauerte um seinen Opa, der vor drei Jahren gegangen war, um die einzige Person, die ihm Halt gegeben hatte. Mit ihm wäre das alles nicht passiert: die Schande, die Sünde, der Tod. Kurz blitzte das Bild der beiden Frauen auf. Johann bekreuzigte sich, brach aber ab. Er hatte die Gnade nicht verdient, Gott würde ihn nicht erhören. Das Einzige, was er verdient hatte, war die Hölle.

Ein helles Klingeln riss ihn aus seinen Gedanken. Die Glocke schlug an. Sie sagte ihm, dass er Getreide nachfüllen musste. Johann stürmte die Treppe zum Mühlenstuhl hinauf, nahm ohne große Anstrengung den Getreidesack – er war ein kräftiger, junger Mann – und füllte den Trichter. Die Klappe, die die Glocke über Schnüre und Umlenkungen auf einen rotierenden Stößel absenkte, wurde durch das Gewicht des Korns nach unten gedrückt, woraufhin das Klingeln endete. Allein dieser Mechanismus faszinierte ihn.

Zu gern hätte er mehr als die einfachen Wartungsarbeiten gekonnt. Mehr als das Auffüllen, das Schmieren, die kleinen Reparaturen. Ein Wandergeselle, der die Mühlen instand setzte, die Mahlsteine schärfte, das war sein Traum. Oder mehr noch, einer jener stolzen Männer zu sein, die Mühlen auslegen konnten. Die die Naturgesetze im Detail kannten, die komplizierte Berechnungen anstellten und in Zeichnungen umsetzten, aus denen dann Wasserrad und Getriebe gefertigt wurden. Diese Tätigkeit hätte ihn sicher vor dem Teufel geschützt, der in seinem Kopf wütete und ihn zu Fürchterlichem antrieb.

Ein Scheppern ließ ihn aufschrecken. Es kam aus dem Wohntrakt der Mühle. Der Oma war bestimmt wieder etwas heruntergefallen. Johann eilte nach oben. Die Oma war halb blind und hörte schlecht. Eigentlich konnte sie gar nicht mehr allein leben. Immer passierte etwas. Mal stürzte sie, mal ging sie ohne Schuhe aus dem Haus, mal bekam sie das Herdfeuer nicht an, mal saß sie den ganzen Tag im Dunkeln, weil sie vergessen hatte, die Fensterläden zu öffnen. Johann brachte ihr immer das Essen und schaute nach dem Rechten. Manchmal übernachtete er auch bei ihr, obwohl der Vater es verboten hatte. »Wenn die Alte Hilfe braucht, soll sie bei uns unten wohnen«, hatte er gesagt.

»Bevor ich einen Fuß in dieses Haus setze, sterbe ich lieber«, hatte die Oma gesagt – vermutlich hoffte der Vater darauf.

Die Oma schaute traurig auf die Milchpfütze und die zertrümmerte Tasse. »War ein schönes Stück«, sagte sie. »Mit Malerei drauf – ein Blumenstrauß.«

Johann sammelte die Scherben auf.

»Mach schnell«, sagte sie. »Der Opa kommt gleich, der schimpft doch immer so, wenn was kaputtgeht.«

Johann warf die Scherben weg und wischte die Milch auf. Sein Blick fiel auf das Regal mit dem abschließbaren Kästchen. Darin lag sein Geständnis. Er hatte es der Oma anvertraut, damit sie es im Falle seines Todes dem Pfarrer gab. Die Nachwelt sollte von seinem Verbrechen erst erfahren, wenn man ihn nicht mehr zur Rechenschaft ziehen konnte. Das war feige, das wusste Johann. Zumal die Oma den versiegelten Brief ohnehin schon vergessen hatte und es auch sehr wahrscheinlich war, dass er sie überleben würde und es danach niemanden mehr gab, dem er vertrauen konnte. Dann würde er sein Geheimnis mit ins Grab nehmen. Von niemandem gehört, von niemandem bestraft, außer von Gott.

»Bist ein guter Junge, Johann«, sagte die Oma. »Und das bei dem missratenen Vater. Ist schon komisch, wie aus dir was werden konnte. Du hast halt viel vom Opa. Die Hände, die trotz der harten Arbeit schön sind, und die dunklen Haare, die bei ihm selbst im Alter nicht grau geworden sind.«

Johann lächelte – er sagte so gut wie nie etwas. Worte waren seine Feinde, denn sie bestanden aus Buchstaben, und Buchstaben holperten aus seinem Mund und wiederholten sich ständig. Bis er ein Wort zusammenhatte, hatte er schon Dutzende Sätze zu Ende gedacht. Sein Mundwerk hinkte immer hinterher – er war es leid.

»Aber ich habe deinen Vater geboren, und dein Opa hat seinen Teil dazu beigetragen. Wir sind doch beide rechte Leut, oder?«

Johann nickte.

»Warum ist der Matthäus dann, wie er ist?«

Johann zuckte mit den Schultern und wunderte sich – es war selten, dass die Oma seinen Vater beim Vornamen nannte.

»Du weißt es nicht, und ich weiß es auch nicht«, seufzte die Oma. »Aber eins ist sicher. Das Sprichwort ›Der Apfel fällt nicht weit vom Stamm‹, das stimmt nicht, das kann nicht stimmen.« Die Oma schüttelte traurig ihren Kopf, ihre Hände kneteten ihre Schürze. Johann strich ihr über das Haar, stellte ihr eine weitere Tasse Milch auf den Tisch und ließ sie dann allein.

Draußen stand das große Transmissionsrad still. Es war vom Wasserrad abgekoppelt – der Flachriemen lag lose auf der Riemenscheibe. Über die Transmission wurden Fräsmaschine und Brennholzsäge angetrieben, die sich neben dem Haupthaus in der Werkstatt befanden. Das Haupthaus lag unterhalb der Mühle in fast zweihundert Metern Entfernung. Über diese große Distanz übertrug die Transmission die Kraft des Wasserrads. »Transmission ist eine ganz gefährliche Sache«, hatte der Opa gesagt. »Wenn da der Arm oder gar der Kopf hineingerät, ist er ab. Wer sich damit nicht auskennt, muss den Rädern und Riemen fernbleiben. Erst fressen sie deine Kleider oder Haare und dann den Rest.«

Jeder auf dem Hof kannte die Warnung, und jeder hielt sich daran. Johann warf einen letzten Blick auf das Wasserrad. Unaufhaltsam tat es seine Arbeit. Der Bach führte viel Wasser, sein Rauschen war Musik in seinen Ohren. Allmählich wurde es kühl. Die Sonne ging langsam unter und warf ihre letzten Strahlen auf das tief gezogene Dach des Haupthauses und die Wipfel der Tannen am Ende des Tals.

Johann machte sich auf den Weg, das Abendessen stand an, er war zu spät. Zum Glück hatte er eine Entschuldigung – die Mühle musste laufen –, da konnte selbst der Vater nichts sagen. Und auch in der Nacht kurz vor dem Schlafengehen konnte er bedenkenlos zur Mühle zurückkehren, weil er sie dann stilllegen musste. Eine ganz wichtige Aufgabe: Wenn Mahlsteine ohne Korn liefen, nutzten sie sich schnell ab. Und dann mussten sie ausgebaut und geschärft werden – eine aufwendige und teure Angelegenheit, die den heiligen Zorn des Vaters heraufbeschwor und immer in einer Orgie aus Schlägen und Blut endete.

Johann klopfte seine Schuhe ab und betrat das Haupthaus. Der zweistöckige Wohntrakt lag zum Berg hin und bot mindestens fünfzehn Personen Platz. Daneben befanden sich die Stallungen. Der Geigishof war ein solider, gut geführter Landwirtschaftsbetrieb, groß genug, um seine Bewohner anständig zu versorgen. Johanns Vater war zwar ein Tyrann, aber er verstand sein Handwerk. In der Gemeinde war er ein angesehener Mann, dem man an Furcht grenzenden Respekt entgegenbrachte.

Es roch nach Kohl, als Johann die Wohnstube betrat. Alle saßen schon bereit. Der Vater am Kopfende des Tisches mit der Wand im Rücken, die zwei Brüder rechts auf der Bank am Fenster, die Mutter mit den beiden Schwestern links. Am Extratisch die Knechte und Mägde, jeweils zwei an der Zahl, und die beiden Hirtenbuben. Es wurde nicht gesprochen, Johann senkte den Blick.

Die hellblauen Augen des Vaters verfolgten ihn, bis er sich setzte. Das Kreuz des Vaters war durchgedrückt, seine Haut gebräunt, sein grauschwarzes Haar zurückgekämmt, die Ärmel seines Hemds hochgekrempelt. Sie zeigten seine muskulösen Unterarme. Auf seinen Wink hin standen die Mutter und seine jüngste Schwester Lore auf und kamen mit dampfenden Töpfen zurück. Es gab Eintopf, bestehend aus Gemüse, Kartoffeln und Speck. Der Vater sprach nun die Tischgebete. Zuerst das Bittgebet, dann den Engel des Herrn und dann das Vaterunser. Jetzt standen die Mutter und Lore auf und verteilten das Essen. Jeder hatte eine Schüssel, im Gegensatz zum Tisch der Knechte und Mägde, dort wurde aus einem Topf gegessen.

Als alle schon saßen, verlangte der Vater von Lore eine zusätzliche Scheibe Brot. Sie war ein rosiges Mädchen um die siebzehn Jahre, deren Rundungen selbst das hochgeschlossene Kleid nicht verdecken konnte. Johanns Bruder Anton, das war der, der ihm das Foto von der nackten Frau geschenkt hatte, hatte Lore mal ohne Oberkleid gesehen. »Die hat mächtige Euter«, behauptete er. »Die müssten mal gemolken werden.«

Lore stand dicht neben dem Vater, als sie ihm das Brot reichte. Der schaute sie mit einem ganz besonderen Blick an, einem Blick, den ein Vater seiner Tochter nicht schenken sollte. Die Mutter sog scharf die Luft ein und befahl Lore, sich zu setzen. Nicht zum ersten Mal gab es diese Spannungen. Anton hatte zu Johann gesagt: »Seit der Vater nicht mehr über die Mutter steigt, wissen seine Säfte nicht mehr, wohin. Das kann gefährliche Folgen haben.«

Wie oft hatten sie den Geräuschen aus der Schlafstube der Eltern gelauscht. So gut wie jeden Abend hämmerte es gegen die Wand, ein, zwei Minuten lang. Der Vater stöhnte, die Mutter war stumm. Doch irgendwann hatte es aufgehört, schlagartig.

Die Mutter soll einmal schön gewesen sein. Doch jetzt, nach dreizehn Kindern, war sie eine verhärmte, blasse Frau mit tief liegenden Augen. Fünf Kinder waren Fehlgeburten gewesen, drei waren gestorben, fünf lebten. Ihre Finger hatte die Arthrose gekrümmt, ihre Haare waren schlohweiß. Nur ihr Gang war noch aufrecht. Er zeugte von hoher Selbstdisziplin und unnachgiebiger Härte. »Wer jammert, verleugnet Gott«, sagte sie immer. »Jesus ist nicht für uns am Kreuz gestorben, damit wir uns vom Leben beugen lassen.«

Die Schüsseln waren fast geleert, als Tasso, der Hofhund, anschlug. Alle horchten auf, alle waren auf dem Sprung an die Fenster, aber keiner rührte sich, denn alle warteten auf den Vater. Der aber aß ungerührt weiter, löffelte seinen Eintopf, brach sein Brot. Draußen bellte sich Tasso in Rage, steigerte sich in einen wahren Tobsuchtsanfall, die Kette klirrte, die Hühner nahmen gackernd Reißaus. Endlich wischte der Bauer sich mit dem Handrücken über den Mund, stand auf, blickte aus dem Fenster und ging mit schweren Schritten durch die Stube den Gang entlang zur Haustür. Als die Tür ins Schloss fiel, brachen die Dämme. Alle, selbst die Mutter, sprangen auf und drängten sich an die Fenster.

In der Hofeinfahrt stand ein schwarzes Automobil. Ein viersitziger Adler Standard mit sechs Zylindern. Ein beeindruckender Wagen der gehobenen Mittelklasse mit hydraulischer Bremsanlage. Vor dem Fahrzeug warteten zwei Herren mit Anzug und Hut. Ein älterer und ein jüngerer. Beide sahen auf ihre Art gefährlich aus. Der Vater erschien im Blickfeld. Tasso tobte immer noch. Der Vater hob die Hand, und Tasso verstummte. Die drei Männer unterhielten sich, sie waren fast gleich groß.

Irgendwann drehte sich der Vater zum Haus und brüllte: »Alle raus!«

Seine Stimme überwand Fenster und Wände mühelos. Sie war so laut, dass Tasso sich in seine Hütte verzog und Johann vor Angst nicht schlucken konnte. Sie waren seinetwegen hier, das wusste er. Der Teufel hatte zwei Männer in Anzügen geschickt, um ihn zu holen.

»Die Herren sind von der Polizei«, verkündete der Vater. »Sie haben Fragen an euch. Es geht um die beiden toten Frauen, die von der Weißtannenhöhe. Antwortet ehrlich, übertreibt nicht, erzählt keinen Mist.«

Kaltenbach musterte die Bewohner des Hofs, die aufgereiht vor ihm standen. Kräftige junge Männer und Frauen, daneben, in einem gewissen Abstand, die finster blickende Bäuerin und zwei verschüchterte Hirtenbuben. Alle waren wohlgenährt und machten einen ordentlichen Eindruck. Der Bauer schien den Hof gut und mit harter Hand zu führen. Wenn er redete, schwiegen alle. Jeder, den er anschaute, senkte den Blick – selbst die Bäuerin. Falk baute sich vor der versammelten Mannschaft auf – er führte das Wort, Kaltenbach beobachtete. Die Arbeitsteilung hatte sich bewährt. Falk liebte den großen Auftritt, er zog alle Blicke auf sich, während Kaltenbach die Reaktionen analysierte.

»Wie allgemein bekannt ist«, eröffnete Falk, »wurden am Morgen des 31. Mai, das war ein Donnerstag, zwei ehrbare deutsche Frauen auf schändlichste Weise auf der Weißtannenhöhe ermordet. Ihnen wurde in den Kopf geschossen und die Kehle durchgeschnitten. Die Beweislage deutet auf einen Lustmord hin – es könnte aber auch ein anderes Motiv zugrunde liegen. Um des Täters habhaft zu werden, sind wir auf eure Hilfe angewiesen. Hierzu stelle ich Fragen, die ihr nach bestem Wissen und Gewissen beantwortet. Jeglicher Hinweis, erscheint er noch so belanglos, ist wichtig und wird, wenn er zur Ergreifung des Täters führt, mit bis zu zehntausend Mark belohnt.«

Ein Raunen ging durch die Reihe, ob der schier unvorstellbaren Summe.

»Ich denke, nein ich bin mir sicher«, fuhr Falk fort, »dass es in unser aller Interesse ist, den Täter, diese skrupellose Bestie, zu finden. Und ich sage nicht umsonst Bestie, denn was sich verharmlosend Lustmord nennt, ist das grausame Töten, Entehren und Schänden von zwei jungen Frauen, die aus der Mitte unserer

Volksgemeinschaft herausgerissen wurden. Dieser Unmensch hat sein Recht auf Leben verwirkt. Er muss aus dem Verkehr gezogen und mit aller Härte des Gesetzes bestraft werden.«

Allgemeines, entschlossenes Nicken war die Antwort. Falk wurde mit jeder Ansprache besser, erkannte Kaltenbach neidlos an. Er wusste, wie er Emotionen wecken konnte.

»Also, hat einer von euch an diesem Donnerstag oder tags darauf eine verdächtige Person gesehen? Jemand mit vermutlich dunklem Haar, blutiger Kleidung und Kratzer im Gesicht? Jemand, der vielleicht ein schwarzes Tuch oder Ähnliches vor dem Gesicht trug? Jemand, der mit einer Pistole oder einem Messer hantierte, der einen gelben Spazierstock bei sich hatte?«

Niemand antwortete – nur Schulterzucken. Während Falk auf eine Reaktion wartete, fixierte Kaltenbach jeden Einzelnen. Kaum einer hielt seinem Blick stand. Ein junger Mann fiel ihm besonders auf. Er tat alles, um nicht aufzufallen. Er wirkte unsicher und nervös.

»Anscheinend nicht«, stellte Falk fest. »Meine nächste Frage gilt einem Mann, den wir seit geraumer Zeit suchen. Er heißt Theodor Lot, ist dreißig Jahre alt und einen Meter siebzig groß. Sein Gang ist aufrecht, er ist untersetzt, er hat ein volles Gesicht und blonde, kurz geschnittene Haare. Zuletzt trug er einen grauen Lodenanzug und einen Jägerhut mit Feder.«

»Was heißt ›untersetzt‹?«, fragte ein Mädchen.

»Na, fett halt. Fett wie 'ne Kuh«, antwortete ihr Nebenmann.

»So kann man sagen«, bestätigte Falk. »Seid ihr dem schon einmal begegnet?«

Wieder nur Schulterzucken.

»Gut, jetzt noch eine abschließende Frage. Sind euch Fremdarbeiter, Zigeuner, Juden oder Landstreicher aufgefallen? Ist bei euch etwas gestohlen worden?«

»Ein Huhn ist uns geklaut worden«, sagte einer, der offensichtlich der älteste Sohn des Bauern war. »War am 30. Mai. War nicht das erste Mal. Ist schon öfter vorgekommen. Kartoffeln und Rüben werden auch oft geklaut. Habe da auch zwei

Typen gesehen. Einer ungefähr so groß wie ich, der andere einen halben Kopf kleiner. Der Große mit schlechtem Anzug und Schirmmütze. Der Kleine auch mit Schirmmütze. Dazu eine Arbeiterhose mit geflicktem Jackett. Waren richtig abgerissene Gestalten. Leben wohl von der Hand in den Mund. Echte Taugenichtse.«

Kaltenbach und Falk sahen sich an. Die Beschreibung deckte sich mit den Aussagen, die sie in den letzten Tagen gesammelt hatten. Im Zeitraum Ende Mai, Anfang Juni hatten sich zwei Männer in der Gegend herumgetrieben und vereinzelte Diebstähle begangen. Anhand dieser Beschreibung wurde bei allen in Frage kommenden Übernachtungsmöglichkeiten gezielt nach den beiden Männern gefahndet – die Chancen, sie zu finden, standen gut.

»Und dann gibt's da noch einen, der immer mit einem alten Damenfahrrad unterwegs ist. Der hat schwarze Haare und guckt immer so komisch. Das kann aber auch an seinem Glasauge liegen, es ist das rechte – sieht aus wie eine Kriegsverletzung. Normal groß ist er, also auch so eins siebzig, fett ist er nicht, aber auch kein Hungerhaken – normal halt. Auf jeden Fall lungert der oft im Wald herum. Was er da will, weiß ich nicht.«

Auch von diesem Mann hatten die beiden schon gehört – auf ihn traf die Beschreibung des Maskenmanns am ehesten zu. Die Suche lief bereits.

Der Bauer spuckte aus. »Es wird immer schlimmer mit dem Drecksvolk«, fluchte er. »Überall wird gestohlen, man bringt uns um die Früchte unserer Arbeit. Überall treiben sich Nichtsnutze herum. Im Wald, in unserem heiligen deutschen Wald leben Zigeuner und gehen ungehindert ihren schmutzigen Geschäften nach. Und was macht die Polizei? Sie schaut zu! Kein Wunder, dass Mord und Totschlag an der Tagesordnung sind. Da müsste man mal mit eisernem Besen durchkehren, so richtig ausmisten. Und wenn ich schon mal dabei bin: Diesem Land fehlt es an Orientierung, an Führung, an Tugend. Was machen die ganzen fremden Leute bei uns? Urlaub! So heißt es. Was soll das sein, Urlaub? Am siebten Tag soll der Mensch ruhen, das reicht, mehr braucht's nicht. Ansonsten muss gearbeitet werden. Das Essen, die Unterkunft, das muss täglich verdient werden, so hat es Gott gewollt. Und überhaupt: Was haben die beiden Frauen allein im Wald zu suchen? Muss man das nicht als Aufforderung sehen? Wird da der Mann nicht versucht? Mich wundert nicht, dass da was passiert ist. Die Unzucht, der ganze Dreck, das kommt nicht von ungefähr. Die Frauen sollen zu Hause bleiben, behütet von ihren Männern. So gehört es – und nicht anders.« Der Bauer hatte sich in Rage geredet, die Bäuerin nickte eifrig, und auch Falk nickte.

»Sie haben recht. Wir sollten tatsächlich härter durchgreifen. Aber dazu fehlen Mittel und der politische Wille. Das kann man nur durch Wahlen ändern – wir leben ja in einer Demokratie.«

»Politik interessiert mich nicht, da wird eh nur geschwätzt.«

»Manche schwätzen nicht, manche handeln.«

»Und wer soll das sein?«

»Das müssen Sie selbst herausfinden. Ich bin Beamter und zur Neutralität verpflichtet. Aber die Kommunisten und die anderen Vaterlandsverräter sind es auf jeden Fall nicht.« Falk lächelte und schaute zu Kaltenbach.

Der lächelte nicht, sondern fixierte ihn aus den Augenwinkeln. Dann drehte er langsam den Kopf und wandte sich an die vor ihm Stehenden. »Um ein noch besseres Bild zu erhalten, will ich jetzt von jedem von euch eine Aussage. Stellt euch kurz mit Namen und Alter vor und erzählt, was euch in letzter Zeit Ungewöhnliches aufgefallen ist.«

Kaltenbach trat vor und bemerkte Falks Missfallen über seine Einmischung, was ihm aber reichlich egal war. Als Kaltenbach dann die Reihe abschritt, hörte er Namen wie Konrad, Wilhelmine und Anton. Er vernahm Belangloses und Bekanntes, er traf auf Verschüchterte und Selbstbewusste.

Bei dem Jungen, der Kaltenbach aufgrund seiner Nervosität schon aufgefallen war, mischte sich der Bauer ein. »Das ist Johann. Der kann nicht reden – nicht richtig zumindest. Der ist ein bisschen beschränkt, ein Depp halt.«

»Ich will trotzdem wissen, was er zu sagen hat.« Kaltenbach nickte Johann zu. Der wich seinem Blick aus und schluckte mehrere Male. Kaltenbach wartete, während der Junge mit sich rang.

In dessen Gesicht arbeitete es, die Wangenknochen traten hervor, und sein Unterkiefer bebte. »I-i-i-ich«, würgte er.

Sein Bruder Anton, der neben ihm stand, grinste und sagte: »Das wird 'ne große Sache. Da können wir bis morgen warten.«

Ansatzlos bekam er von dem Bauern eine krachende Ohrfeige, sein Kopf flog zur Seite. »Du sprichst, wenn du gefragt wirst«, befahl der Bauer. Anton hielt sich die Wange und schaute zu Boden.

»Willst du es aufschreiben?«, fragte Kaltenbach und streckte Johann Notizbuch und Stift entgegen.

Misstrauisch nahm der junge Mann das Buch und klappte es auf. Er blätterte bis zu einer leeren Seite und überlegte. Dann schrieb er in klarer Schrift: »Den Mann mit dem Fahrrad habe ich auch mal gesehen. Wann, weiß ich nicht genau. War aber nicht am Donnerstag. Sonst nichts.«

»Das ist alles? Mehr weißt du nicht?«, fragte Kaltenbach.

Johann schüttelte den Kopf.

»Ganz sicher nicht?«

Johann schüttelte wieder den Kopf und streckte Kaltenbach das Notizbuch entgegen. Der Bauer ging dazwischen und packte Johann an den Haaren. »Red endlich, du elende Missgeburt!«, schrie er und zwang Johann auf die Knie.

»Lassen Sie es gut sein«, sagte Kaltenbach in besänftigendem Ton. »Die Aussage reicht mir.«

»Mir aber nicht«, zischte der Bauer und riss an Johanns Haar. Der Junge wimmerte.

»Ich sagte, lassen Sie es gut sein.«

Wutentbrannt starrte der Bauer Kaltenbach an, seine freie

Hand ballte er zur Faust. Keiner, nicht einmal ein Polizist, durfte ihn auf seinem Grund und Boden maßregeln. Kaltenbach blieb vollkommen ruhig.

Wage es nur.

Der Bauer wurde unsicher. Er musterte Kaltenbach, erkannte offenbar dessen Gelassenheit und rang sich so etwas wie ein Lächeln ab. »Es ist schwer, die Kinder zu gottesfürchtigen Menschen zu erziehen«, lenkte er ein. »Da muss man hart sein, auch wenn's schwerfällt.« Dann ließ er Johann los.

Kaltenbach fuhr. Der kräftige Sechszylinder bereitete ihm viel Freude, gerade hier im Hochschwarzwald. Die unbefestigte Zufahrt zum Geigishof hatten sie verlassen, jetzt ging es zügig voran auf der schmalen Landstraße, die sich ihren Weg durch saftige Wiesen und kleine Waldstücke in Richtung Hinterzarten bahnte. Gerade passierten sie Breitnau, am blauschwarzen Himmel zeigten sich die ersten Sterne, und die Berge glichen einem welligen Scherenschnitt. Kaltenbach schaltete die Scheinwerfer an. Er hätte die Fahrt genießen können, doch Falk redete unentwegt.

»Blut und Boden«, dozierte er. »Das Landvolk ist das Fundament unserer Nation. Sie ernähren uns, sie kultivieren die Natur, und das durch eigener Hände Arbeit. Es macht mich stolz, sie als Teil unserer Volksgemeinschaft zu wissen. Aber sie sind auch schwierig, sehr eigen, gerade hier im Süden. Es braucht noch viel Überzeugungsarbeit, um ihnen den rechten Weg zu weisen.«

»Falk«, sagte Kaltenbach schneidend, »behalten Sie ihr verdammtes Parteitagsgeschwätz für sich. Es interessiert mich nicht. Und –« Falk setzte zu einer Erwiderung an, doch Kaltenbach ließ ihn mit erhobener Hand verstummen. »Und ich werde Ihre politische Agitation nicht länger dulden«, ergänzte er.

»Wieso Agitation? Ich habe für niemanden Werbung gemacht und nur ausgesprochen, was ein guter Deutscher denkt.«

»Sie wissen, was ich meine. Ende der Diskussion.«

Falk setzte noch einmal an, jedoch unterband Kaltenbachs Gesichtsausdruck jedes weitere Wort. Verstimmt wandte sein Untergebener sich ab und schaute aus dem Fenster.

Bald war die Hauptstraße in Richtung Freiburg erreicht. Kaltenbach fand Gefallen an der schnellen Fahrt. Die Kreuzfelsenkurve, eine Dreihundertsechzig-Grad-Kehre, die sich um den namengebenden Felsen wand, nahm er mit Schwung. Die Reifen des Adlers quietschten. Falk hielt sich am Türgriff fest. Drei weitere abenteuerliche Kehren folgten, dann öffnete sich das Höllental. Von nun an ging es steil bergab. Rechter Hand flogen das Hofgut Sternen und die darüber thronende, letztes Jahr fertiggestellte Ravennabrücke vorbei. Sie ersetzte die alte Brücke und war Teil der Höllentalbahn, der Zugverbindung von Freiburg nach Donaueschingen.

Falk schaute dem Viadukt nach und umklammerte weiterhin den Türgriff, während er sich bemühte, das Gespräch in eine andere Richtung zu lenken. »Was war an den Bewohnern vom Geigishof denn so besonders, dass Sie sie einzeln befragt haben?«

Kaltenbach schnitt eine Kurve und warf Falk einen kurzen Blick zu. »Zwei Gründe«, sagte er. »Erstens: Die Leute haben vor dem Bauern Angst und wollen nicht auffallen. Manch einer hätte ohne direkte Ansprache sich nicht getraut, etwas zu sagen. Zweitens: Johann Geigis, der junge Mann, der stottert, war nicht nur ängstlich, sondern auch überaus nervös. Ich wollte wissen, warum, ich wollte seine Aussage hören.«

»Gebracht hat es aber nichts.«

»Stimmt. Vermutlich lag seine Nervosität nur an seiner Sprachstörung – er wollte nicht vom Vater drangsaliert und von den anderen ausgelacht werden. Auffällig ist aber, dass er zwar nicht wusste, wann er den Mann mit dem Fahrrad gesehen hatte, aber den Donnerstag ausschließen konnte. Ich glaube, da ist mehr. Irgendwas ist mit ihm. Ob es mit unserem Fall zu tun hat, sei dahingestellt.«

»Und wie verbleiben wir dann?«

»Wir machen nichts, behalten ihn aber in Erinnerung, falls er im Zuge der Ermittlungen noch einmal auffällt.«

Immer weiter ging es bergab. Steil ansteigende Wände, zuvor dicht bewaldet, jetzt nur noch nackter Fels, wuchsen in den Himmel und rückten dicht zusammen. Das Tal wurde zur Schlucht, die Straße zwängte sich durch die engste Stelle, den Hirschsprung. Kaltenbach schaltete zurück, der Motor heulte auf, er forderte dem Adler alles ab.

Falk verkrampfte zusehends. »Was wir aber auch nicht vergessen sollten«, presste er hervor, »ist die Meinung des Bauern zu den Zigeunern. Er hat recht. Die gehen nur unlauteren Geschäften nach, ihr Charakter ist verdorben. Diese minderwertige Rasse ist von Geburt an so veranlagt, das Verbrechen liegt in ihrem Blut. Da sollten wir mal nachsehen.«

Kaltenbach ging vom Gas und schaute Falk direkt an. »Sie glauben allen Ernstes, dass ›Zigeuner‹ aufgrund ihrer Abstammung Verbrecher sind?«

»Ich glaube das nicht, das ist wissenschaftlich erwiesen. Nicht umsonst gibt es seit 1899 das bayrische Amt für Zigeunerangelegenheiten in München. Hier werden Personalakten angelegt, um der Plage Herr zu werden. Gestandene Persönlichkeiten wie Dr. Reichert Aichele, seines Zeichens Ministerialrat in Stuttgart, beschäftigen sich mit der Zigeunerfrage, und alle kommen zum gleichen Schluss: Die Zigeuner sind von vornherein kriminell, sie sind von Natur aus Serienstraftäter. Deshalb wurde auch in Bayern das Gesetz zur Bekämpfung von Zigeunern, Landfahrern und Arbeitsscheuen erlassen. Der Freistaat ist uns da voraus, aber nicht mehr lange, da bin ich mir sicher.«

»Und dann verhaften wir alle ›Zigeuner‹, nur weil sie ›Zigeuner‹ sind – ganz ohne Straftat?«, fragte Kaltenbach, während er mit einer den Straßenverhältnissen angepassten Geschwindigkeit durch Falkensteig fuhr – einen kleinen Ort, der hauptsächlich aus spärlich beleuchteten Häusern bestand.

»Nun, so weit sind selbst die Bayern nicht – leider. Aber für die Zukunft wäre es durchaus denkbar. Man muss sich das nur mal vorstellen, die Polizeiarbeit würde auf ganz andere Füße gestellt werden. Die Prävention würde in den Vordergrund rücken. Wir verhindern die Straftat, bevor sie begangen wird, potenzielle Straftäter werden isoliert. Vorstellbar wäre auch eine Zwangssterilisation, um das Verbrechen auszurotten. Nur stehen wir hier vor dem Problem der eindeutigen Identifikation, weil die Blutschande die Grenzen verwischt. Früher hat man einen Zigeuner oder Juden sofort erkannt. Heute lassen sich selbst Arier mit dem Geschmeiß ein. Das ist widerwärtig, aber leider eine Tatsache. Daher ist eine wissenschaftliche Methode gefragt: die Rassenkunde. Mit ihr lässt sich eindeutig bestimmen, wer welcher Rasse angehört.«

»Sie wollen Schädel und Gliedmaßen vermessen, um Verbrecher zu erkennen?«

»Natürlich. Den Grundstein hat der italienische Arzt Dr. Lombroso im letzten Jahrhundert gelegt. Sein Einfluss in der Kriminologie ist groß. Zwar gibt es viele Zweifler, doch werden sich seine Studien, wenn sie konsequent angewandt werden, durchsetzen.«

»Sie wissen aber schon, dass Lombroso Jude war.«

»Äh, nein«, Falk verzog unsicher sein Gesicht, »das war mir nicht bekannt. Sind Sie sicher?«

Kaltenbach nickte.

»Nun, ich werde das prüfen. Aber davon unabhängig – in Ausnahmefällen erkenne ich schon an, dass der eine oder andere Jude etwas geleistet hat – man ist ja nicht vollkommen verbohrt. Doch das Nützliche steht in keinem Verhältnis zum Schaden. Die Juden sind die Geißel der Welt, daran gibt es keinen Zweifel.«

»Sie sind ein überzeugter Nationalsozialist, nicht wahr? Sind Sie auch in der Partei?«

Ein zweites Mal zeigte Falk Unsicherheit. »Nein, ich bin kein Mitglied, um das klarzustellen. Ich verstoße gegen keine Regeln.

Aber«, Falk straffte sich, »ich sympathisiere durchaus mit der nationalsozialistischen Idee. Das müssten Sie als Kriegsveteran doch verstehen.«

»Warum?«

»Sie waren an der Front. Sie haben mit Leib und Leben für unser deutsches Vaterland gekämpft. Sie haben das Eiserne Kreuz erster Klasse, eine der höchsten deutschen Kriegsauszeichnungen, das muss man sich mal vorstellen! Sie haben unendlichen Mut im Kampf Mann gegen Mann bewiesen. Das ist die ehrlichste Form der Auseinandersetzung – kämpfen, bis der Stärkere siegt, eine eindeutige Sache, keine Kompromisse. Dafür bewundere ich Sie. So jemand muss national denken, so jemand muss die Novemberverbrecher hassen, diese Verräter, die den Dolch in den Rücken unseres Heeres stießen.«

»Was wissen Sie schon vom Krieg?«

»Nicht genug, natürlich. Aber die Erzählungen von alten Kämpfern haben ein Feuer in mir entfacht, um auch im Krieg bestehen zu können.«

Kaltenbach blickte kurz zu Falk, dann schaute er wieder auf die Straße. Eine Woge der Wut übermannte ihn, seine Hände umkrampften das Lenkrad, die Knöchel wurden weiß. Doch nur kurz währte dieser Zustand, denn Kaltenbach konnte Wut in eiskalte Beherrschung umwandeln. Er verlor nie die Kontrolle, er funktionierte wie eine Maschine. Bei der nächsten Parkbucht hielt er an. »Aussteigen«, befahl er.

»Warum?«, fragte Falk, doch Kaltenbach hatte bereits den Wagen verlassen. Er umrundete das Fahrzeug und wartete neben Falks Tür. Der Adler blubberte im Standgas, das Licht der Scheinwerfer verlor sich im Unterholz, irgendwo rauschte der Höllenbach.

Falk stieg aus und sagte: »Ich wollte Ihnen nicht –«

Der Schlag kam aus dem Nichts und traf Falks Solarplexus. Falk fiel auf die Knie und klappte dann zusammen. Röchelnd krümmte er sich auf dem Boden. Kaltenbachs Gesicht erschien über ihm. Vollkommen ruhig sagte er: »So ist der Krieg, Falk.

Der Granatensplitter kann jeden treffen. Deine Gedärme quellen raus, du schreist, du versuchst, sie zurückzuschieben, du hoffst, dass es schnell zu Ende geht. Alles reine Glückssache. Kein Heldentum, kein glorreicher Tod, nur Blut und Scheiße.«

7

Sonntag, der 10. Juni 1928, Amtsgericht Freiburg, Kaiserstraße

Sonntagmorgen, neun Uhr. Nicht die beste Zeit, um zu arbeiten. Mäßig gelaunt schaute Tanner aus einem der Fenster seines Büros auf die schräg gegenüberliegende höhere Mädchenschule. Tanner hatte ein gutes Büro, ein Eckzimmer im dritten Stock mit Blick auf die Kaiserstraße und den Friedrich-Ebert-Platz, wo die Schule lag. Die Sonne warf ihr warmes Licht auf das Dach der Lehranstalt, der Himmel war strahlend blau – ein Sonntag wie aus dem Bilderbuch.

Normalerweise würde Tanner jetzt im Roten Bären ausgiebig frühstücken und sich die Morgenausgabe der »Freiburger Zeitung« zu Gemüte führen. Jetzt lag die Zeitung auf seinem Schreibtisch neben unzähligen Hinweisen zum Doppelmord auf der Weißtannenhöhe und den Ermittlungsprotokollen aller Polizeidienststellen. Sehnsüchtig dachte Tanner an sein geliebtes Rührei mit Speck, und sein Magen knurrte, denn zum Frühstück hatte er gerade mal ein Butterbrot und eine Tasse Kaffee gehabt, mehr gab es bei ihm zu Hause nicht.

Seufzend setzte Tanner sich an seinen Schreibtisch. Der Mordfall hatte Priorität, die ersten Tage waren entscheidend, also gab es keinen freien Tag, und das war auch richtig, da musste ein alter Mann halt mal auf seine Vorlieben verzichten. Tanner nahm eine Akte mit Hinweisen. Seit der Ausschreibung der Belohnung war das Engagement der Bevölkerung explodiert, mehr als dreihundert Vorgänge galt es zu bearbeiten, und jeden Tag kamen neue hinzu. Das war nicht in jeder Hinsicht gut, denn Unsinn und Denunziationen hatten naturgemäß überproportional zugenommen. Dazu kamen fragwürdige Kommentare der Presse und zur Selbstjustiz neigende Bürger.

Tanner öffnete die Akte. Die oberste Aussage war kein Hinweis, sondern eine Offerte: Madame Karoly, die weltberühmte Hellseherin, wie es in dem Anschreiben hieß, bot ihre Dienste an. Ihre Bandbreite war immens: Sie erteilte Auskünfte über in der ganzen Welt Vermisste, sie schaute in die Zukunft, sie rekonstruierte Vergangenes, und sie heilte nach dem System Coué – was auch immer das sein sollte – Nervenkrankheiten, Kopfschmerzen, Ischias, Rheumatismus, Platzangst, Trunksucht, Rauchsucht und Arachnophobie, um nur die wichtigsten Leiden zu nennen. Daneben löste sie natürlich auch verzwickte Kriminalfälle durch nicht ungefährliches astrales Eindringen in die nicht real existierende Zwischenwelt des Verbrechens.

Verärgert legte Tanner die Akte beiseite – schon wieder eine Hellseherin. Was hatte der Schwachsinn auf seinem Schreibtisch zu suchen? Da muss einer mal Ordnung schaffen, dachte er, eine Systematik reinbringen: Wichtiges nach oben, Unwichtiges nach unten, alles durchgehen und beurteilen und dann erst zu ihm. Eine aufwendige und wenig spannende Arbeit, für die ihm sofort ein geeigneter Kandidat einfiel.

Keine Minute später ging die Tür, und Kaltenbach, gefolgt von Falk, kam herein. Wie üblich setzte Kaltenbach sich sofort und zündete sich eine Zigarette an. Falk zögerte, bis Tanner ihm einen Stuhl anbot. Der junge Mann sah etwas derangiert aus. Der Scheitel saß nicht ganz so korrekt wie gewohnt, die Augen waren müde, und seine Anzughose hatte am rechten Knie einen verwaschenen Fleck, offensichtlich hatte Falk sich bemüht, ihn zu entfernen.

»Ist etwas vorgefallen?«, fragte Tanner.

Falk schlug seine Beine übereinander, der Fleck wurde verdeckt. »Nein, alles in bester Ordnung«, entgegnete er.

Kaltenbach zog an seiner Zigarette und ließ langsam Rauch entweichen. Ein leichtes Grinsen huschte über sein Gesicht.

»Seid ihr vorangekommen?«, wandte Tanner sich an Kaltenbach.

»Wie man's nimmt. Entscheidend neue Erkenntnisse haben wir nicht, aber die bisherigen wurden bestätigt. Neben verschiedenen haltlosen Beschuldigungen sind fast allen Befragten drei Personen aufgefallen, die wir bereits suchen: der Mann mit dem Glasauge und die beiden Rumtreiber.«

»Die Landstreicher wurden erst gestern in Neustadt gesehen«, informierte Tanner. »Denen sind wir dicht auf den Fersen. Nicht mehr lange, und wir haben sie. Auch bei dem Mann mit dem Glasauge verdichten sich die Hinweise. Nur von Theodor Lot fehlt jede Spur. Weder an seinem Wohnort in Magdeburg noch in unserer Gegend ist er aufgetaucht. Zu ihm habt ihr auch nichts Neues?«

»Leider nein, Lot bleibt verschwunden«, antwortete Kaltenbach und holte sein Notizbuch aus der Innentasche seines Jacketts. »Zu etwas anderem: Vergangenes Jahr hat doch der Maskenmann eine Frau beim Thurner belästigt und beraubt, seltsamerweise aber die Ausweispapiere zurückgeschickt. Hast du das Kuvert hier?«

»Ich denke, ja. Einen Augenblick.« Tanner öffnete eine Schublade seines Schreibtisches und entnahm weitere Akten. Eine öffnete er und reichte Kaltenbach den in Donaueschingen abgeschickten Briefumschlag. »Gibt es da eine Spur?«, fragte er.

»Könnte sein«, antwortete Kaltenbach und verglich den Absender mit einem Eintrag in seinem Notizbuch. Falk drehte neugierig seinen Kopf. Kaltenbach ließ sich Zeit, hob dann aber die Schultern. »Nein, leider nicht«, sagte er.

Tanner schaute ihn fragend an.

»Ein Bauernjunge vom Geigishof bei Breitnau hat sich auffällig verhalten«, erklärte Kaltenbach. »Seine Schrift stimmt aber nicht mit der auf dem Kuvert überein – war nur so ein Verdacht.«

»Gibt es einen Grund für den Verdacht?«

»Nein, nichts Konkretes, sonst hätte ich es erwähnt.«

Tanner nahm den Briefumschlag zurück und versorgte ihn. »Und Sie, Falk?«, fragte er. »Haben Sie Ihren Juden noch nicht gefunden?«

Überrascht von der Frage richtete Falk sich auf und antwortete unsicher: »Nun ja. Bisher gibt es keinen Hinweis auf einen jüdischen Täter. Dies kann aber auch damit zusammenhängen, dass viele Juden nicht mehr typisch jüdisch aussehen.«

»Perfide, was?«, sagte Tanner sarkastisch.

Falk schluckte. Nur mit Mühe überging er die Provokation. »Dennoch ist es eine historische Tatsache, dass Juden geborene Verbrecher sind. Ihre Schandtaten sind bestens dokumentiert, über Jahrhunderte hinweg. Angefangen mit den Ritualmorden und dem Vergiften der Brunnen und endend mit dem Anstreben der Weltherrschaft. Ähnlich veranlagt, aber nicht ganz so gefährlich, sind die Zigeuner. Das alles ist hinlänglich bewiesen, dem dürfen wir uns nicht verschließen. Diese Fakten müssen wir bei unseren Ermittlungen berücksichtigen. Wenn wir das nicht tun, ignorieren wir Wesentliches.«

»Ihr fundiertes Wissen beziehen Sie sicher aus den ›Protokollen der Weisen von Zion‹.«

»Nicht nur, aber auch.«

»Falk, das ist alles Schwachsinn.«

Blut schoss in Falks Wangen. »Meine Quellen sind gesichert und von unzähligen Fachleuten bestätigt. Sie werden das irgendwann auch einsehen müssen.«

»Ihnen ist wirklich nicht mehr zu helfen. Aber unabhängig davon: Was würden Sie unternehmen, wenn Sie das Sagen hätten? In Synagogen gehen und alle Juden verhaften?«

»Das wäre eine geeignete Maßnahme – die Wahrscheinlichkeit, unseren Täter dort zu finden, ist recht hoch. Und wenn nicht, dann würden wir andere Verbrechen verhindern. Dem Volkswillen wäre auf jeden Fall gedient.« Trotzig suchte Falk Tanners Blick und ergänzte: »Aber das dürfen wir ja nicht, wir sind ja ein Rechtsstaat.«

Tanner wurde lauter. »Sind Sie sich eigentlich bewusst, wie gefährlich die Vorverurteilung einzelner Bevölkerungsgruppen ist? Welches Gift darin steckt? Lesen Sie Zeitung? Schon jetzt müssen fremd aussehende Menschen vor dem Mob geschützt werden, weil man sie für die Fehrenbach-Mörder hält. Die ›Freiburger Zeitung‹ berichtete darüber.«

»Wo gehobelt wird, fallen Späne. Und ja, ich lese Zeitung, auch die Freiburger. Und dass die ›Freiburger Zeitung‹ Zigeuner, die im Wald hausen, in Verbindung mit dem Doppelmord bringt, wird Ihnen nicht entgangen sein.«

Natürlich kannte Tanner den Artikel. »Besudelung des heiligen deutschen Waldes«, stand darin und »verletztes Volksempfinden« und »dass man natürlich keine Gerüchte weitergeben wolle« und »dass die Zigeuner ihrer Hauptbeschäftigung, dem Wildern und Stehlen, nachgingen« und »dass es eine naheliegende Vermutung sei, die Zigeuner mit dem Mord in Verbindung zu bringen«.

»Halten Sie diese tendenziöse Berichterstattung für richtig?«, fragte Tanner. »Sie schürt doch nur den Volkszorn und erschwert unsere Arbeit.«

»Wenn es nun mal die Wahrheit ist. Unser deutsches Volk kann sehr wohl zwischen Unrecht und Recht unterscheiden. Und wenn es aufbegehrt, dann wird der Gerechtigkeit Genüge getan.«

Tanner schüttelte den Kopf. »Falk, Sie sind ein gefährlicher Mann.«

Der Streit wurde durch das Klingeln von Tanners Dienstapparat unterbrochen. Tanner meldete sich und hörte aufmerksam zu. Mehrmals nickte er und sagte dann: »Bringen Sie ihn in den Verhörraum eins. Ich komme in zehn Minuten.«

Tanner legte den Hörer behutsam auf. Seine Mitarbeiter warteten gespannt. »Wir haben Theodor Lot. Er wurde am Bahnhof festgenommen«, informierte er. »Hans, bitte fordere Fräulein Schneider fürs Protokoll an. Und Sie, Falk«, der Kriminalsekretär richtete sich skeptisch auf, »für Sie habe ich eine ganz besondere Aufgabe.« Tanner zeigte auf den Aktenberg. »Das muss gemäß Glaubwürdigkeit und Priorität geordnet werden. Dafür braucht es Fleiß, Ordnungssinn und Selbstdisziplin. Echte deutsche Tugenden. Also genau das Richtige für Sie.«

»Und das Verhör?«

»Was wollen Sie eigentlich? Lot ist weder Jude noch ›Zigeuner‹. Da können Sie Ihre Fähigkeiten doch gar nicht richtig nutzen. Nein, nein, Falk. Kümmern Sie sich mal um die Akten. Es ist immer gut, wenn man gemäß seinen Kompetenzen eingesetzt wird.«

***

In dem fensterlosen Raum wartete Fräulein Schneider mit Stift und Notizblock bewaffnet auf die Ermittler. Ihr schmaler Tisch stand in der Ecke neben der Tür. Sie war klein, untersetzt, bereits über dreißig, immer noch ledig und wurde gern übersehen. Nur der Mann am Verhörtisch in der Mitte des Raumes übersah sie nicht. Sein Blick ruhte auf ihr, machte sie nervös. Selten war sie jemandem begegnet, der so unangenehm war, ohne dass sie genau sagen konnte, was sie so abstieß. Waren es diese kalten Augen oder die vollen, beinahe fraulichen Lippen oder die feisten Finger? Selbst die Anwesenheit von Wachtmeister Wöhrlin und die Handschellen um die Handgelenke des Mannes beruhigten sie nicht. Verängstigt kritzelte sie Unsinniges auf den Block und wagte kaum zu atmen. Wenn er nur endlich aufhören würde, sie anzustarren.

Endlich ging die Tür, und Polizeirat Tanner und Oberkommissar Kaltenbach betraten den Raum.

Tanner sah einen Mann mit rundem Gesicht und breitem Kreuz, der ihm langsam den Blick zuwandte, und er sah Fräulein Schneider, die eingeschüchtert in ihrer Ecke saß.

»Nehmen Sie dem Mann die Handschellen ab«, befahl Tanner und setzte sich. Lot schaute ihn neugierig an und bedankte sich bei Wachtmeister Wöhrlin, nachdem er ihn von den Handschellen befreit hatte. Kaltenbach blieb etwas länger stehen und ließ, als er sich endlich setzte, die Akte, die er in den Händen hielt, auf den Tisch knallen. Lot zuckte zusammen.

»Sind Sie Theodor Lot, geboren am 23. Oktober 1898 in Niederbühl?«, eröffnete Tanner.

Lot nickte.

»Bitte antworten Sie laut und deutlich. Wir wollen Missverständnisse im Protokoll vermeiden.«

»Ja, ich bin Theodor Lot.«

Fräulein Schneiders Stift raste über ihren Schreibblock, ihre Züge entspannten sich.

»Wir suchen Sie seit dem 5. Juni. Wo waren Sie?«

»Mal hier, mal dort.«

»Geht es etwas genauer?«

»Nun, das ist nicht so einfach. 5. Juni, sagten Sie? Da war ich auf dem Weg nach Magdeburg. Dort habe ich eine Wohnung. Ist ein weiter Weg von hier. Unterwegs ist mir das Geld ausgegangen, das muss bei Heidelberg gewesen sein. Also kein stählernes Ross mehr, sondern nur noch auf Schusters Rappen.«

»Sie sind also zu Fuß nach Hause gegangen, nachdem Ihnen das Geld für den Zug ausging.«

»So ist es. Hat mir aber nichts ausgemacht. Ich wandere sehr gern. Ich liebe das Wandern, die Natur, den Wald, das Übernachten unter freiem Himmel.«

»Und weiter?«

»Wenn man wandert, ist der Horizont endlos, und die Gedanken sind frei. Ich habe erkannt, dass ich nicht zurückwill, nicht zurück zu diesen Zahlen. Diese endlosen Zahlen. Aufgelistet in Spalten, exakt untereinandergeschrieben, exakt addiert. Und am Ende muss alles stimmen, nichts darf fehlen, kein Pfennig, sonst ist alles aus dem Gleichgewicht, sonst hakt das Getriebe. Und dann verfolgen sie dich, verlangen Erklärungen, löchern dich mit Buchungssätzen, nageln dich mit Paragrafen an die Wand.«

»Sie sprechen von Ihrer Arbeit als vereidigter Bücherrevisor?«

»Das ist keine Arbeit, das ist Folter. Und an einem wunderbaren Morgen, irgendwo in der Mitte Deutschlands, hat die

Wanderschaft meinen Geist befreit. Ich habe plötzlich klargesehen und kehrtgemacht. Ich habe mich von meinem alten Leben verabschiedet, ihm den Rücken gekehrt.«

»Sie sind also nicht nach Magdeburg gegangen?«

»So ist es. Mich zog es in den Schwarzwald und an den Bodensee. Der Wind wies mir den Weg, ich habe mich der Diktatur entzogen. Von nun an bin ich nur noch Mensch.«

»Wissen Sie eigentlich, warum Sie hier sind?«

»Ich denke schon. Das System will mich wegsperren, weil ich eine Gefahr für das darstelle, was ihr Leben nennt. Ihr habt Angst, dass mir viele folgen und eure Kultur zusammenbricht.«

Tanner und Kaltenbach tauschten einen vielsagenden Blick. »Der Grund ist ein anderer«, sagte Tanner. »Nicht ganz so eindrucksvoll, aber dennoch gewichtig: Sie werden des Mordes verdächtigt.«

Lot riss die Augen auf, seine wulstigen Lippen bebten. »Mord, ich? Einem Lebewesen das Licht auslöschen? Nein. Ich kann keiner Fliege etwas zuleide tun.«

Kaltenbach schlug die Akte auf. »Hier steht aber etwas anderes. Ihr Strafregister ist lang. Unter anderem wurden Sie wegen Landstreicherei, Hausfriedensbruch und Erregung öffentlichen Ärgernisses verklagt.«

»Alles Verleumdungen. Der Neid unfreier Menschen, der Versuch des Systems, mich zu verunglimpfen.«

»Sagt Ihnen der Doppelmord an Ruth und Clara Fehrenbach etwas?«, fragte Tanner.

»Fehrenbach? Nein, noch nie gehört.«

»Das glaube ich Ihnen jetzt nicht. Die Tat war in aller Munde. Lesen Sie denn keine Zeitung?«

»Die Aneinanderreihung von Buchstaben, die Worte ergeben, die wiederum Sätze bilden, die wiederum in ihrer Gesamtheit einen Sinn suggerieren, den Geist verwirren, eine falsche Wirklichkeit erzeugen? Nein, ich lese diese Blendwerke nicht.«

»Selbst wenn Sie sich der Presse verweigern, kann Ihnen der Mord nicht entgangen sein. Zumal Sie eines der Opfer kannten.«

»Einer Frau Fehrenbach bin ich nie begegnet.«

»Der Name sagt Ihnen aber etwas?«

Lot überlegte. »Wenn ich mich recht besinne, schon. Selbst in der Natur gibt es ein Grundrauschen, dem man sich nicht entziehen kann.«

»Dann wissen Sie auch von der Schandtat.«

»In Anbetracht der besonderen Umstände und des Nachdrucks in Ihrer Stimme werde ich jetzt doch mit Ja antworten.«

»Und warum geben Sie das nicht gleich zu?«

»Wer zu viel weiß, wird beseitigt.«

Kaltenbach klappte die Akte langsam zu und beugte sich vor. »Jetzt hör mal zu, du Clown. Wir wissen, dass du vom 30. auf den 31. Mai in dem Gasthaus Thurner übernachtet hast. Dass du dich am Abend mit Ruth Fehrenbach unterhalten hast. Dass du ihre Reiseplanung kanntest. Dass du dich nach regelmäßigen Polizeikontrollen erkundigt hast. Dass du am Tatmorgen vor den beiden Frauen aufgebrochen bist und entgegen deiner Ankündigung in Richtung Weißtannenhöhe gegangen bist. Das alles macht dich sehr, sehr verdächtig. Deshalb solltest du jetzt lückenlos aufklären, wie du den 31. Mai verbracht hast.«

Lots teigiges Gesicht verzog sich. »Darf der mich duzen? Darf der das?«

»Lass gut sein, Hans«, sagte Tanner.

Kaltenbach entspannte sich, aber sein Blick blieb an Lot haften und verursachte Schweißperlen auf dessen Stirn.

»Also, Herr Lot, wie war das? Fangen Sie am besten mit dem Vorabend der Tat an.«

Lot wischte sich übers Gesicht, legte seine Hände auf den Tisch und nahm sie wieder zurück – beide hinterließen einen Abdruck. »Ich habe die Frau nicht angesprochen, sondern sie mich. Das geht mir oft so. Die Frauen sind hinter mir her.«

»Warum?«

»Na, weil ich schön bin, natürlich schön. Das ist eine Last. In Gesellschaft von Frauen finde ich keine Ruhe. Die spüren, was für ein Kerl ich bin. Die wissen, dass meiner wie eine deutsche Eiche steht. Die ganze Nacht.«

»So genau wollten wir es jetzt auch wieder nicht wissen. Erzählen Sie uns lieber von Ihrer Unterhaltung.«

»Aber wenn es so ist! Die in der Ecke«, Lot zeigte auf Fräulein Schneider, »die ist genauso.«

Ohne Vorwarnung packte Kaltenbach Lots Finger. »Wenn's kracht«, sagte er, »ist er ab.«

Lot schrie auf. Tanner legte seine Hand auf Kaltenbachs Schulter. »Lass ihn los, Hans«, sagte er ruhig. »Herr Lot wird sachlich berichten, nicht wahr?«

Lot nickte und rieb sich die Hand, nachdem Kaltenbach von ihm abgelassen hatte. »Ich hatte mit dieser Frau Fehrenbach ein interessantes Gespräch. Sie erzählte von ihrer Pfingstreise, ihrer Reiseroute von Gengenbach bis nach Freiburg, dass sie Lehrerin sei und dass sich ihre Cousine im Zimmer aufhalte, da sie sich nicht wohlfühle. Auf ihre Anspielung, dass die Tür zu ihr und ihrer jungen Cousine in der Nacht nicht abgeschlossen sei und sie wüssten, was Männer wollen, gehe ich nicht näher ein, obwohl es die Wahrheit ist. Ebenso wenig gehe ich ins Detail mit der Geschichte über die Wirtstochter Rosa Reichert – ein liederliches Weib. Die hat mich um zwölf in der Nacht zu meinem Zimmer geführt und war kaum abzuwimmeln. Ich schloss meine Tür zweimal ab. Morgens um sieben bin ich dann aufgestanden und habe mich um halb acht auf den Weg zum Kandel gemacht. Den ließ ich mir von der Wirtstochter zeigen – ich bin ja nicht nachtragend.«

»Aber Rosa Reichert sagt, Sie seien Richtung Weißtannenhöhe gegangen.«

»Das ist korrekt. Als Wandervogel folge ich oft dem Wind, und der führte mich zuerst auf den Weg zur Weißtannenhöhe. Doch bald entschied ich mich um und wanderte zum Neueck bei Furtwangen.«

»Sie sind also nicht zur Weißtannenhöhe und auch nicht zum Kandel?«

»So ist es. Ich ließ mich einfach von meinem Instinkt leiten, und der führte mich gen Neueck. Und von dort zum Brendturm und dann nach Triberg.«

»Die Route liegt in entgegengesetzter Richtung zur Weißtannenhöhe. Haben Sie dafür Zeugen?«

»Begegnet bin ich nur wenigen Leuten. Aber so gegen elf, halb zwölf war ich in der Hirschenwirtschaft auf dem Neueck. Vielleicht erinnert sich die Wirtin an mich. Und später bin ich beim Oberleingrubenhof untergestanden, weil es regnete. Dort kann mich auch jemand gesehen haben.«

»Wir werden das überprüfen. Bis dahin bleiben Sie in Haft«, sagte Tanner. »Wachtmeister Wöhrlin, bitte führen Sie den Gefangenen ab.«

»Ich protestiere aufs Äußerste. Ich bin ein Wandervogel. In Gefangenschaft gehe ich ein.«

»Ihr Protest ist registriert. Und jetzt ab.«

Entgeistert ließ Lot sich abführen. Auf dem Gang begann er lauthals zu singen: »Kein schöner Land …«

***

Die Mittagspause fiel auf die Kaffeezeit und war eine nicht nur viel zu späte, sondern auch eine extrem traurige Veranstaltung – jemand hatte Brot und Käse besorgt. Das Brot schien aus der Asservatenkammer zu stammen, und harter Käse mit großen Löchern konnte Tanners Herz nur in den seltensten Fällen erwärmen. Dazu Kaffee, der seit dem frühen Morgen warm gehalten wurde. Tanner ertrug sein schweres Los mit dem ihm eigenen Gleichmut. Seinen anschließenden Nachmittag füllten Telefonate mit verschiedenen Polizeistationen und ein längeres Gespräch mit Oberstaatsanwalt Tauenstein über den Stand der Dinge und das weitere Vorgehen. Als das Pflichtprogramm endlich abgeschlossen war, rief er Kaltenbach in sein Büro. Die beiden beugten sich über eine detaillierte Wanderkarte des Hochschwarzwalds und den neuesten Dunlop-Straßenatlas.

»Könnte das ein Alibi sein?«, fragte Tanner.

»Wenn Lots Angaben stimmen – vielleicht. Erst müssen wir Zeugen finden und dann Uhrzeiten und Distanzen ermitteln – die Wege selber zurücklegen.«

»Gut. Du schnappst dir morgen Falk und überprüfst das Ganze. Das wird vermutlich einige Zeit in Anspruch nehmen. Wo ist Falk jetzt eigentlich?«

»In unserem Büro mit rotem Kopf. Du hast ihm eine Herkulesaufgabe aufgebürdet.«

»Dann soll er sich ordentlich reinhängen. Die Deutschnationalen rühmen sich doch ihrer Zähigkeit. Und wir beide machen jetzt Schluss. Der Sonntag sollte nicht nur aus Arbeit bestehen.«

***

Was anfangen mit dem Rest des Tages? Tanner stand vor dem Lichtspielhaus Friedrichsbau keine zweihundert Meter vom Amtsgericht entfernt. Der groß angelegte Harry-Piel-Film »Bezwinger der tausend Gefahren« wurde in sieben Akten angekündigt:

Ein Film voll atemberaubender Spannung und einer Kette aufpeitschender Sensationen und Abenteuer.
Zitternd vor Erregung begleiten Sie den kühnen Sensationshelden bei seinen seltsamen Abenteuern.
Nicht einen Augenblick lässt die Spannung des Films nach.
Die Handlung an sich ist von einem Spannungsreiz, dass der Zuschauer von Anbeginn bis zum Schluss nicht zur Besinnung kommt.

Wie immer waren laut Werbung Presse und Zuschauer ob des Meisterwerks begeistert. Tanner weniger, war das doch ungefähr der zwanzigste Film der gleichen Machart. Harry Piel, Regisseur und Hauptdarsteller, war ein umtriebiger Mann und brachte mindestens einen Film pro Jahr heraus, und das seit 1912. Sensationsfilme waren sein Genre und zogen das Publikum in Massen an – Tanner eher nicht. Seine Vorliebe galt dem melancholischen Humor eines Buster Keaton oder, wenn schon Spannung und Spektakel, dann den intelligenten Filmen Fritz Langs, auch wenn in seinem neuesten Werk »Metropolis« die Tricktechnik Handlung und Schauspielkunst erdrückte.

Was lief in den anderen Lichtspielhäusern? Tanner zog den Tageskalender der »Freiburger Zeitung« hervor: Im Casino »Das Matrosenliebchen«, im Zentral »Frauenarzt Dr. Schäfer« und im Harmonie »Der Fremdenlegionär«. Nichts, was ihn interessierte. Dann vielleicht ein Konzert im Stadtgarten? Die Komposition »Gruß aus Barcelona« von Karl Friedemann wurde geboten. Aber Marschmusik wollte er heute nicht hören – es wurde ohnehin schon zu viel marschiert. Dann also zu Oberkirchs Weinstuben auf dem Münsterplatz. Ein gutes Viertele und ein angemessenes Abendbrot erschienen Tanner nach der unsäglichen Mahlzeit im Präsidium am verlockendsten. Zumal der laue Abend zum Verweilen einlud.

Das angemessene Abendbrot fiel recht üppig aus, aber Rindsrouladen mit Kartoffelbrei und Rotkraut konnte Tanner nicht widerstehen. Und auch den Nachschlag lehnte er nicht ab. Genauso wenig wie das zweite Viertele, war es doch ein Blankenhornsberger Doktorgarten Spätburgunder Rotwein, große Lage.

Entspannt lehnte Tanner sich zurück, den Blick auf die einnehmende Fassade des Münsters und den in den Himmel wachsenden Hauptturm gerichtet. Dieser leuchtete rötlich im Licht der untergehenden Sonne und machte der Behauptung, der schönste der Christenheit zu sein, alle Ehre. Das südliche Renaissanceportal öffnete sich, und es strömten die Besucher der Abendandacht auf den Platz. Befreit hüpften und rannten Kinder durcheinander, Mütter mahnten oder plauderten, Väter gaben dem Pfarrer die Hand, tasteten nach Zigarette oder Zigarre und schauten nach ihrer Familie oder nach einem Grund, den Tag im Wirtshaus ausklingen zu lassen. Zwischen all den Gläubigen im Sonntagsstaat fiel ein Mann mit Schiebermütze, Sportpullover und Knickerbocker auf. Der kam mit Sicherheit nicht aus der Kirche, das wusste Tanner. Es war der Reisinger, sein alter Schulkamerad, der seine gesamte Zeit auf dem Sportplatz verbrachte, wenn er nicht gerade mit seinem Pritschenlaster alles Mögliche transportierte. Zielstrebig steuerte Reisinger auf Tanner zu.

»Ah, ein Doktorgarten, sehr gut«, sagte er und winkte den Ober zu sich. »Machen Sie uns noch einmal zwei davon und ein Glas Wasser bitte.«

»Ich wollte eigentlich bald gehen«, bemerkte Tanner.

»›Eigentlich‹ sagt alles«, bemerkte Reisinger, den jeder mit dem Nachnamen ansprach. »›Eigentlich‹ heißt: Bitte überrede mich zu bleiben, was ich hiermit getan habe.«

Tanner lachte.

»Komm gerade aus Emmendingen. Der FFC hat die Emmendinger fünf zu null weggefegt.«

»War doch ein Freundschaftsspiel, oder?«

»Spiel ist Spiel, und gewonnen ist gewonnen. Zuerst haben sie zu viel durch die Mitte gespielt und die Außen vernachlässigt. Dann aber haben sie mächtig aufgedreht, und die Emmendinger konnten nur hinterherhecheln. War nur noch ein Spiel auf ein Tor, es ging Schlag auf Schlag. Das vierte hättest du sehen müssen. Der Deschner zieht aus ganz spitzem Winkel mit einem Schrägschuss aufs Tor ab und knallt den Ball knapp neben dem Pfosten in die Maschen. Wär der Torwart dran gewesen, hätt's ihm die Finger abgerissen.«

»Nicht wie unsere Nationalmannschaft bei den Olympischen Spielen.«

»Hör mir nur auf, das hab ich schon fast vergessen. Verlieren vier zu eins gegen die Urus, aber das war Betrug, glaub's mir. Die haben unsere tapferen Spieler schier abgeschlachtet, und der Schiri schaut nur zu. Heute ist das Endspiel zwischen Uruguay und Argentinien in Amsterdam. Ich bin natürlich für

Argentinien. Wären unsere Jungs ins Finale gekommen, wäre ich hingefahren.«

Inzwischen standen die bestellten Spätburgunder auf dem Tisch. Beim Anstoßen klirrten die Gläser.

»Das wird ein herrlicher Abend«, frohlockte Reisinger und zog noch zwei aufwendig verpackte Zigarren aus der Tasche.

8

Montag, der 11. Juni 1928, Freiburg

Tanner fühlte sich schlecht, aber nicht wegen des Alkohols. Viel zu früh war er aufgewacht. Schmerzen im linken Arm, kalter Schweiß auf der Stirn. Sein Weg führte ihn nicht ins Präsidium, sondern zu Dr. Cornelius Weber, seinem Arzt und Freund.

Der hörte ihn ab, maß den Blutdruck und legte die Stirn in Falten. »Du hörst mir nicht zu, Gerd«, sagte er. »Es wird nicht besser. Dein Herz macht Sprünge, dein Blutdruck verbiegt den Zeiger, dein Gewicht lässt die Liege stöhnen. Ich will gar nicht wissen, wie viele Viertele es gestern waren und welche Zigarre den Abend versüßte. Auch interessiert es mich nicht, welchen Verlockungen der Speisekarte du erlegen bist und welcher Nachtisch unumgänglich war. Ich kann dich nur zum gefühlt hundertsten Mal darauf hinweisen, dass dein Lebenswandel dem Land die Pension ersparen wird. Das ist in patriotischer Hinsicht zwar lobenswert, der Staat braucht jede Mark, aber wenn man gerne lebt, sehr fahrlässig.«

Daraufhin konnte Tanner sich noch zu einem kleinen philosophischen Disput über den Wert des Lebens ohne die Verlockungen, die dasselbige bot, aufraffen, um dann gemaßregelt und mit Herztropfen die Praxis zu verlassen.

Weniger Arbeit, mehr Ruhe, weniger Fleisch, mehr Gemüse, weniger Alkohol, mehr Wasser. Tanner saß am Schreibtisch in seinem Büro. Vor ihm mehrere Stapel gehefteter Blätter, rechts davon, an der äußersten Tischkante – im Grunde nicht erreichbar –, ein Glas Wasser und zwei Äpfel. Tanner begutachtete die Stapel. Sie waren ein beachtlicher Teil der Hinweise zum Fall Fehrenbach. Alles wohlgeordnet und mit Vermerken und Markierungen versehen. Wieder einmal hatte Falk gute

Arbeit geleistet. Er musste bis spät in die Nacht daran gesessen haben.

Unfreiwillig zollte Tanner dem Nazi Respekt. Er war wirklich zäh und verlor auch unter Druck den Überblick nicht. Jetzt war er mit Kaltenbach unterwegs, um Lots Alibi zu prüfen.

Wenig motiviert nahm Tanner einen der Hinweise; er bezog sich auf den Tag des Doppelmordes. Ein Schüler hatte gegen zehn Uhr Schüsse gehört, die von der Weißtannenhöhe kamen. Viele Details waren aufgeführt: Der Schüler war mit zwei Kameraden unterwegs gewesen. Sie alle gehörten dem katholischen Jugendbund »Neudeutschland« an. Sie waren vom Gottesdienst gekommen, der in der Kapelle beim Nazishäusle stattgefunden hatte, und auf dem Weg zum Jockeleshäusle gewesen, wo auf der Wiese eine Tagung stattfinden sollte. Damals hatten sie sich bei den Schüssen nichts gedacht, hatte der Schüler ausgesagt, waren doch oft Jäger unterwegs, doch jetzt, wo man von der Schandtat erfahren hatte, mache er von seiner Aussagepflicht Gebrauch. Tanner schloss kurz die Augen. Der Hinweis konnte für die exakte Ermittlung der Tatzeit hilfreich sein. Dafür bedurfte es aber einiger Recherche: War der Tatort tatsächlich in Hörweite? Hatte noch jemand die Schüsse gehört? Waren Jäger unterwegs gewesen? Alles wichtig, alles Routine.

Tanners Blick wanderte zum Wasserglas und zu den Äpfeln. *Soll ich mir das tatsächlich antun?* Es war wie mit allen Routinearbeiten, die konnten genauso gut von Kaltenbach und Falk erledigt werden, wozu hatte er Mitarbeiter? Seine Aufgabe war es, den Fall von oben zu betrachten, das große Ganze zu sehen.

Er schob seinen Stuhl zurück. Auf seinem Tisch lagen auch die Vernehmungsprotokolle der anderen Dienststellen. Unzählige Befragungen von Wanderarbeitern, Fremden, Einheimischen. Alle Ermittlungen zielten in die Richtung Sexualverbrechen. Den Aspekt Beziehungstat hatte man aus den Augen verloren. Es war an der Zeit, die Ermittlungen in den persönlichen Bereich der Opfer auszuweiten, so wie er es von Anfang an geplant hatte, zumal es in der anderen Richtung gut voranging:

Lot war in Haft, dem Maskenmann und zwei weiteren Verdächtigen war man auf der Spur. Nur, wenn man hier in einer Sackgasse landete, wollte Tanner sich nicht vorwerfen lassen, einseitig ermittelt zu haben.

Somit war seine Entscheidung gefallen, und sie setzte neue Kräfte frei. Tanner sammelte sich kurz und wurde dann aktiv. Er nahm das Telefon, ließ sich mit Gengenbachs örtlicher Polizei verbinden und bat um eine Terminvereinbarung mit der Familie von Clara Fehrenbach für den morgigen Dienstag. Danach rief er bei der Kriminalpolizei Mannheim an, die für Mittwoch sein Kommen bei Ruths Verwandten und Claras Vermieterin ankündigen sollte. In allen Fällen sollten die Treffen am Nachmittag oder Abend stattfinden, die genauen Uhrzeiten sollten von den Beamten abgestimmt und ihm noch heute mitgeteilt werden.

Jetzt ließ Tanner noch Fräulein Schneider in sein Büro kommen. »Ich brauche Zugfahrkarten zweiter Klasse«, sagte er. »Und zwar morgen von Freiburg nach Gengenbach und übermorgen von Gengenbach nach Mannheim. Jedes Mal den ersten Zug. Außerdem eine Pension in Gengenbach für Dienstag auf Mittwoch und in Mannheim eine ab Mittwoch. Wie lange ich in Mannheim bleibe, wird sich zeigen.«

Schneider notierte und fragte: »Die Mannheimer Pension, wo soll die denn liegen?«

»In der Nähe des Bahnhofs. Und, ganz wichtig: Die Fahrt nach Gengenbach will ich mit der Höllentalbahn machen.«

»Wenn ich mich nicht irre, ist das ein Umweg.«

»Da haben Sie vollkommen recht. Aber«, Tanner hob seinen rechten Zeigefingen, »es ist ein schöner Umweg.«

Schneider lächelte. »Geht in Ordnung. Brauchen Sie sonst noch etwas?«

Tanner schaute auf die Äpfel und das Wasser und hörte in sich hinein. Er hatte keine Beschwerden mehr – ganz so, als wäre nichts gewesen. Wofür doch ein bisschen Arbeit nicht alles gut war. »Machen Sie mir bitte einen Kaffee und holen Sie beim Bäcker zwei von diesen herrlichen Nussecken.«

»Dann geht es Ihnen wieder besser?«

»Ganz hervorragend«, übertrieb Tanner.

Fräulein Schneider lächelte abermals. Sie arbeitete schon länger für ihn und war stets besorgt um die Gesundheit ihres alternden Chefs, was Tanner rührte.

***

Am Abend besprachen sich Tanner und Kaltenbach. Tanner hatte seine Pläne dargelegt und Kaltenbach für die Zeit seiner Abwesenheit die Leitung übertragen. Ein tägliches Telefonat um acht Uhr in der Frühe wurde vereinbart. Nun stand Kaltenbachs Bericht an.

»Wir haben Lots Alibi überprüft. Frau Kieninger, die Wirtin des Hirschen beim Neueck, hat bestätigt, dass Lot am 31. Mai gegen elf Uhr die Wirtschaft betreten und ungefähr eine Stunde später verlassen hat. Äußerlich sei ihr nichts an ihm aufgefallen, also keine Kratzer im Gesicht oder blutige Kleidung. Bei der Ankunftszeit Lots wollte sie sich nicht genau festlegen – es hätte auch halb zwölf sein können, was für sein Alibi von Bedeutung ist: Die Tat erfolgte frühestens um neun Uhr dreißig, eher später. Zu Fuß braucht man von der Weißtannenhöhe zum Neueck circa vier Stunden, somit wäre Lot aus dem Schneider. Mit dem Fahrrad jedoch, je nach Konstitution – es sind zwanzig Kilometer durch sehr bergiges und zum Teil unwegsames Gelände –, eins Komma fünf bis zwei Stunden. Geht man von zehn Minuten für die eigentliche Tat aus, hätte es Lot mit dem Fahrrad gerade so auf elf Uhr dreißig reichen können, wenn die Tat um neun Uhr dreißig erfolgt wäre. Es gibt aber noch eine weitere Möglichkeit, und zwar die, die Strecke mit dem Auto zurückzulegen. Die Fahrtzeit für die zwanzig Kilometer bei normaler Fahrt beträgt ungefähr fünfundvierzig Minuten – das habe ich geprüft. Die Strecke vom Tatort zur Straße beträgt zwei Komma fünf Kilometer. Dafür braucht man, wenn man rennt, ungefähr fünfzehn Minuten. Rechnen wir noch die geschätzten zehn Minuten für die Tat hinzu, kommt man auf siebzig Minuten, wenn alles perfekt läuft, und sagen wir neunzig Minuten, wenn es Probleme gibt. Beides reicht je nach Tatzeit. Nun wissen wir aber, dass Lot kein Auto besitzt – es hätte ihn also jemand mitnehmen müssen. Wenn wir diese Person fänden, wäre Lot dran.«

»Die Theorie mit dem Auto würde auch erklären, warum Lot nach Neueck und nicht zum Kandel ging.«

Kaltenbach nickte.

»Auf der anderen Seite ist das Verkehrsaufkommen da oben sehr gering. Es muss schon vieles zusammenkommen, dass genau zum richtigen Zeitpunkt jemand mit dem Auto vorbeifährt und dann Lot auch noch mitnimmt. Außerdem hat niemand auf unseren Fahndungsaufruf reagiert«, zweifelte Tanner.

»Ja, aber vielleicht findet sich etwas in den Hinweisen.« Kaltenbach deutete auf die Stapel auf dem Schreibtisch. »Oder es kommt noch etwas rein.«

»Und die Variante mit dem Fahrrad?«

»Halte ich für eher unwahrscheinlich, weil es zeitlich extrem knapp ist, die Tat hätte spätestens um neun Uhr dreißig erfolgen müssen.«

»Da fällt mir ein, bei der Bestimmung der genauen Tatzeit sind wir eventuell einen Schritt weiter. Ein junger Mann will um zehn Uhr Schüsse aus Richtung Weißtannenhöhe gehört haben, als er mit Kameraden unterwegs war. Das gilt es zu prüfen. Ich lasse dir die Aussage zukommen.«

Kaltenbach nickte, und Tanner fuhr fort: »Davon unabhängig suchen wir nach diesem Autofahrer oder nach jemandem, der Lot auf einem Fahrrad gesehen hat – man weiß ja nie. Bis dahin bleibt Lot auf jeden Fall in Haft.«

9

Dienstag, der 12. Juni 1928, Hauptbahnhof Freiburg

Da stand sie an diesem kühlen Dienstagmorgen, die Badische VI-c, ein stählernes Ungetüm, eingehüllt vom weißen Rauch des unter Hochdruck stehenden Kessels. Fast siebzig Tonnen schwer und dreizehn Meter lang war sie. Der Unterbau und die Räder im leuchtenden Rot und der Kessel, der Schornstein und das Führerhaus, also der Hauptteil dieser gewaltigen Maschine, im matten Schwarz der Einheitslokomotiven der Deutschen Reichsbahn. Was hätte Tanner dafür getan, vorn mitzufahren, aber das war leider nicht gestattet. Deshalb fiel seine Wahl auf einen Platz im letzten der zehn Personenwagen. Der würde ihm einen besonderen Blick auf ein Ereignis der an Höhepunkten nicht armen Fahrt mit der Höllentalbahn bieten.

Der Zug war ordentlich gefüllt. Tanner hatte an der rechten Seite einen Fensterplatz in Fahrtrichtung. Ihm gegenüber saß ein älteres Ehepaar. Der Mann las Zeitung, seine Frau schaute mürrisch geradeaus, auf ihrem Schoß ein Korb mit Obst. Links, auf der anderen Zugseite, hatte eine junge Frau mit ihrem aufgedrehten Jüngling Platz genommen. Der Dreikäsehoch schien ein ähnlicher Zugfreund wie Tanner zu sein, plapperte er doch ununterbrochen und klärte seine Mutter über Technik, Fahrleistung und Strecke auf, während er seine Beine wild schlenkerte. Bald schon fuhr der Zug mit dem typischen Stampfen an, und der Junge, den seine Mutter Toni nannte, sagte gut hörbar: »Jetzt darf der Lokführer nur behutsam Gas geben, sonst drehen die Räder durch, und das wäre eine Blamage. Und später, wenn's ordentlich raufgeht, wird's noch schwieriger.«

Gemächlich ging es über die Dreisam zu den Freiburger Bahnhöfen Wiehre und Littenweiler, immer lautstark von Toni kommentiert. Bis nach Kirchzarten gewann der Zug gehörig an Fahrt, und die Donnerbüchse, wie der Personenwaggon im Volksmund bezeichnet wurde, machte ihrem Namen alle Ehre.

Ein tiefes Dröhnen bemächtigte sich des in Ganzstahlbauart gefertigten Waggons, der in der Standardausführung ohne Dämmung auskommen musste. Das Dröhnen war manchmal so stark, dass es selbst die üblichen Zuggeräusche in den Hintergrund drängte. Dessen ungeachtet riss Toni ein Fenster auf und hielt seinen Kopf in Wind, Rauch und Ruß. Dafür erntete er einen vernichtenden Blick der Korbfrau und einen strengen Verweis seiner Mutter, die das Fenster sofort wieder schloss.

Tanner grinste in sich hinein und musste sich beherrschen, nicht Tonis Beispiel zu folgen. Nach Kirchzarten kam die Station Himmelreich, und Toni wusste, dass es jetzt »ab in die Berge« ging. Schwere Gewitterwolken wuchsen in den Himmel und verdichteten sich zu einem Schwarz, das sich wohl über den Gipfeln des Schwarzwalds entladen würde. Tonis zum Teil unfreiwilliges Publikum erfuhr jetzt, dass endlich der Falkensteigtunnel mit einundsiebzig Metern Länge kam und es die Falkensteiner Raubritter waren, die den Durchgang durch das Höllental kontrolliert hatten. Danach die nächste Attraktion: »Der untere und obere Hirschsprungtunnel mit einhunderteinundzwanzig und neunundsechzig Metern«, verkündete Toni. »Und jetzt alle auf die rechte Seite und nach hinten schauen. Da ist er, der Hirschsprungfelsen, wo sich der riesige Hirsch mit einem gewaltigen Satz über das Höllental vor einem Falkensteiner Ritter in Sicherheit gebracht hat.« Und tatsächlich stand das Denkmal des stolzen Zwölfenders auf dem Felsen.

Die Strecke wurde nun immer steiler, und der Zug verlor erheblich an Fahrt. Deutlich hörte man den langsamen, schweren Atem der Badischen VI-c. Nun gab der Heizer alles und wuchtete Kohle in den hungrigen Schlund des Kessels, was man am Schwarz des ansonsten weißen Rauches erkannte. Mit letzter Kraft und ohne Durchdrehen der Räder, wie Toni anerkennend bemerkte, erreichte der Zug den Bahnhof Hirschsprung.

Wer jetzt glaubte, das Beste gesehen zu haben, der irrte sich. Denn der zurückliegende Weg war nur der Auftakt zu einer noch größeren Attraktion. Es folgte der steilste Normalspur-Bahn-Streckenabschnitt Deutschlands. Jetzt half kein herkömmlicher auf Reibung basierender Antrieb mehr, jetzt brauchte es Formschluss, jetzt brauchte es eine Zahnradlokomotive! Die siebenundfünfzig Tonnen schwere Badische IX-b wartete schon vor ihrem Lokschuppen. Tonis Blick haftete noch an der IX-b, als Tanner seinen Hut nahm und zum hinteren Ende des Waggons strebte. Toni erhaschte Tanner noch im Augenwinkel und ahnte, was er vorhatte. Ohne zu fragen, folgte er ihm. Sofort wies ihn seine Mutter in die Schranken, doch Tanner beschwichtigte: »Ist schon gut. Ich pass auf den Jungen auf.«

Tanner öffnete die rückwärtige Tür und trat mit Toni auf die offene Endplattform der Donnerbüchse. Erwartungsvoll beobachteten beide, wie sich die Zahnradlokomotive langsam näherte, bis Puffer an Puffer stieß.

»Hier hinten im Freien, das darf man doch gar nicht«, warnte Toni, als der Heizer, der die Lok ankoppeln wollte, ausstieg.

Und wie zur Bestätigung rief dieser: »Mein Herr, der Aufenthalt auf der Plattform ist nicht gestattet.«

»Ich bin Polizeirat Tanner vom Präsidium Freiburg«, erwiderte Tanner gelassen. »Ich darf das.«

Vom Titel mächtig beeindruckt, ruderte der Heizer zurück: »Wenn Sie es sagen. Und der Kleine?«

»Der gehört zu mir.«

»Aber immer gut festhalten«, mahnte der Heizer und verband dann Schraubenkupplung und Bremsleitung. Danach gab er dem Führer der vorderen Lok ein Zeichen und sprang auf die hintere auf. Im selben Moment ertönte die Warnpfeife der Zahnradlok mit dem typischen vom Tiefen ins Helle wechselnden Ton, und die vordere Lok antwortete. Darauf ruckte der Zug an.

Auge in Auge mit dem Dampfross zu stehen, diese geballte

Kraft, die Hunderte von Tonnen den Berg hinaufschob, das beeindruckte nachhaltig.

Toni fand seine Sprache erst nach Minuten wieder und nur, um eine Warnung auszustoßen. »Achtung, Herr Polizeirat, gleich wird's brenzlig, gleich kommt der Kehre-Tunnel!«

»Wenn es dir nicht geheuer ist, kannst du wieder reingehen«, entgegnete Tanner.

»Niemals«, zeigte Toni sich tapfer.

Der Tunnel kanalisierte alle Geräusche, das Stampfen der Lokomotiven, das Zischen der Ventile, das Rattern der Räder. Und er sorgte für die Dunkelheit, die das stählerne Ross wachsen ließ: drei glühende Augen um den Kessel angeordnet, Funkenflug aus dem Kamin und die Gesichter des Lokführers und des Heizers im Feuerschein, wenn sich die Heizklappe öffnete.

Es benötigte die Haltepunkte Posthalde und Höllensteig und die Schönheit des Ravenna-Viadukts, bis Toni wieder zu sich fand. Er zeigte auf die Widerlager der alten Brücke und klärte Tanner über die endlose Kutschenkarawane der Marie Antoinette auf, die hier unten im Hofgut Sternen Station gemacht hatte auf ihrer Brautfahrt zur Hochzeit in Straßburg mit dem französischen König Ludwig XVI.

»Alle Achtung, da bist du aber gut informiert, Toni. Die Hochzeit jedoch, die war in Versailles«, korrigierte Tanner.

Toni schaute zu Tanner auf und wiederholte: »Versailles, jawohl, Herr Polizeirat. Das merk ich mir, denn später werde ich Lokführer, und der muss sich auf seiner Strecke auskennen.«

Tanner lächelte. Tonis Zuversicht hatte etwas Ansteckendes. Vielleicht gehörte der Junge ja zu einer Generation, die ohne Krieg, Hunger und Armut aufwachsen durfte. Eine Generation, die die Vorteile der jungen Demokratie zu würdigen und zu verteidigen wusste. Ein schöner Gedanke, der Tanner durch die letzten beiden Tunnel begleitete.

In Hinterzarten war das Steilstück bewältigt, und die Zahnradlokomotive wurde abgekoppelt. Zu Tonis großem Bedauern hatten er und seine Mutter ihr Ziel erreicht. Jetzt ging es mit dem Bus nach Breitnau, denn dort wohnte er.

***

Starker Regen empfing Tanner in Gengenbach. Gebückt hastete er an den prachtvollen Fachwerkhäusern vorbei. Was sich in Hinterzarten angekündigt hatte, entlud sich nun sechzig Kilometer nördlich im mittleren Schwarzwald. Die beschauliche ehemalige Reichsstadt lag im unteren Kinzigtal, und die Altstadt lud eigentlich zum Verweilen ein, wenn es nicht wie gerade jetzt wie aus Kübeln schüttete.

Bald hatte Tanner sein Ziel erreicht: die Wohnung von Clara Fehrenbachs Eltern. Sie lag im ersten Stock eines stattlichen Bürgerhauses. Tanner läutete, er wurde erwartet. Claras ältere Schwester Maria öffnete die Tür. Sie trug ein schwarzes Kleid, ihre rot geränderten Augen wichen seinen aus. Mit bedächtigen Schritten, den Kopf gesenkt, führte sie ihn nach oben. In der Wohnstube war die Luft abgestanden, die Vorhänge waren zugezogen. Kerzen erhellten den Herrgottswinkel und ein Atelierbild von Clara, das sie mit Hut und Mantel und einem angedeuteten Lächeln vor einer gemalten Kulisse zeigte. Vor dem Herrgottswinkel saß Claras Mutter, daneben stand der Vater, ausgezehrt und bleich. Er half der Mutter auf, die Tanner einen feindseligen Blick zuwarf und von ihrem Mann wortlos aus der Stube geführt wurde.

Etwas verloren stand Tanner mitten im Raum, während Maria Fehrenbach die Vorhänge aufzog und das trübe Licht des Tages hereinließ. Erst als Lothar Fehrenbach zurückkehrte, wurde Tanner von diesem ein Stuhl am Tisch angeboten. Der Stuhl war nicht gepolstert und knarrte unter Tanners Gewicht. Lothar Fehrenbach setzte sich ihm gegenüber, gefolgt von seiner Tochter, die ihre Hände in den Schoß legte und auf den Boden starrte.

»Meine Frau leidet sehr. Sie ist nervenschwach, entschuldigen Sie bitte«, eröffnete Fehrenbach leise.

Tanner nickte. Seine nassen Schuhe tropften auf den Teppich, zu gern hätte er ein Fenster geöffnet.

»Vor vier Tagen haben wir Clara beerdigt. Die Bevölkerung hat großen Anteil genommen. Es gab Kranzspenden von den Städten Mannheim und Gengenbach, vom Stadtschulamt Mannheim, dem Bezirkslehrerverband Mannheim und vielen mehr. Der Geistliche Rat Martin hat eine ergreifende Grabrede gehalten, der Kirchenchor hat gesungen. Es war eine würdevolle Beerdigung – nun ist Clara an einem besseren Ort.« Fehrenbachs Stimme brach, die Schultern seiner Tochter bebten. Fehrenbach atmete tief durch und hob dann den Kopf. »Was führt Sie zu uns, Herr Polizeirat? Haben Sie eine Spur?«

Tanner räusperte sich. »Es gibt mehrere Spuren, die vielversprechend sind, aber davon darf ich Ihnen nicht berichten. Auf jeden Fall ermitteln wir in alle Richtungen – und deshalb bin ich hier. Wir können nicht ausschließen, dass der Täter aus dem privaten Umfeld Ihrer Tochter oder Ihrer Nichte kommt. Wissen Sie von jemandem, der Ihrer Tochter etwas Böses wollte? Einem enttäuschten Bewerber, einem ungehaltenen Schüler?«

Zu Tanners Überraschung hob Maria ihre Stimme. Sie klang bestimmt. »Meine Schwester war wie ich Lehrerin. Sie kennen das Zölibat. Eine Beziehung zu einem Mann können Sie ausschließen.«

»Das ist mir bewusst, aber es könnte doch sein, dass sich dennoch jemand Hoffnung gemacht hat und dann abgelehnt wurde.«

»Clara hat niemandem Hoffnung gemacht. Da war sie eindeutig. Sie hat ihren Beruf geliebt und das Zölibat gelebt, weil es im Sinne Gottes ist.«

»Ich verstehe«, lenkte Tanner ein. »Können Sie sich dann etwas anderes vorstellen? Ein Streit mit einem Nachbarn? Missgunst in der Lehrerschaft?«

Nun meldete sich Lothar Fehrenbach wieder zu Wort. »Niemand, der Clara kennt, hätte ihr etwas angetan, weil Clara die Güte in Person war.«

»Herr Fehrenbach, ich respektiere Ihre Trauer und will Ihnen nicht zu nahe treten. Aber niemand ist perfekt – es gibt immer Probleme, Reibungspunkte.«

»Clara hatte Probleme, das ist wahr.« Lothar Fehrenbachs Züge wurden weich. »Aber die waren anderer Art. Sie waren religiöser Natur.«

»Inwiefern?«

»Clara war oft schwermütig, weil das Leben viele Fragen stellt. Die Antworten fand sie im Glauben, doch dazu will ich nichts sagen.«

»Warum?«

»Weil das privat ist und weil es Clara so in ihrem Tagebuch bestimmt hat.«

»Clara hatte ein Tagebuch?«, entfuhr es Tanner. »Kann ich es sehen? Das könnte sehr hilfreich sein.«

Fehrenbach wich Tanners Blick aus. »Ich kann Ihnen das Tagebuch leider nicht geben«, sagte er leise. »Selbst wenn ich es wollte.«

»Und warum?«

»Weil ich es verbrannt habe.«

»Sie haben es verbrannt?«, sagte Tanner mühsam beherrscht. »Gibt es dafür einen Grund?«

»Es war Claras Wille. Nicht wahr, Maria?«

»Ja, das waren ihre Worte. Niedergeschrieben auf der letzten Seite des Tagebuchs. Dort gab sie auch zu verstehen, dass eigentlich niemand ihr Tagebuch lesen sollte, was wir dann natürlich nicht mehr rückgängig machen konnten. Dennoch sind wir froh, einen Einblick in ihr Seelenleben bekommen zu haben. Denn es erklärt vieles, und es zeigt, dass sie mit sich im Reinen war.«

»Dass Sie das Tagebuch nicht mehr haben, ist sehr bedauerlich.« Tanner konnte seinen Ärger kaum verbergen. »Vieles wäre damit vermutlich einfacher geworden. Persönliche Aufzeichnungen ergeben oft ein klares Bild. Ganz abgesehen von Hinweisen, die Ihnen vielleicht entgangen sind.«

»Wir haben das Tagebuch gründlich studiert«, entgegnete Lothar Fehrenbach. »Clara hat sich darin ausschließlich mit ihrem Seelenleid auseinandergesetzt. Alltägliche Dinge kamen nicht zur Sprache. Und das Bild, das sich daraus von Clara ergibt, deckt sich mit unseren Erfahrungen und mit denen von Dr. Hubert Koch.«

»Wer ist Dr. Koch?«

»Ein katholischer Religionslehrer und Psychoanalytiker. Er hat Clara psychisch betreut und uns seine Erkenntnisse in einem Beileidsschreiben mitgeteilt.« Fehrenbach wandte sich an seine Tochter. »Maria, würdest du bitte …«

Maria Fehrenbach stand auf, entnahm dem Sekretär, der in der Stube stand, ein Schriftstück und reichte es Tanner.

Das Schreiben war auf den 8. Juni 1928 datiert und an die Familie Fehrenbach gerichtet. Darin teilte Dr. Hubert Koch mit, dass er an der Oberrealschule Mannheim unterrichte und Clara vom November 1927 bis in den Mai 1928 behandelt habe. Sie sei zu ihm gekommen wegen Depressions- und Angstzuständen. Diese seien religiöser Natur gewesen, und er habe sie mit Hilfe mehrerer Sitzungen erfolgreich kuriert, ohne im Detail auf die Ursachen einzugehen. Dann sprach er noch von ihrem feinfühligen, edlen Charakter und erwähnte, dass sie vor ihrem Tod noch gebeichtet habe, sodass er nicht über ihr Schicksal in der Ewigkeit im Ungewissen sei. Sie habe einen großen Kampf gekämpft, und das möge der Familie in dem großen Leid ein klein wenig Trost bereiten.

»Sie sehen«, sagte Lothar Fehrenbach, als Tanner ihm das Schreiben zurückgab, »weltliche Angelegenheiten waren nicht Claras Problem – die Religion war es. Ihr Wesen war rein. Niemand, der sie gekannt hat, hätte ihr etwas Böses gewollt. Gott, der Allwissende, hat sie zu sich gerufen, und nur er kann uns darüber hinweghelfen. Es liegt nicht an uns, Dinge zu hinterfragen, die wir nicht verstehen.«

Tanner nickte. Anscheinend hatte Fehrenbach mit seinem Glauben Frieden geschlossen und Trost darin gefunden. Aber sein Blick auf Clara war Tanner zu verklärt. »Das Schreiben und Ihre Aussage deuten darauf hin, dass das Verbrechen nichts mit dem näheren Umfeld Ihrer Tochter zu tun hat«, entgegnete er. »Dennoch muss ich in dieser Richtung weiterermitteln – es ist meine Pflicht.« In Fehrenbachs Gesicht zeigte sich wenig Verständnis, ja sogar Ablehnung. Dennoch fuhr Tanner fort: »Hatte Clara außerhalb ihrer Familie noch weitere Vertrauenspersonen? Eine Freundin zum Beispiel?«

Da Fehrenbach schwieg, wanderte Tanners Blick zu Maria.

»Ja, da gibt es jemanden«, antwortete sie gedehnt. »Sie heißt Anna Raff. Sie war ihre beste Freundin. Die beiden waren zusammen im Kloster. Anna ist extra zu Claras Beerdigung angereist und sogar noch ein paar Tage geblieben, um uns Seelenbeistand zu leisten. Sie ist eine sehr nette Person. Sie können sie im Haus gegenüber antreffen. Dort hat sie bei der Witwe Borger ein Zimmer genommen.«

Lothar Fehrenbach schenkte seiner Tochter einen vielsagenden Blick. »Wir wollten Anna doch nicht noch mehr belasten«, sagte er vorwurfsvoll.

Maria Fehrenbach wurde rot und schaute zu Boden. »Natürlich, du hast recht, Vater«, murmelte sie. »Ich wollte halt alles richtig machen.«

»Sie müssen keine Bedenken haben. Ich werde sehr behutsam vorgehen«, versprach Tanner und stand auf.

***

Eine Tasse Kaffee und dazu frischen Marmorkuchen. Sichtlich zufrieden saß Tanner in der Küche der Witwe Borger. Ihm gegenüber saß Anna Raff, eine sechsundzwanzigjährige, ledige Kreisfürsorgerin, wohnhaft in Neustadt im Schwarzwald.

»Ich gehe dann jetzt einkaufen«, sagte die Witwe Borger. »Und Sie brauchen wirklich nichts mehr?«

»Nein, alles wunderbar«, antwortete Tanner – er hatte schon drei Stück Kuchen gegessen.

»Na dann.« Seufzend verließ Frau Borger die Küche und machte sich auf den Weg.

»Sie wäre gerne noch geblieben«, verriet Anna Raff, nachdem die beiden allein waren. »Sie liebt Gesellschaft.« Anna lächelte. Sie war eine kleine, rundliche Person und lächelte gern. Das verrieten ihre wachen Augen.

»Wir sollten uns jetzt aber über Clara Fehrenbach unterhalten«, bemerkte Tanner zurückhaltend. Annas Lächeln verschwand.

»Sie beide standen sich sehr nahe, oder?«

»Wir kennen uns schon lang, wir haben uns schon immer gut verstanden.« Annas Stimme drohte zu kippen. »Ich denke, ich war ihre beste Freundin«, presste sie mühsam hervor.

»Wann haben Sie Clara zuletzt gesehen?«

»Das war an Allerheiligen im letzten Jahr.«

»Das ist aber schon lange her.«

»Ja, seit ich in Neustadt wohne und Clara in Mannheim, war es nicht einfach, sich zu treffen. Wir haben uns aber regelmäßig geschrieben.«

»Können Sie sich vorstellen, dass jemand aus Claras Bekanntenkreis mit ihrem Tod zu tun hat?«

»Clara konnte manchmal recht resolut sein, gerade gegenüber ihren Schülern. Aber deswegen so eine schreckliche Tat? Nein, unmöglich.«

»Die meisten Gewaltverbrechen sind Beziehungstaten.«

»Clara hatte keine Beziehung, das hätte ich gewusst.«

»Wegen des Lehrerinnenzölibats?«

»Nein, deswegen nicht. Sie hielt das Gesetz für unsinnig und ungerecht und hat es deshalb auch nie akzeptiert. Der Grund war ein anderer.«

»Und der wäre?«

»Als wir uns an Allerheiligen getroffen haben, waren wir auf dem Friedhof. Es war ein trüber Herbsttag, und Clara ging es seelisch sehr schlecht. Sie sagte, das Unnatürliche an ihr sei, dass sie keinen Sinn für die Ehe habe.«

»Warum nicht? Fühlte sie sich vielleicht zu Frauen hingezogen?«

»Herr Polizeirat, solche Fragen stellt man nicht.«

»Die Polizei muss leider alles fragen.«

»Nun gut. Als ihre beste Freundin, die mit ihr schon oft das Zimmer geteilt hat, kann ich Ihre Frage verneinen. In dieser Hinsicht gab es keinerlei Anzeichen. Und wenn Clara auf irgendeine Art versucht worden wäre, hätte sie durch ihren Glauben der widernatürlichen Versuchung widerstanden. Ihr Glaube war stark. Der Grund war ein anderer. Sie haderte mit ihrem Wesen, das ihrer Meinung nach nicht für die Ehe geeignet war. Sie machte sich Sorgen, dass sie deshalb für immer alleine bleiben und niemals Kinder bekommen würde.«

»Hat sie gesagt, warum die Ehe für sie nichts sei?«

»Nicht so richtig. Womöglich glaubte sie, dass es niemanden gab, mit dem sie ein ganzes Leben verbringen könnte.«

»Dann hatte sie also doch Männerbekanntschaften. Aber die waren alle unglücklich?«

»Eben nicht. Sie hat ja keinen kennengelernt. Darum habe ich sie auch gefragt, wie sie sich so sicher sein kann. Darauf hat sie geantwortet, dass sie es eben wisse. Und Gott wisse es auch, und deshalb sei sie Lehrerin und deshalb das Zölibat, und deshalb sei vielleicht alles gut, wie es ist.«

»Clara war sehr kompliziert, nicht wahr?«

»Manchmal schon. An schlechten Tagen stellte sie alles in Frage, an besseren nahm sie ihr gottgefälliges Leben an.«

»Wenn ich Sie also richtig verstanden habe, hinderte nicht das Zölibat sie an einer Beziehung, sondern ihre Einschätzung, dass sie nicht für die Ehe geschaffen sei. Die Erkenntnis, für immer alleine zu sein, bereitete ihr Sorge, obwohl es eigentlich ihrem Berufsstand und irgendwo auch ihrem Charakter entsprach.«

»So in etwa, ja.«

Tanner musterte Anna genau, sie schien die Wahrheit zu sagen.

»Aber da war noch etwas anderes«, warf Anna ein. »Am

selben Tag sagte Clara zu mir, es wäre ihr wohler, wenn sie da unten liegen würde, und zeigte auf ein Grab. So weit war sie in ihrem Leid noch nie gegangen, das war ungewöhnlich. Sie sprach von einer Sache, die sie schwer belaste, die sie mir aber nicht mitteilen könne. Niemandem könne sie die Sache mitteilen, niemand könne ihr helfen.«

»Und Sie glauben, das eine hat mit dem anderen nichts zu tun? Sprich: das Alleinsein und diese Sache, die sie den Tod herbeisehnen ließ?«

»Ein bisschen schon, aber der eigentliche Auslöser ihrer Verzweiflung war, vermute ich, eine Begegnung in Berlin.«

»Was für eine Begegnung und warum Berlin?«

»Nun, in den letzten Sommerferien haben Clara und ich eine größere Reise unternommen, eine der Stationen war Berlin. Dort hat uns neben der Kultur auch das Nachtleben interessiert, diese Glitzerwelt, von der alle reden, und dabei sind wir in ein verruchtes Viertel geraten. Und dort kam es zu dem Geschehnis, das sie nicht mehr losließ.«

»Welches Viertel? Und wann war das genau?« Tanner zückte sein Notizbuch.

»Am 28. Juli. Wir waren in der Nähe vom Nollendorfplatz unterwegs und sind versehentlich in einer Seitengasse der Bülowstraße gelandet.«

»Und was ist da geschehen?«

»Genau weiß ich es auch nicht. Sicher ist, wir wollten schnell nach Hause – die Gegend war nur spärlich beleuchtet und uns nicht geheuer. Während ich mich orientierte, hat Clara etwas im Eingang eines Hinterhofs gesehen, was sie richtiggehend schockierte. Ich eilte zu ihr, konnte aber nichts erkennen, da es in dem Hinterhof dunkel war. Dafür habe ich etwas gehört, aber nur kurz, weil Clara mich weggezogen hat.«

»Was haben Sie gehört?«

»Ein rhythmisches Stöhnen – Sie wissen schon. Es ist mir peinlich.«

»Und was hat Clara Ihnen davon erzählt?«

»Nicht viel. Eigentlich gar nichts. Ich habe sie auch nicht weiter gefragt – es war offensichtlich, dass sie nicht darüber reden wollte. Aber dieses Ereignis beschäftigte sie fortan sehr. So sehr, dass es mit Sicherheit die Sache war, für die sie keine Lösung fand und die sie verzweifeln ließ.« Anna besann sich kurz und fuhr dann fort: »Anfang Dezember aber, also ungefähr vier Wochen nach unserer Begegnung an Allerheiligen, schickte sie mir einen Brief, der sehr zuversichtlich klang. Anscheinend ging es ihr wieder besser.«

»Im Dezember hat die Therapie bei Dr. Koch begonnen. Kann ihre Gemütsänderung damit zu tun haben?«

»Ich denke schon. Clara sprach von Selbsterkenntnis, gewonnener Stärke. Mit jedem weiteren Brief wuchs ihr Selbstvertrauen, ihre Lebensfreude. Sie begann, sich für Mode zu interessieren, für die moderne Frau. Sie machte sich Gedanken über Emanzipation und Politik. Dennoch hatte sie auch immer wieder Rückfälle. Dunkle Tage und Zweifel waren eben Teil ihres Wesens. Nur konnte sie das jetzt akzeptieren und damit umgehen. Die Psychoanalyse schien ihr neuen Lebensmut geschenkt zu haben. Ich hätte nicht gedacht, dass man nur mit Reden so viel erreichen kann.« Anna besann sich abermals und sagte dann: »Aber vielleicht war es auch ganz anders. Vielleicht hatte Clara jetzt doch jemanden kennengelernt. Einen Mann, den sie liebte und der ihr Halt gab.«

»Gerade eben haben Sie aber doch noch eine Beziehung ausgeschlossen.«

Anna Raff hob verzweifelt ihre Hände. »Ach, ich weiß auch nicht. Je mehr ich darüber nachdenke, desto unsicherer werde ich.«

10

Donnerstag, der 14. Juni 1928, badische Landeshauptstadt Karlsruhe

Mehr Bewegung, hatte sein Arzt gesagt. Mehr Bewegung bedeutete, dass Tanner vom Karlsruher Hauptbahnhof in Richtung Schloss ging, was er schon jetzt bereute. Die Sonne brannte wie sonst nur im Hochsommer. Das Jackett trug er über dem Arm, seinen Hut lüftete er alle zwanzig Meter, um sich den Schweiß von der Stirn zu tupfen.

Die Ermittlungen in Mannheim hatten ihn bereits zum zweiten Mal in die Landeshauptstadt geführt. Es gab einen offenen Punkt in Claras Leben, den es zu klären galt. Von Frau Wegner, Claras Vermieterin, hatte Tanner erfahren, dass Clara jeden Mittwoch nach Karlsruhe gefahren sei, um Gesangsstunden bei einer Frau Professor Dr. Rahn zu nehmen. Aufgefallen sei ihr, dass Clara sich dafür immer so herausgeputzt habe. Als Tanner gestern dann bei Frau Rahn nachgefragt hatte, erfuhr er, dass Clara schon seit September 1927 nicht mehr im Gesangsunterricht gewesen sei. Anscheinend habe sie diesen aufgegeben, um dem Sohn der Offiziersgattin von Straulitz Nachhilfe zu geben. Die Offiziersgattin sei ebenfalls eine Schülerin von ihr – die beiden Frauen hätten sich bei ihr im April 1927 kennengelernt. Nun wollte Tanner wissen, ob Clara tatsächlich im Hause von Straulitz verkehrt und dort Nachhilfe gegeben hatte.

Tanner suchte Schatten unter der Markise eines Kolonialwarenladens und wedelte sich Luft zu. Viel kühler wurde es davon nicht. Er atmete tief durch und setzte seinen Weg fort.

Die Recherchen in Claras Umfeld hatten doch einige Überraschungen hervorgebracht. Ganz im Gegensatz zu denen bezüglich Ruths Leben. Dort gab es keine Auffälligkeiten. Ihre Mutter, die auch in Mannheim lebte, beschrieb Ruth als gefestigte Persönlichkeit, die das Leben genommen habe, wie es sei. Ausreißer und irgendwelche Eskapaden habe es keine gegeben. Dies bestätigte auch ihre Schwester Elsbeth, die mit Ruth zusammengelebt hatte. Sie sagte, Ruth sei ihr sehr vertraut gewesen, sie habe ihr alles erzählt. Es habe keine Abenteuer, keine privaten Männerbekanntschaften gegeben. In Gasthäuser seien sie stets gemeinsam gegangen, und das auch nur, wenn ein Verwandter sie eingeladen habe. Ruth sei sehr charakterstark gewesen und habe ihr Leben geliebt. Sie habe sich auch um Clara gekümmert, an der sie sehr gehangen habe. Zu Clara wusste Elsbeth Fehrenbach nichts Besonderes zu sagen. Ihre Cousine sei eine gute Christin und sehr ordentlich und gewissenhaft gewesen. Sie habe zufrieden gewirkt, solange ihre gelegentliche Schwermut sie nicht gerade aus dem Tritt gebracht habe.

Die herrschaftliche Stadtvilla des Hauptmanns Walther von Straulitz war gesäumt von Kastanien und Birken. Von Straulitz war alter preußischer Landadel und sehr vermögend. Seit man ihn aus der Armee entlassen hatte, manche sagten wegen seiner radikalen politischen Einstellung, war er als Geschäftsmann tätig.

Tanner war angemeldet. Auf sein Läuten hin öffnete ein gut genährtes Dienstmädchen. »Sie wollen zu Frau von Straulitz?«

Tanner nickte.

»Wenn Sie mir bitte folgen würden.«

Durch die große Halle ging es rechts in einen mit Stuck und Holzvertäfelungen reich verzierten Raum. Bodengleiche Fenster zeigten in Richtung Garten. Marlene von Straulitz saß rauchend auf einem Diwan und erhob sich, als Tanner eintrat. Sie war eine elegante Erscheinung mit modischem Haarschnitt und schien direkt der Titelseite einer Frauenzeitschrift entsprungen zu sein.

Tanner stellte sich vor. Seine ausgestreckte Hand wurde ignoriert. »Sie wissen, warum ich hier bin?«, fragte er.

»Der Grund Ihres Besuches ist mir bekannt. Nur nicht, was Sie von mir wollen.«

Straulitz drehte Tanner den Rücken zu und schlenderte zu einem länglichen, blank polierten Mahagonitisch, auf dem ein Kronleuchter und ein Aschenbecher standen. Neben dem Tisch befand sich ein Zeitschriftenständer. Tanner fielen mehrere Ausgaben des »Querschnitts« auf. Ein modernes, zum Teil sozialkritisches Zeitgeistmagazin. Straulitz nahm Platz. Mit einer gelangweilten Geste wies sie Tanner einen Stuhl zu.

Froh, sich endlich setzen zu können, sagte Tanner: »Im Mordfall Clara und Ruth Fehrenbach müssen wir uns ein Bild vom privaten Hintergrund der Opfer machen. Frau Clara Fehrenbach hat Ihrem Sohn Nachhilfe gegeben. Ist das richtig?«

Straulitz nickte.

»An welchem Wochentag und in welchem Zeitraum war das?«

»Immer am Mittwochnachmittag ab drei Uhr. Und ihre Stelle angetreten hat Frau Fehrenbach – lassen Sie mich überlegen –, das muss im September des letzten Jahres gewesen sein. Und sie wäre auch heute noch bei uns, wenn diese schreckliche Tat nicht gewesen wäre.« Straulitz hielt kurz inne und drückte dann ihre Zigarette aus, um sich gleich eine neue anzuzünden. Erst jetzt, als sie ihn zum ersten Mal direkt anblickte, sah Tanner dunkle Augenringe unter dick aufgetragener Schminke.

»Hat es etwas gebracht?«

»Wie, ›gebracht‹?«

»Na, die Nachhilfe für Ihren Sohn. Hat er sich verbessert?«

Irritiert zog Straulitz an ihrer Zigarette. »Ja, irgendwie schon. In Deutsch und im Rechnen. Warum fragen Sie das? Ist das wichtig?«

»Wie war Ihr persönliches Verhältnis zu Clara Fehrenbach?«

»Mein Verhältnis?« Straulitz wandte ihren Blick von Tanner ab und starrte auf ihre Hände. Dann richtete sie sich auf und sagte: »Es gab kein Verhältnis. Frau Fehrenbach war Angestellte wie Gerlinde, unser Dienstmädchen, auch. In unserer Gesellschaft gibt es Hierarchien, natürliche Ordnungen, die die Stellung eines jeden klar regeln. Für mich heißt das: möglichst respektvoll mit den Untergebenen umgehen, mehr aber auch nicht.«

»Dann ist Ihnen auch nicht aufgefallen, dass Frau Fehrenbach sich in letzter Zeit verändert hatte?«

»Ich achte nicht groß auf die Befindlichkeiten meiner Angestellten, solange sie ihre Arbeit machen. Was soll sich bei Frau Fehrenbach denn geändert haben?«

»Nun, der Wandel von einer betrübten, sehr zurückhaltenden Person zu einer lebensbejahenden und selbstbewussten Frau.«

»War das so?«

»Ihre Angehörigen sagen es.«

»Dann wird es wohl stimmen.«

»Berührt Sie Claras Tod denn gar nicht?«

»Clara, ich meine Frau Fehrenbach ...« Straulitz atmete tief durch. »Es ist immer eine Tragödie, wenn ein Mensch stirbt.«

»Wissen Sie, wie Frau Fehrenbach umgekommen ist?«

»Nein, es interessiert mich auch nicht.«

»Ihr wurde die Kehle durchgeschnitten und zweimal in den Kopf geschossen. Man fand sie im Wald. Ihr Kleid war hochgezogen, ihr Unterleib entblößt.«

Straulitz erstarrte. »Wurde sie ...«

In diesem Moment ging die Tür, und Hauptmann Walther von Straulitz betrat den Raum. Ein Mann Mitte dreißig, durchgedrücktes Kreuz, Oberlippenbart. Ein preußischer Offizier vom Scheitel bis zur Sohle. Nur sein teurer Maßanzug, der ihm etwas Dandyhaftes verlieh, mochte nicht recht ins Bild passen. Er gab Tanner die Hand und fragte: »Kommen Sie voran, Herr Polizeirat?«

»Es gibt viele Spuren, wir machen gute Fortschritte.«

»Recht so. Fassen Sie den Täter bald, das deutsche Volk verlangt nach Sicherheit.«

Der Händedruck des Hauptmanns war kräftig. Unangenehm lang hielt er Tanners Hand und forschte in seinen Augen. Dann ging er zu seiner Frau und stellte sich hinter sie. »Das mit der Lehrerin, traurig, traurig«, sagte er und berührte die Schulter seiner Frau. Marlene von Straulitz zuckte leicht zusammen. »Für meinen Sohn wollte ich immer einen Lehrer und keine Lehrerin, aber das hat sich ja jetzt, wie soll man sagen? Es hat sich wohl von selbst geregelt.«

Marlene von Straulitz schlug ihre Augen nieder, ihr Mann fuhr fort: »Mütter sind in der Erziehung oft anderer Ansicht. Sie wollen natürlich immer das Beste für ihr Kind, aber sie sind zu weich. Wenn aus Jungs echte Männer werden sollen, braucht es Unnachgiebigkeit und Führung. Sie sollten ins Internat, da war ich auch, das hat mir gutgetan. Wie denken Sie darüber, Herr Polizeirat?«

»Es steht mir nicht zu, ein Urteil zu fällen. Eltern wissen selbst am besten, was gut für ihre Kinder ist.«

»So ist es, Herr Polizeirat.« Der Hauptmann holte seine goldene Taschenuhr hervor. »Jetzt ist aber genug geplaudert. Die Geschäfte rufen, und meine Frau braucht Ruhe, nicht wahr, Schatz?« Marlene von Straulitz nickte abwesend, der Hauptmann betätigte ein Glöckchen. »Herr Polizeirat, Gerlinde wird Sie hinausbegleiten.«

***

Jetzt hieß es, geduldig zu sein. Tanner saß auf einer Parkbank gegenüber der Villa im Schatten einer Linde und wartete. Marlene von Straulitz hatte ihm etwas vorgespielt, das war klar. Claras Tod ging ihr um vieles näher, als sie es zugab. Ihr Mann unterstützte ihre falsche Rolle, vermutlich war er sogar die treibende Kraft – es war offensichtlich, dass sie Angst vor ihm hatte.

Nach einer Stunde, so gegen sechs Uhr abends, verließ das Dienstmädchen das Haus. Wie besprochen kam sie auf Tanner zu. »Was wollen Sie denn jetzt von mir, Herr Polizeirat?«, fragte sie.

»Ich würde Ihnen gerne ein paar Fragen zu Clara Fehrenbach und – bei gegebener Diskretion – zu Ihren Dienstherren stellen.«

»Das ist aber schlecht, ich habe keine Zeit. Heute ist mein freier Abend, ich wollte mich mit meiner Freundin treffen. Außerdem habe ich unglaublichen Hunger.«

»Nun, es ist von äußerster Wichtigkeit, ich würde Sie auch zum Essen einladen.«

»Einladen? So richtig, mit allem Drum und Dran?«

»Wenn Sie es wollen. Mir würde es sehr passen, denn Hunger habe ich auch.«

Diesmal gab es keinen Wein, sondern Bier. Vor Tanner und Gerlinde Hauser standen zwei prächtige Steinkrüge, die schon beinahe leer waren.

»Ich würde noch einen trinken«, sagte Gerlinde und schnitt ein großes Stück von der Schweinshaxe ab. »Mensch, ist das gut.«

Gerlindes Wangen glühten, und Tanner bestellte zwei weitere Bier. Nach anfänglicher Zurückhaltung war sie sehr gesprächig geworden. Tanner hatte von ihrer Kindheit, von ihren elf Geschwistern, vom frühen Tod des Vaters, von ihrer kurzen Schulzeit, von der ewigen Schufterei im eigenen Haushalt und später in der Fabrik und von ihrem Weg zum Dienstmädchen erfahren.

»Bei der Arbeit gibt es immer nur Reste, und die Frau Leitner, unsere Haushälterin, ist immer so knickrig, da bleibt zu wenig übrig.«

Von den Kartoffelknödeln und dem Weißkraut gab es Nachschlag. Gerlinde und Tanner nutzten dies weidlich. Tanner war rundherum zufrieden – es ging doch nichts über eine ordentliche Mahlzeit, selbst wenn es eine bayrische auf badischem Boden war.

»Also, die Frau Fehrenbach, nach der Sie gefragt haben«, sagte Gerlinde, »die war sehr kultiviert, aber auch sehr nett. Die hat immer so viel Geduld mit dem Maxi gehabt, die hat Sachen so oft wiederholt, bis der Maxi sie verstanden hat. Wissen Sie, der Maxi ist ein bisschen schwer von Begriff, das sagt zumindest der Herr von Straulitz. Der ist sehr streng. Vor dem haben alle ein bisschen Angst.«

»Auch seine Frau?«

»Ja, die auch. Sie tut mir leid. Ich soll's ja nicht sagen, aber der Herr hat sie auch schon geschlagen. Das habe ich an ihrem verschwollenen Gesicht gesehen, wenn es am Abend zuvor laut wurde.«

»Wie ist die Frau von Straulitz denn so?«

»Die ist auch sehr nett – zu allen. Die fragt, wie es einem geht, und hat sogar schon Paul, dem Gärtner, Geld für die Behandlung seiner kranken Tochter gegeben, ohne dass es natürlich der Herr von Straulitz erfahren hat.«

»Seltsam, ich hatte einen anderen Eindruck. Ganz so, als ob ihr das Schicksal ihrer Bediensteten egal wäre.«

»Nein, das stimmt nicht, da täuschen Sie sich. Frau von Straulitz hat ein gutes Herz.«

»Auch für Frau Fehrenbach?«

»Für die ganz besonders. Die Frau Fehrenbach war am Anfang ganz verdruckst und oft sehr traurig. Das war ganz schlimm. Die Herrin hat sich deshalb sehr um sie gekümmert, was dem Herrn nicht recht war. Da gab es oft Streit. Das mit der Traurigkeit hat sich dann irgendwann geändert. Plötzlich blühte die Frau Fehrenbach auf und hat viel gelacht, auch mit der Herrin. Sie blieb dann oft länger und musste den Spätzug nehmen. Die beiden haben sich nach der Nachhilfe lang unterhalten und manchmal sogar musiziert.«

»Und das hat den Hausherrn dann nicht mehr gestört?«

»Nein, gar nicht. Das war ja das Komische. Wenn er nicht gerade in Berlin war, blieb er lange weg oder hat sich zurückgezogen. Für uns alle war das eine ruhige und angenehme Zeit.«

»Der Hauptmann ist manchmal in Berlin? Warum?«

»Das weiß ich nicht. Vermutlich wegen seiner Geschäfte.«

»Was für Geschäfte?«

»Das weiß ich auch nicht. Paul, der Gärtner, hat was von

Immobilien und Börse und Banken gehört, da kenne ich mich aber nicht aus.«

»Wie oft ist der Hauptmann denn in Berlin?«

»Mindestens einmal im Monat.«

»War er, warten Sie«, Tanner zog sein Notizbuch heraus und suchte nach dem Tag, als Clara laut Anna Raffs Aussage etwas Schockierendes gesehen hatte. »War er im letzten Jahr am 28. Juli in Berlin?«

»Oje, Herr Polizeirat, da fragen Sie mich was. Also Ende Juli war der Herr auf jeden Fall auf Geschäftsreise, die auch nach Berlin ging. Aber ob er an dem betreffenden Tag dort war, kann ich nicht sagen.«

»Wer könnte das denn wissen?«

»Die Herrin natürlich oder sein Diener, der Herr Mareck.«

Tanner notierte den Namen. »Anderes Thema: Wann war das, als der Hauptmann sich zurückgezogen hatte?«

»Das weiß ich jetzt genau.« Gerlinde strahlte. »Am 23. November. Das war ein Mittwoch. Da hat meine Schwester Geburtstag. Ich wollte zu ihr, musste aber noch warten, weil Frau Fehrenbach länger blieb und die Haushälterin freihatte. Das war ein ganz ungewöhnlicher Tag. Frau Fehrenbach war bei dem Herrn von Straulitz im Arbeitszimmer – das war das erste und einzige Mal. Sie war da nur sehr kurz. Aber sie kam mit rotem Kopf und irgendwie triumphierend heraus. Danach hat sich alles verändert. Herr von Straulitz war nur noch selten zu sehen, und in unserem Haus gab es kein Geschrei mehr. Das war schön, doch jetzt ist alles wie früher, nein, es ist sogar schlimmer. Seit die Frau Fehrenbach nicht mehr ist, hat die Herrin jeden Mut verloren, und der Herr ist obenauf, und der Maxi, der arme Bub, kommt bestimmt bald ins Internat.« Gerlinde leerte ihr Bier. »So ist's halt, das Leben. Mal geht es rauf, mal geht es runter.« Den Krug noch in der Hand fragte sie: »Gibt's eigentlich noch eins?«

»Gerne, aber ich weiß nicht, ob es mir dann noch auf den Zug reicht.«

Gerlinde schaute auf die Standuhr im Wirtshaus. »Das reicht«, sagte sie.

»Na dann.« Tanner winkte dem Ober.

***

Das Rattern des Spätzugs hatte etwas Beruhigendes. Tanner starrte aus dem Fenster, sah aber im Dunkeln der Nacht nur sein Spiegelbild. Er war müde, doch die Ergebnisse seiner Ermittlungen ließen ihm keine Ruhe. Vor seinem geistigen Auge ließ er sie Revue passieren.

Ruth, die ältere der Cousinen, war mit beiden Beinen auf dem Boden gestanden. Ihr Lebenswandel war solide und gab keinen Anlass für einen Racheakt. Bei Clara hingegen boten sich viele Ansätze: ihr Verhältnis zu Marlene von Straulitz, die Rolle des Hauptmanns, sein privater Rückzug und seine wiedergewonnene Stärke nach Claras Tod. Außerdem das verbrannte Tagebuch, die Überzeichnung ihrer guten Seele, die Geheimniskrämerei ihres Vaters, der Vorfall in Berlin, die Psychoanalyse, die Veränderung in ihrem Verhalten. Einzelne Puzzlestücke, die sich zu einem Bild fügten, das eine Beziehungstat in den Bereich des Möglichen rückte.

Angenommen, Clara empfand mehr als freundschaftliche Gefühle für Marlene von Straulitz. Gefühle, die sich nicht mit ihrem Glauben vereinbaren ließen, bis sie mittels der Psychotherapie eine Möglichkeit gefunden hatte, damit umzugehen. Weiterhin angenommen, sie wurde in Berlin unfreiwillige Zeugin eines vermutlich sexuellen Akts in einem Hinterhof. Ein sexueller Akt, an dem der Hauptmann beteiligt war. Mit diesem Wissen erpresste sie ihn. Sie verlangte, dass er seine Frau nicht weiter tyrannisierte.

Tanner nickte seinem Spiegelbild zu. Eine schlüssige These, die zur Chronologie der Ereignisse passte.

Im April des letzten Jahres hatte Clara Marlene von Straulitz und ihren Mann kennengelernt. Im Juli, während ihres Berlinaufenthaltes, ertappte sie den Hauptmann in einer verfänglichen Szene. Ab Ende August gab sie Nachhilfe im Hause von Straulitz, um Marlene nahe zu sein. Von nun an belasteten sie mehrere Dinge schwer: ihre Zuneigung zu Marlene von Straulitz, die Tyrannei des Hauptmanns und ihr Wissen um seine Verfehlung. Sie fiel in ein tiefes Loch und erholte sich erst wieder durch die Psychotherapie bei Dr. Hubert Koch. Diese begann im November. Dadurch bestärkt, stellte sie den Hauptmann zur Rede, erpresste ihn. Die Verhältnisse im Hause von Straulitz verschoben sich – Marlene von Straulitz gewann die Oberhand, der Hauptmann zog sich zurück. Eine Phase des kurzen Glücks begann, die mit Claras Ermordung im Mai endete. Ein Mord, beauftragt von der Person, die durch ihren Tod am meisten profitierte: Hauptmann von Straulitz.

Tanner rieb sich seine müden Augen – eine durchaus schlüssige Annahme. Doch sofort meldeten sich Zweifel: Hatte er sich da nicht komplett verrannt? War das nicht zu konstruiert? Der Irrweg eines alternden Polizisten – oder lag er nur zum Teil richtig? Vielleicht hatte er ja mit Claras Geschichte recht, aber ihre Ermordung hatte damit nichts zu tun. Die war nur ein willkommener Zufall. Ein Zufall, der dem Hauptmann gelegen kam. Viele Thesen und viele Fragen, die alle geklärt werden mussten. Aufschluss könnte die Überprüfung des Hauptmanns und seiner Reisetätigkeiten geben. Außerdem ein Gespräch mit dem Psychoanalytiker Dr. Koch.

Tanner lehnte sich zurück, seine Lider wurden schwer, augenblicklich übermannte ihn der Schlaf. Im Traum sah er Clara und Marlene von Straulitz. Sie lachten, sie tanzten, und sie kamen sich näher. Er sah den Hauptmann im Hintergrund – ein Messer in der Hand. Er sah Clara und Ruth die Weißtannenhöhe erklimmen. Er sah, wie die Weißtannenhöhe von einer dunklen Wolke verdeckt wurde. Er sah sich selbst in dieser Wolke herumirren.

II

Freitag, der 15. Juni 1928, Weißtannenhöhe

Unheimlich war es im Wald, und die Mama hatte es ausdrücklich verboten. Pauline ging so schnell, wie sie konnte. Ihre Schuhe und der Saum ihres Rocks waren verdreckt. Es hatte zu regnen aufgehört, doch die Wolken hingen tief, und das Licht war diffus. Weit konnte es nicht mehr sein. Sie kannte den Weg gut, doch jetzt, ganz allein und mit der Angst im Nacken, war sie sich nicht mehr sicher. Endlich flachte das Gelände ab. Da vorn war es, wo man die Frauen gefunden hatte. Unschlüssig hielt sie an. Jetzt musste sie den Weg verlassen und den Baum berühren, wo die jüngere der beiden Frauen gelegen hatte – so lautete ihre Aufgabe. Es war eine Mutprobe, um in den »Geheimen Club der Waldläufer« aufgenommen zu werden. Ursel hatte sie ausgeheckt, und Frieda und Leni hatten zugestimmt, obwohl Frieda eigentlich dagegen war – ihr hätte es gereicht, wenn Pauline auf die große Birke beim Friedhof geklettert wäre. Aber Ursel hatte Frieda einen Schisser genannt, so wie Pauline ein Schisser wäre, wenn sie sich nicht trauen würde.

Pauline hatte sich noch immer nicht bewegt. Sie hielt die Luft an und lauschte. Im Wald knirschte und knackte es, waren das die üblichen Geräusche, oder war da mehr? Der Drang, einfach umzudrehen, wurde groß. Sie könnte ja behaupten, den Baum berührt zu haben – eine Notlüge, wer sollte ihr das Gegenteil beweisen? Aber sie hatte es geschworen, auf alles, was ihr heilig war. Und einen Schwur zu brechen, das war schlimm, denn Gott sah alles.

Vorsichtig setzte sie ihren Fuß in das Moos abseits des Weges. Sie sank tief ein, und als sie den Fuß hob, gab es ein schmatzendes Geräusch. Wasser war in ihren Schuh eingedrungen und ein Klumpen Dreck hängen geblieben. Pauline schüttelte ihren Fuß, da zwang sie etwas, ihren Kopf zu heben. Langsam schaute sie auf – da stand er vor ihr, der Mann.

Eine schwarze Maske verdeckte sein Gesicht, seine Hose war geöffnet, und seine Hand rieb an dem Ding, das sie niemals sehen wollte. Pauline schrie!

Kaltenbach zog an seiner Zigarette und schaute auf den eifrigen Schüler hinab, der ihm zeigte, wo er Claras Spazierstock gefunden hatte.

»Darunter lag er«, sagte er und deutete auf eine Gruppe von Farnen am Fuß einer Fichte.

»Die Pflanzen stehen aber sehr dicht. Da fällt ein Spazierstock kaum auf, selbst wenn er gelb ist«, entgegnete Kaltenbach.

»Nicht, wenn man danach sucht. Nachdem ich in dieser schlimmen Sache schon einmal helfen konnte und durch die Zeitung erfahren hatte, dass noch einige Habseligkeiten der beiden Frauen vermisst werden, bin ich immer wieder durch den Wald gestreift. Und wie man sieht, hat es sich gelohnt.«

»Offensichtlich«, murmelte Kaltenbach und schaute sich um. Der Fundort lag nicht weit vom Tatort entfernt; warum die Suchtrupps den Spazierstock übersehen hatten, war ihm ein Rätsel – vielleicht wurde er erst später hier abgelegt, aber warum? Der Schüler schaute Kaltenbach erwartungsvoll an. Er war derjenige, der mit seinen Kameraden die Schüsse am Tattag gehört hatte. Seine Beobachtung hatte sich als schlüssig erwiesen: Die Schüsse konnten von seinem genannten Ort aus gut gehört werden, somit waren er und seine Kameraden Zeugen der Tatzeit, die auf kurz vor zehn festgelegt wurde.

»Brauchbare Fingerabdrücke werden wir wohl keine mehr finden«, sagte Kaltenbach, da unterbrach ihn ein spitzer Schrei. Kaltenbach erstarrte.

Kurz darauf folgte ein zweiter. Der Schüler hob einen armdicken Ast auf. Kaltenbach schaute in Richtung des Schreis und zog seine Dienstwaffe.

»Du wartest hier«, befahl er und rannte los. Es war der Schrei eines Mädchens, da war er sich sicher.

Die Bäume standen eng zusammen, das Gelände war unwegsam, Kaltenbach musste vorsichtig sein. Beinahe lautlos huschte er durch den Wald, er war kaum mehr als ein verschwommener Schatten. Nach ein paar hundert Metern sah er zwischen den Bäumen die Silhouette eines fliehenden Mannes. Der Mann hetzte bergab in Richtung Waldrand. Kaltenbach befand sich etwas oberhalb von ihm und schräg dahinter. Kaltenbachs Schritte waren gleichmäßig und schnell. Beständig holte er auf. Bald war der Mann in Schussweite, doch Kaltenbach schoss nicht, obwohl er sicher getroffen hätte. Auch stieß er keine Warnung aus, denn der Mann wurde langsamer und ging in einen eiligen Fußmarsch über – anscheinend wusste er gar nicht, dass er verfolgt wurde.

Ein Trampelpfad, den der Mann nutzte, begann sich abzuzeichnen. Der Pfad schlängelte sich eine besonders steile Passage hinunter und führte in einer großen Schleife zu einem Ster Holz, an dem ein Fahrrad lehnte. Das Fahrrad war aber auch auf direktem Weg über eine steile Böschung zu erreichen. Kaltenbach zögerte keinen Augenblick und rutschte die Böschung hinab. Unbemerkt überholte er den Mann. Hinter einem Baum versteckt, wartete er.

Schwer atmend erreichte der Mann sein Fahrrad und schloss es auf. Er trug einen dunkelgrünen Umhang und eine blaue Schirmmütze. Größe und Statur passten auf die Beschreibung des Maskenmannes.

Kaltenbach trat hinter ihn, die Pistole im Anschlag. »Hände hoch und umdrehen.«

Der Mann zuckte zusammen, der Fahrradschüssel fiel ihm aus der Hand. Langsam drehte er sich um, die Hände erhoben. Ein ängstliches Auge fixierte Kaltenbach, das andere war starr und aus Glas.

»Wo ist das Mädchen?«

»Welches Mädchen?«

Kaltenbach presste seine Pistole gegen die Stirn des Mannes. »Ich zähle bis drei: Eins …«

»Wer sind Sie? Ich hab nichts gemacht.«

»Zwei …«

»Da war ein anderer. Sie ist weggerannt. Ich hab nichts gemacht.«

»Drei!« Kaltenbach drückte ab – es klickte. Der Mann wimmerte.

»In der nächsten Kammer steckt eine Patrone. Ich habe kein Problem, sie zu nutzen. Also los jetzt. Zeig mir, wo das Mädchen ist.«

12

Samstag, der 16. Juni 1928, Amtsgericht Freiburg, Kaiserstraße

Tanner hatte seine zwei Telefonate erledigt. Das eine mit Eugen Riedle, seinem Vertrauten in Berlin.

Eugen war ein Kleinkrimineller, der in seiner Schuld stand. Er war kein schlechter Kerl, kam aber immer wieder mit dem Gesetz in Konflikt. Das hatte mit seinem eigentlichen Beruf zu tun: Er war als Zauberer tätig, aber als solcher zu wenig gefragt, weshalb er seine Fingerfertigkeit anderweitig einsetzte. Als Taschendieb hatte er es zu einer gewissen Berühmtheit gebracht, was aber dieser Tätigkeit eher abträglich war – bei der Polizei kannte man ihn gut, ein Ärgernis, das seinen Wirkungskreis stark einschränkte.

Ihm die Brieftasche zu stehlen, hatte Eugen auch versucht, damals vor knapp zwei Jahren, als Tanner in Berlin weilte, um bei dem legendären Kriminalisten Ernst Gennat eine Fortbildung zu machen. Der Versuch misslang – eine nicht eingeplante Dogge kreuzte Eugens Weg. Die Geschichte, die Eugen Tanner daraufhin auftischte, war so herrlich erlogen, dass Tanner ihn laufen ließ, unter der Bedingung, dass Eugen seine Kontakte zur Unterwelt nutzte, falls Tanner diese benötigte – Berlin war zwar weit, aber schaden konnte es nicht.

Eugen hatte zugestimmt, und nach ihrer Übereinkunft verbrachten sie noch einen herrlichen Abend in einem Berliner Restaurant. Tanner zahlte, und Eugen erzählte. Die Geschichten, das Essen und der exklusive Wein waren Tanner bis heute in bester Erinnerung geblieben. Es folgten lose Briefwechsel und ein einmaliger Auftrag, den Eugen mit Bravour erledigte: Tanner war überrascht gewesen von dessen Einsatz und der Qualität der Informationen – die vereinbarte Aufwandsentschädigung hatte er gern gezahlt.

Der jetzige Auftrag kostete extra, er war besonders heikel. Eugen sollte für ihn Nachforschungen über Hauptmann Walther von Straulitz anstellen, nachdem Tanner in Erfahrung gebracht hatte, dass der Hauptmann am 28. Juli in Berlin gewesen war, also genau an jenem Tag, an dem Clara Fehrenbach ihre einschneidende Begegnung beim Nollendorfplatz gehabt hatte. Konkret interessierte Tanner, ob es Straulitz gewesen sein konnte, den sie dort gesehen hatte, und welche Aktivitäten er in der Hauptstadt verfolgte. Und damit einhergehend, in welchen Kreisen er sich bewegte.

Das zweite Telefonat hatte er mit dem Psychotherapeuten Dr. Hubert Koch geführt. Das Ergebnis war eher ernüchternd gewesen: Koch sah Claras Probleme als gänzlich religiös begründet an. Ins Detail ging er aufgrund seiner Schweigepflicht nicht. Er schloss aber eine dritte Person als Ursache ihrer Depressionen aus. Deshalb sehe er auch niemanden, der für Racheakte gegen sie in Betracht käme. Koch klang überzeugend, jedoch hatte er auffallend oft erwähnt, wie wichtig es sei, das gute Andenken der Verstorbenen zu bewahren. Vielleicht sagte er ja aus Rücksichtnahme nicht die ganze Wahrheit, vielleicht war das aber auch unwichtig. Genauso unwichtig wie Tanners Nachforschungen der letzten Tage.

Nachdem Kaltenbach durch Zufall Friedrich Hess, den vermutlichen Maskenmann, verhaftet hatte, könnten sich alle anderen Ermittlungen als hinfällig erweisen. Denn dieser Hess war ein Sexualstraftäter der übelsten Sorte, der selbst vor Minderjährigen nicht haltmachte. Zum Glück war der kleinen Pauline, einem zwölfjährigen Mädchen, nichts geschehen. Man hatte sie verstört und verängstigt, aber unverletzt im Wald aufgefunden.

Tanner verstaute seine Unterlagen und schaute auf seine Uhr: halb elf. Schwerfällig stand er auf und machte sich auf den Weg in den Verhörraum eins. Wie mit Kaltenbach besprochen, würde er ein paar Minuten zu spät kommen. Ziel war es, Hess in die Enge zu treiben, was durchaus gelingen konnte. Mit Kaltenbach

Aug in Aug an einem Tisch zu sitzen und zu warten konnte sehr unangenehm sein.

***

Kaltenbach roch den Angstschweiß seines Gegenübers. Seit mehr als fünf Minuten ruhte sein Blick auf Hess, der offenbar nicht mehr wusste, wohin mit Augen und Händen. Fräulein Schneider, die Stenotypistin, wurde auch schon unruhig. Unentwegt rutschte sie auf ihrem Stuhl hin und her, verzweifelt darauf bedacht, kein Geräusch zu machen. Ihr Blick schien sich an Schreibblock und Stift festhalten zu wollen, die vor ihr lagen. Ähnlich erging es Falk und dem Wachtmeister Wöhrlin. Falk stand in der linken Ecke des Raumes und verlagerte sein Gewicht mal auf das eine, mal auf das andere Bein. Wöhrlin hielt sich im Rücken des Verhafteten auf und kämpfte gegen einen Hustenreiz.

Entnervt wandte sich Hess von Kaltenbach ab und drehte ihm die Seite mit dem gesunden Auge zu. Er war ein ansehnlicher Mann mit klaren Zügen und Oberlippenbart. Diesem Gesicht schenkte man Vertrauen, ganz im Gegensatz zur anderen Seite, die durch eine Kriegsverletzung verunstaltet war. Ein Kopfschuss hatte ihn das rechte Auge gekostet und Schläfe und Augenhöhle verformt. Auch Teile des Gehirns waren in Mitleidenschaft gezogen. Ein Wunder, dass Hess sich noch normal bewegen und artikulieren konnte.

Als die Tür aufging, ruckte Hess' Kopf herum. Tanner betrat den Verhörraum und nickte Kaltenbach zu. Wortlos setzte er sich – es war Kaltenbachs Verhör.

Langsam öffnete Kaltenbach Hess' Akte. Seine Vorgehensweise war klar. Nachdem er Hess verängstigt hatte, würde er ihn reden lassen – also keine Gewalt. Hess war ein einfacher Mann, der Autoritäten akzeptierte, aber ernst genommen werden wollte. Da die Hierarchien nun geklärt waren, würde Verständnis Vertrauen schaffen.

»Herr Hess, Sie befinden sich in einer unangenehmen Situation, die nach Erklärungen verlangt. Ich denke, Sie erzählen uns einfach von sich, damit wir Sie besser kennenlernen können.«

»Was soll ich denn erzählen?«, fragte Hess misstrauisch.

»Am besten, Sie stellen sich allen vor und fangen dann mit Ihrem Werdegang an – also Eltern, Schule, Ausbildung, dem Krieg und was Sie heute machen.«

»Das ist jetzt aber viel. Ich weiß nicht.«

»Fangen Sie einfach an, nur keine Scheu.«

Kein Geschrei, keine Wut – Hess entspannte sich zusehends. »Gut. Also mein Name ist Friedrich Hess, und ich wurde am 14. Mai 1898 in Schonach geboren. Mein Vater war Fuhrknecht bei Rudolf Schiele im Sägewerk Furtwangen. Später hat er ein kleines Gut auf der Retsche gepachtet. Die Retsche liegt bei Triberg, dort lebt er jetzt noch. Er hat sieben Stück Vieh und baut Getreide an. Die Mutter lebt schon lange nicht mehr. Sie ist 1905 an Lungenentzündung gestorben. 1917 hat mein Vater wieder geheiratet, glaube ich. Oder war es 1918? Egal, auf jeden Fall bin ich 1917 eingezogen worden zum Grenadier-Regiment 109 in Karlsruhe. Im Januar 1918 kam ich in ein Rekrutendepot; wo das war, weiß ich nicht mehr genau, ich glaube, in Frankreich bei Charleville. Irgendwann im März kam ich zum Feldregiment 109 an die Front. Dann war ganz viel los, viele Orte und so. Einmal war ich in Saint-Quentin, dort hat die Frühjahrsoffensive begonnen. An die Kriegserlebnisse habe ich keine große Erinnerung mehr, ich glaube, weil sie mir in den Kopf geschossen haben. Das war am 9. April 1918. Am rechten Arm habe ich auch zwei Durchschüsse, seitdem kann ich ihn nicht mehr richtig gerade machen, den Arm. Ich kam in ein Feldlazarett und danach in das Kriegslazarett bei La Chapelle. Das war alles sehr schlimm und ging sehr lang. Als sie mir den Kopfverband abgenommen haben, konnte ich nicht richtig sehen, nichts unterscheiden, und ich hatte immer so starkes Kopfweh. Das hat sich angefühlt, als würde man mit einem Nagel in mein Hirn bohren. Aber die Schwester, die war nett, die hat mir an meinem Geburtstag oder Namenstag einen Extrapfannkuchen gegeben. Dann haben sie mich in ein Reservelazarett nach Oggersheim gebracht. Dort habe ich wieder laufen gelernt. Die Verpflegung war dort gut, glaube ich. Oder war das in Ettlingen mit der Verpflegung, oder war das in Stuttgart? Denn einen Leistenbruch hatte ich auch, und da war ich in Stuttgart. Oje, jetzt komme ich ganz durcheinander, weil meine Schwester Hedwig und meine Tante mich mal besucht haben. Da war der Umsturz, und da war ich in Ettlingen, aber wegen einer anderen Sache. Und zwar hat man mir dort meinen Arm wieder gestreckt – zumindest zum Teil.« Hess seufzte. »Ja, ich war in vielen Lazaretten, da ist viel passiert. Das war alles schon schwer. Aber ist das wichtig?«

»Es ist alles wichtig, Sie machen das gut. Sie haben doch auch einen Beruf erlernt, und verheiratet sind Sie auch. Erzählen Sie.«

»Also das mit dem Beruf. Also da war ich im April oder im Mai 1919 in Stuttgart in der Moltke-Kaserne. Dort gab es eine Genesungskompanie. Dort habe ich dann die Konditoreischule Hartmann besucht. Aber das war eine Fortbildung. Weil das Bäckereihandwerk habe ich vor dem Krieg beim Bäckermeister Koch in Schonach erlernt. Drei Jahre ging das. Mit vierzehn, direkt nach der Schule, habe ich beim Koch angefangen. Da konnte ich schon einen zentnerschweren Mehlsack tragen. Ich war sehr kräftig, konnte richtig viel schaffen. Jetzt aber nicht mehr, wegen meines Arms und so. Deswegen hat es bei meinem Vater auf der Landwirtschaft auch nicht richtig geklappt. Bei ihm war ich nach Stuttgart und bin bis 1920 oder 1921 geblieben. Danach habe ich mit einem gewissen Schandelmaier zusammen die Retsche-Wirtschaft in Triberg gepachtet. Die liegt im Wald in der Nähe meines Vaters. Das war aber ziemlich viel und schwere Arbeit. Deshalb habe ich irgendwann im Jahr 1925 in Furtwangen bei der Firma Furtwängler als Garderobier angefangen. Das war aber auch nicht richtig, weil ich immer Kopfweh hatte, und aus den Kleidern kam immer so eine schlechte Luft heraus. Ein Jahr habe ich es geschafft und dann aufgehört.

Nach meinem Austritt ging es mir besser, aber nicht gut. Bis heute.«

Erneut seufzte Hess, schaute dabei ins Leere. »Wissen Sie, es ist nicht ganz richtig in meinem Kopf. Das Denken fällt mir schwer, und meine Nerven sind schwach. Wenn mich jemand reizt, werde ich aufgeregt und zornig. Meine Frau zum Beispiel habe ich in so einem Moment schon aufs Kanapee geworfen. Aber geschlagen habe ich sie nicht, so was mach ich nicht.«

Hess schüttelte mehrmals seinen Kopf, schwieg für einen Moment und fuhr dann fort. »Seit der Arbeit beim Furtwängler schaff ich nicht mehr. Ich bekomme zweihundert Mark Rente, und meine Frau verdient auch was. Damit kommen wir gerade so hin. Meine Frau habe ich beim Furtwängler kennengelernt. Geheiratet haben wir im Herbst 1925 um Kirchweih herum. Zuerst haben wir bei meinem Schwiegervater in Furtwangen gewohnt. Letztes Jahr sind wir dann in die Kreuzerstraße 3 umgezogen, wo wir heute noch leben. Zwischen uns ging es ganz gut, doch dann kam die Maria. Die ist die Cousine meiner Frau und mit sechzehn zu uns gekommen. Die Maria war heimatlos und hat bei uns ab November gewohnt. Die Maria ist eine ganz Liebe, und sie hat Augen für mich. Am Anfang habe ich mit ihr nur so rumgemacht. Küssen und so und mal an den Busen fassen. Dann hat sie aber in einer Nacht bei uns im Gräble zwischen den Betten geschlafen. Das war, weil es in ihrem Zimmer so kalt war. Ich hab ihr dann mein Geschlechtsteil zwischen die Schenkel gesteckt. Die Maria hat sich nicht gewehrt, und ich habe gemacht, bis es fertig war.«

Hess hielt inne und berührte sein Glasauge. Ein Lächeln huschte über sein Gesicht. Im Verhörraum war es still bis auf das leichte Kratzen von Fräulein Schneiders Stift.

Kaltenbach zeigte sich bewusst unbeeindruckt. Er forderte Hess mit stoischer Miene zum Weitererzählen auf.

»Ich hab dann der Maria ein Taschentuch gegeben. Meine Frau hat davon nichts gemerkt, glaube ich zumindest – sie hat einen guten Schlaf. Mit ihr habe ich übrigens selten Geschlechtsverkehr, obwohl sie meine Frau ist. Wenn sie will, dann sagt sie es mir. Da mache ich aber nicht immer mit, weil mit ihr behagt es mir nicht so, außerdem will ich mich nicht zwingen lassen. Dafür wichs ich mir dann später einen ab, was eigentlich blöd ist. Ich mach oft Sachen, die blöd sind. Ich bin eben schwach, und mein Geschlechtstrieb ist stark. Das ist der einzige Fehler an mir. Deswegen muss ich auch immer den Mädchen nachsteigen und solche Sachen machen.«

»Was für Sachen?«, hakte Kaltenbach nach.

Hess brummte etwas Unverständliches.

»Sie können ruhig alles sagen«, ermutigte Kaltenbach ihn. »Sie können ja nichts dafür. Sie sind wegen Ihrer Kriegsverletzung ja halb krank.«

Hess deutete ein Lächeln an. »Ich fühle mich gar nicht krank. Obwohl, mein Kopf ist schon komisch und tut oft weh, und Mädchen mit kurzen Röcken reizen mich eben. Dann steig ich ihnen hinterher oder stell mich ihnen in den Weg. Und dann hole ich mein Geschlechtsteil raus und wichs mir einen ab, so wie gestern.«

»Gab es noch andere Vorkommnisse in letzter Zeit?«

»Ich hab schon viel gemacht. Ich erinnere mich an Fälle in Triberg, wo ich solche Sachen getrieben habe. Einer war auf dem Weg vom Marktplatz zum Rössle und Kreuz. Da hat ein Mädchen einen Rucksack getragen, der ihr Kleid hinten hochgezogen hat. Das hat mich gereizt. Der bin ich hinterhergelaufen und hab mich dann befriedigt, dann war es auch schon wieder vorbei. Das Mädchen ist weggerannt. Angerührt habe ich sie nicht. Das war im Frühjahr 1928, glaube ich. Und dann war da noch das Mädchen in Gütenbach auf der Straße, die zum Raben führt. Die hatte eine Milchkanne dabei. Da hab ich auch so Schweinereien gemacht. Ach, da gibt es so viele. Auf dem Zindelstein in der Nähe von Wolterdingen und irgendwo bei Neustadt.«

»Das sind aber weite Wege von Furtwangen aus. Die haben Sie alle mit dem Rad gemacht?«

»Ja, ich kann gut Rad fahren«, antwortete Hess stolz. »Ich war schon in St. Blasien, in Donaueschingen, in Villingen und in Freiburg. Ich bin sehr oft gefahren, vor allem, wenn ich in Aufregung war. Ich habe eben diesen Trieb in mir, ich muss fortgehen, ohne bestimmtes Ziel. Ich muss fort, ganz gleich wohin. Dazu nehme ich meine ganze Kraft. Ich habe halt keinen richtigen Sitz. Ich weiß auch nicht, was mit mir ist.«

»Das mit dem Trieb ist schlimm, nicht wahr?«

Hess nickte.

»Haben Sie vielleicht letztes Jahr im Juni beim Thurner etwas mit einem Mädchen gemacht? Sie mit dem Messer bedroht?«

Erschrocken richtete Hess sich auf. »Auf dem Thurner mit dem Messer? Nein, nein. So was mach ich nicht. Ich habe aber davon gehört. Man sagt, dass dort ein Mädchen belästigt und beraubt wurde. Es heißt, dass ihr der Pass gestohlen wurde. Man sagt auch, dass der Pass später wieder zugeschickt wurde. Das ist doch blöd, oder? Man sagt auch, dass der Täter eine Maske über den Kopf gezogen hätte. Also ich selbst habe nie etwas über den Kopf gezogen, höchstens meine Skimütze, wenn's kalt war, und den Schal bis zum Kinn.«

»Gestern hatten Sie aber eine Maske auf.«

Hess überlegte. »Ja, das stimmt«, antwortete er überrascht. »Aber das war das erste Mal. Aber warum habe ich das gemacht?« Hess hämmerte leicht gegen seine rechte Schläfe und sagte dann: »Ach, jetzt weiß ich. Ich wollte ausprobieren, wie das ist. Ob mir das was bringt. Doch der blöde Strumpf hat nur gestört. Überhaupt war ich gestern zum ersten Mal auf dem Thurner und nur, weil ich wissen wollte, ob es da einen Turm gibt.«

»Haben Sie letztes Jahr im April auf der Kalten Herberge zwei Frauen mit dem Messer bedroht und angefasst?«

Hess hob abwehrend seine Hände. »Ich mach nichts mit dem Messer, das muss ich nicht. Aber auf der Kalten Herberge, ja, da war ich schon oft. Da habe ich auch solche Sachen mit dem

Abwichsen gemacht. Aber an zwei Frauen kann ich mich nicht erinnern. Und anfassen und bedrohen tu ich schon gar nicht.«

»Sie haben aber ein Messer.«

»Das hat doch jeder Mann, oder?«

»An Ihrem Anzug haben wir Blutspuren gefunden. Wo kommen die her?«

Verblüfft blickte Hess auf. »Ich weiß nichts von Blutspuren, sind Sie sicher?«

Kaltenbach nickte.

Hess dachte eine Weile nach. »Nun, manchmal blutet meine Nase«, entgegnete er unsicher. »Und manchmal schneide ich mir aus Versehen in den Finger, beim Steckenschnitzen und so.«

»Beim Schnitzen?« Kaltenbach lächelte schief, dann froren seine Gesichtszüge ein. »Am 31. Mai wurden zwei Frauen auf der Weißtannenhöhe ermordet. Ihnen wurde in den Kopf geschossen und die Kehle durchgeschnitten. Da fließt viel Blut.«

»Sie meinen, ich war das?« Hess wirkte entsetzt. »Aber so was mach ich nicht. Das müssen Sie mir glauben. Ich weiß nicht, wo das Blut herkommt. Und ich fass auch keine Frauen an, und ich schneid auch keine Kehlen durch. Warum sollte ich das machen? Das bringt mir nichts. Das stößt mich ab.«

Hess verzog sein Gesicht, aber nur die gesunde Seite. Die verwundete wollte nicht folgen. »Wissen Sie, als ich von der Schandtat gehört habe, dachte ich: So ein Schwein, so einer gehört weg. Aber ich bin so einer nicht. Ich würde es sagen, wenn ich es gemacht hätte, selbst wenn es mich den Kopf kosten würde. Und überhaupt, auf der Weißtannenhöhe war ich bis gestern noch nie.«

»Wo waren Sie denn am 31. Mai, als das Verbrechen geschah?«

Hess wurde immer unruhiger und strich über sein Glasauge. Das gesunde irrte umher.

»Oje, das weiß ich nicht mehr. Mein Hirn kann sich das nicht merken.«

»Haben Sie eine Pistole?«

»Nicht so schnell, bitte.« Mit beiden Händen fasste Hess sich an den Kopf. »Da drinnen rast alles durcheinander.« Hektisch massierte er seine Schläfen, sein rechter Fuß zuckte, dann atmete er tief durch. »Jetzt habe ich es, das mit der Pistole. Nein, ich habe keine. Früher hatte ich eine, auch einmal einen Karabiner. Beides habe ich verkauft.«

»War die Pistole eine Sauer Kaliber 6,35 Millimeter?«

»Das Kaliber weiß ich nicht mehr, aber eine Sauer, das kann sein.«

»Der 31. Mai ist der Donnerstag nach Pfingsten. Überlegen Sie noch einmal.«

»Ich streng mich ja an, aber je mehr ich mich anstrenge, desto mehr kommt in meinem Kopf durcheinander.«

»Waren Sie unterwegs? Haben Sie eine Tour gemacht? Das Wetter war schön an Pfingsten.«

»Halt!« Hess hob seine Hand. »An Pfingsten ist ein gewisser Schaller gestorben. Da war ich auf der Beerdigung in St. Märgen. Das war am 30. Mai. Ich erinnere mich wieder. Da ist's mir schlecht geworden, und ich hab mich auf eine Bank gesetzt. Und am Donnerstag war ich zu Hause in Furtwangen. Ja, so war es. Am Mittwoch die Beerdigung und am Donnerstag daheim. Und daheim bin ich dann am Morgen auf die Post und hab Briefmarken gekauft. Denn Briefmarken braucht man immer, wenn man unterwegs ist, weil es manchmal nur Postkarten, aber keine Marken zu kaufen gibt.«

»Kann das jemand bezeugen?«

»Das weiß ich nicht. Da war viel los. Aber ich glaube, ich habe eine Quittung. Irgendwo daheim habe ich eine Quittung.«

»Was ist mit Ihrer Frau? War die zu Hause?«

»Nein, die schafft doch beim Furtwängler. Zumindest ab und zu. Auf jeden Fall geht sie immer früh weg. Was sie sonst so macht, weiß ich nicht.«

»Gut, Herr Hess«, sagte Kaltenbach und beugte sich vor. »Wir werden Ihr Alibi prüfen. Wenn es sich bestätigt, kommen

Sie nur wegen Sittlichkeitsverbrechen dran. Ansonsten wissen Sie, was Ihnen droht.«

Hess wandte sich von Kaltenbach ab und drehte ihm dann die unversehrte Seite seines Gesichts zu. »Mit mir stimmt was nicht, das weiß ich«, sagte er sanft. »Aber eine umbringen, so was mache ich nicht. Auf keinen Fall. Ich lang auch keine an. Das können Sie mir glauben.«

Tanner, Kaltenbach und Falk besprachen sich in Tanners Büro. Tanner trank einen Tee, ihm ging es nicht so gut. Kaltenbach rauchte, und Falk hatte vor sich eine Akte abgelegt.

»Wie geht es jetzt weiter, Hans?«, fragte Tanner.

»Heute noch wird Hess von einem Psychiater begutachtet, und wir prüfen sein Alibi. Außerdem erfolgt eine Gegenüberstellung mit den Opfern des Maskenmanns, um festzustellen, ob Hess der Maskenmann ist. Den anderen Beschuldigten, Theodor Lot, nehmen wir hinzu – vielleicht erleben wir eine Überraschung.«

»Und wenn nicht?«

»Dann müssen wir Lot freilassen, denke ich. Im Mordfall hat er ein schwer zu widerlegendes Alibi, und wir haben mit Hess einen in jeder Hinsicht Verdächtigen. Ein gutes Gefühl habe ich bei Lot aber auch nicht. Von seiner Unschuld bin ich erst überzeugt, wenn wir bei Hess hundert Prozent sicher sind.«

»Was ist eigentlich mit der Haarprobe?«

»Das schwarze Haar, das wir in Ruth Fehrenbachs Hand gefunden haben, könnte zu Hess passen. Ich zitiere mal das Gutachten des Instituts für gerichtliche Chemie und Mikroskopie.« Kaltenbach zog einen Zettel hervor. »›Man muss hiernach schließen, dass das Haar von dem Kopf des Friedrich Hess herstammen kann und dass für diese Herkunft eine sehr große Wahrscheinlichkeit spricht. Einen bestimmten Prozentsatz für die Wahrscheinlichkeit kann man aber nicht angeben.‹«

»Damit können wir vor Gericht nicht bestehen. Eine weitgehende Übereinstimmung reicht nicht aus.«

»Stimmt. Als Indiz kann man es aber werten, und zusammen mit dem Blut an seinem Anzug und seiner Vorgeschichte schließt sich ein Zufall allmählich aus.«

»Habt ihr Hess' Schrift mit der auf dem Kuvert verglichen? Ich meine das Kuvert, mit dem die Ausweispapiere zurückgeschickt wurden.«

»Ja, es gibt keine Übereinstimmung. Außerdem kann er keine Normschrift – hätte mich auch gewundert.«

»Dann haben wir noch einen Sittlichkeitsverbrecher?«

»Vermutlich. Die Gegenüberstellung morgen wird es zeigen.«

»Je tiefer wir graben, desto mehr Morast kommt zum Vorschein.« Tanner nahm einen Schluck Tee und verzog sein Gesicht. »Gibt es eigentlich neue Erkenntnisse zu den beiden Rumtreibern, die man in der Nähe von Neustadt gesehen hat?«

»Ja, der Bericht liegt in deiner Ablage. Aufgrund der Verhaftung von Hess ist das etwas untergegangen. Der Verdacht gegen die hat sich erledigt, sie waren zur Tatzeit in Donaueschingen.«

»Mehr nicht?«

»Doch, natürlich. Die Liste ihrer Vergehen ist lang, aber alles nur Nichtigkeiten: kleine Diebstähle, Raub von Hühnern, Äpfeln, Kartoffeln, ab und zu Brot. Dazwischen immer wieder Gelegenheitsarbeiten. Zwei Verlierer der Gesellschaft eben, die durch die Gegend ziehen und irgendwie über die Runden kommen müssen.«

»Wie so viele«, seufzte Tanner. »Und was ist mit Ihnen, Falk? Sie sagen ja gar nichts.«

Falk schaute von Tanner zu Kaltenbach und öffnete dann behutsam die Akte vor sich. »Das ist eine Meldung aus Mannheim. Man hat dort einen dringend Tatverdächtigen in der Sache Doppelmord Fehrenbach verhaftet. Der Mann heißt Emil Schwarz. Er stammt aus Wien, und – Sie werden es nicht glauben – er ist Jude.« Wieder schaute Falk von Tanner zu Kaltenbach, in seinem Blick lag Triumph.

Tanner führte die Teetasse zum Mund, stellte sie dann aber

zurück. Auch so wirkte er, als hätte er gerade Galle geschluckt. »Wie kommt es zu dem dringenden Tatverdacht? Geht es ein bisschen konkreter?«

»Ja, natürlich«, beeilte sich Falk zu sagen. »Schwarz ist ein arbeitsloser Kaufmann, ein Landstreicher. Er hatte sich am Mannheimer Bahnhof auffallend nervös benommen, zudem wies sein Gesicht einen Kratzer auf. Das ist mehreren rechtschaffenen Bürgern aufgefallen. Aufgrund seines Aussehens und Auftretens vermuteten sie in ihm den Mörder der beiden Lehrerinnen. Sie wollten seine Papiere sehen, was Schwarz verweigerte. Darauf erregte sich die Menge und schlug auf ihn ein. Nur das energische Eingreifen der Polizei verhinderte eine Lynchjustiz. Der Mann wurde verhaftet und verhört. Dabei verstrickte er sich in widersprüchliche Angaben und konnte kein stichhaltiges Alibi zur Zeit der Mordtat angeben. Ferner konnte ihm nachgewiesen werden, dass er am 6. Juni, also sechs Tage nach dem Mord, die Schweizer Grenze bei Basel überschreiten wollte, was ihm aber verweigert wurde. Basel liegt nicht allzu weit vom Tatort entfernt – vielleicht wollte Schwarz sich nach dem Mord ins Ausland absetzen. Außerdem besitzt er ein Messer mit auffallend langer, scharfer Klinge.«

»Was soll das heißen: ›kein stichhaltiges Alibi‹?«, fragte Tanner.

»Nun, Schwarz behauptet, er wäre am 31. Mai in der Nähe von Offenburg gewesen. Die Nacht hätte er in einem Heuschober verbracht. Am Tag hätte er etwas in einem Gasthof getrunken. Der Gastwirt wurde befragt. Er glaubt, ihn gesehen zu haben, bezeugen will er es aber nicht. Für ein Alibi ist das zu wenig.«

»Taucht Schwarz' Name in irgendeiner Fremdenliste auf, die wir im Zuge der Ermittlungen erstellt haben?«

»Nein, meines Wissens nicht.«

»Sie haben sicherlich eine genaue Beschreibung des Mannes. Gibt es da Übereinstimmungen mit den Aussagen, die wir über verdächtige Personen gesammelt haben?«

»Nicht direkt. Die eine oder andere Beschreibung zeigt aber gewisse Ähnlichkeiten.«

»Konkreter, Falk. Passt eine Beschreibung, oder passt sie nicht?«

»Eher nicht, das muss aber nichts heißen.«

»Sie sind gut, Falk. Sie sprechen von einem dringenden Tatverdacht, aber haben nichts. Ich fass mal zusammen: Ein Landstreicher wird in Mannheim festgenommen, weil er sich auffällig benimmt und einen Kratzer im Gesicht hat. Er hat kein hundertprozentiges Alibi, aber ein langes Messer, und sechs Tage nach dem Mord will er die Schweizer Grenze passieren. Das ist alles? Das macht ihn dringend tatverdächtig? Was ist nur los mit Ihnen, Falk?«

»Sie haben vergessen, dass Schwarz Jude ist, ein Jude mit einem Kampfmesser! Im Zusammenhang mit dem Schächten der Mordopfer ist der Tatverdacht äußerst begründet.«

»Jetzt haben Sie also endlich Ihren Juden. Seine Volkszugehörigkeit und eine wirre Indizienkette reichen Ihnen aus. Da bedarf es aber mehr, viel mehr. Was sagen denn die Mannheimer Kollegen?«

Falk kniff die Lippen zusammen. »Da gibt es leider Probleme. Sie kommen nicht recht weiter, und der zuständige Staatsanwalt namens Rosenberg sieht das Offensichtliche anscheinend nicht. Er will Schwarz mangels Beweisen tatsächlich laufen lassen. Deshalb bitte ich Sie, Schwarz persönlich verhören zu dürfen. Ich bin sicher, dass er bei Anwendung der nötigen Mittel einknickt.«

»Sie wollen nach Mannheim und die Sache zurechtrücken, weil Ihnen das Ergebnis nicht gefällt?«, ereiferte sich Tanner. »Sie zweifeln die Fähigkeiten der zuständigen Beamten und des Staatsanwalts an? Machen Sie sich nicht lächerlich, Falk. Wir haben hier genug zu tun, und zwar mit handfesten Ermittlungen. Oder haben Sie Hess und Lot schon vergessen?«

»Ich darf daran erinnern, dass Sie ebenfalls in Mannheim ermittelt haben. Des Weiteren darf ich daran erinnern, dass Sie eine möglichst breit gefächerte Ermittlung anstreben, die alle denkbaren Täterkreise berücksichtigt.«

»Falk, es steht Ihnen nicht zu, meine Vorgehensweise zu beurteilen. Wenn ich sage, Sie bleiben hier, dann ist das so. Was glauben Sie eigentlich, wer Sie sind?«

»Falls es Ihnen gerade entgangen ist: Der Name des Staatsanwalts lautet Rosenberg. Das ist ein jüdischer Name! Da muss man doch hellhörig werden.«

»Aha, die jüdische Weltverschwörung, daher weht der Wind. Alles Verbrecher, die sich gegenseitig decken.«

»Nein, das sind Fakten. Und dazu gehört eine Mordserie, die sich durchs ganze Reich zieht: der schauerliche Ritualmord, der 1926 in Breslau an zwei Kindern begangen wurde, der Blutmord in diesem Jahr an einem Schüler in Gladbeck und ebenfalls in diesem Jahr das neunjährige Mädchen, dem bei Limbach die Kehle durchgeschnitten wurde. Alle geschächtet, alle Opfer eines jüdischen Verbrechens, alle ungesühnt.«

»Diesen Schwachsinn glauben Sie? Ohne jeglichen Beweis wird jeder mit einem Messer begangene Mord zum Ritualmord, natürlich von einem Juden durchgeführt. Das ist eine uralte Lüge, und wer einigermaßen bei Verstand ist, weiß das auch. Es gibt keinen Zusammenhang.«

»Wenn Sie sich Ihrer Sache so sicher sind, dann lassen Sie mich es prüfen.«

»Jetzt reicht's, Falk. Sie machen, was ich sage!« Tanners Faust krachte auf den Tisch. »Und jetzt raus. Gehen Sie mir aus den Augen. Raus!«

Erbost packte Falk seine Unterlagen zusammen und warf einen Blick auf Kaltenbach, der ihn abschätzig musterte. Dann sprang er auf und stürmte aus dem Büro. Diesmal beherrschte er sich nicht, diesmal schlug er die Tür zu.

»Den lass ich versetzen, dem beende ich die Karriere.« Tanner fasste nach der Teetasse, seine Hand zitterte.

»Alles in Ordnung?«, fragte Kaltenbach.

»Nein, nichts ist in Ordnung.« Tanner ließ den Tee stehen. »Jetzt brauche ich einen Weinbrand.«

»Bleib sitzen.« Kaltenbach holte den Weinbrand und ein Glas aus dem Aktenschrank und schenkte Tanner ein. »Du siehst nicht gut aus«, sagte er. »Du solltest dich nicht so aufregen.«

»Leichter gesagt als getan.« Tanner atmete tief durch. »Der Mord in Gladbeck, den Falk erwähnt hat, das Opfer war Helmut Daube. Ihm wurde die Kehle durchtrennt, und die Genitalien wurden ihm mit der umliegenden Haut herausgeschnitten – ganz üble Sache. Inzwischen hat man seinen Schulkameraden festgenommen – alles deutet auf ihn als Täter hin. Dennoch wird in antisemitischen Zeitungen wie dem ›Stürmer‹ oder dem ›Westdeutschen Beobachter‹ von einem jüdischen Ritualmord gesprochen. Dort werden Tatsachen haltlos verdreht, unsinnige Zusammenhänge hergestellt und einiges einfach erfunden. Die schaffen ihre eigene Realität, indem sie ihre Lügen mit einem Kern Wahrheit zu einem fürchterlichen Gebräu vermischen. Und das Schlimme ist: Viele glauben ihnen. Und das noch viel Schlimmere ist: Viele glauben ihnen, weil sie es glauben wollen.«

Kaltenbach nickte und zündete sich eine weitere Zigarette an. Er inhalierte tief und ließ den Rauch langsam entweichen. »So sieht es leider aus. Die Meinungsmache kommt an, sie trifft auf fruchtbaren Boden. Viele lesen ausschließlich diese Hetzblätter – das ist wie Gehirnwäsche. Mein Schwager gehört auch dazu. Mit ihm kommt man eigentlich ganz gut aus, und er ist nicht auf den Kopf gefallen. Aber seit geraumer Zeit verleugnet er die Realität. Überall sieht er die jüdische Weltverschwörung, jedes Verbrechen, jedes Unglück führt er auf die Juden zurück, und das mit Argumenten, die absolut haltlos sind. Er ist dermaßen radikalisiert, dass auf seine Worte irgendwann Taten folgen. Da gerät gerade einiges aus den Fugen.«

»Ja, und wir schauen ohnmächtig zu, wie die Stärken der Demokratie, die Presse- und Meinungsfreiheit, ausgenutzt werden, um sie zu schwächen oder gar abzuschaffen. Da muss man dagegenhalten, sonst haben bald Leute wie Falk das Sagen.«

»Zu viel Rücksicht war schon immer ein Fehler. Wenn die Demokratie sich halten will, muss sie härter durchgreifen. Es müssen schärfere Gesetze erlassen werden. Null Toleranz gegenüber den Staatsfeinden.«

»Dann ist es bald wieder wie beim Kaiser.«

»Warum nicht? War nicht das Schlechteste.«

Später saß Tanner allein in seinem Büro und starrte auf das leere Weinbrandglas vor ihm. Auch das hatte nicht geholfen – er fühlte sich elend. Bevor Kaltenbach gegangen war, hatte er ihn noch über seine Ermittlungen in Karlsruhe und Mannheim informiert. Kaltenbach fand sie interessant, hielt sie aber im Moment für nicht relevant. Natürlich hatte er recht. Alles sprach für Hess als Täter, auch wenn dieser die Tat vehement abstritt.

Falls Hess es war, dann hatte er beim Verhör eine grandiose schauspielerische Leistung hingelegt – es war immer wieder beeindruckend, wie gut manche Menschen lügen konnten. Tanner nahm das leere Weinbrandglas. Am besten wäre es, jetzt Feierabend zu machen, der Tag war lang, und die Reise steckte ihm auch noch in den Knochen. Als er im Begriff war aufzustehen, schwang die Tür auf, und Oberstaatsanwalt Tauenstein betrat das Büro. Im makellosen Maßanzug baute er sich vor ihm auf und begutachtete Schreibtisch, Akten, Glas und Tanner.

»Sie sehen etwas müde aus, Herr Tanner«, sagte er. »Kein Wunder bei diesem vertrackten Fall. Wie ich höre, haben Sie zwei Verdächtige in Haft. Das ist sehr gut. Ich habe aber auch gehört, dass Sie bei Hauptmann Walther von Straulitz vorstellig waren. Was wollten Sie denn bei dem? Ich muss Ihnen ja nicht sagen, was für ein verdienter Soldat und welch gesellschaftlich hochgestellte Person er ist.«

Verwundert schaute Tanner auf. Woher wusste Tauenstein von Straulitz? Der Bericht war doch noch gar nicht geschrieben. »Marlene von Straulitz, die Frau des Hauptmanns, stand in Kontakt mit Clara Fehrenbach«, erklärte er. »Im Zuge der Erhebungen im privaten Umfeld des Opfers habe ich sie befragt, nichts weiter.«

»Gut, wenn das so ist. Wir wollen ja keine unbescholtenen Bürger in diesen Schmutz hineinziehen, wo wir doch schon genügend andere Verdächtige haben, nicht wahr?«

»Wir tun immer, was wir müssen. Unabhängig von Rang und Herkunft.«

»Ja, ja. Da haben Sie vollkommen recht. Deshalb sollten Sie auch nicht diesen Emil Schwarz aus den Augen verlieren.«

»Emil Schwarz? Sie sind ja bestens informiert.«

»Das ist meine Aufgabe, Herr Tanner. Die Staatsanwaltschaft ist Herrin des Verfahrens. Deshalb habe ich meine Ohren auch überall.«

»Und sehr zuträgliche Quellen. Kriminalsekretär Falk war bei Ihnen, nehme ich an.«

»Ein engagierter junger Mann. Sie sollten froh sein, ihn bei sich zu haben.«

»Da gibt es verschiedene Sichtweisen, aber das muss Sie ja nicht kümmern, das fällt ja nicht in Ihren Bereich.«

»Wohl wahr – auch wenn ich nicht erwähnen muss, dass ich im regen Austausch mit dem Polizeipräsidenten stehe.«

»Und der hat in Personalfragen ein erhebliches Mitspracherecht.«

»Wir verstehen uns, Herr Tanner.«

Tanner schluckte. Wenn es ihm besser gegangen wäre, hätte er sich aufgeregt, doch das schien ihm jetzt nicht ratsam.

»Da Sie schon so tief in der Materie stecken, wissen Sie sicher, dass die Mannheimer Kollegen bei Schwarz keinen begründeten Tatverdacht sehen.«

»Sicher, Herr Tanner, sicher. Und es gibt keinen Grund, die Arbeit der Mannheimer anzuzweifeln. Nur, falls wir bei Hess oder Lot keine handfesten Beweise finden und auf Indizien angewiesen sind, sollten wir auch diesen Schwarz berücksichtigen. Immerhin ist er Jude, und ein jüdischer Täter entspräche dem allgemeinen Rechtsempfinden und würde das Landvolk beruhigen.«

»Sie meinen, wenn wir uns nicht sicher sind, nehmen wir Schwarz?«

»Nein, natürlich nicht. Die Rechtsstaatlichkeit muss immer gewahrt bleiben. Aber den gesunden Menschenverstand sollte man nicht außer Acht lassen.«

»Und der spricht für einen jüdischen Täter?«

»Sie sind aber hartnäckig, Herr Tanner. Ich will es mal so ausdrücken: Machen Sie Ihre Arbeit richtig, dann fassen Sie auch den richtigen Täter.«

Eine Woge der Übelkeit übermannte Tanner. Speichel sammelte sich in seinem Mund, nur mit Mühe konnte er den Brechreiz unterdrücken. »Ich werde jetzt Feierabend machen«, presste er hervor und stand auf.

»Das sollten Sie. Sie sind ja weiß wie eine Wand. Besser, Sie lassen die Finger vom Alkohol.« Tauenstein schaute auf das leere Glas. »Man gönnt sich ja manchmal einen. Aber im Dienst kann ich das nicht gutheißen. Ich will doch nicht Ihre Diensttauglichkeit in Frage stellen müssen.«

13

Sonntag, der 17. Juni 1928, Breitnau, römisch-katholische Kirche St. Johann Baptist

Der abgetrennte Kopf lag in einer flachen Schüssel, der Mund war aufgerissen, die entseelten Augen starrten ihn an. Hingerichtet auf den Wunsch einer Frau, hingerichtet auf Salomes Wunsch. Sie hatte den Kopf von Johannes dem Täufer gefordert. Ein Menschenleben als Belohnung für ihren Tanz. Doch Salome war nur Werkzeug ihrer Mutter, die sich an Johannes rächen wollte. Ein großer Heiliger, der Christus getauft hatte, war Opfer seiner Aufrichtigkeit und seines Mutes geworden. Und nun war Johannes der Täufer Patron und Namensgeber dieser Kirche.

Pfarrer Andreas Sontheimer stand vor dem Hochaltar mit erhobenen Armen, den Rücken, wie es während der gesamten Messe üblich war, seiner Gemeinde zugewandt. Gerade eben hatte er das *Oremus* – Lasst uns beten – ausgesprochen, und nun senkte er langsam seinen Blick. Wieder hatte ihn die geschnitzte Darstellung aus dem Tritt gebracht. Trotz hoher Kunstfertigkeit mochte er sie nicht. Zu konkret war die Arbeit, zu gegenwärtig das Leid.

Die Sekunden verstrichen. Ein Hüsteln, ein Knarren der Holzbänke, ansonsten absolute Stille.

Sontheimer nahm die Stille und die Gebete in sich auf und fasste sie, wie von der Liturgie vorgesehen, mit dem *Oratio*, dem Tagesgebet, zusammen: »*Protector in te sperantium, Deus, sine quo nihil est validum, nihil sanctum; multiplica super nos misericordiam tuam.*« – Oh Gott, Du Beschützer aller, die auf Dich hoffen, nichts ist stark, nichts heilig ohne Dich; so lass denn Deine Barmherzigkeit in reicherer Fülle über uns walten.

Jetzt war er ganz bei sich. Angenehme Wärme durchströmte

seinen Körper, tiefe Zufriedenheit ergriff seine Seele. Er war eins mit sich, mit dem Gebet, mit der Klarheit und mit der Schönheit der Worte. Die Schlussformel beendete das Gebet. »Amen.«

Sontheimer nahm seine Arme herunter, hinter ihm stieg der Geräuschpegel: Die bisher kniende Gemeinde nahm auf den Bänken Platz. Nun folgte der Lehrgottesdienst. Sontheimer begab sich zur rechten Seite des Hochaltars und las aus dem ersten Brief des Petrus, Kapitel 5, Vers 6 bis 11: *»Sobrii estote, et vigilate: quia adversarius vester diabolus tamquam leo rugiens circuit, quærens, quem devoret …«* – Seid nüchtern und wachsam, denn euer Widersacher, der Teufel, geht umher wie ein brüllender Löwe und sucht, wen er verschlingen könne …

Ein starker Text, mächtige Worte, die leider kaum einer der Gläubigen verstand, weil niemand Latein konnte und nur die wenigsten ins Messbuch schauten, um dem Gottesdienst zu folgen und die Übersetzung nachzulesen. Auch die ermutigende Botschaft des anschließenden Zwischengesangs und das Gleichnis aus dem Lukasevangelium, Kapitel 15, Vers 1 bis 10, blieb den meisten verborgen. Stattdessen beteten sie im besten Fall den Rosenkranz oder hingen im schlechtesten Fall ihren Gedanken nach und hofften auf das Ende des Gottesdienstes.

Umso wichtiger war die in der Muttersprache gehaltene Predigt. Sontheimer ging zur linken Seite des Chorraums. Unter den Augen des heiligen Nepomuk legte er Messgewand und Manipel ab, ein Ministrant half ihm. Jetzt war er nur noch mit einem weißen, knöchellangen Gewand, der Albe, und der vor der Brust gekreuzten grünen Stola bekleidet – ein sichtbares Zeichen, dass die heilige Messe unterbrochen war. Sontheimer verließ den Chorraum und schritt die drei Stufen hinunter ins Kirchenschiff.

Zum zweiten Mal nach dem Einzug blickte Sontheimer in die Gesichter seiner Gemeinde. Wie immer war der Sonntagsgottesdienst sehr gut besucht – die Breitnauer waren rechtschaffene, gottesfürchtige Menschen. Sein Weg führte nach rechts an den Bänken vorbei zur Nordwand der Kirche, wo eine unscheinbare Tür den Aufgang zur Kanzel verdeckte. Sontheimer ging durch die Tür und schloss sie hinter sich. Dann schritt er die schmale Treppe zur Kanzel hinauf. Von dort oben hatte er einen schönen Überblick und nahm sich die Freiheit, die Besucher seiner Kirche zu mustern.

Sofort fiel ihm ein in der hintersten Ecke stehender Fremder auf. Ein kräftiger, blonder Mann um die vierzig mit Vollbart, der Knickerbocker, feste Schuhe und einen dunkelgrünen Janker trug. In seinen Händen hielt er einen Jägerhut. Vermutlich ein Tourist auf Wanderschaft. Die fanden immer öfter in den Hochschwarzwald – ein Zeichen verbesserter Lebensumstände, ein gutes Zeichen. Ansonsten nur bekannte Gesichter: der Bürgermeister, die Gemeinderäte, die Handwerker, der Dorfschullehrer, die Bauern, die Knechte und Mägde, die zahlreichen Kinder. Alle in ihrem Sonntagsstaat, der viel über ihre Stellung verriet. Bei den einen abgewetzt und verschlissen für das ganze Leben und alle feierlichen Anlässe bestimmt, bei den anderen aus edlem Stoff, gut sitzend und mit Stolz getragen, und bei den restlichen einfach nur praktisch, nicht alt, nicht neu, im besten Sinne unauffällig.

In einer der vorderen Reihen saß die Familie Geigis vom Geigishof. Sie repräsentierte alle Kleidungsstile. Der Bauer in makelloser Tracht: Weste, Hemd und Kniebundhose neu, die Silberknöpfe blitzend. Seine Frau komplett in Schwarz, die Spitzhaube eng gebunden, Korsett, Bluse und Rock schlicht und für die Ewigkeit bestimmt. Die Töchter und Söhne in vererbten Kleidern und Anzügen, oft zu groß, manchmal zu klein, aber nie passend. Der Bauer, Matthäus Geigis, umklammerte seinen Rosenkranz mit eiserner Faust. Die Knöchel traten weiß hervor, ganz so, als ob er die einzelnen Perlen zerquetschen wollte. Geigis war strenggläubig und für seine Brutalität bekannt – sein Gott war ein strafender. Ebenso der seiner Frau, Hermina Geigis. Ihr Blick war starr und immer auf Jesus Christus, dessen Kreuz im Eingangsbogen des Chorraums hing, gerichtet. Sie hoffte auf die Erlösung, auf den Jüngsten Tag und schien kraft ihrer Gebete eine Bewegung des Erlösers erzwingen zu wollen, damit er endlich vom Kreuz stieg und sie und die Welt befreite.

Sontheimer legte seine Predigt auf die schmale Ablage der Kanzel und strich sie glatt. Ein Pfarrer kannte seine Schäflein gut, die Beichte enthüllte selbst Intimstes. So wusste er vieles über Johann Geigis, den Stotterer. Der Junge drückte sich mit hängenden Schultern und viel zu kleinem Anzug in die Bank. Angst stand in sein Gesicht geschrieben, Angst vor Gott, der ihn mit Sicherheit in seinem Haus bestrafen würde. Grund für diese Angst waren Vater und Mutter, die glaubten, ihm ihr Verständnis von Gott, Tugend und Keuschheit einprügeln zu müssen. Vor allem die Keuschheit beschäftigte Johann sehr – sie beherrschte den Großteil seiner Beichte. Er konnte nicht von sich lassen und litt darunter über alle Maßen.

Selbstbefriedigung war eine Sünde, keine Frage. Der gläubige Mensch musste der Versuchung widerstehen, jeden Tag aufs Neue. Doch die Sünde war verbreitet, besonders unter den jungen Männern. Die Natur forderte ihren Tribut. Sontheimer kannte das Verlangen und die große Willensanstrengung, dem zu widerstehen – seine Jugend lag nicht allzu weit zurück. Es gab also keinen Grund, verzweifelt zu sein. Wer sonst ein guter Christ war, dem würde Gott verzeihen.

Ein Messbuch fiel krachend zu Boden. Sontheimer sah, wie Johann Geigis zusammenzuckte und sein Gesicht zwischen den Händen vergrub. Er war schon ein paar Wochen nicht mehr zur Beichte gegangen. Vermutlich war das der Grund seines Leids. Nach der Messe würde Sontheimer ihn zur Beichte auffordern, auch wenn das ein Geduldsspiel war. Johanns Stottern war stark ausgeprägt, nur selten gelang ihm ein zusammenhängender Satz. Jedoch war nach der Beichte seine Erleichterung immer groß, es lohnte sich also.

Zwei Stunden später stand Pfarrer Sontheimer allein mit Johann Geigis vor der Kirche, die Beichte war lang und aufwühlend gewesen. »Du musst zur Polizei gehen«, sagte er.

Johann schüttelte den Kopf. Leichter Nieselregen hatte eingesetzt, eine dichte Wolkendecke hing über den Wäldern und dem Feldbergmassiv. Es war zu kalt für die Jahreszeit.

»Du musst deine Schuld abtragen, es wird dich erleichtern.«

»G-G-G-Gott«, presste Johann hervor.

»Das reicht nicht. Da braucht es ein irdisches Gericht. Versteh doch.«

»N-N-N-Nein!« Johann schüttelte wieder seinen Kopf. Jetzt energisch. »B-B-B-Beicht-g-g-geheimnis.«

»Ich weiß. Und das gilt.« Sontheimer packte Johann an den Schultern. »Es liegt an dir.«

Johann riss sich los und rannte in Richtung Dorfstraße.

Sontheimer lief ihm nach. »Johann, bleib hier, das bringt doch nichts.«

Der Junge rannte weiter die Straße entlang. Er wollte wohl nach Hause. Sontheimer schaute ihm nach, bis er ihn aus den Augen verloren hatte. Dann ging er zutiefst verunsichert ins Pfarrhaus. Was sollte er nur tun?

Kurz darauf trat ein kräftiger Mann mit Jägerhut und dunkelgrünem Janker hinter der Kirchenmauer hervor und folgte dem Jungen.

Es war der Fremde aus der Kirche.

Johann öffnete die Jacke seines lächerlichen Anzugs, der an den Schultern und unter den Achseln spannte und dessen Hosenbeine gerade mal über seine Waden reichten. Trotz des Regens schwitzte er. Johann verlangsamte seinen Schritt, ging aber immer noch zügig. Sein Weg war weit – von der Kirche bis zum Geigishof brauchte es fast eineinhalb Stunden, und er war spät dran. Er passierte das Gasthaus Löwen, das einsam in einem Wäldchen direkt an der Kreuzung zur Hauptstraße stand.

Das Gasthaus war gut besucht – nach dem Kirchgang traf sich der Stammtisch, und manch einer fand den Weg nach Hause nicht mehr. Außerdem lockte die gute Küche Einheimische, Durchreisende und Touristen.

Johann kreuzte die Hauptstraße. Dann marschierte er durch Wiesen und Felder einen unbefestigten Weg entlang, der zum Bruckbach führte. Der Regen wurde heftiger, außer ihm war hier niemand unterwegs – Spaziergänger mieden das Wetter, und die Bauern hatten sich auf ihre Höfe zurückgezogen, die sich weit verstreut in die hügelige Landschaft der Hochebene schmiegten.

Endlich erreichte er den Wald, dessen Dach ihn gut vor dem Regen schützte. Bewusst umging Johann die Weißtannenhöhe, sie war verflucht, der Teufel wartete dort auf ihn. Sofort holten ihn wieder die Bilder der toten Frauen ein: die durchgeschnittenen Kehlen, das viele Blut, die starren Augen, die hochgeschobenen Kleider, das dunkle Geheimnis.

Johann versuchte, die Bilder wegzuwischen, sie aus seinem Gedächtnis zu tilgen, doch es gelang ihm nicht. Die Beichte hatte ihn nicht erleichtert, das Gegenteil war der Fall: Gott hatte genug von ihm, für seine Sünden gab es keine Vergebung. Warum auch? Wer so verkommen war wie er, der hatte keine Vergebung verdient.

Johann ging schneller, er strebte eilig voran, ganz so, als ob er seinen Erinnerungen entfliehen könnte. Da ließ ihn das Knacken eines Asts aufhorchen. Abrupt blieb er stehen und schaute sich um. Einzelne dicke Regentropfen fielen auf Farne und Sträucher und sorgten für Bewegung, ansonsten rührte sich nichts. Da war niemand, keine Menschenseele. Dennoch hatte er das unangenehme Gefühl, beobachtet zu werden. Etwas saß in seinem Nacken – vermutlich sein schlechtes Gewissen.

Eine Weile hielt Johann noch inne, bis er endgültig überzeugt war, allein zu sein. Es gab nur ihn und das Prasseln des Regens – ein warmes, ein beruhigendes Geräusch. Johann seufzte, es war so schön hier im Wald, am liebsten würde er für immer bleiben. Hier musste er nicht reden, sich nicht mit seinen Brüdern streiten, sich nicht vor der Mutter fürchten und nicht vor dem Vater kriechen. Hier könnte er in Frieden leben. Eine Mühle würde er sich bauen, eine große, und zwar dort, wo der Bruckbach das stärkste Gefälle hatte, das meiste Wasser führte. Bei ihm gäbe es das beste Mehl, die Leute würden von weit her kommen, sie würden ihn achten, ihn Johann den Müller und nicht Johann den Stotterer nennen. Sie würden seinen Fleiß und sein handwerkliches Geschick loben. Sie würden ihn um Rat bitten, sich von ihm eine Mühle bauen lassen.

Alles könnte so schön sein, wenn er sich nicht mit dem Teufel eingelassen hätte. Wie hatte es nur so weit kommen können? Was sollte denn jetzt aus ihm werden? Wie sollte er weitermachen? Für ihn gab es keine Zukunft, sondern nur Leid. Er könnte es abkürzen, indem er sich der Polizei stellte, sich einem weltlichen Richter auslieferte. Der Vater würde es dann erfahren, und der würde ihn im besten Fall noch vor dem Urteil totschlagen. Aber den Tod wollte er nicht. Nicht, dass er ihn fürchtete, nein, den hatte er verdient. Er fürchtete die Schande, das Entsetzen, den Ekel im Gesicht seiner Mitmenschen, seiner Geschwister, der Oma. Sein Verbrechen war so groß – niemand durfte es erfahren. Also konnte er nur so weitermachen, immer weiter in dieser Hölle, die sich Leben nannte.

Johann ließ seinen Kopf hängen und trottete weiter. Er musste nach Hause, er musste zur Mühle, das Getreide nachfüllen – nicht dass der Mahlstein heiß lief.

Seine Füße verselbstständigten sich, sie kannten den Weg. Die Zeit verstrich, der Regen ließ nach, der Wald öffnete sich. Johann blieb auf einer Anhöhe stehen. Unter ihm lag der Geigishof: rechts das Haupthaus, Heimat der Angst und Schläge, links die Mühle, Ort der Zuflucht und Geborgenheit.

Johann stieg hinunter zur Mühle. Obwohl Sonntag war, lief das Transmissionsrad, außerdem war der Flachriemen gespannt, Sägegeräusche waren zu vernehmen. Sie kamen aus der Werkstatt, die beim Haupthaus lag. Bestimmt war der Vater wieder zugange. Oft warf er die Säge an, ohne einen Anlass zu haben. Er nahm dann ein großes Stück Holz und sägte es klein und kleiner, bis es so klein war, dass er es kaum mehr halten konnte. Dadurch kam er dem Sägeblatt immer näher und lief Gefahr, einen Finger oder gar die ganze Hand zu verlieren. Seine Augen bekamen dabei einen seltsamen Glanz – eine Spur Wahnsinn lag darin.

Johann trat dicht vor das Transmissionsrad. In seinem Kopf hörte er wieder die Stimme des Opas: »Transmission ist eine gefährliche Sache. Wenn da der Arm oder gar der Kopf reingerät, ist er ab.«

War das die Lösung seiner Probleme? Selbstmord? Eine Todsünde begehen, um erlöst zu werden? Nein, er hatte genug gesündigt.

Johann wandte sich ab und öffnete die Tür zur Mühle. Bevor er eintrat, drehte er sich noch einmal um. Wieder hatte er das Gefühl, beobachtet zu werden, und wieder sah er niemanden. Warum auch? Keiner kam freiwillig hierher, schon gar nicht am Sonntagnachmittag.

Das beruhigende Klipp-Klapp des Rüttelschuhs hob Johanns Stimmung ein bisschen. Johann stellte sich vor das Getriebe und sah den Zahnrädern bei der Arbeit zu. Passgenau griffen die Zähne ineinander. Vom Wasserrad angetrieben, übertrugen sie Kraft und Geschwindigkeit, drehten die Wellen, bewegten den Mühlstein, mahlten das Korn.

Ein leichter Luftzug streifte seinen Nacken. War oben das Fenster geöffnet? Johann hob den Kopf, aber alles war, wie es sein sollte.

Der Angriff kam aus dem Nichts. Johann wurde von hinten gepackt und nach vorn geschoben. Jemand drückte ihn gegen das große Kammrad!

Johann stemmte sich dagegen, hielt sich an einem Querbalken fest. Er wollte schreien, doch nur ein abgehacktes Keuchen kam über seine Lippen. Seine Stimme versagte, so wie sie sein ganzes Leben lang versagt hatte. Ein lautloser Kampf entbrannte. Sein Widersacher war enorm kräftig. Stück für Stück näherte sich Johann den Speichen des rotierenden Rads. Eine Hand umfasste seinen Hinterkopf. Johann wand sich und spannte seine Nackenmuskeln an. Doch der Griff war eisern, unnachgiebig, nicht von dieser Welt. Allmählich senkte sich sein Kopf, seine Haare berührten die Speichen. In diesem Moment geschah etwas Außergewöhnliches. Plötzlich sah Johann vollkommen klar, und alle Angst fiel von ihm ab. Das war nicht sein Ende, sondern seine Erlösung. Gott hatte ihn erhört!

Er gab nach. Sein Kopf geriet zwischen die Speichen, und Johann wurde eine Viertelumdrehung mitgenommen, bis sein Oberkörper gegen die Königswelle schlug und sein Genick brach.

14

Montag, der 18. Juni 1928, Amtsgericht Freiburg, Kaiserstraße

An der unverputzten Wand standen sechs Männer. Jeder hielt eine gut sichtbare Nummer vor sich – beginnend mit eins, endend mit sechs. Die Männer starrten auf ein großes mit schwarzen Brettern vernageltes Fenster und ein Sprachrohr, aus dem Anweisungen kamen. Mehrere Seeschlitze ließen das Beobachten der Männer zu. Die Männer konnten die Personen hinter den Brettern erahnen und manchmal eine Bewegung erkennen oder ein geflüstertes Wort vernehmen. Jeweils drei der sechs Männer ähnelten sich in Größe und Statur. Die einen waren stämmig und mittelgroß – sie repräsentierten Theodor Lot –, die anderen schlank und etwas kleiner – sie gehörten zur Gruppe Friedrich Hess. Alle hatten sie dunkle oder schwarze Haare, das lag daran, dass manche eine Perücke trugen, auch Theodor Lot, der die Nummer eins war.

Lot fühlte sich sichtlich unwohl, ging doch die Prozedur der Gegenüberstellung schon über eine Stunde und folgte immer dem gleichen Ablauf: erst sich mit Perücke präsentieren, dann ohne, dann einen Seidenstrumpf mit Augenlöchern überziehen, dann auf Geheiß vortreten und »Nicht schreien!« sagen. Das Vortreten konnte sich wiederholen, und zwar mit Strumpf oder Perücke oder unverkleidet. Die Nummer fünf hatte Hess. Er ertrug die Gegenüberstellung mit stoischer Ruhe, ganz so, als ob ihn das alles nichts anginge.

Hinter der Bretterwand standen Tanner, Kaltenbach, Fräulein Schneider und die jeweilige Zeugin. Kaltenbach erteilte durch das Sprachrohr die Anweisungen an die potenziellen Täter, Schneider führte das Protokoll.

Man hatte elf Opfer von sexueller Belästigung eingeladen, acht waren gekommen, drei hatten wegen der psychischen

Belastung abgesagt. Von den acht hatte Tanner zu Beginn der Ermittlung bereits vier vorgemerkt, weil die Frauen damals von einem maskierten Mann mit dem Messer bedroht worden waren. Bei den restlichen war der Täter zwar maskiert gewesen, hatte aber kein Messer gehabt. Inzwischen war man bei der vorletzten Zeugin angelangt. Sie war zusammen mit ihrer Freundin im April 1927 bei der Kalten Herberge von einem maskierten Mann mit dem Messer bedroht und unsittlich angefasst worden. Zum Glück hatten die beiden sich widersetzen und flüchten können.

»Die Nummer vier soll noch einmal vortreten«, sagte die Zeugin leise. »Und zwar ohne Maske.«

Kaltenbach erteilte den Befehl.

Nummer vier war ein Angestellter der Gerichtsverwaltung und Hess sehr ähnlich – seine Haare waren aber etwas heller, und er war muskulöser.

»Jetzt noch mal die Nummer fünf bitte.«

Hess trat vor.

»Er soll den Kopf drehen.«

Hess zeigte seine verletzte und seine unverletzte Seite.

»Jetzt noch mit Maske und dann auch den Kopf drehen.«

Hess folgte der Anweisung.

»Komisch, mit Maske fällt seine Verletzung gar nicht auf«, stellte die Zeugin fest. »Er kann jetzt aufhören, den Kopf zu drehen.«

Hess blieb ruhig stehen. Sein gesundes Auge suchte die Seeschlitze ab.

»Diesen Blick – den vergesse ich nie«, sagte sie. »Er ist es.«

»Sie meinen die Nummer fünf?«

»Ja.«

»Ganz sicher?«

»Ja, zu einhundert Prozent.«

Die letzte Zeugin war eine der beiden Frauen, die bei Nußbach von einem Exhibitionisten belästigt worden waren. Hier hatte der Täter keine Maske getragen, er war aber mit einem Messer bewaffnet gewesen, außerdem war er wohl zuvor an den Frauen mit einem Fahrrad vorbeigefahren. Die damalige Beschreibung traf eher auf Theodor Lot zu. Dementsprechend lag das Hauptaugenmerk auf den ersten drei Männern.

»Und jetzt noch einmal die Nummer eins.«

Lot trat vor, ohne Perücke und ohne Maske. Seine Haare waren verschwitzt und standen in alle Richtungen ab.

»Ich weiß nicht. Irgendwie war der Mann damals kleiner. Aber sonst ist schon eine gewisse Ähnlichkeit da.«

»War das der Mann, der Sie belästigt hat, oder nicht? Das ist eine weitreichende Entscheidung«, sagte Kaltenbach. »Lassen Sie sich deshalb Zeit.«

Die Zeugin starrte angestrengt auf Lot. Der schob seine Unterlippe vor und atmete schwer.

»Kann ich die Nummer zwei noch einmal näher sehen?«

Lot ging zurück, und ein Mann, der kleiner und fülliger war als er, trat an seine Stelle.

»Nein, der war es nicht. Der Kopf, die Augen – das passt nicht. Die Nummer eins bitte, ein letztes Mal.«

Lot schnaubte. Er trat energisch vor und ignorierte die Markierung, die er eigentlich nicht überschreiten sollte. Zielstrebig ging er bis zur Bretterwand und starrte durch den Seeschlitz der Zeugin.

Diese wich mit einem Schrei zurück.

»Wer sich versteckt, hat was zu verbergen«, brüllte Lot. »Aber ich seh dich!«

»Nummer eins, zurück!«, befahl Kaltenbach.

Lot reagierte nicht. Vielmehr blähte er seine Nasenflügel. »Und ich riech dich.«

Kaltenbach stürmte aus dem Vorraum.

»Ich bin der, vor dem ihr euch fürchtet. Ich bin der, der das System zum Einstürzen bringt.«

Kaltenbach erschien auf der anderen Seite, ihm folgten zwei Uniformierte. Lot hob beide Hände.

»Keine Gewalt, keine Gewalt«, rief er. »Ich beuge mich der Übermacht.«

***

Tanner, Kaltenbach und Oberstaatsanwalt Tauenstein saßen in Tanners Büro. Die Gegenüberstellung war abgeschlossen. Keine der Zeuginnen hatte Lot erkannt, auch nicht die letzte, obwohl Lot sie komplett aus der Fassung gebracht hatte. Fräulein Schneider war noch bei ihr. Hess hingegen wurde von sechs Zeuginnen eindeutig als der Maskenmann identifiziert.

»Dann müssen wir Lot freilassen«, sagte Tauenstein. »Ein Bußgeld wegen ungebührlichen Verhaltens könnte man verhängen, mehr nicht. Das müsste man dann aber mit seiner Haftzeit verrechnen, also lassen wir es am besten.«

»So ist es wohl«, entgegnete Tanner. »Oder hast du noch was, Hans?«

»Nein. Bis zuletzt habe ich gehofft, jemanden zu finden, der Lot zum Neueck gefahren hat. Dem ist aber leider nicht so. Sein Alibi steht.«

»Warum leider?«, fragte Tanner.

»Du hast ihn doch erlebt. Mit dem stimmt was nicht. Für mich gehört der aus dem Verkehr gezogen, auch wenn wir nichts Konkretes gegen ihn vorliegen haben.«

»Das Leben ist nun mal kein Wunschkonzert, Herr Kaltenbach. Was zählt, sind Fakten«, warf Tauenstein ein.

»So ist es, Herr Oberstaatsanwalt. Und daran sollten wir uns alle halten, auch Sie«, entgegnete Tanner.

»Ich weiß nicht, worauf Sie hinauswollen, Herr Polizeirat.«

»Ich habe nur auf eine Selbstverständlichkeit hingewiesen.« Tanner lächelte hintergründig.

»Was absolut nicht nötig war.« Auch Tauenstein rang sich ein Lächeln ab.

»Natürlich nicht. Dann hat sich auch der Verdacht gegen den Juden Emil Schwarz erledigt?«

»Ich habe die Arbeit unserer Mannheimer Kollegen nie in Frage gestellt. Schwarz ist ein freier Mann, solange er nicht unangenehm auffällt.«

»Gut zu wissen. Dann bleibt uns also noch Friedrich Hess. Als Maskenmann hat er sich einiges zuschulden kommen lassen. Nur einen direkten Bezug zum Doppelmord haben wir noch nicht.«

»Wir haben sein Alibi überprüft«, mischte Kaltenbach sich ein, »und tatsächlich eine Quittung vom 31. Mai über den Kauf von Briefmarken auf der Post in Furtwangen gefunden. Wir haben die Postbeamten befragt, und einer konnte sich an Hess erinnern, nicht aber an die Uhrzeit. Nicht einmal, ob es Vor- oder Nachmittag war.«

»Reicht das für Hess' Entlastung?«, fragte Tauenstein.

»Nein, der Zeitpunkt ist wichtig. Wenn Hess die Briefmarken zwischen sieben Uhr morgens und ein Uhr mittags gekauft hat, kommt er als Täter nicht in Frage, ansonsten schon.«

Auf Tauensteins fragenden Blick hin erklärte Kaltenbach: »Die Tatzeit lässt sich auf kurz vor zehn Uhr festlegen. Mit dem Fahrrad würde Hess ungefähr drei Stunden von Furtwangen zur Weißtannenhöhe benötigen, zurück etwas weniger, weil es viel bergab geht. Rechnet man die Tat hinzu, kommt man auf ein minimales Zeitfenster von sechs Stunden. Wenn Hess also zwischen sieben und eins in Furtwangen war, kann er es nicht gewesen sein – ansonsten schon. Deshalb ist Hess' Alibi nicht gesichert.«

»Hat denn die zweite Durchsuchung seiner Wohnung was gebracht?«, fragte Tanner.

»Nein. Wir haben weder Tatwaffe noch irgendwelche Gegenstände, die den Opfern gehörten, gefunden.«

»Was ist mit dem psychologischen Gutachten?«

»Der Tatverdacht gegen Hess wird durch den Sachverständigen Professor Dr. Hoche entkräftet. Er sagt, dass in seiner jahrzehntelangen Erfahrung noch nie ein Exhibitionist zur Notzucht oder dergleichen übergegangen wäre und dass eine

Täterschaft Hess' im Sinne von Tötungsversuchen jeglicher Art nicht wahrscheinlich ist.«

»Dagegen steht aber, dass Hess seine Opfer mit dem Messer bedroht und zum Teil auch angefasst hat«, warf Tanner ein.

»Richtig. Und an seiner Kleidung waren Blutrückstände, und das Haar in Ruths Hand ähnelt seinen Haaren sehr. Deshalb halte ich die Wahrscheinlichkeit, dass Hess der Täter ist, für sehr hoch. Was meinen Sie, Herr Oberstaatsanwalt. Reicht das für eine Anklage?«

»Ohne direkten Beweis, nur aufgrund von Indizien und dann noch gegen das Gutachten des Sachverständigen? Schwierig. Seine erwiesenen Vergehen reichen aber aus, um ihn in eine Nervenheilanstalt zu stecken, und da wird er, bei seiner abartigen Veranlagung, wohl für immer bleiben.«

15

Dienstag, der 19. Juni 1928

Gedankenverloren starrte Kaltenbach auf das Freiburger Stadtgefängnis. Ein mächtiger Bau, in dessen Zentrum das turmähnliche Hauptgebäude stand, von dem strahlenförmig fünf Flügel abgingen. Gerade hatte man in Kaltenbachs Beisein Theodor Lot entlassen. Dieser Mann ging ihm komplett gegen den Strich. Ein vereidigter Bücherrevisor, der mit dem Leben nicht klarkam und jetzt ziellos durch die Lande zog und seine Umgebung verunsicherte. Kaltenbach traute ihm nicht über den Weg. Auch wenn man ihm im Mordfall Fehrenbach nichts nachweisen konnte, war Lot gefährlich.

Die eben vollzogene Entlassung hatte Kaltenbach in seiner Meinung bestärkt. Noch jetzt sah er vor seinem geistigen Auge, wie Lot aus der Zelle getreten war: Die neuntägige Haft hatte ihm sichtbar zugesetzt. Sein sonst rosiges Gesicht war aschfahl, und tiefe Ringe lagen unter seinen Augen. Er behauptete, keine Minute geschlafen zu haben, weil man ihn im Schlaf habe beseitigen wollen. Die Decke in seiner Zelle sei absenkbar gewesen. Zerquetscht hätte man ihn, wenn er sich nicht unter das Bett aus Stahl gelegt hätte. Er sei nun mal schlau, und das System habe erkennen müssen, dass man ihn nicht so leicht beseitigen könne. Dies sei zwar nur ein kleiner Erfolg in der Schlacht um die Deutungshoheit im Deutschen Reich, aber kein unbedeutender. Viele würden seinem Beispiel folgen und das Land vom Joch der Politiker und der Frauen befreien. Ja, auch die Frauen seien ein wichtiger Teil des Räderwerks. Wählen dürften sie jetzt, dem Mann Vorschriften machen, ihn unterdrücken und sich ihm verweigern, wenn er sein angestammtes Recht in Anspruch nehmen wolle. Das sei krank und widernatürlich. Doch schon bald würde der Mann obsiegen, und dann sei der Mann frei. Frei wie in der Volksweise »Kein schöner Land«.

Und um seine Aussage zu unterstreichen, hatte Lot das Lied geschmettert, bis er durch das Gefängnistor getreten und Kaltenbachs Blicken entschwunden war. Durfte man so einen auf die Gesellschaft loslassen?

Kaltenbach steckte sich eine Zigarette an und inhalierte tief. Mit Lot hatte man den einen Verrückten entlassen, den anderen hatten sie in die Heil- und Pflegeanstalt Emmendingen gebracht: Hess' Überführung war kurz vor Lots Entlassung erfolgt. Hess wirkte sehr ängstlich. Er befürchtete, dass man ihm ein Loch in den Kopf bohren würde, um seine Gedanken zu lesen, oder ihn mit Elektroschocks gefügig machen würde. Dabei habe er nichts Schlimmes getan und auch keine angefasst.

Das stimmte erwiesenermaßen nicht. Hess durfte man nicht unterschätzen, vielleicht machte er allen nur etwas vor. Er hatte während des Verhörs geschickt Wahres und Unwahres vermischt. Unter dem Deckmantel des wirren Geistes könnte durchaus ein wacher Kopf stecken. Kaltenbach fragte sich, ob er ihn nicht härter hätte anfassen sollen. Vielleicht über die Legalität hinaus. Ab einem gewissen Zeitpunkt brach jeder ein. Doch ein Geständnis unter Folter hatte keinen Bestand, zudem hätte Tanner dies niemals zugelassen.

Schon oft hatte er sich mit Tanner über die Grenzen eines Verhörs gestritten. Tanner meinte, dass unter Folter jedes Geständnis abgerungen werden könne, womit er auch recht hatte. Nur kam es nach Kaltenbachs Ansicht auf die Dosierung an. Ein Typ wie Hess fürchtete Gewalt, da brauchte es nicht viel. Es war eine Gratwanderung, gewiss. Aber wenn man die Balance wahrte, konnte man Täterwissen abgreifen und so den Verbrecher überführen. Bei Hess wäre es einen Versuch wert gewesen.

Kaltenbach nahm einen letzten Zug und schnippte den Zigarettenstummel in den Rinnstein.

Genau genommen standen sie jetzt mit leeren Händen da.

Die umfangreichen Ermittlungen hatten nichts gebracht, auch wenn man mit Hess den möglichen Täter weggeschlossen hatte. Jetzt hieß es, in anderer Richtung weiterzuermitteln und darauf zu hoffen, dass man bei Hess nicht zu früh aufgegeben hatte. Aber vielleicht halfen ja die Methoden der Heilanstalt. In nicht wenigen Fällen hatten sich Verbrecher ihrem Therapeuten offenbart.

16

Mittwoch, der 20. Juni 1928

Falk parkte in der Nähe der Weißtannenhöhe. Neben ihm saß die Hellseherin Lore Engels. Eine äußerst attraktive Frau um die dreißig. Sie trug ein schwarzes, eng anliegendes Kleid, darüber einen leichten, schwarzen Mantel mit rotem Samtkragen und roten Samtmanschetten. Ein kleiner, eleganter Hut mit Netzschleier bedeckte zum Teil ihr blondes Haar und ließ ihre blutrot geschminkten Lippen leuchten. Die Augen hatte sie geschlossen – Lore Engels befand sich in Trance.

»Ich sehe«, hauchte sie, »einen Mann zwischen siebenundzwanzig und achtunddreißig Jahren. Er ist der Mörder. Seine Gesichtsfarbe ist dunkel, seine Haare sind es auch. Er hat starke Augenbrauen und einen kurz gestutzten Bart. Ein tiefer Kratzer zeichnet seine rechte Wange, seine Ohren sind klein, die Ohrläppchen angewachsen. Er ist groß, fast einen Meter achtzig, seine Gestalt ist aufrecht, nicht dick und nicht dünn.«

Lore Engels machte eine Pause. Die Augen immer noch geschlossen, lehnte sie sich zurück. Sie atmete tief ein und aus. Langsam, aber beständig wurde ihr Atem schneller. Er wurde lauter und ging dann in ein Hecheln über, das plötzlich abbrach. Ihr Gesicht verzerrte sich, ein tiefes, verängstigtes Stöhnen kam aus ihrer Brust, gefolgt von abgehackten, unverständlichen Worten – einer fremden Sprache.

Zitternd tastete sie nach ihrer Tasche, in der ihre Hand verschwand. Ein klirrendes Geräusch war zu vernehmen, das dem Gegeneinanderschlagen zweier Gläser glich. Daraufhin verstummte sie, um dann mit belegter Stimme deutlich zu sprechen: »Sein Geist ist ganz nahe. Er ist jagdgewandt, und er ist böse, sehr böse. Er hat schon früher Verbrechen begangen, er war im Krieg. Bei der Tat trug er einen blauen Kittel, sein Gesicht war verdeckt. Ich kann es nicht genau erkennen. Ist es eine Maske oder der Nebel des Bösen? Nach der Tat ging er einen Fußweg zu einer Hütte und versteckte dort etwas. Es ist klobig, unförmig, es verschwindet in einem Sack. Die Vision wehrt sich, das Bild droht zu verschwinden. Doch halt! Ich sehe einen Baum. Etwas ist hineingeritzt. Ein Zeichen! Es ist verschwommen. Ich muss näher ran. Der Baum schwitzt dunkelrotes Harz. Ein Fünfeck oder, oh nein, ein auf dem Kopf stehendes Pentagramm!« Lore Engels riss ihre Augen auf. »Es ist eine Warnung, eine Warnung an mich. Ich muss mich von ihm fernhalten.«

»Dann müssen wir jetzt abbrechen?«, fragte Falk nüchtern.

Lore Engels atmete schwer, ihre Brust hob und senkte sich. Sie nahm ein besticktes Taschentuch und tupfte sich die Stirn. »Reichen Ihnen die Informationen denn noch nicht?«

»Nein, das ist nicht konkret genug. Ich brauche einen Namen, eine genaue Ortsangabe, einen handfesten Beweis Ihrer Fähigkeiten. Können Sie mich denn zum Tatort führen?«

»Sie verlangen viel. Meine Gesundheit könnte leiden.«

Falk reagierte leicht ungehalten. »Es ist Ihre Entscheidung. Aber bisher sind Ihre Angaben einfach zu ungenau.«

Lore Engels seufzte und schenkte Falk einen abschätzigen Blick. Wortlos stieg sie aus, sah sich kurz um und ging dann zielstrebig den Berg hinauf. Falk folgte in kurzem Abstand. Trotz ihrer unpassenden Kleidung bewegte sie sich leichtfüßig und raffte an besonders unwegsamen Passagen Mantel und Kleid, was Falk einen verstohlenen Blick auf ihre strammen Waden gestattete. Während des Aufstiegs behielt sie ihr Schweigen bei, nur manchmal schielte sie nach Falk. War es, um sich einen Hinweis zu erhaschen?

Noch am Montagabend hatte Tanner Falk zum Beauftragten für außergewöhnliche Ermittlungsmethoden ernannt. Er war jetzt also für den Einsatz der modernen, aber durchaus umstrittenen Kriminaltelepathie verantwortlich – sprich das Hinzuziehen von Hellsehern, Medien oder Ähnlichem.

Diesen Schritt hatte Tanner nicht ganz freiwillig getan, sondern auf Druck der Öffentlichkeit und der Wünsche der Familie Fehrenbach – und natürlich, weil ihm mit Hess und Lot die beiden Hauptverdächtigen abhandengekommen waren. Bisher hatte der Alte die Kriminaltelepathie für einen Witz gehalten und sich mit Händen und Füßen dagegen gewehrt. Erst als er mit seinen Ermittlungen in einer Sackgasse gelandet war und offensichtlich glaubte, Falk mit der Aufgabe demütigen zu können, hatte er Gefallen daran gefunden.

»Falk«, hatte Tanner gesagt, »ich habe festgestellt, dass Sie gegenüber unkonventionellen Ermittlungsmethoden sehr aufgeschlossen sind. Da sind Sie doch genau der richtige Mann für den Bereich der praktischen Parapsychologie. Der Einstieg fällt nicht schwer. Die mit übernatürlichen Kräften gesegneten Frauen und Männer stehen schon Schlange. Gleich morgen können Sie beginnen.«

Falk hatte Tanners Schadenfreude mit stoischer Gelassenheit ertragen, war er doch tatsächlich dem Mystischen und Okkulten nicht abgeneigt. Außerdem hoffte er insgeheim auf einen Hinweis, der zu Emil Schwarz führen würde – den Juden hatte er als Täter noch nicht aufgegeben. Doch leider waren seine Erfahrungen, die er in den letzten zwei Tagen gesammelt hatte, äußerst ernüchternd.

Da war die kaufmännische Angestellte aus Kirchzarten. Eine Frau mit schlechtem Gebiss und ebenso schlechtem Atem. Sie hatte detailliert von sexuellen Übergriffen berichtet, die der Mörder bisher angestellt habe. »Er kommt die Treppe herauf und steht jetzt unter der Tür. Er macht Schweinerei. Pfui, ist das ein Schwein!« Sie gab auch vor, zu wissen, dass er einen Rucksack mit Esswaren und einen Revolver mit drei Patronen bei sich führe und jetzt schwer zu finden sei, weil er im Wald umherirre und sich zum Teil in Höhlen verstecke. Die Beschreibung seiner Person war wirr und ihre Begeisterung für sexuelle Abnormitäten offensichtlich.

Dann gab es die Hellseherin Frau Strobel aus Straßburg. Sie

hatte mit elsässischem Dialekt gesprochen und war klein und rundlich. Bevor sie ihre Fähigkeiten demonstrierte, hatte sie sich erkundigt, ob es sich rentiere. Als Falk die zehntausend Mark nannte, wurden ihre Wangen rot.

Frau Strobel arbeitete mit einer Glaskugel, die sie auf einen schwarzen Holzfuß setzte. Ohne Umschweife war sie zur Sache gekommen: Der Mörder sei so groß wie Falk, nicht dick, breite Schultern, längliches Gesicht, eine große Nase und ein stechender Blick. Auch des Mörders Mutter könne sie sehen. In Größe und Gestalt ähnele die Mutter ihr. Die Mutter habe ein rundes Gesicht und eine spitze Nase. Sie lächle viel, sei aber traurig, weil ihr Sohn ihr so viel Sorge bereite. Das Haus, in dem der Mörder mit Mutter und Vater wohne, stehe auf einem Berg, und es grenze Wald an. Das Haus sei eine Wirtschaft, und in der Nähe würden Bänke stehen, ein Bach würde fließen, und eine Brücke würde über den Bach führen. Zwischendurch hatte sie eine Frau im Gras liegen gesehen. Die Frau sei blutig – vermutlich tot. Die Wirtschaft habe einen dunklen Anstrich und ein flaches Dach, und ein Weg würde zu einem Baum führen, wo man den Mörder kriegen könne, und zwar morgen um neun Uhr, vielleicht auch um zehn, hier wolle sie sich nicht genau festlegen.

Es folgten noch weitere unzusammenhängende Angaben zum Tathergang, zu den Vermögensverhältnissen der Familie, ein Helfer wurde noch genannt, vor einem Revolver wurde gewarnt, Holz würde vor dem Haus liegen, der Helfer habe einen eigentümlichen Gang (den sie hin- und herschaukelnd nachahmte), der Vater habe eine hohe Stirn und große Hände, und der Mörder arbeite auf dem Feld. Mit dem Hinweis, dass man jetzt genügend wisse und sich mit der Festnahme beeilen solle, sonst würde weiteres Unglück geschehen, endete sie.

Als Falk sie darauf hinwies, dass ihre Angaben zu ungenau seien, nannte sie ihn inkompetent. Wenn es nach ihr ginge und man ihre Anweisungen befolgen würde, dann hätte man morgen den Täter, aber man sitze nur untätig herum und riskiere weitere

Tote, und das alles nur, weil man ihr die Belohnung nicht gönne. So weit Frau Strobel.

Hervorzuheben war auch noch der Schlosser Reinhold Gerber aus Friesenheim. Ein ruhiger, selbstsicherer Mann mit seriösem Auftreten. Er behauptete, hellseherische Fähigkeiten zu haben. Immerzu würden ihn Visionen ereilen, und aufgrund einer habe er festgestellt, dass der Mörder Alfred Arnold heiße und in Zürich in der Kappeler Straße 11 oder 21 wohne. Einen Mann dieses Namens gab es in Zürich tatsächlich, jedoch wohnte er nicht in der angegebenen Straße. Dennoch war er von den hiesigen Behörden sofort überprüft worden. Zur Tatzeit hatte der Mann im Krankenhaus gelegen.

Offensichtlich war Reinhold Gerber ein Betrüger, der mit Halbwahrheiten zu Geld kommen wollte. Wie bisher alle Hellseher. Gemein war ihnen, dass sie wahre Angaben einstreuten, die sie aus Zeitungsartikeln oder Fahndungsaufrufen oder anderen Quellen hatten. Das Gleiche befürchtete Falk jetzt auch bei Lore Engels, deren Täterbeschreibung stark an Hess erinnerte, nur mit den angewachsenen Ohrläppchen lag sie falsch.

Weit vor dem eigentlichen Tatort blieb die Hellseherin stehen und streckte ihre rechte Hand in die Luft. »Ich spüre einen Energiestrom«, raunte sie und verließ den Höhenweg. Nach circa zwanzig Metern hielt sie inne und lauschte. Dann berührte sie einen Baum, dann einen anderen und dann einen dritten. Die Bäume bildeten ein Dreieck, in deren Mitte sie sich stellte. »Hier war es«, seufzte sie und ging in die Knie. »Hier sind die Frauen gestorben. So viel Leid, so viel Schmerz, so viel Blut.«

»Das trifft leider nicht zu«, sagte Falk.

Lore Engels richtete sich auf. »Das kann nicht sein. Der Energiestrom ist so stark.«

»Wenn ich es Ihnen doch sage.«

»Dann hat hier ein anderes Verbrechen stattgefunden. Es ist eine Überlagerung. Das Böse verbeißt sich in Orte, manchmal können Jahrhunderte vergehen, bis der Äther sich erholt.«

»Das mag so sein, hilft aber nicht weiter. Wie gesagt, wenn

ich Ihnen Glauben schenken soll, dann müssen Sie den Tatort finden.«

Lore Engels nickte und atmete tief durch. Sie schloss ihre Augen und breitete ihre Arme aus. Ein leichter Wind kam auf, und der Mantel der Hellseherin blähte sich. Anstrengung zeichnete ihr Gesicht, ihre blutroten Lippen wurden schmal. »Dieser Ort, der ganze Wald ist böse. Er wehrt sich, er will seine Geheimnisse bewahren. Er vernebelt alles, ich kann den Nebel nicht durchdringen. Ich bin zu schwach.« Erschöpft ließ sie ihre Arme sinken. »Es hat keinen Wert. Zumindest heute nicht. Ich muss nachdenken.«

»Dann wollen Sie es noch einmal versuchen?«

»Wenn Sie mir noch eine Chance geben. Ich werde einen Zugang finden – garantiert.« Zwei strahlend blaue Augen fixierten Falk. Sie schien tatsächlich an ihre Fähigkeit zu glauben.

»Einer schönen, deutschen Frau kann ich nichts abschlagen«, lenkte er ein. »Vielleicht können Sie ja bei einem weiteren Versuch auch den Täter einem gewissen Volk zuordnen. Das könnte für Sie beim Auffinden des Tatorts sehr hilfreich sein.«

***

Berlin, Ortsteil Charlottenburg in einer Hinterhofwohnung am späten Abend

»Du musst verschwinden!! Die wollen dich fertigmachen. D.G.«

Der Zettel lag auf dem Tisch. Eugen Riedle stopfte planlos seine Habseligkeiten in den ramponierten Reisekoffer. Etliches blieb im Schrank liegen, er hatte zu wenig Platz, zu wenig Zeit. Nur die Toilettenartikel noch, die mussten mit. Eilig griff er nach dem Rasierer, dem Handspiegel, der Zahnbürste, dem kleinen Handtuch, dem Rasierwasser. Die Flasche war klein, sie war unhandlich, sie fiel ihm aus der Hand, sie zerbrach. Keine Zeit, die Scherben wegzuräumen, bloß weg hier. Der Koffer war kaum zu schließen, Riedle kniete darauf und hämmerte gegen das linke Schloss, das nicht einrasten wollte. »Verdammt jetzt«, fluchte er, und endlich klickte es. Den guten Mantel zog er an, übers Jackett, auch wenn das jetzt zu warm war, den Hut schob er in den Nacken. Den Reisekoffer nahm er in die rechte Hand, er wog schwer, in der linken hatte er den Zauberkoffer mit dem aufgemalten Zylinder und dem Kaninchen. Ein letzter Blick in das Zimmerchen, das ihm zu einem Stück Heimat geworden war: ein Ofen, ein Bett, ein Schrank, ein Waschbecken, ein Stuhl, ein Tisch.

Was braucht der Mensch mehr?

Riedle wandte sich zur Tür. *Halt! Der Zettel.*

Riedle steckte ihn ein und betrat dann sachte den Hausgang. Nichts zu hören von seiner Vermieterin Frau Keppler. Sie war noch bei der Nachbarin, zum Glück. Riedle hatte die letzte Monatsmiete noch nicht bezahlt, der Ärger hätte ihn unnötig aufgehalten. Seine Schuld würde er später begleichen. Frau Keppler hatte ihr Herz am rechten Fleck.

Riedle trat vorsichtig aus dem Hinterhof auf die Straße. Es war bereits dunkel, die Straßenlaternen brannten, niemand war zu sehen. Jetzt zum Bahnhof Zoo und dann ab, irgendwohin. Zuvor aber noch den Polizeirat anrufen, Bericht erstatten, Geld fordern – viel Geld. Das brauchte er jetzt, wo alles den Bach runterging.

Die Nachricht hatte er von seinem Künstlerfreund Friedhelm erhalten, der in jede Rolle schlüpfen und so wunderbar Oscar Wildes Dorian Gray mimen konnte. Deshalb verwendete er gern auch dessen Initialen. Friedhelm hatte Riedle gewarnt, als er ihn nach Hauptmann von Straulitz und dessen möglicher homosexueller Neigung gefragt hatte. Friedhelm war vom anderen Ufer und ein Teil der Schwulenszene Berlins.

»Das ist ganz heikel«, hatte er gesagt. »Da will keiner erkannt werden. Schon gar nicht die Höhergestellten: die Richter, die Anwälte, die Politiker, die Offiziere. Da gibt es keine Namen, schon allein wegen dem Hundertfünfundsiebziger. Ich kenne also keinen Straulitz und will ihn auch nicht kennen. Wenn du aber mit dem Feuer spielen willst, dann schau dich im Dunstkreis von Ernst Röhm um. Das ist der ehemalige Chef der Schlägertruppe der Nazis – der SA. Da tummelt sich viel Militär. Und die treffen sich gerne im Kleist-Kasino oder im Eldorado.«

Inzwischen hatte Riedle die Hardenbergstraße erreicht. Dort war schon mehr los, was ihn etwas beruhigte. Er hetzte unter der Stadtbahnbrücke hindurch, darüber ratterte ein Zug. Der Reisekoffer schnitt in seine rechte Hand. Riedle nahm ihn in die linke, den Zauberkoffer in die rechte. Sein Blick fiel auf den hell erleuchteten UFA-Filmpalast. Davor standen Kinogänger für die Zehn-Uhr-Vorstellung Schlange. Riedle wandte sich nach rechts. Der Bahnhofsvorplatz war belebt: Nachtschwärmer auf dem Weg zum Ku'damm, Touristen, Neuankömmlinge, zwielichtige Gestalten, leichte Mädchen. Vor der Bahnhofshalle eine Reihe Telefonzellen, alle belegt. Weiter hinten am Ende des Platzes, etwas im Abseits, war eine frei.

Riedle zwängte sich hinein und meldete ein dringliches Gespräch an. Hoffentlich war der Polizeirat zu Hause – aufgrund seiner wichtigen Position hatte Tanner einen Hausanschluss.

Nach geraumer Zeit ertönte die gereizte Stimme des Polizeirats, der um diese Zeit nicht gestört werden wollte. »Tanner.«

»Hier ist der Eugen Riedle. Ich hab nicht viel Zeit. Ich muss abhauen, weg aus Berlin. Die sind mir auf den Fersen.«

»Eugen? Was ist los? Wer will was von dir?«

»Das mit dem Straulitz, das war keine gute Idee. Ich hab in ein Wespennest gestochen. Friedhelm hat mich gewarnt. ›Lass die Finger davon‹, hat er gesagt. Trotzdem bin ich ins Eldorado und ins Kleist-Kasino, dort treffen sich die Schwulen und die Transvestiten. Hab mich umgehört, hab einem im Kleist-Kasino schöne Augen gemacht, ihn eingeladen. War 'ne komische Sache, bin ja nicht schwul. Der wurde gesprächig, hat aber 'ne Menge gesoffen, wurde richtig teuer, deshalb brauche ich Geld. Aber auch, weil ich neu anfangen muss. Wohin es geht, weiß ich nicht, ich nehme einfach den nächsten Spätzug. Und wenn ich in Sicherheit bin, dann melde ich mich wieder.«

»Ich werde dir natürlich helfen, Eugen, das weißt du. Aber jetzt musst du dich erst mal beruhigen. Erzähl, was vorgefallen ist.«

»Der Typ im Kleist-Kasino wurde zudringlich, hat seine Hand auf meinen Schenkel gelegt. Ich bin kurz raus, dann wieder rein. Noch ein Bier, noch einen Schnaps. Der Typ hat von Hauptmann von Straulitz erzählt. Der heißt bei denen der ›Schöne Junker‹. Richtige Namen sind da tabu, und der Typ kennt ihn nur, weil er jemanden kennt, der unter dem Hauptmann gedient hat. Anscheinend ist der Hauptmann berüchtigt. Die Stricher haben Angst vor ihm. Der will wohl richtig heftige Sachen. Aber er soll gut zahlen, auch den Arzt, wenn man den braucht.«

»Dann ist von Straulitz homosexuell?«

»Ja, aber so was von. Mindestens einmal im Monat lässt er es hier ordentlich krachen. Manchmal schließt er sich auch der Truppe vom Röhm an, Hitlers ehemaligem SA-Mann. Die machen auf männlich-militärisch, da gibt's kein weibisches Gehabe. Straulitz und Röhm kennen sich vom Krieg. Mit den Röhm-Leuten ist überhaupt nicht zu spaßen. Aber der Straulitz ist auch nicht ohne. Der hat einen Mann fürs Grobe. Der heißt Hermann Peikert, der war Feldwebel und Scharfschütze in Straulitz' Kompanie. Der erledigt für Straulitz alles, steht irgendwie in seiner Schuld, soll aber nicht schwul sein. Das alles hab ich von dem Typen erfahren. Der wollte mich dann aber küssen, mit Zunge. Das kann ich nicht. Bin dann abgehauen, hab aus Versehen den Tisch umgeworfen. Das haben die Röhm-Leute mitgekriegt und den Typ in die Mangel genommen – das weiß ich von meinem Freund, Friedhelm. Jetzt stehe ich auf deren Liste, weil ich auffällig neugierig war. Die haben sich nach mir erkundigt und vermutlich rausgefunden, dass ich nicht schwul bin, und daraufhin eins und eins zusammengezählt. Die ahnen, dass ich ein Spitzel bin, und wollen jetzt wissen, warum und für wen. Und die sind nicht zimperlich. Deshalb muss ich weg.«

»Weißt du, wo ich diesen Peikert finde?«

»Ich weiß jetzt gar nichts mehr. Ich weiß nur, dass ich verschwinden muss.«

Riedle legte auf und wandte sich um. Vor der Telefonzelle standen drei Männer in SA-Uniform: braune Hemden, braune Lederkoppel, der Schulterriemen quer über die Brust und am linken Arm die Hakenkreuzbinde.

Einer öffnete die Tür. »Na, Eugen, wohin denn so eilig?«

***

In dieser Nacht fand Tanner keine Ruhe. Die Sorge um Riedle trieb ihn um – er hatte den armen Kerl in diese gefährliche Situation gebracht. Hoffentlich stieß ihm nichts zu. Um seine Gedanken zu ordnen, setzte Tanner sich an seinen Schreibtisch. Vor ihm lagen Notizblock und Schreibgerät. Ein Viertele Spätburgunder war bereits eingeschenkt, es würde ihm beim Denken helfen.

Hauptmann von Straulitz war also homosexuell, und er war in Berlin gewesen, als Clara da war. Es war also höchst wahrscheinlich, dass sie ihn in dieser heiklen Hinterhofszene gesehen und erkannt hatte. Clara erpresste ihn damit und verlangte von ihm, sich aus dem Leben seiner Frau Marlene zurückzuziehen. Eine kurze, glückliche Zeit von Clara und Marlene folgte, und eine unhaltbare Situation für den Hauptmann entstand: die Demütigung in seinem eigenen Haus und die Gefahr der gesellschaftlichen Ächtung, wenn Clara reden würde. Ganz abgesehen vom Paragrafen 175, der ihn wegen homosexueller Handlungen ins Gefängnis bringen würde. Straulitz hatte also ein eindeutiges Motiv. Nur wie Clara beseitigen? Ihr Tod durfte auf keinen Fall mit ihm in Verbindung gebracht werden. Deshalb die Vortäuschung eines Sexualverbrechens, deshalb auch der Tod Ruths, der noch weiter ablenkte. Hatte Straulitz es selbst getan? Vermutlich nicht. Eher sein Mann fürs Grobe, Feldwebel Hermann Peikert.

Tanner nahm einen Schluck Rotwein. Eine schöne Theorie,

fehlten nur noch die Beweise. Und ab da wurde es schwierig, zumal das Ganze auch eine politische Dimension hatte: Von Straulitz, ein hochdekorierter Offizier, der mit Ernst Röhm, ebenfalls Offizier und ebenfalls hochdekoriert, in Verbindung stand, und beide waren homosexuell. Ausgerechnet Röhm! Er war Duzfreund Hitlers, hatte aber seinen eigenen Kopf. Deshalb lag er mit dem Österreicher oft nicht auf einer Linie, und deshalb hatte er die Leitung der SA bald wieder abgegeben. Kontakte blieben aber erhalten. Wenn jetzt aber seine Neigung an die Öffentlichkeit käme, wäre er für die Nazis nicht mehr tragbar. Das war eine ganz heikle Sache. Deshalb wollte Tanner diese Geschichte unberührt lassen, sie würde seine Ermittlungen nur verkomplizieren. Schon so war es schwierig genug.

Blieben also noch Straulitz und dieser Peikert. An Straulitz war nur schwer heranzukommen, der hatte mächtige Fürsprecher. Einfacher würde Peikert sein, zumal er der vermutliche Täter war. Tanner musste also Peikert ausfindig machen. Hier könnte vielleicht das Dienstmädchen Gerlinde Hauser helfen. Gut wäre auch eine Beschreibung Peikerts, besser noch ein Foto. Von dem Hauptmann hatte er bereits eines. In weiser Voraussicht hatte er es sich über Gerlinde Hauser besorgt. Mit den Bildern könnte Tanner noch einmal gezielt Zeugen befragen, wie zum Beispiel Rosa Reichert, die Tochter vom Thurnerwirt. Das Ganze natürlich möglichst unauffällig. Tanner notierte seine Gedanken und leerte sein Glas. Das Glockengeläut des Freiburger Münsters schlug drei Uhr. Es würde eine kurze Nacht werden.

17

Donnerstag, der 21. Juni 1928, Amtsgericht Freiburg

»Tödlicher Unfall auf dem Geigishof«.

Beinahe hätte Kaltenbach den kleinen Artikel in der »Freiburger Zeitung« übersehen. Interessiert las er weiter und erfuhr, dass der sechzehnjährige Johann Geigis am letzten Sonntag im Getriebe der Hofmühle ums Leben gekommen war. Ein Fremdverschulden schloss man aus, fahrlässiges Verhalten sei Ursache des Unfalls gewesen.

Sofort machte sich Kaltenbach auf den Weg. Zuvor gab er noch Fräulein Schneider Bescheid, da Tanner noch nicht im Büro war. Den Kollegen Falk informierte er nicht, der hatte genug mit den Hellsehern zu tun, außerdem konnte Kaltenbach gut auf dessen Gesellschaft verzichten.

***

Matthäus Geigis kam aus dem Stall und hatte eine Sense über der Schulter. Als der Bauer Kaltenbach sah, maulte er: »Ich hab keine Zeit für Sie. Wir haben gerade mit der Heuernte angefangen.«

Geigis hatte die Hemdärmel hochgekrempelt, auf seiner Stirn stand Schweiß. Es war ein heißer Junitag, der auch Kaltenbach zusetzte. Sein Jackett hatte er über den Arm gelegt, den Hut hielt er in der Hand.

»Ihr Sohn Johann ist zu Tode gekommen. Ich würde gern mehr darüber erfahren.«

»Das war ein Unfall, und ich hab's eilig.« Geigis ging weiter, Kaltenbach stellte sich ihm in den Weg.

»Ich werde mir ein Bild machen, und Sie werden mir dabei helfen. Ansonsten kann ich Sie auch nach Freiburg ins Präsidium bestellen. Das kostet dann wirklich Zeit.«

Geigis warf ihm einen finsteren Blick zu und zeigte in Richtung der Mühle. »Da lang«, sagte er und schritt voran. Kaltenbach folgte ihm.

Die Transmission stand still, und am steilen Sommerhang arbeiteten sich die Männer des Hofs mit der Sense durch das Heufeld, gefolgt von den Frauen, die das gemähte Gras mit dem Rechen ausbreiteten. Der Hang war in quer liegende Feldstreifen eingeteilt. Es wurden Hafer, Roggen, Gerste und Kartoffeln angebaut, das Grasland diente dem Boden zur Erholung. Die Feldstreifen wanderten im jährlichen Rhythmus nach oben und sorgten so für den Fruchtwechsel.

»So viel Arbeit ist es, so viel«, raunte Geigis, ohne Kaltenbach anzusehen. »Aber der Städter kommt und sagt: Los, Bauer, spring. Und der Bauer springt, weil er ja nichts zu tun hat, weil der Städter glaubt, was Besseres zu sein, weil er gerne Befehle gibt, weil er am längeren Hebel sitzt. Aber nicht mehr lang, dann wird sich zeigen, wer das Sagen hat.«

Kaltenbach schwieg, bis sie die Mühle erreicht hatten und Geigis die Tür aufsperrte. Die Sense hatte der Bauer an einem Nagel an der Außenwand aufgehängt.

»Sind hier in jüngster Zeit Fremde aufgetaucht?«, fragte Kaltenbach, während er sich umsah: Der Eingang der Mühle zeigte in Richtung Wald und war vom Haupthaus aus nicht einsehbar.

»Nein«, antwortete Geigis und betrat die Mühle. Vor dem laufenden Getriebe blieb er stehen, der Rüttelschuh erzeugte das typische Mühlengeräusch. »Hier war es«, sagte er.

»Wo genau?«

»Na, hier.« Geigis zeigte auf das vordere, große Zahnrad.

»Was ist genau passiert?«

»Keine Ahnung. Der Depp muss seinen Kopf in das laufende Getriebe gesteckt haben, und das war's: Rübe ab.«

»Ihr Sohn wurde geköpft?«

»Nein, nicht richtig, so halber, würde ich sagen. Das Genick war ab und der Hals ein gutes Stück eingerissen.«

»Das scheint Sie nicht besonders zu berühren.«

»So ist das Leben. Gott gibt und nimmt es.«

»Offensichtlich schließen Sie ein Fremdverschulden aus. Warum?«

»Na, weil der Bub halt ein Depp war. Sie haben ihn ja erlebt. Der konnte nicht richtig reden. Den hast du nicht verstanden, kein Wort hat der zusammengekriegt. Aber immer vor dem Getriebe sitzen und was weiß ich machen. Stundenlang konnte der da sitzen. Hab ihn oft wegprügeln müssen. War 'ne richtige Schinderei. Aber der konnte nicht genug kriegen. Und manchmal wollte der tatsächlich noch mit mir reden. Und das mit dem Gestotter! Das hältst du nicht aus! Hab ihn dann noch härter rangenommen. Hab oft gedacht, dass er auch nicht richtig hören kann – ein Taubstotterer sozusagen.« Über Geigis' Gesicht huschte ein spöttisches Grinsen.

»Haben Sie Kampfspuren gesehen, war ein Arzt da?«

»Kampfspuren? Das ist nicht Ihr Ernst. Der Kopf hing nur noch an ein paar Sehnen. Und dass der tot war, dafür braucht's keinen Arzt.«

»Dann war es ein Selbstmord?«

»Ein Selbstmord!« Geigis riss die Augen auf und bekreuzigte sich. »Gott bewahre. Das wäre ja eine Todsünde. Nein, der Junge ist da reingekrochen, weil er etwas reparieren oder schmieren wollte. Der hat geglaubt, er würde sich auskennen. Schuld daran war der Altbauer. Der hatte ihm den Floh ins Ohr gesetzt. Doch der Bub war einfach dumm. Hat den Platz, den Gott ihm zugewiesen hat, nicht akzeptiert. Hochmut kommt vor dem Fall. Gott bestraft so was.«

»Haben Sie die Polizei gerufen?«

»Ja, der Kleiser Rolf von der Gendarmerie Hinterzarten hat sich das angesehen. Dem ist halber schlecht geworden. Der wird nichts anderes erzählen.«

»Kann ich Ihren Sohn sehen?«

»Nein. Wir haben ihn vorgestern begraben. War ein schönes Begräbnis, nicht ganz billig, aber man hat ja einen Ruf zu verlieren. Pfarrer Sontheimer hat gut gesprochen. Am Ende fügt sich alles.« Geigis bekreuzigte sich wieder, Kaltenbach hätte kotzen können.

»Wer hat Ihren Sohn denn gefunden?«

»Die Oma, die Altbäuerin.«

»Und wo waren Sie zu dem Zeitpunkt?

»Ich hab Holz zugesägt.«

»Wo?«

»Na, in der Werkstatt beim Haupthaus, wo sonst?«

»Und die anderen?«

»Die Männer waren im Wald oder haben den Stall ausgemistet, die Frauen im Haus oder im Garten und die Hirtenbuben beim Vieh auf der Weide.«

»Und keinem ist was aufgefallen?«

»Ja, was hätte denn auffallen sollen? Alles war wie immer.«

»Vielleicht ein Fremder?«

»Warum ein Fremder? Keiner hat einen Fremden gesehen. Sie meinen, da kommt einer daher und bringt den Bub um? So ein Blödsinn. Warum sollte einer so was tun? Was sollte das nützen? Aber Sie können gern die anderen fragen und von der Arbeit abhalten.«

»Nachher. Vorerst hätte ich gerne die Altbäuerin befragt.«

»Die? Die ist ja froh, wenn sie den Tag von der Nacht unterscheiden kann. Aber von mir aus.«

In diesem Moment ging eine Tür, und eine alte, gebeugte Frau betrat die Empore. »Bist du es, Anton?«, krächzte sie und quälte sich die steile Treppe hinunter.

»Nein«, brüllte Geigis und sagte zu Kaltenbach: »Die hört kaum was und sieht noch weniger.«

»Matthäus«, die Altbäuerin blieb auf der Treppe stehen, »was willst du hier?«

»Das geht dich gar nichts an. Das ist meine Mühle. Ich frage mich eher, was du hier unten willst. Du brichst dir ja noch alle Knochen.«

»Das hättest du gerne. Aber ich habe ein Recht, hier zu sein und hier zu wohnen, so steht es im Vertrag. Und ich will, dass du verschwindest.«

Geigis biss die Zähne zusammen, seine Wangenknochen traten hervor. Halblaut sagte er: »Die Alte macht mich wahnsinnig. Ist tatsächlich besser, wenn ich verschwinde, sonst gibt es hier noch ein Unglück.«

Ohne auf Kaltenbach zu achten, stürmte er hinaus und knallte die Tür zu. Kaltenbach schaute ihm nach.

»Ist da noch jemand?«, fragte die Altbäuerin.

»Ja, ich bin Oberkommissar Kaltenbach von der Freiburger Kriminalpolizei. Soll ich Ihnen herunterhelfen?«

»Polizei?«, rief sie. »Nein, nein, es geht schon.«

Die Altbäuerin trug ein Kopftuch und eine Schürze über ihrer schwarzen, hochgeschlossenen Bluse. Das Alter ließ sie kaum ihren Kopf heben; sie ging Kaltenbach nicht einmal bis zur Schulter. In der Ecke stand eine Bank, auf der sie Platz nahm.

»Kommen Sie, Herr Polizist. Setzen Sie sich neben mich, damit ich Sie sehen kann.«

Kaltenbach kam ihrer Aufforderung nach. Ausgiebig musterte sie ihn. Ihre Augen waren ein trübes Blau, ihre Falten tief und unzählig.

»Sie sind wegen dem Bub hier, stimmt's?«

»Ja, Ihr Sohn sagt, Sie hätten ihn gefunden.«

Die alte Frau schloss ihre Augen, ein leises Stöhnen drang aus ihrer Brust. »Es war so schrecklich. Der arme Junge. Er hat sich immer um mich gekümmert, ich hatte ihn richtig lieb. Gott sei seiner Seele gnädig.«

»Können Sie mir erzählen, was vorgefallen ist?«

Ein tiefer Seufzer beugte sie noch mehr. Sie wischte sich über ihre Augen und sammelte sich. »Ich versuch's. Mein Kopf macht nicht mehr so mit. Ich vergesse immer so viel. Oft weiß ich nicht, welcher Tag ist, weil die immer gleich sind, weil ich nicht mehr recht schaffen kann.« Wieder seufzte die alte Frau. »Früher, da habe ich viel geschafft, ganz viel. Die Viecher, das Kochen, das Waschen, die Kinder, der Haushalt, die Ernte, das

Säen. Immer war was zu tun. Das war nicht immer schön, das laugt dich aus, das macht dich kaputt. Da freut man sich dann auf die alten Tage, wenn's ruhiger wird. Doch was ist dann? Dann tut dir alles weh, dann hörst und siehst du kaum mehr, dann fällt dir alles aus den Händen. Dann stirbt dein Mann, dann wärmt dich keiner mehr. Aber so ist es halt. So war es schon immer.«

»Ja, Sie haben es sicher nicht leicht gehabt«, versuchte Kaltenbach zu trösten. Er wollte noch etwas hinzufügen, ließ es dann aber. In solchen Dingen war er nicht besonders gut. »Wie war das denn jetzt am Sonntag, als sich das Unglück ereignete?«, fragte er stattdessen.

»Ja, ein Sonntag war's«, bestätigte sie und atmete tief durch. »Also, ich war in der Stube, weil ich nicht mehr in die Kirche kann, weil es zu weit ist. Manchmal kommt dann der Pfarrer Sontheimer vorbei und leistet mir seelischen Beistand und nimmt mir die Beichte ab. Wann das das letzte Mal war, weiß ich schon gar nicht mehr, muss lange her sein. Wie auch immer. Ich bin also in der Stube gesessen und habe Tee getrunken und auf den Bub gewartet, weil der mich immer besucht. Der Bub war eine treue Seele, auf den war Verlass. Aber diesmal habe ich ewig gewartet. Der Kuckuck hat erst einmal, dann zweimal, dann dreimal gerufen. Beim dritten Mal, also um drei Uhr, ist irgendetwas geschehen: Plötzlich war es so still.«

»Was ist passiert?«

»Wissen Sie, die Mühle ist für mich wie ein alter Gefährte. Ich kenne alle Gerüche, Geräusche, Bewegungen. Ich spüre sie wie ein Lebewesen. An dem Tag, als der Bub gestorben ist, war erst alles wie immer. Das Wasserrad lief, und der Mahlstein mahlte. Doch plötzlich gab es eine Unterbrechung. Gehört habe ich zwar nichts, dazu taugen meine alten Ohren nicht mehr, aber es gab eine Erschütterung, einen Ruck. Sofort war mir klar, dass etwas Schlimmes vorgefallen ist, so wie beim Opa.«

Die Altbäuerin schluckte schwer. »Ich bin also nach unten gegangen, und da habe ich ein sich wiederholendes Klopfen oder mehr ein Schlagen gehört. Und als ich nah genug an dem Schlagen war, da hab ich es gesehen, das Grauen.«

Die Frau griff nach Kaltenbachs Hand. Sie zitterte. »Der Bub lag vor dem Getriebe, sein Kopf ragte hinein. Immer wenn eine Speiche des Kammrads seinen Kopf erfasste, wurde er angehoben und fiel dann wieder auf den Boden. Ich kann das nie wieder vergessen, dabei habe ich doch schon genug gesehen.«

Die alte Frau schloss ihre Augen und kämpfte mit den Tränen. »Ich hab den Bub dann zurückgezogen und den Zulauf zum Wasserrad unterbrochen, damit die Mühle stillstand. Die Mühle kann zwar nichts dafür, aber sie hat meinen Bub auf dem Gewissen.«

»Sie haben gesagt, Sie hätten gewusst, dass was Schlimmes passiert ist, so wie beim Opa. Was meinen Sie damit?«

»Das hab ich gesagt? Aber warum? Der Opa kommt doch bald heim.«

»Wann?«

Die alte Frau zuckte zurück. Sie schien erschrocken zu sein und schaute verständnislos. »Ich bin mir nicht sicher. Vielleicht ist der Opa auch bei dem Bub.«

Kaltenbach nickte, er hatte verstanden. »Glauben Sie, dass Johanns Tod ein Unfall war?«

»Ja, was denn sonst? Oder?« Die alte Frau überlegte kurz. »Komisch ist es schon. Der Bub war nicht dumm, der kannte die Gefahren der Mühle. Aber warum sollte ihm jemand was antun? Der Einzige, dem ich das zutrauen würde, wäre mein Sohn, der Matthäus. Der ist ein richtig böser Mensch, und wenn der zornig wird, dann ist er zu allem fähig. Schlimm, wenn das eine Mutter sagen muss, aber es ist halt so. Auf der anderen Seite ist der Matthäus berechnend. Der Bub war eine richtig gute Arbeitskraft, auch wenn der Matthäus das nie zugegeben hätte. So einen gibt der nicht einfach her. Schon jetzt regt er sich über Anton auf. Der soll jetzt die Mühle versorgen. Da klappt gar nichts. Schon bald müssen wir den Mahlstein nachschärfen.«

»Dann ist Ihnen an dem Tag nichts Ungewöhnliches aufgefallen?«

»Nein. Bis zum Unglück lief die Mühle wie immer. Alles war gut.«

»Und Johann? Hat den etwas belastet? Hat er etwas erzählt?«

»Der Johann hat eigentlich nie gesprochen, man hat ihn eh kaum verstanden. Ängstlich war er oft, meistens wegen seinem Vater, manchmal auch wegen der Mutter oder seinen Brüdern. Wenn er sich jemandem anvertraut hat, dann dem Pfarrer Sontheimer. Da war er oft zum Beichten. Der war der Einzige, bei dem er gesprochen hat.«

»War sonst noch etwas?«

Die alte Frau schüttelte nachdenklich den Kopf. »Ich glaube nicht. Aber manchmal vergesse ich Dinge – irgendwas habe ich vergessen. Was war das nur?«

Angestrengt starrte sie vor sich hin. »Ich komme nicht drauf. Ich komme einfach nicht drauf. Am besten, ich frage den Opa. Der müsste bald nach Hause kommen.«

***

Kaltenbach war auf dem Weg nach Breitnau zu Pfarrer Sontheimer. Zuvor hatte er die restlichen Bewohner des Hofs befragt. Er hatte sie alle beim Heuen angetroffen. Alle waren sie kurz angebunden mit Blick auf den Bauern. Keiner hatte etwas gesehen, keinem war etwas aufgefallen. Überrascht hatte Kaltenbach die Herzlosigkeit der Familie. Niemand trauerte, keiner verlor ein gutes Wort über den Bruder – der Hofhund schien mehr wert zu sein. Selbst die Mutter sprach nur von Sünde und Fegefeuer, und Anton, der sich jetzt um die Mühle kümmern musste, beschwerte sich über die Mehrarbeit und darüber, dass er jetzt zusätzlich die Prügel abkriegen würde, die eigentlich Johann zustünden.

Abschließend hatte sich Kaltenbach noch Johanns Schlafstätte zeigen lassen. Der hatte sich eine Kammer unterm Dach mit seinen Brüdern geteilt: schmale Holzbetten mit Strohmatratzen, ein großer Schrank, keine Heizung, nur ein offener Abzug und der Geruch von kaltem Rauch. Persönliche Dinge hatte Kaltenbach nicht vorgefunden. Die Kleider waren unter den Geschwistern aufgeteilt worden, und Johanns Habseligkeiten – wenn es welche gab – hatten vermutlich einen anderen Besitzer gefunden.

***

Die Kirche St. Johann Baptist strahlte im Sonnenlicht und hob sich vom satten Grün der Wiesen ab. Mit der Schule, dem Pfarrhaus und dem Wirtshof Zum Kreuz bildete die Kirche den kleinen Ortskern der weitläufigen Gemeinde. In südlicher Richtung nahmen die sanften Hügel des Hochschwarzwalds und das Feldbergmassiv den Horizont ein. Sie zeichneten eine scharfe Linie zum wolkenlosen Himmel – es würde noch einige Tage schön bleiben.

Kaltenbach parkte vor der Kirche und traf den Pfarrer im Chorraum an. Sontheimer war ein jugendlich wirkender Mann Mitte dreißig, er trug eine schwarze Soutane. Kaltenbach stellte sich vor, der Händedruck des Pfarrers war kräftig, jedoch lag in seinem Blick eine gewisse Unsicherheit, die Kaltenbach mit seinem Auftauchen in Verbindung brachte.

Ohne Umschweife kam er zur Sache. »Am Sonntag gab es auf dem Geigishof ein Unglück. Johann, der jüngste Sohn des Bauern, ist ums Leben gekommen. Sie haben ihn bestattet, nicht wahr?«

»Ja, eine schlimme Geschichte. Es ist immer traurig, wenn ein so junger Mensch stirbt. Die Feier war klein, nur mit den engsten Angehörigen. Aber sie war würdig. Der Junge ist nun in Gottes Händen.«

»Die Umstände von Johanns Tod sind etwas ungewöhnlich. Dazu hätte ich ein paar Fragen.«

»Warum? Es war doch ein Unfall.« Der Pfarrer wirkte überrascht, fügte dann aber nachdenklich hinzu: »So heißt es zumindest.«

»Haben Sie daran Zweifel?«

»Nein«, antwortete Sontheimer gedehnt. »Ich wundere mich nur, was Sie jetzt noch wollen.«

»Das ist reine Routine. Unfälle mit Todesfolge werden neuerdings genauer untersucht.«

»Aha.«

»Wie gut kannten Sie Johann?«

»So gut, wie ein Pfarrer ein Mitglied seiner Gemeinde kennt.«

»Und das heißt?«

»Schauen Sie, es ist so: Die Pfarrei Breitnau ist größer, als es scheint. Ich habe also viele Seelen zu betreuen, die alle Gottes Beistand brauchen. Johann war eine von ihnen.«

»Also einer von vielen.«

»Nein, das trifft nicht zu. Jeder ist wichtig. Und jeder genießt meine Aufmerksamkeit. Doch leider hat mein Tag auch nur vierundzwanzig Stunden.«

»Wie ich von Johanns Oma erfahren habe, war er ein besonderer Fall. Sie behauptet, Sie seien die einzige Person gewesen, der er sich anvertraut hätte.«

»Ob ich der Einzige war, weiß ich nicht. Aber Johann kam gelegentlich mit seinen Sorgen und Nöten zu mir.«

»Was hat ihn denn bedrückt?«

»Das Erwachsenwerden, sein Stottern und seine familiäre Situation. Johanns Eltern haben im Bestreben, ihn zu einem guten Katholiken zu erziehen, manchmal das Maß verloren.«

»Sein Vater neigt dazu, die Kontrolle zu verlieren. Meinen Sie das?«

»Ja, ich habe versucht, beschwichtigend einzuwirken, aber da stieß ich auf taube Ohren. Familiäre Angelegenheiten sind sehr heikel, gut gemeinte Ratschläge können ins Gegenteil umschlagen.«

»Und das heißt?«

»Wenn man zu sehr drängt, verliert man an Einfluss. Man wird nicht mehr gehört.«

»Wurden Sie denn noch gehört?«

»Zu wenig.«

Kaltenbach nickte. »Johanns Tod wirft Fragen auf. Ihnen ist sicher bekannt, dass er in das Getriebe der Mühle geraten ist. Das kann nur passieren, wenn man nachlässig handelt oder wenn nachgeholfen wird.«

»Ist das jetzt eine Frage?«

»Ja. Aber um konkreter zu werden: Können Sie sich vorstellen, dass nachgeholfen wurde, vielleicht durch den Vater?«

Sontheimer erstarrte. »Gott bewahre. Nein, das kann ich mir nicht vorstellen. Der Vater den Sohn? Selbst Matthäus Geigis kennt die Grenzen. Sollte sie kennen.«

»Sie sind sich nicht ganz sicher?«

Sontheimer schüttelte den Kopf, als ob er einen bösen Gedanken vertreiben wollte. »Die Wahrheit kennt nur Gott. Aber sein eigen Fleisch und Blut? So weit kann der Zorn den Vater nicht getrieben haben.«

Kaltenbach schwieg und fixierte den Pfarrer. Der hielt seinem Blick kaum stand.

»Gut«, sagte Kaltenbach. »Dann könnte es noch Selbstmord gewesen sein. Der Junge hatte es sehr schwer, sagen Sie. Sagt auch seine Oma.«

Jetzt schien Sontheimer die Fassung zu verlieren. »Wissen Sie eigentlich, von was Sie da reden? Selbsttötung ist eine Todsünde. Daran darf man gar nicht denken, damit gibt man die Gemeinschaft mit Gott auf, und das bedeutet das Allerschlimmste: Die Seele kommt nicht in den Himmel! Johann kannte die Gebote, und er war sehr gläubig. Das hätte er nie getan.«

»Dann also Fahrlässigkeit. Es heißt, Johann sei sehr dumm gewesen.«

»Johann hat gestottert, aber er war nicht dumm.«

»Was bleibt dann noch?«

Sontheimer zuckte mit den Schultern. »Sagen Sie es mir.«

»Letztendlich doch Mord. Vielleicht eine andere Person, vielleicht ein anderes Familienmitglied oder jemand von außen?«

»Das kann ich nicht beurteilen, da bin ich überfragt.«

Kaltenbach atmete hörbar aus. »Ich weiß nicht, Herr Pfarrer, aber irgendwie habe ich den Eindruck, dass Sie mir etwas vorenthalten.«

Sontheimer reagierte nicht, Kaltenbach fuhr fort. »Wie war das denn am letzten Sonntag? Ich denke, die Familie Geigis war geschlossen beim Gottesdienst.«

»Ja.«

»Und danach?«

»Sind alle nach Hause gegangen, bis auf Johann.«

»Warum?«

»Er hat noch die Beichte abgelegt.«

»Dann waren Sie der Letzte, der Johann lebend gesehen hat?«

»Vermutlich schon.«

»Hat Johann Ihnen gegenüber etwas erwähnt, das im Nachhinein vielleicht bedeutsam sein könnte?«

»Das unterliegt dem Beichtgeheimnis.«

»Aber Johann ist tot.«

»Das Beichtgeheimnis gilt über den Tod hinaus.«

»Auch wenn Sie damit eine Straftat aufklären könnten? Oder schlimmer: Wenn Sie damit eine Straftat hätten vereiteln können?«

»Ich weiß nicht, auf was Sie hinauswollen. Aber ja, selbst dann. Entbinden kann mich nur der Beichtende. Aber das wissen Sie doch sicher.«

»Hat Johann Ihnen etwas Wichtiges erzählt, das nicht unter das Beichtgeheimnis fällt?«

»Nein, alles ist durch das Beichtgeheimnis geschützt.«

»So geht das nicht, Herr Pfarrer! Wie ich die Sache sehe, verfügen Sie über wichtige Informationen, die Sie mir vorenthalten.«

»Ich kann Ihnen dazu nichts sagen.«

»Wenigstens eine Andeutung?«

»Nein.«

»Hat es etwas mit dem Tod der Fehrenbach-Cousinen zu tun?«

Für einen Augenblick wirkte Sontheimer irritiert, fing sich aber gleich wieder. »Sie werden von mir nichts erfahren.«

»Wie können Sie das mit Ihrem Gewissen vereinbaren?«

»Vor Gott ist mein Gewissen rein. Und nur das zählt.«

Verärgert wurde Kaltenbach eine Spur lauter. »Ich verstehe Sie und Ihren Verein nicht. Sie sollten die Lebenden schützen und nicht die Toten. Wenn Ihretwegen ein Verbrechen unaufgeklärt bleibt oder ein Verbrecher frei herumläuft und vielleicht noch weitere Taten begeht, dann müssen Sie damit klarkommen!«

»Ich bin mir meines Handelns bewusst.«

»Das sollten Sie.« Kaltenbach war nahe dran, die Regeln des Beichtgeheimnisses zu lockern, was für den Pfarrer hätte unangenehm werden können. Stattdessen griff er aber in seine Innentasche und gab Sontheimer seine Visitenkarte. »Falls Sie Ihre Meinung ändern.«

Als Kaltenbach gegangen war, wandte sich Sontheimer der Statue des heiligen Nepomuk zu. Der Schutzpatron des Beichtgeheimnisses stand auf einem Sockel im Chorraum links neben dem Hochaltar. Sonnenlicht fiel durch die Kirchenfenster und wärmte den Pfarrer.

»Du bist für das Beichtgeheimnis gestorben«, sagte er. »Ich habe kein Recht, mich darüber hinwegzusetzen. Wenn Johann gewollt hätte, dass man von seiner Schandtat erfährt, wäre er zur Polizei gegangen. Jetzt wird Gott ihn richten, so wie er alle Sünder richtet.«

***

In Hinterzarten suchte Kaltenbach noch den Oberwachtmeister Kleiser auf. Ein mittelgroßer Mann mit Stirnglatze und beachtlichem Bauchumfang.

Kleiser hielt eine Fremdeinwirkung für äußerst unwahrscheinlich: Ein Unfall sei es womöglich gewesen, wahrscheinlicher aber ein Selbstmord. Dies sage er hinter vorgehaltener Hand, weil er der Familie Geigis zusätzliches Leid ersparen wolle. Wenn das in der Gemeinde die Runde mache, sei der Name der zutiefst religiösen Familie für immer beschmutzt. Gerufen habe man ihn erst, als der Junge mit einer Pferdedecke zugedeckt auf der Bank in der Mühle gelegen habe. Kein schöner Anblick sei es gewesen. Kampfspuren an den Händen oder dem Oberkörper habe er nicht gesehen und, ehrlich gesagt, auch nicht danach gesucht, weil der Fall ohnehin klar sei. Wer solle dem Jungen denn was Böses wollen? Bei dem gebe es nichts zu holen, und Unfälle kämen in der Landwirtschaft etliche vor, besonders wenn man ein bisschen blöd im Kopf sei. Weitere Untersuchungen halte er nicht für nötig, da solle man sich doch besser auf den Mord an den Fehrenbach-Cousinen konzentrieren und nicht die Leute noch weiter verunsichern.

***

Auf Tanners Schreibtisch lag der »Stürmer«, eines der Hetzblätter der Nazis. Tanner stand am Fenster seines Büros und beobachtete, wie ein paar aufgedrehte junge Damen der höheren Mädchenschule den Schatten der Bäume des Friedrich-Ebert-Platzes suchten und angeregt tratschten. Gern wäre er jetzt auch da unten, ein bisschen durch das sommerliche Freiburg flanieren, den einen oder anderen treffen, ein Schwätzchen halten, einen Kaffee trinken, ein schönes Stück Erdbeertorte mit Schlagsahne essen.

Tanner schüttelte den Kopf. Dass er jetzt schon wieder ans Essen denken konnte, ärgerte ihn. Hatte er doch keinen guten Morgen gehabt: verschlafen, überstürzt aufgestanden und dann die Probleme mit dem Herzen. Geholfen hatten nur die Tropfen. Sie halfen beinahe zu gut, wie sonst konnte er jetzt schon wieder an die Verführungen denken, die ihm sein Arzt und Freund verboten hatte.

Mit dem Bild von saftigen Erdbeeren vor Augen ging er zum

Schreibtisch zurück. Er setzte sich und nahm den »Stürmer« zur Hand, was den Behandlungserfolg erheblich schmälerte. Wut verdrängte die Erdbeeren, sein Herz meldete sich. Die Schmierfinken hatten sich des Fehrenbach-Falls angenommen. Sie berichteten über Emil Schwarz, über den Juden, der mehr als verdächtig sei, der über alle Anlagen eines Mörders verfüge, der kein Alibi habe, aber ein Messer und einen Kratzer im Gesicht. Der trotz allem freigelassen worden sei, und zwar von einem Staatsanwalt namens Rosenberg, einem vermeintlichen Juden. Da war sie wieder, die jüdische Weltverschwörung. Natürlich folgte dann die Aufzählung der angeblichen Ritualmorde. Angefangen in Breslau über Gladbeck bis hin zu Limbach. Das alles klang sehr vertraut, es klang nach Falk, zumal einige Fakten in dem Artikel enthalten waren, die nur ein Ermittler kennen konnte.

Kaltenbach betrat sein Büro. »Stör ich?«

»Nein, komm nur.«

Kaltenbach setzte sich und zündete sich eine Zigarette an. »Du siehst etwas mitgenommen aus.«

Tanner zeigte ihm den Artikel.

»Viel Schwachsinn und einige Fakten«, stellte Kaltenbach fest. »Sieht aus, als ob einer von uns dabei geholfen hat. Falk zum Beispiel?«

»Wer sonst? Wenn das zutrifft, ist er geliefert. Da hilft ihm auch Tauenstein nicht mehr. Ich habe Falk für nachher einbestellt, mal sehen.«

»Sich aufregen bringt aber nichts.«

»Was du nicht sagst.« Tanner lächelte schief. »Du warst außer Haus. Gibt es etwas zu berichten?«

»Ich war auf dem Geigishof bei Breitnau. Dort ist ein Junge ums Leben gekommen. Ich habe ihn schon einmal erwähnt im Zuge der Fehrenbach-Ermittlungen, vielleicht erinnerst du dich.«

»Dunkel.«

»Der Junge – sein Name ist Johann Geigis – ist mir damals

aufgefallen, weil er sich seltsam verhalten hatte. Jetzt ist er tot. Behauptet wird, es wäre ein Unfall gewesen, was ich bezweifle. Er soll sich für Wartungsarbeiten in das laufende Getriebe der hauseigenen Bauernmühle begeben haben. Das wäre mehr als fahrlässig. Ich glaube, da hat jemand nachgeholfen, kann aber nichts beweisen. Der Junge ist bereits begraben, von den Angehörigen hat niemand etwas mitbekommen, und wenn, dann schweigen sie aus Angst vor dem Vater, dem Bauern, der ein extrem hartes Regime führt. Der Einzige, der was weiß, ist der Pfarrer der Gemeinde Breitnau, Andreas Sontheimer. Der darf aber nichts sagen, aus religiösen Gründen – das Beichtgeheimnis hindere ihn daran.«

»Andere haben das aber schon elegant umschifft, durch Andeutungen oder Gesten.«

»Sontheimer nicht. Er hält sich an die Regeln.«

»Dann ist da nichts zu machen?«

»Im Moment nicht.«

»Du wirst es aber im Auge behalten?«

»Ja.«

»Und wenn sich deine Annahme im Nachhinein als richtig erweisen würde?«

»Dann hätten wir im geringsten Fall einen Mord aufgedeckt und im besten Fall eine Verbindung zu den Fehrenbach-Cousinen. Das ist aber, zugegeben, sehr weit hergeholt, denn außer einem Bauchgefühl und der Nähe des Geigishofs zur Weißtannenhöhe habe ich nichts.«

»Da wird es bei mir schon konkreter.« Tanner stützte sich mit den Ellbogen auf dem Schreibtisch ab. »Ich habe in Berlin Nachforschungen über Hauptmann Walther von Straulitz anstellen lassen. Dabei ist mein Verbindungsmann Eugen Riedle in große Gefahr geraten. Ich hoffe, ihm passiert nichts. Denn was Riedle in Erfahrung gebracht hat, ist nicht nur für unseren Fall interessant, sondern birgt erheblichen politischen Sprengstoff.«

Gespannt beugte sich Kaltenbach vor und drückte seine Zigarette aus.

Tanner fuhr fort: »Also, unser Hauptmann ist homosexuell und hält sich regelmäßig in Berlin auf. Und er bewegt sich im Dunstkreis von Ernst Röhm, der ebenfalls homosexuell ist.«

»Ernst Röhm?« Kaltenbach zeigte sich belustigt. »Das ist doch einer aus Hitlers sauberer Männertruppe. Der war doch am Putsch beteiligt und saß dafür im Gefängnis.«

»Genau der. Das ist eine heikle Angelegenheit, die ich aus unseren Ermittlungen heraushalten will, weil sie alles nur erschwert.«

»So eine Geschichte zieht immer weite Kreise«, bestätigte Kaltenbach. »Damit würden wir viel Staub aufwirbeln und vermutlich einflussreichen Leuten auf die Füße treten. Leuten, die unsere Ermittlungen behindern könnten. Du hast recht. Solange es nicht unbedingt nötig ist, sollten wir das verschweigen.«

»Gut, dann sind wir uns da ja einig. Um auf Straulitz zurückzukommen: Er wurde zufällig in Berlin von Clara Fehrenbach und ihrer Freundin Anna Raff in einem Hinterhof bei sexuellen Handlungen mit einem Mann beobachtet. Clara kannte von Straulitz. Sie war Nachhilfelehrerin seines Sohnes und hatte eine enge Beziehung zu seiner Frau. Ob diese über das Freundschaftliche hinausging, weiß ich nicht. Fakt ist aber, dass Straulitz seine Frau körperlich misshandelte und unterdrückte. Diese Tyrannei endete abrupt, nachdem Clara ihn aufgesucht hatte.«

»Erpressung?«

»Vermutlich.«

»Das ist ein Motiv.«

»Genau. Straulitz hatte großes Interesse daran, dass Clara verschwindet. Und er hat einen Mann fürs Grobe, der geeignet für einen Auftragsmord ist: Feldwebel Hermann Peikert – der hat unter Straulitz gedient und steht anscheinend in seiner Schuld; warum, weiß ich nicht.«

»Was weißt du über Peikert?«

»Nicht viel, eigentlich so gut wie gar nichts. Nur, dass er Scharfschütze in Straulitz' Kompanie war.«

»Den Namen der Kompanie kennst du nicht?«

»Nein. Ich dachte da an deine Beziehungen.«

»Das dürfte kein Problem sein. Straulitz ist kein Unbekannter in Militärkreisen. Und dann hatte er Scharfschützen in seiner Abteilung. Da handelt es sich sicher um eine Jäger- oder Schützenkompanie. Wenn wir die haben, lässt sich Peikert finden. Entweder über alte Unterlagen oder über seine Kameraden. Kameradschaftstreffen finden dauernd statt.«

»Warst du nicht auch Scharfschütze?«

»Ich war so ziemlich alles.«

»Also ein echter Elitesoldat?«

»Gerd, ich habe früher nicht darüber gesprochen und werde es jetzt auch nicht tun.«

Tanner zeigte Verständnis. »Ja, ist schon gut.«

»Wie machen wir weiter?«, fragte Kaltenbach.

»Du nutzt deine Kontakte und suchst Peikert. Ich werde mich noch einmal in der Gegend um die Weißtannenhöhe umsehen, Leute befragen, Gästelisten prüfen. Ich habe ein Foto von Straulitz und den Namen von beiden. Mal sehen, vielleicht ergibt sich etwas.«

»Wenn die damit zu tun haben, werden sie kaum ihren Echtnamen benutzt haben.«

»Vermutlich nicht, aber einen Versuch ist es wert.«

»Mit Hauptmann von Straulitz musst du aber vorsichtig sein«, mahnte Kaltenbach. »Solche Leute haben Beziehungen nach ganz oben, und sie haben keine Skrupel. Vor allen Dingen nicht, wenn Gestalten wie Röhm dazugehören. Da hast du es gleich mit der SA oder dem ›Stahlhelm‹ oder irgendwelchen Freikorps zu tun. Die kümmert ein Mord nicht viel, selbst an Polizisten.«

»Das ist mir bewusst. Deshalb bleibt das alles unter uns. Wir werden vorerst niemanden informieren. Also weder den Oberstaatsanwalt noch Falk – vor allem den nicht.«

Kaltenbach nickte.

In dem Moment klopfte es, und Falk trat ein. »Sie wollten mit mir sprechen, Herr Polizeirat?«

»Richtig.« Tanner winkte Falk heran. »Wir sind so weit klar, Hans?«

»Ja.« Kaltenbach stand auf und bot Falk seinen Stuhl an. »Den werden Sie brauchen«, sagte er spöttisch.

Der »Stürmer« auf Tanners Schreibtisch war nicht zu übersehen – Falks Blick blieb kurz daran haften. Tanner registrierte es und fragte: »Wie kommen Sie mit der Kriminaltelepathie voran?«

Offensichtlich überrascht, antwortete Falk: »Sie meinen, mit den Hellsehern?«

»Ja, natürlich. Was denn sonst?«

»Nun ja, die Kriminaltherapie ist ein schwieriges Feld, und deren Vertreter sind nicht ganz einfach.«

»Geht es ein bisschen konkreter?«

Falk straffte sich. »Die meisten sind Scharlatane, die sich die Belohnung erschleichen wollen. Sie erfinden Geschichten und vermengen diese mit Fakten, die sie aus der Zeitung oder von Bekannten haben. Konkret werden sie nur selten, und wenn, dann halten ihre Angaben einer Überprüfung nicht stand.«

»Dann haben Sie nichts?«

»Bisher nicht. Nur von Lore Engels aus Freiburg verspreche ich mir etwas. Sie konnte Angaben zum Tathergang machen, die offiziell nicht bekannt sind. In einer weiteren Sitzung könnte sie uns tatsächlich weiterhelfen.«

»So, könnte sie das?«

»Nicht sicher, aber vielleicht.«

»Falk, Sie sind seit ein paar Tagen in dieser Richtung tätig, haben aber so gut wie nichts vorzuweisen. Finden Sie das nicht ein bisschen wenig?«

»Das liegt in der Natur der Sache, aber ich tue, was ich kann.«

»Ist das so? Oder sind Sie auch anderweitig tätig? Zum Beispiel journalistisch?«

»Wie meinen Sie das?«

Tanner schlug den »Stürmer« auf und schob ihn über den Tisch.

»Kennen Sie diesen Artikel?«

Falk überflog die Überschrift und antwortete vorsichtig: »Ja. Und jetzt?«

»Haben Sie damit etwas zu tun?«

»Nein.« Falk blickte Tanner direkt an. »Das darf ich doch gar nicht.«

»In der Tat, das dürfen Sie nicht. Aber der Wortlaut ist Ihrer. Und es werden Fakten genannt, die nur ein Ermittler kennen kann.«

»Dann wurde eben gut recherchiert. Auch wenn das manche Kreise dem ›Stürmer‹ nicht zutrauen.« Falk deutete ein Lächeln an. »Ich habe auf keinen Fall etwas damit zu tun.«

»Warum nur glaube ich Ihnen nicht?«, bemerkte Tanner verächtlich. »Seien Sie gewarnt, Falk, das Durchstechen von Interna lässt sich auf Dauer nicht verbergen.« Tanner nahm die Zeitung wieder an sich. »Sei's drum. Immerhin geben Sie zu, den Artikel zu kennen. Lesen Sie dieses Schmierblatt regelmäßig?«

»Man will ja gut informiert sein.«

»Das nennen Sie Information? Das ist doch nur Hetze, eine Ansammlung bewusster Falschinformationen. Stört Sie das gar nicht?«

»Nein, weil ich keine Hetze und Falschinformationen sehe. Manches ist natürlich etwas überspitzt formuliert, aber nur damit erreicht man die Leute. Wenn es dem einen oder anderen nicht gefällt, dann zeigt das doch nur, wie kontrovers Probleme hier angegangen werden. Und bedenken Sie: Es gibt immer mehrere Wahrheiten.«

Tanner entglitten zusehends die Gesichtszüge. »Eine wie auch immer geartete Wahrheit sollte mit dem Tatsächlichen irgendetwas zu tun haben. Das ist bei dem ›Stürmer‹ so gut wie nie der Fall.«

»Wie bereits gesagt, der ›Stürmer‹ recherchiert gut und deckt Verborgenes auf – er bringt die Wahrheit ans Licht.«

»Das ist nicht Ihr Ernst?«

»Doch, natürlich. Alles eine Frage der Sichtweise. Nehmen wir doch den Artikel, der Ihr Missfallen erregt. Fakt ist, bei den aufgeführten Morden wurde den Opfern die Kehle durchgeschnitten. Fakt ist auch, dass Juden das Ritual des Schächtens praktizieren. Weiterhin ist Fakt, dass Emil Schwarz mit einem langen Messer und einem verdächtigen Kratzer im Gesicht aufgegriffen wurde. Nun fügt man die Puzzlestücke zusammen und erhält eine Wahrheit, die zwar nicht die Ihre ist, aber die von vielen Deutschen.«

»Sie kennen die Details, Sie wissen, dass das so nicht zusammenpasst.«

»Nein, weiß ich nicht. Nur weil es Ihnen nicht in den Kram passt, muss die Schlussfolgerung im ›Stürmer‹ nicht falsch sein.«

»So ein Unsinn!« Tanner schlug auf den Tisch, sein Herz machte sich wieder bemerkbar.

»Warum Unsinn? Sie müssen größer denken. Auf Details ist geschissen, wenn das große Ganze stimmt: Emil Schwarz ist ein Jude, und er ist ein Volksschädling. Selbst wenn er die Fehrenbach-Morde nicht begangen hat, wird er früher oder später straffällig werden, und deshalb gehört er aus dem Verkehr gezogen.«

»Es gibt Gesetze. Schon vergessen? Haben Sie denn kein Gerechtigkeitsgefühl, keinen Anstand?« Tanners Kragen wurde eng. Er merkte, dass ihn dieser Streit heute gesundheitlich überforderte, dass er abbrechen sollte.

»Anstand? Oh ja, ich habe Anstand. Und ich sage Ihnen, was Anstand für mich bedeutet.« Falk rückte seinen Stuhl zurecht. »Anstand ist, wenn ein guter Deutscher für sein Volk sorgt, wenn er alle Verbrecher – die Juden, die Zigeuner, das ganze Ungeziefer – ausmerzt. Wenn er die Drecksarbeit macht, wenn er auf sich keine Rücksicht nimmt, wenn sein ganzes Streben dem Wohle seines Volkes gilt. Das ist Anstand.«

Falk schien in seinem Stuhl zu wachsen, und Tanner sank

immer mehr in sich zusammen. »Falk, Sie haben ja den Verstand verloren.«

»Oh nein, ich bin vollkommen klar. Seit ich rechtsnational denke, bin ich vollkommen klar. Anstand ist wieder Anstand und Toleranz ein Schimpfwort. Es gibt keine Grautöne mehr, nur noch Schwarz und Weiß. Kein schwächliches Abwägen, keine Rücksichtnahme, nur geradliniges Handeln. Rechtssein bedeutet, frei zu sein.«

Kraftlos wischte Tanner über den Tisch, als ob er damit Falks Worte wegfegen könnte. »Ich werde dafür sorgen, dass Sie aus dem Dienst ausscheiden«, entgegnete er kurzatmig und tastete nach der Schublade mit den Herztropfen. Fahrig öffnete er sie.

»Das können Sie gerne tun, aber ich glaube, da überschätzen Sie Ihre Möglichkeiten. Und Sie müssen sich nicht mühen, ich werde ohnehin nach Berlin wechseln.«

»Berlin?«, keuchte Tanner.

Erst jetzt schien Falk Tanners Zustand zu bemerken. »Geht es Ihnen nicht gut?«, fragte er.

»Ich brauche ...« Tanner griff nach dem Fläschchen, konnte es aber kaum halten.

»Warten Sie, ich helfe Ihnen.« Falk umrundete den Schreibtisch und nahm die Tropfen aus Tanners zitternder Hand. Sein Blick fiel auf handschriftliche Notizen, auf denen er den Namen von Hauptmann von Straulitz sah. »Wie viel?«, fragte er.

»Fünf. Genau fünf.«

Falk zögerte. Er begutachtete den alten Herrn, als wäre dieser ein seltenes Insekt. Er schaute auf das Etikett der Tropfen. Er schien abzuwägen.

Tanner stützte sich nach vorn gebeugt an der Tischplatte ab. Sein Herz schlug bis zum Hals, sein Kopf dröhnte. Er bekam kaum Luft. Allmählich verschwamm die Welt vor seinen Augen. Sekunden verstrichen.

Falk zuckte mit den Schultern und öffnete das Fläschchen. Er half Tanner beim Aufrichten und führte es zu dessen Mund und zählte sorgfältig fünf Tropfen ab.

Tanner schluckte schwer. Er schloss die Augen und versuchte, die aufkeimende Todesangst zu unterdrücken. Er musste sich beruhigen, durchatmen, sich Zeit geben, das Medikament wirken lassen. Schritt für Schritt ließ das Trommeln in seinen Ohren nach, und das Gefühl, zu ersticken, schwand. Mit jedem weiteren Atemzug kehrten seine Lebensgeister zurück.

Tanner öffnete seine Augen. Falk stand dicht vor ihm. Er schaute auf ihn herab. In seinem Blick lag mehr Interesse als Sorge. Die erniedrigende Situation machte Tanner zu schaffen. Er, der die alte Welt, die alten Werte verkörperte, war hinfällig und schwach. Falk hingegen stand für eine Zeitenwende. Er strotzte vor Kraft und Tatendrang. Er war sich seiner Sache sicher, nichts lenkte ihn ab. Wer sollte solche Leute aufhalten?

»Ich hatte den Eindruck, Sie hätten gezögert«, murmelte Tanner.

»Was meinen Sie?«

»Mit den Tropfen.«

»Nein, natürlich nicht. Ich wollte mich nur vergewissern, ich wollte keinen Fehler machen.«

»Dann ist ja gut.« Tanner hustete mehrmals.

»Geht es wieder, Herr Polizeirat?«, fragte Falk pflichtschuldig.

Tanner räusperte sich und versuchte, seiner Stimme einen kräftigen Klang zu geben. »Ja, es ist gut, Falk. Es ist gut. Gehen Sie jetzt bitte.«

Falk nickte und sah sich beiläufig in dem großzügigen Büro um. Die Tür schloss er leise.

***

Am Abend saß Falk unter einem Baum der gut besetzten Terrasse des Kaffeehauses Zum Kopf, das in unmittelbarer Nähe zum Münsterplatz lag. Boden und Häuserwände strahlten noch die Wärme des Tages ab, ein lauer Wind bewegte die Blätter, Gäste in sommerlicher Abendgarderobe unterhielten sich in angemessenem Ton, ab und zu vernahm man das dezente Lachen einer jungen Dame, die von ihrem Begleiter prächtig unterhalten wurde.

Falk gegenüber saß ein hagerer Mann mit tief liegenden Augen, den weder die Dame noch das südländische Flair interessierte. Sein Name war Gustav Nerder, er rauchte viel, Mittel- und Zeigefinger waren vom übermäßigen Nikotingenuss gelb. Nerder war von der NSDAP, ein Mann der Partei, der sich im Hintergrund hielt, der anscheinend enge Kontakte zu Goebbels pflegte und für die Verankerung der Partei in Gesellschaft und Beamtentum zuständig war. Nerder war für Falk eine Art Betreuer, ein Mentor, der ihn ideologisch schulte und ihn bei seinem Werdegang beriet.

»Keine Kameradschaftsabende, keine öffentlichen Kontakte mit der Bewegung mehr«, sagte Nerder in befehlsgewohntem Ton.

»Warum, wo wir doch gerade jetzt jeden Mann brauchen?«, entgegnete Falk.

»Das ist richtig. Doch wir müssen auch strategisch denken. Wir müssen das System durchdringen, wir müssen in allen Bereichen präsent sein. Und dort, wo man uns nicht haben will, wo wir rausgeschmissen werden können, müssen wir unsichtbar bleiben, bis wir das Sagen haben. Daher bist du auch kein offizielles Mitglied der Partei.«

»Ich habe aber aus meiner Gesinnung zuletzt kein Geheimnis mehr gemacht. Polizeirat Tanner weiß, wie ich denke, und will mich aus dem Polizeidienst entfernen. Dem will ich zuvorkommen und deshalb nach Berlin wechseln.«

Nerder winkte ab. »In Berlin haben wir genügend Leute, aber hier in Baden nicht. Das liegt an Remmele. Der ist rigoros. Ich warte nur auf den Tag, an dem wir den sauberen Herrn Innenminister zur Rechenschaft ziehen können. Dann wird er fertiggemacht, vor allen bloßgestellt.«

»Und wenn Tanner Ernst macht? Der ahnt, dass ich hinter der ›Stürmer‹-Geschichte stecke.«

»Tanner macht gar nichts. Der hat nichts gegen dich in der Hand, außer ein paar Aussagen, die du revidieren oder abschwächen kannst. Im schlimmsten Fall wirst du versetzt, mehr aber auch nicht. Und dabei hat der Oberstaatsanwalt Tauenstein ein gewichtiges Wörtchen mitzureden.«

»Ist Tauenstein denn zuverlässig?«

»Nein. Tauenstein hängt sein Fähnchen in den Wind, der denkt nur an sich, holt das Bestmögliche für sich raus. Aber solange nicht klar ist, wohin die Fahrt geht, will er es sich mit niemandem verscherzen. Das heißt, dass er nichts gegen dich unternehmen wird.«

»Dann also länger stillhalten und duckmäusern?«

»Nun, an dem Duckmäusern musst du noch arbeiten.« Nerder verzog sein Gesicht, was wohl ein Grinsen sein sollte. »Aber du musst nicht hadern, dein Beitrag war bisher immens wichtig, und er könnte noch wichtiger werden.« Beiläufig zündete Nerder sich eine Zigarette an und inhalierte so heftig, dass ein beachtlicher Teil davon abbrannte. Den Rauch behielt er eine Weile im Mund und ließ ihn dann langsam entweichen. »Kennst du Hauptmann von Straulitz? Sagt dir der Name etwas?«

»Von Straulitz?« Falk hob seine Augenbrauen. »Gerade eben noch habe ich diesen Namen auf einer Notiz von Tanner entdeckt.«

»Mehr nicht?«

»Doch. Dem Oberstaatsanwalt soll ich berichten, falls Straulitz' Name im Zusammenhang mit unseren Ermittlungen fällt, aber warum, hat er mir nicht gesagt. Das war's dann aber auch schon. Tanner und Kaltenbach halten mich von wichtigen Informationen fern. Zwar wandern alle Akten über meinen Tisch, aber da muss ja nicht alles drinstehen.«

»Und was sind dann deine Aufgaben?«

»Routinearbeiten, Dokumente sichten, Akten ordnen und seit Neuestem Hellseher befragen, was leider nicht sehr ergiebig ist. Wenn man es genau nimmt, ist es vertane Zeit. Außer man lenkt eine Aussage in eine Richtung, die einem dienlich ist.«

»Du denkst an den Juden?«

»Ja.«

»Na, das ist immerhin schon etwas.« Nerder nahm einen weiteren tiefen Zug, als ob er ohne ersticken würde. »Wie dem auch sei. Von Straulitz ist in das Visier von Tanner geraten und mit ihm ein Führungskader unserer Bewegung. Es handelt sich hier um ein heikles Thema, auf das ich nicht weiter eingehen will. Nur so viel: Tanner hat Hauptmann von Straulitz in Verbindung mit den Fehrenbach-Morden gebracht, was natürlich haltloser Unsinn ist. Aber es schadet dem Ansehen des Hauptmanns, der für uns noch sehr wichtig werden könnte. Und es schadet vor allem dem Führungskader und somit unserer Bewegung. Deshalb müssen wir einschreiten, bevor großer Schaden entsteht.«

»Hat von Straulitz mit dem persönlichen Umfeld der Fehrenbach-Cousinen zu tun?«

Der letzte Teil der Zigarette brannte knisternd ab. »Das geht dich nichts an«, sagte Nerder abfällig und drückte die Zigarette aus.

Falk versteifte sich. »Ich bin immer noch Polizist.«

Nerder schob den Aschenbecher übertrieben behutsam von sich. »Das mag sein, aber in erster Linie bist du ein Soldat der Partei. Und Soldaten sollten nicht alles wissen.«

»Das ist aber nicht mein Anspruch.«

Jetzt beugte sich Nerder vor, auf seiner Stirn zeichnete sich eine Ader ab. »Hör mal zu, mein Lieber«, sagte er mühsam beherrscht. »Du willst einer großen Sache dienen. Einer Sache, die die Welt wieder auf die Füße stellt. So was kriegt man nicht umsonst, dafür muss man Opfer bringen. Dafür sind sogar schon einige gestorben. Da ist es das Mindeste, dass man sich selbst zurücknimmt.«

Falk wich unmerklich zurück. Wenn Nerder eines nicht leiden konnte, dann war es Selbstsucht, und Nerder verlangte eigentlich nur das, was Falk selbst von anderen erwartete. »Sie haben natürlich recht«, lenkte er kleinlaut ein. »Was kann ich tun?«

Nerder entspannte sich. »Ich will wissen, wo Tanner sich in den nächsten Tagen aufhält, ob er vielleicht einmal allein unterwegs ist. Und mich würden seine Gebrechen interessieren. Die hat man ja in seinem Alter.«

»Sie wollen …« Falk wurde unsicher. Was er kaum zu denken wagte, wollte Nerder ausführen. »Geht das nicht zu weit? Tanner ist Polizist.«

»Ich will gar nichts. Und du musst auch nicht darüber nachdenken. Ich will nur, dass du meine Fragen beantwortest.«

Falk senkte seine Stimme, was unsinnig war – niemand nahm Notiz von ihrem Gespräch. »Tanner hat Bluthochdruck und Herzprobleme. Er nimmt Digitalis.«

»Der gute alte Fingerhut. Das ist interessant«, freute sich Nerder.

»Und er hat sich für übermorgen einen Dienstwagen reserviert. Als Ziel hat er Breitnau und Umgebung angegeben. Vermutlich geht er einer neuen Spur nach.«

»Ist er allein?«

»Im Fahrzeugbuch steht keine weitere Person. Also kann man davon ausgehen, dass ihn niemand begleitet.«

Nerder nickte anerkennend. »Du kontrollierst das Fahrzeugbuch?«

»Ja. Wenn man mich aus allem raushält, muss ich mir eben die Informationen anderweitig beschaffen.«

»Gut so, Falk«, lobte Nerder. Dann rief er einen Ober und zahlte. »Jetzt gilt es, keine Sekunde zu verlieren. Es gibt noch viel zu erledigen.« Ohne ein weiteres Wort stand der Parteifunktionär auf und verschwand in Richtung Münster.

Nachdem Nerder gegangen war, blieb Falk noch eine Weile sitzen. Entgegen seinen sonstigen Gewohnheiten hatte er ein Bier bestellt, normalerweise trank er keinen Alkohol. Er hatte soeben eine Grenze überschritten. Jetzt war Schluss mit den Lippenbekenntnissen, jetzt gab es kein Zurück mehr.

18

Samstag, der 23. Juni 1928, Freiburg

Tanner war ein schlechter Autofahrer, das wusste er. Deshalb fuhr er auch am liebsten allein. Auf den ewigen »Gruß ans Getriebe« konnte er verzichten. Aber das Schalten war auch schwer, um nicht zu sagen: ein hochkomplexer Vorgang. Die Kupplung musste immer zweimal getreten werden. Das erste Mal beim Einlegen des Leerlaufs und ein zweites Mal beim Wechseln des Gangs. Dazu kamen das Zwischengas beim Runterschalten und das Abwarten der korrekten Drehzahl beim Raufschalten. Dann musste natürlich noch die richtige Geschwindigkeit beachtet werden, um ein flüssiges Fahren im optimalen Drehzahlbereich zu gewährleisten. Wenn dann noch das Einordnen auf einer stark befahrenen Kreuzung hinzukam, wurde der Mensch aufs Allerhöchste gefordert. Er musste kontrollieren, antizipieren, reagieren und funktionieren.

Und genau diese epische Herausforderung kam jetzt auf Tanner zu. Er fuhr auf der Schillerstraße. Links von ihm floss die Dreisam, und vor ihm wartete eine verkehrsträchtige Kreuzung, die auf die Schwarzwaldstraße führte, das Ausfalltor aus Freiburg. Tanner setzte den Winker, kontrollierte im Spiegel den rückwärtigen Verkehr, nahm den Fuß vom Gas, tippte die Bremse an, kuppelte, legte den Leerlauf ein, gab Zwischengas, kuppelte wieder, registrierte erleichtert die Lücke in dem von der Schwabentorbrücke kommenden Verkehr, drohte dem zum Anfahren bereiten Fuhrwerk auf der Hildastraße und drückte letztendlich mit sanfter Gewalt den Schalthebel in Richtung des zweiten Gangs. Schon das Vibrieren des Hebels war kein gutes Omen, und als dann das altbekannte durch Mark und Bein gehende Rattern, gefolgt von dem Schlag, der das Ineinandergreifen der Zahnräder kennzeichnete, hinzukam, war die Niederlage perfekt.

»Gruß ans Getriebe«, schimpfte Tanner und bog in die Schwarzwaldstraße ab. Von nun an ging es leichter – weniger Verkehr, kaum Kreuzungen, weniger Schaltvorgänge. Rechter Hand zog eine große Baustelle vorbei. Die Sportstätte, die einmal Heimat des SC gewesen war, wurde zum neuen Messplatz umgestaltet. Gerade ruhte die Arbeit, es war um die Mittagszeit. Die Junisonne stand hoch, und das Thermometer hatte die fünfundzwanzig Grad überschritten.

Tanners Gedanken wanderten zum gestrigen Tag zurück. Nach seinem Beinahe-Zusammenbruch hatte er sich eine Pause gegönnt und zum ersten Mal seit Langem freigenommen. Einzig wegen Eugen Riedle war er kurz im Präsidium erschienen. Eugen hatte sich noch nicht gemeldet. Tanners Befürchtungen waren groß. Deshalb hatte er dafür gesorgt, dass die Berliner Polizei Nachricht gab, falls Eugens Name im Zusammenhang mit einem Gewaltverbrechen fallen würde. Außerdem hatte er Fräulein Schneider instruiert, dass sie während seiner Abwesenheit alles, was mit Eugen zu tun hatte, an Kaltenbach weiterleitete. Blieb noch die Personalie Falk, die er nächste Woche lösen würde – ein Gespräch mit dem Polizeipräsidenten war unumgänglich. Falk war nicht mehr tragbar. Nicht für das Amt eines Polizisten und nicht für Tanners Gesundheit.

Die war auch der Anlass, gestern dem dringenden Rat seines Arztes und Freundes Cornelius Weber zu folgen und nur Leichtes zu essen und keinen Alkohol zu trinken. Gegen Abend war jedoch der Tag lang und das Ausmaß der leiblichen Verführungen groß geworden. Das Kinoprogramm der Central-Lichtspiele in der Schiffstraße hatte ihm über diese Schwächephase hinweggeholfen. Charlie Chaplins Meisterwerk »Goldrausch« wurde gezeigt. Eine Tragikomödie, die den Goldsucherwahn am Klondike zum Thema hatte und die Tanner schon lange hatte sehen wollen. Chaplin spielte den Tramp – einen von vielen todgeweihten Glücksrittern, der aber, trotz seiner Tollpatschigkeit, überlebte und seine große Liebe fand. Eine Szene, die man schon fast als legendär bezeichnen konnte, hatte Tanner und das Publikum Tränen lachen lassen und zu spontanen Beifallsstürmen geführt. Es war der Brötchentanz, bei dem Chaplin mit entrückter Miene und mit Hilfe zweier Gabeln und der damit aufgespießten Brötchen eine kesse Sohle aufs Parkett beziehungsweise auf den Tisch legte.

Genauso gut und für Tanner besonders beeindruckend war, wie der Tramp seinen Hunger überwand. Er kochte einen seiner Schuhe und legte ihn wie ein saftiges Stück Fleisch auf einen Teller. Den Schuh übergoss er genüsslich mit heißem Wasser, als handle es sich um eine besonders köstliche Soße. Das alles unter dem ungläubigen Blick seines Kameraden Big Jim. Der Tramp setzte sich dann an den Tisch zu Big Jim und begann, seinen Schuh mit Messer und Gabel zu zerlegen. Den Oberschuh bekam Big Jim, Sohle, Nägel und Schnürsenkel der Tramp. Vorsichtig biss der Tramp in die Sohle, um dann mit Kennerblick seinem Kameraden den Wohlgeschmack zu signalisieren. Die Schnürsenkel rollte er wie Spaghetti auf und ließ sie genießerisch in seinen Gaumen gleiten. Zu guter Letzt nagte er die Nägel wie kleine Knöchelchen ab – ein offensichtlich besonders gelungener Teil der Mahlzeit.

Zwischenzeitlich hatte Tanner Kirchzarten passiert und rüstete sich für die Fahrt durchs Höllental. Sein Magen knurrte beängstigend, was auf Cornelius' Frühstücksempfehlung zurückzuführen war: schwarzer Kaffee ohne Zucker und Haferflocken mit Milch, ebenfalls ohne Zucker – ein Abgesang auf die abendländische Esskultur, ein Folterwerkzeug der Moderne, da war sich Tanner sicher. Wie hatte schon Mark Twain gesagt: »Der einzige Weg, seine Gesundheit zu bewahren, besteht darin, zu essen, was man nicht will, zu trinken, was man nicht mag, und zu tun, was man lieber nicht tun würde.«

Im Geiste malte Tanner sich frische Brötchen mit Butter, gekochtem Schinken und einem ordentlichen Schlag Mayonnaise aus. Dazu Rührei mit Speck und Schnittlauch, ein paar Tomaten, gegebenenfalls Karotten und zum Abschluss warmer Apfelkuchen mit Schlagsahne. Sein Magen knurrte daraufhin noch lauter, und langsam konnte er sich sogar mit dem Gedanken anfreunden, seinen Schuh zu essen.

Die Straße stieg an, und Tanner war genötigt zurückzuschalten, was ihm zu seiner Überraschung hervorragend gelang. Sofort hob sich seine Laune. Der kräftige Motor des Adlers schob ihn unaufhaltsam voran, und bald fuhr er auf einen Opel auf, der sich durch das Örtchen Himmelreich mühte. »Beim Hirschsprung geht dir die Puste aus«, rief Tanner übermütig. Doch zu überholen traute er sich nicht, er war kein Virtuose wie Kaltenbach, der mit dem Wagen eins wurde und wohl selbst den berühmten Rudolf Caracciola, den Gewinner des großen Preises von Deutschland, abgehängt hätte.

Ähnlich vorsichtig wie Tanner war der Autofahrer in der schwarzen Wanderer-Limousine hinter ihm. Er folgte ihm schon seit Freiburg, immer einen gewissen Abstand haltend. Wohl auch einer, der mit den Tücken der Technik kämpft, dachte Tanner. Bei der Ravennabrücke bog der Opel zum Hofgut Sternen ab, von nun an hatte Tanner freie Fahrt, die ihn spontan das Gaspedal durchdrücken ließ. Der Adler machte einen Sprung nach vorn, es lief richtig gut. Beschwingt kämpften sich Mensch und Maschine das Höllental hinauf: Nackter Fels, Tannen und Sträucher flogen vorbei, Tanner stimmte »Wem Gott will rechte Gunst erweisen« an.

Bei Hinterzarten verließ Tanner den Hauptverkehrsweg und bog in Richtung Breitnau ab. Er war jetzt auf knapp neunhundert Metern Höhe. Die Straße stieg nur noch moderat an, die Hochebene gab den Blick auf die Gebirgszüge des Schwarzwalds frei. Ackerflächen und Blumenwiesen, unterbrochen von Tannenwäldern, säumten den Weg. Auf den Feldern wurde hart gearbeitet, der Duft von frisch geerntetem Heu lag in der Luft. Tanner warf einen Blick in den Rückspiegel, in großer Entfernung tauchte der schwarze Wanderer auf.

Allmählich wurde sein Misstrauen geweckt, deshalb hielt er entgegen seinem ursprünglichen Plan nicht beim Gasthof Zum

Thurner, sondern zuerst beim Löwen an. Der Löwen war dem Ortskern von Breitnau vorgelagert. Hier konnte er genauso gut mit seinen Ermittlungen beginnen. Ein paar Augenblicke später erschien die schwarze Limousine und fuhr mit unverminderter Geschwindigkeit weiter. Tanner sah ihr nach und verbuchte seine Bedenken als übersteigerte Vorsicht eines alternden Polizisten.

Der Löwen war gut besucht, und schwere Essensgerüche weckten wieder seinen ewigen Hunger. Tanner sah die Gäste verschiedene Gerichte verzehren: Braten mit Knödeln und Rotkraut, Schnitzel mit Spätzle und Salat, Bratwurst mit Sauerkraut und Kartoffelbrei, heiße Himbeeren mit Sahne – eine harte Prüfung. So zielstrebig wie ihm nur möglich ging Tanner zum Tresen und verlangte nach dem Wirt. Dem zeigte er, nachdem er sich ausgewiesen hatte, Hauptmann von Straulitz' Foto.

Der Wirt sah sich die Aufnahme genau an. »Schwer zu sagen«, meinte er gedehnt. »Wir haben viele Gäste, da ist es nicht einfach, sich zu erinnern. Aber der Mann ist ja eine markante Erscheinung. Wenn ich es mir recht überlege, habe ich so einen hier noch nie gesehen.«

»Sind Sie sicher?«

»Ja, den kenne ich nicht.«

»Sagen Ihnen die Namen Straulitz oder Peikert etwas?«

»Nein, habe ich noch nie gehört.«

Tanner nickte und holte sich vom Wirt das Einverständnis, das restliche Personal zu befragen. Das Ergebnis blieb gleich: noch nie gesehen, noch nie gehört. Zuletzt kontrollierte er das Gästebuch. Auch hier hatte er keinen Erfolg. Als er sich zum Gehen wandte, wurde ein Tisch frei. Der Wirt fragte, ob er denn keinen Hunger habe. Ein Angebot, das Tanner nicht ablehnen konnte. Er wolle aber nur etwas Leichtes, warf er ein, worauf der Wirt sagte, er könne mit einer Grießklößchensuppe dienen, was sofort Tanners Speichelfluss anregte und seine uneingeschränkte Zustimmung fand.

Die Suppe war ein Genuss – die Fleischbrühe herzhaft und

heiß, abgerundet mit einer Prise Muskat und frischem Schnittlauch. Die Grießklößchen goldgelb und luftig leicht mit einem Hauch Pfeffer. Eher ernüchternd war dagegen das Glas Wasser, das Tanner dazu bestellt hatte. Ebenso ernüchternd war die Größe seiner Mahlzeit – ein sprichwörtlicher Tropfen auf den heißen Stein.

Tanners Blick wanderte zu seinem Nebentisch. Dort saß ein Ehepaar mittleren Alters. Beide in Wanderkluft, vermutlich Touristen. Beide tranken Pils aus Tulpengläsern, frisch gezapft mit einer prächtigen Krone. Der Mann leerte seines schnell und bestellte gleich ein zweites. Das kam prompt, begleitet vom Essen der beiden. Bestürzt erkannte Tanner Zwiebelrostbraten mit Burgundersoße, dazu Spätzle und Erbsen-Karotten-Gemüse. Das Gemüse wurde mit einer Buttersoße gereicht: optisch und geschmacklich der Himmel auf Erden. Hiermit war eine absolute Ausnahmesituation entstanden, ein unbeherrschbares Ereignis. Ohne groß zu überlegen – wenn man so wollte, im Affekt –, bestellte Tanner das Gleiche.

Der erste Schluck ist der beste. Erdig-kalt und feinherb rann das Bier seine Kehle hinunter. Tanner leerte das halbe Glas. Dann kam der Zwiebelrostbraten. Er wurde auf einem großen Teller serviert, der gerade eben für die üppige Portion reichte. Der Braten war buttrig-zart. Das Messer musste kaum schneiden, denn es glitt geradezu durch das saftige Fleisch, das rosa leuchtete. Tanner häufte die gerösteten Zwiebeln darauf und fuhr durch die sämige Burgundersoße. Das Fleisch verging auf seiner Zunge, seine Geschmacksnerven jubilierten. Jetzt die frisch geschabten Spätzle und das süßliche Gemüse.

Tanner wähnte sich im siebten Himmel. War der Mensch nicht dazu bestimmt, zu genießen? Sollte er nicht dem tristen Dasein entfliehen, mit all den Möglichkeiten, die Gott ihm gegeben hatte? Die Raffinesse der Zutaten, die Intelligenz der Zubereitung, die Kunst des Würzens, die Liebe zum Detail. Sollte der Mensch, dieses vernunftbegabte Wesen, nicht selbst entscheiden, was für ihn gut war und was nicht? War es nicht besser, kürzer, aber gehaltvoll zu leben als länger und asketisch? Im Hochgefühl der Gaumenfreude hatte Tanner die Entscheidung für sich getroffen und orderte einen Nachschlag. Als die Schlacht geschlagen, der letzte Krümel gegessen war, bestellte er ein weiteres Bier, und nur sein Pflichtgefühl drängte ihn dazu, auf den Nachtisch zu verzichten und die Rechnung zu verlangen. Noch immer war er im Dienst, die Mittagspause sollte nicht den ganzen Tag in Anspruch nehmen. Bevor das Bier kam, ging er zur Toilette, um sich frisch zu machen.

Tanners Tisch wurde abgeräumt, sein Bier kam. Just in diesem Moment stand ein Gast im hinteren Teil der Wirtschaft auf und schlenderte in Richtung Tresen. Als er an Tanners Platz vorbeikam, griff er in seine Jackentasche und verzögerte kaum merklich seinen Schritt, um dann weiterzugehen und sich eine bereitliegende Tageszeitung zu nehmen und an seinen Platz zurückzukehren.

Tanner trank sein Bier zügig aus und zahlte. Das Pils hatte einen etwas seltsamen Nachgeschmack – leicht bitter, aber nicht störend. Hatte der Wirt die Marke gewechselt oder ein frisches Fass angezapft?

Draußen blendete ihn die Sonne, er kniff die Augen zusammen, bis er sich an das Licht gewöhnt hatte. Im Schatten eines Apfelbaumes döste eine Katze, eine gemächliche Ruhe lag in der Luft. Tanner fühlte sich großartig, die kleine Stärkung wirkte wie ein Jungbrunnen. Er warf einen Blick auf seine Taschenuhr: kurz nach eins – genug Zeit, um mit einem Spaziergang zur Weißtannenhöhe Beruf und Gesundheit in Einklang zu bringen.

Seit dem Fund der Fehrenbach-Cousinen war er nicht mehr am Tatort gewesen. Vielleicht kam ihm dort ja der ein oder andere nützliche Gedanke. Kurz entschlossen warf er sein Jackett über die Schulter und marschierte los. Die schwarze Wanderer-Limousine, die in Richtung Breitnauer Ortskern in gebührendem Abstand hinter einer Baumgruppe parkte, fiel ihm nicht auf.

Beschwingt, fast schon übermütig schritt er den Berg hinauf. Er genoss den leichten Wind, der aufgekommen war, und den weiten Blick. Das Getreide stand hoch, in den Blumenwiesen summte und brummte es. Viel zu selten war er hier oben. Wie schön doch die Heimat war. Als er schon fast den Waldrand erreicht hatte, rannte ihm ein Junge entgegen. Zum selben Zeitpunkt wurde ihm etwas unwohl, und er begann, leicht zu schwitzen. Vermutlich hatte er es ein bisschen übertrieben. Der Junge winkte und rief aufgeregt: »Herr Polizeirat, Herr Polizeirat.« Atemlos blieb er vor Tanner stehen. Es war Toni, der muntere Eisenbahnexperte, mit dem Tanner das Höllental hinaufgefahren war.

»Toll, dass ich Sie treffe«, japste Toni. »Wir müssen unbedingt wieder einmal Zug fahren. Das war sooo klasse. Alle meine Kameraden beneiden mich. Die haben's fast nicht geglaubt, erst als ich mein Ehrenwort gegeben habe. Also wenn ich nicht Lokführer werde, dann werde ich Polizeirat, ganz ehrlich. Wenn man da so tolle Sachen machen darf.«

»Dann musst du dich aber in der Schule ganz schön anstrengen.« Tanner trocknete mit einem Taschentuch sein Gesicht.

»Geht es Ihnen nicht gut?«, fragte Toni kindlich besorgt.

»Doch, doch. Ist nur ein bisschen heiß. Wenn ich im Wald bin, wird es bestimmt besser.«

»Sie können gerne mit zu mir nach Hause kommen. Meine Mama macht eine ganz tolle Limonade.«

»Ist schon gut, Toni. Aber ich muss heute noch arbeiten.«

»Ah, Verbrecher jagen. Ich verstehe. Ich habe leider auch keine Zeit. Ich muss schnell nach Hause. Die Mama wartet. Zu spät kommen ist da gar nicht gut. Also, Herr Polizeirat, hat mich sehr gefreut, und hoffentlich sehen wir uns bald wieder.«

Toni reichte Tanner die Hand, die er lächelnd ergriff. »Mach's gut, Toni. Und wenn wir uns wieder im Zug treffen, dann stellen wir uns wieder nach draußen auf die Endplattform.«

»Versprochen?«

»Versprochen.«

Toni klatschte in die Hände und raste davon – ein guter Junge. Tanner war froh, den kühlen Schatten des Waldes zu erreichen. Gemächlicher ging er weiter, das Schwitzen ließ nach, nur das Unwohlsein blieb. Er hätte einen Schnaps trinken sollen, ein unverzeihlicher Fehler. Ein paar Minuten später zog sich sein Magen zusammen. Tanner stütze sich an einem Baum ab und musste sich übergeben. Hatte er etwas Schlechtes gegessen? Das Erbrechen brachte keine Erleichterung. Es war wohl besser, umzukehren. Mühsam richtete er sich auf und schaute zurück. Der Weg, den er beschritten hatte, verschwamm und änderte seine Farbe, wechselte in ein Gelbgrün. Tanner wischte sich über seine Augen, in demselben Moment kam sein Herz aus dem Rhythmus, es holperte. Tanner griff sich an die Brust und zog seine Herztropfen aus der Hosentasche, wartete aber mit der Einnahme. Irgendwas war diesmal anders. Keine Atemnot, keine Erschöpfung. Sein Herz machte einen weiteren Sprung, Tanner sank auf die Knie und suchte Halt an dem Baum. Ächzend setzte er sich und lehnte sich mit dem Rücken dagegen. In der Hand hielt er immer noch die Herztropfen, er hörte Cornelius' warnende Stimme: »Nie mehr als fünf Tropfen, mein Lieber. Digitalis ist ein sensibles Medikament; nimmst du zu viel, kann es schnell gefährlich werden: Übelkeit, Sehstörungen, Halluzinationen und im schlimmsten Fall Herzrhythmusstörungen und dann: Exitus.«

Tanner dachte an den bitteren Nachgeschmack des Biers, an die paar Minuten, als es unbeaufsichtigt auf seinem Tisch gestanden hatte, an die Wanderer-Limousine, die ihm gefolgt war. Seine Schlussfolgerung war klar: *Man hat dich vergiftet!*

Tanner unterdrückte die aufkeimende Panik, er versuchte, ruhig zu bleiben: *Was tun? Gibt es ein Gegengift? Das Zeug muss raus!* Tanner steckte sich den Finger in den Hals, sofort erbrach er sich ein weiteres Mal. Diesen Vorgang wiederholte er, bis nichts mehr außer Galle kam, dennoch verschlimmerte sich sein Zustand. Die Sehstörungen wurden heftiger, sein Herz hämmerte unregelmäßig. Hilflos schaute er auf. Der Weg zum

Waldrand wurde zu einem Tunnel, an dessen Ende ein Licht leuchtete. Aus diesem Licht schälte sich eine Gestalt, verschwommen wie ein Geist, unwirklich – eine Halluzination? Die Gestalt kam langsam näher, sie kniete sich vor Tanner hin.

»Was ist mit Ihnen?«

»Vergiftung, ich glaube, ich wurde vergiftet.«

»Womit?«

»Digitalis.« Tanner zeigte die Tropfen, sie fielen ihm aus der Hand.

»Übelkeit, Herzrasen?«

»Ja.«

Die Gestalt legte ihr Ohr an Tanners Brust. »Das klingt nicht gut.«

»Sind Sie Arzt?«

»Da wird Ihnen niemand mehr helfen können.«

»So sagen Sie doch: Sind Sie Arzt?«

Die Gestalt richtete sich auf, sie schien zu lächeln. Für die Antwort ließ sie sich Zeit. »Nein, ich bin der Mörder.«

Tanner stöhnte. Sein Körper verkrampfte sich. Er versuchte, das Gesicht genauer zu erkennen, was ihm nur unzureichend gelang. »Peikert?«

Ein überraschtes Zögern, dann die anerkennende Antwort: »Gut geraten, Herr Polizeirat. Wirklich gut, aber leider nutzlos.«

Peikert öffnete die Herztropfen und tröpfelte sie in Tanners Gesicht und auf seine Kleidung, bis das Fläschchen leer war. Tanner versuchte, sich zu wehren, doch Peikert wischte seine Hände wie eine lästige Fliege weg. Das Fläschchen reinigte er mit einem Tuch, um es dann wieder in Tanners Hand zu drücken. Danach stand er auf und nickte Tanner zu. »Sie waren dicht dran, Herr Polizeirat. Meine Hochachtung.«

Peikert verschwand, wie er gekommen war. Er löste sich im Gegenlicht auf.

Tanner hatte eine tonnenschwere Last auf seiner Brust, die Schmerzen kamen in Wellen, er hörte vermehrt Stimmen, sah unzählige Personen, Momentaufnahmen in Schwarz-Weiß, alle tot. Gestorben im Sessel, im Bad, im Bett, im Auto, im Wald. Erdrosselt, erschossen, zerstückelt. Frauen und Männer. Gehasst, geliebt.

Die Fehrenbach-Cousinen drängten sich dazwischen, ihre geschundenen Körper im Gras. Sie lösten sich aus der Totenstarre, sie schauten ihn an, sie mahnten ihn: »Sie dürfen nicht sterben, Sie müssen unseren Mörder zur Strecke bringen.«

Die Flut der Bilder wollte nicht enden: sein Sohn am Bahnsteig – stolz in Uniform; sein Sohn im Hospital – zitternd, schreiend; sein Sohn im Bett – die Pulsadern aufgeschnitten, der Blick leer. Dann seine Frau – so jung, so schön, aus einer anderen Zeit; die Schwindsucht noch vor dem Krieg, er hatte ihr Gesicht vergessen, ihr Lächeln. Wieder die Fehrenbach-Cousinen: »Um der Gerechtigkeit willen.«

Die nächste Welle, glutheiß, tausend Nadelstiche, sein Herz ein Trommelwirbel. *Noch nicht, bitte!* Tanners Hand fand einen Stock, er versuchte, ein »P« in den Boden zu ritzen. Der Boden war hart, der Stock entglitt ihm.

Wieder seine Frau, sein Gesicht in ihren Händen.

Ein verzweifeltes Aufbäumen, ein Reißen in der Brust – deutlich hörbar, bis ans Ende der Welt, dann die Geborgenheit, eine lang ersehnte Ruhe, die Wärme ihrer Stimme: »KOMM!«

***

Um fünf Uhr abends klingelte Kaltenbachs Diensttelefon. Er saß mit Falk im Büro. Ihre Tische standen, durch ein Sideboard getrennt, einander gegenüber. Beide hatten ein mannshohes Fenster, das zur Kaiserstraße zeigte. Auf Falks Schreibtisch stapelten sich die Akten, die er emsig durcharbeitete. Kaltenbach legte sein Zigarettenetui, das er gerade öffnen wollte, beiseite und nahm ab. Zuerst hörte er nur ein kurzatmiges Schnaufen, dann meldete sich Oberwachtmeister Kleiser von der Station Hinterzarten: »Spreche ich mit Oberkommissar Kaltenbach?«

»Ja, der ist am Apparat.«

Wieder das Schnaufen, Kleiser war außer Atem.

»Ich habe eine wichtige Meldung.« Noch ein Atemzug, gefolgt von einem Räuspern. »Polizeirat Tanner ist tot.«

Kaltenbach ließ den Hörer sinken und starrte ihn an, als ob er dessen Echtheit anzweifelte. Dann führte er ihn wieder zum Ohr und fragte: »Sind Sie sicher?«

»Ja, ich kenne den Herrn Polizeirat persönlich.«

Weitere Sekunden verstrichen, bis Kaltenbach sich gefasst hatte. »Wo wurde er gefunden?«

»In der Nähe der Weißtannenhöhe.«

»Und wo sind Sie jetzt?«

»Im Breitnauer Löwen, weil die ein Telefon haben. Mein Kollege Wachtmeister Steiert ist am Fundort geblieben.«

»War es ein Unfall, oder war es ein Verbrechen?«

»Schwer zu sagen. Verletzungen habe ich keine gesehen, aber der Polizeirat hatte sich erbrochen.«

Kurz sah Kaltenbach Tanner am Wegesrand liegen, verdrängte aber dieses Bild. »Wir sind in ungefähr einer Stunde bei Ihnen. Sorgen Sie dafür, dass nichts verändert wird.«

»Jawohl, Herr Oberkommissar. Ich erwarte Sie dort, wo der Weißtannenweg in den Wald führt.«

Kaltenbach legte auf, ließ aber seine Hand auf dem Hörer.

Falk suchte seinen Blick.

»Tanner ist tot«, sagte Kaltenbach tonlos.

Falk erstarrte und verlor jegliche Farbe im Gesicht, eine Akte fiel ihm zu Boden.

»Rufen Sie einen Krankenwagen und besorgen Sie uns einen mit Kriminaltechnik ausgestatteten Wagen. Wir treffen uns in der Garage«, befahl Kaltenbach.

»Muss es nicht ein Leichen–«

»Ich sagte, Krankenwagen!«

Falk griff zu seinem Telefon. »Und was ist mit dem Bezirksarzt?«

»Dr. Kneis ist im Haus. Ich habe ihn vorhin gesehen. Ich werde ihn holen.«

Kaltenbach atmete kurz durch, dann sprang er auf und stürmte mit Hut und Jackett unterm Arm aus dem Büro. Den Bezirksarzt traf er im Zimmer der Sekretärinnen an. Er war mit Fräulein Schneider, die vor ihrer Schreibmaschine saß, im Gespräch.

»Ein Notfall«, zwängte Kaltenbach sich dazwischen. »Ich brauche Sie.«

Empört schaute Kneis auf. »Was erlauben Sie sich?«

»Es tut mir leid, aber ich habe eine schlechte Nachricht: Polizeirat Tanner wurde bei Breitnau tot aufgefunden.«

»Tot?« Dr. Kneis schaute ungläubig. »Unter welchen Umständen?«

»Weiß ich nicht. Können wir?«

»Ja sicher, ich habe meine Tasche bei mir.«

Fräulein Schneider schob ihren Stuhl zurück und stand auf. »Ich komme mit«, sagte sie bestimmt und griff nach Notizblock und Stift.

»Warum?«, fragte Kaltenbach.

»Ich kann das Protokoll führen, und ich kann nicht hierbleiben.« Trotzig verschränkte sie ihre Arme. »Ich kenne den Herrn Polizeirat schon fast fünfzehn Jahre. Bitte!« Während sie das sagte, wurden ihre Augen feucht.

Kaltenbach nickte.

Kaltenbach fuhr schnell, viel zu schnell. Für die überzogene Eile gab es keinen zwingenden Grund, konnte doch damit nichts verhindert werden. Sein Verhalten war unangemessen, das war ihm klar. Aber es war die einzige Möglichkeit, seiner aufgewühlten Gedanken Herr zu werden. Unterwegs musste er einmal halten – Falk war es schlecht geworden, er übergab sich am Straßenrand.

Oberwachtmeister Kleiser wartete im Schatten einer Tanne. Den Helm hatte er abgenommen, seine Uniformjacke spannte über dem Bauch. Er begrüßte die Gruppe und sagte: »Es ist nicht weit. Gerade mal fünf Minuten.«

»Dann los«, befahl Kaltenbach. Er schritt an Kleisers Seite. »Was wissen Sie bis jetzt?«

»Nicht viel«, antwortete Kleiser, der sich mühte, schnell zu gehen. »Ein Ehepaar aus Stuttgart hat den Herrn Polizeirat gefunden. Sie warten oben. Weitere Zeugen gibt es nicht, aber die Nachricht hat sich herumgesprochen. Es haben sich einige Neugierige am Fundort versammelt. Vielleicht kann uns da jemand weiterhelfen.«

Schon von Weitem sah Kaltenbach die kleine Menschenmenge, die im gebührenden Abstand zu dem Wachtmeister stand. Der wartete etwa einen Meter abseits des Weges. Neben ihm war eine graue Decke zu erkennen, aus der zwei Schuhe ragten. Die Decke erinnerte Kaltenbach an die Fehrenbach-Cousinen.

Tanner lag auf der rechten Seite. Er war zusammengekrümmt. Eine Hand auf dem Bauch, die andere zur Faust geballt am Herzen, sein Gesicht schmerzverzerrt, der Mund leicht geöffnet, die Augen geschlossen. Hut und Jacke lagen etwas entfernt unter einem Baum. Dort zeichnete sich auch ein Fleck Erbrochenes ab. Kaltenbach nahm die Details in sich auf, hinter ihm schluchzte Fräulein Schneider.

Auf ein Zeichen Kaltenbachs trat Dr. Kneis vor. Er kniete sich neben Tanner und legte seine Hand auf dessen Halsschlagader. Konzentriert lauschte er eine Weile und strich sich dabei langsam über seinen Kinnbart. Dann öffnete er seine Arzttasche, entnahm einen Spiegel und hielt diesen eine Zeit lang vor Tanners Mund. Als er den Spiegel wieder einsteckte, beantwortete er die fragenden Blicke mit einem Schulterzucken. »Es sind schon die verrücktesten Dinge geschehen«, sagte er. »Aber hier gibt es leider kein Wunder.«

Wunder sind Zeichen von Realitätsverlust, dachte Kaltenbach und durchsuchte Tanners Taschen. Er fand dessen Papiere, Geldbörse, Autoschlüssel und eine Fotografie. Sie zeigte einen Offizier des Deutschen Heeres. Auf der Rückseite stand: »Walther von Straulitz«.

»Was wollte der Polizeirat mit der Aufnahme?«, fragte Falk. Er war aschfahl und hielt einen Fotoapparat in seinen Händen.

»Weiß ich nicht«, log Kaltenbach. »Geht's eigentlich bei Ihnen, oder soll ich fotografieren?«

Falk winkte lahm ab und stellte den Apparat ein. Dann begann er mit den Aufnahmen. Nachdem er fertig war, untersuchte Dr. Kneis Tanner ausführlicher. Mit Kaltenbachs Hilfe bettete er den Toten auf den Rücken. Er nahm den Kopf zwischen die Hände, drehte ihn leicht. Er prüfte Tanners Mundhöhle, öffnete das Hemd, schob die Ärmel zurück, untersuchte Oberkörper und Arme und maß die Körpertemperatur. Die zur Faust geballte Hand bog er auf und entdeckte die Herztropfen.

»Digitalis«, stellte Dr. Kneis fest. »Litt der Polizeirat unter Herzschwäche?«

»Ja«, antwortete Kaltenbach.

»Das erklärt einiges.« Dr. Kneis stand auf. »Digitalis purpurea, landläufig als der Rote Fingerhut bekannt. Die Tropfen werden aus den Blättern der Pflanze gewonnen. Der Wirkstoff heißt Digitoxin. Das Medikament ist sehr wirksam und stärkt den Herzmuskel. Nur die Dosierung ist sehr heikel. Ein Zuviel kann Herzrhythmusstörungen verursachen und unmittelbar zum Tod führen. Je angegriffener das Herz ist, umso schwieriger die Dosierung.«

»Also Herzstillstand?«

»Vermutlich.«

»Und Sie glauben, dass Tanner eine Überdosis genommen hat?«

»Das ist sehr wahrscheinlich. Übelkeit und Erbrechen sind typische Symptome einer Digitalisvergiftung.«

»Aber warum sollte er das tun?«

»Panik beim Einsetzen der Herzschwäche? Ich weiß es nicht. Auf jeden Fall ist das Fläschchen leer. Aber bisher ist das alles nur eine Vermutung. Um sicher zu sein, muss ich Mageninhalt und Erbrochenes untersuchen. Das heißt, wir wissen erst morgen genau Bescheid.«

»Er könnte aber auch vergiftet worden sein.«

»Durchaus möglich. Nur kann ich keine äußerlichen Verletzungen feststellen. Ein Dritter hätte Gewalt anwenden müssen.«

Kaltenbach nickte. »Oder ins Essen oder Getränk mischen, wir werden das prüfen. Können Sie etwas zur Todeszeit sagen?«

»Die Körpertemperatur liegt bei dreiunddreißig Komma vier Grad, die Leichenstarre ist noch nicht vollkommen ausgeprägt. Der Tod muss vor drei bis sechs Stunden eingetreten sein.«

»Also zwischen halb eins und halb vier Uhr nachmittags.«

»Ist das jetzt ein Tatort?«, mischte Falk sich ein.

»Vorerst ja«, antwortete Kaltenbach. In diesem Moment fiel ihm ein Stock auf, der neben Tanners rechter Hand lag. Kaltenbach nahm ihn näher in Augenschein. »Sehen Sie das?«, fragte er Falk.

»Nein, was meinen Sie?«

»Da ist doch ein Zeichen in den Boden geritzt.«

Falk beugte sich herab. »Na ja, mit viel gutem Willen.«

»Könnte ein O oder ein P sein«, sagte Kaltenbach.

»Oder auch ein Q oder ein Kreis oder gar nichts.«

Kaltenbach schaute Falk missbilligend an. »Ein bisschen mehr Engagement würde ich schon erwarten. Machen Sie ein paar Bilder. Auch von dem Stock. An dem einen Ende klebt ein bisschen Erde.«

»Sie denken, der Polizeirat hat versucht, eine Nachricht zu hinterlassen?«

»Es sieht ganz danach aus.«

Falk hob skeptisch seine Schultern und fotografierte aus verschiedenen Blickwinkeln. Dabei fragte er: »Wissen Sie, was Tanner hier gemacht hat? Eine neue Spur im Fehrenbach-Fall?«

»Nichts Konkretes. Er wollte nur seine Erinnerungen auffrischen«, wich Kaltenbach aus und deckte Tanner zu. Kurz hielt er inne, dann raffte er sich auf. »Hier können wir nichts weiter tun. Lassen Sie uns das Ehepaar befragen, das Tanner gefunden hat.«

Die beiden Ermittler gingen zu den Zeugen und Schaulustigen. Dr. Kneis, Fräulein Schneider und der Wachtmeister blieben zurück. Fräulein Schneider faltete ihre Hände und sprach ein leises Gebet.

»Wir sind übers Wochenende zum Wandern hier«, sagte Herr Friese, was nicht zu übersehen war. Er und seine Frau steckten in moderner Wandertracht. Beide in Knickerbockern, beide mit Hut und Stock. »Der Mann ist uns erst aufgefallen, als wir dicht an ihm vorbeigingen. Ich dachte sofort, dass der tot ist – das Gesicht, die Haltung. Wir sind dann zum Löwen geeilt, um Hilfe zu holen. Eigentlich wollte ich bei dem Mann bleiben, aber meine Frau wollte nicht alleine gehen.«

»Wann war das?«, fragte Kaltenbach.

»Um fünf nach halb vier. Ich habe auf die Uhr geschaut.«

»Ist Ihnen jemand begegnet?«

»Nein.«

»Und Sie sind vom Thurner gekommen?«

»Ja, dort übernachten wir.«

»Haben Sie etwas angefasst, etwas verändert?«

»Den Mann habe ich leicht geschüttelt und den Puls gefühlt. Das hat mich ziemlich viel Überwindung gekostet. Aber verändert habe ich nichts.«

»Sonst ist Ihnen auch nichts aufgefallen? Schreie, Rufe, weggeworfene Gegenstände?«

»Nein, nichts. Tut mir leid.«

»Gut, vielen Dank, Herr Friese. Sie können jetzt gehen. Ihre Adresse haben wir ja, falls es noch Fragen gibt.«

Das Ehepaar stellte sich wieder zu den Schaulustigen, anscheinend wollten sie noch nicht nach Hause. Gleichzeitig kam Oberwachtmeister Kleiser mit zwei kräftigen Männern.

»Der Krankentransport ist da. Kann der Herr Polizeirat in die Rechtsmedizin gebracht werden?«

Kaltenbach zögerte. Krankentransport und Rechtsmedizin passten nicht zusammen. Wider besseres Wissen hatte er die für die Lebenden Zuständigen bestellt – eine kindliche Hoffnung, ein Verdrängen der Tatsachen. »Ja, Sie können den Herrn Polizeirat mitnehmen«, entgegnete er finster.

Die Männer hatten eine Trage dabei, auf sie wartete ein ordentliches Stück Arbeit. Kaltenbach beobachtete, wie sie den gewichtigen Leichnam auf die Trage legten. Dr. Kneis gab Anweisungen, Fräulein Schneider stand verloren daneben. Klein und unscheinbar mit gesenktem Kopf. Ihren Notizblock hatte sie wieder hervorgeholt, aber kein Wort notiert.

Das Bild der Sekretärin berührte Kaltenbach. Ein schier vergessenes Gefühl überkam ihn. Ein Gefühl, das ihm der Krieg gestohlen hatte: Traurigkeit. Tanner war die einzige Person, der er vertraut hatte – eine Art Freund. Und jetzt wurde er ins pathologische Institut gebracht, zur Obduktion freigegeben. Ein Zupfen an seinem Arm riss Kaltenbach aus seinen Gedanken.

»Ist das der Herr Polizeirat, dahinten?«, fragte ein Junge in kurzer Hose, die von breiten Hosenträgern gehalten wurde.

»Wer will das wissen?«

»Ich bin der Toni Rominger, und ich kenne den Herrn Polizeirat. Wir sind zusammen Zug gefahren. Die Höllentalbahn. Das war ganz toll, weil wir im Freien auf der Endplattform gestanden sind. Auch in den Tunneln. Das darf man eigentlich nicht, aber der Herr Polizeirat, der darf das.«

»Und wie kommst du darauf, dass das der Herr Polizeirat ist?«

»Die Leute sagen so was. Und ich habe ihn heute gesehen, ist noch gar nicht lange her.«

Kaltenbach ging in die Knie und schaute den Jungen direkt an. »Wann war das?«

»Um kurz vor zwei. Dort, wo der Weißtannenweg in den Wald geht. Ich wollte mit ihm über die Züge reden, hatte aber keine Zeit, weil die Mama gewartet hat. Und der Herr Polizeirat hatte auch keine Zeit, weil er im Dienst war, Verbrecher jagen und so.«

Der Junge rang Kaltenbach ein Lächeln ab. »Ist dir an ihm etwas aufgefallen?«

»Ja, geschwitzt hat er, und bleich war er, der Herr Polizeirat. Ich glaub, ihm ging es nicht so gut. Hab ihn auch gefragt. Aber er hat gesagt, wenn er im Wald ist, wird's besser.«

»Und dann ist er in den Wald gegangen?«

»Ja.«

»Und du bist nach Hause gegangen?«

»Ja.«

»Hast du da unterwegs noch jemanden getroffen?«

»Ja. Einen Mann.«

Kaltenbach horchte auf. »Wann? Wo?«

»Nicht weit von der Stelle, wo der Weg in den Wald geht. Viel später war's nicht. Ich bin an dem Mann vorbeigerannt, weil ja die Mama gewartet hat.«

»Also auf dem Weißtannenweg?«

»Ja. Wir wohnen in Breitnau bei der Kirche.«

»Wie sah der Mann aus?«

»Groß. Fast so groß wie Sie. Und viele Muskeln hatte er. Sein Hemd hat gespannt. Und eine Arbeitshose hatte er an, wie ein Handwerker oder Waldarbeiter. Und dunkle Haare und einen Schnurrbart. So über der Lippe und am Kinn.«

»Ein Bart wie der Mann dort drüben?« Kaltenbach zeigte auf Dr. Kneis.

»Genau so. Nur hat er natürlich anders ausgesehen. Jünger, größer und ein eckiges Gesicht.«

»Das hast du dir aber gut gemerkt.«

»Gesichter kann ich mir ganz toll merken. Da muss ich mich gar nicht anstrengen. Das war schon immer so. Wenn ich mit meiner Mama in der Stadt bin und jemand grüßt, fragt sie mich oft, wer das ist.«

»Sonst ist dir niemand begegnet?«

»Nein. Erst im Dorf wieder.«

»Gut, Toni. Danke. Du hast mir sehr geholfen. Vielleicht brauche ich deine Aussage mal schriftlich. Dann komme ich dich besuchen.«

»Immer gern zu Diensten.« Toni strahlte. Doch dann wurde

Tanner vorbeigetragen. »Der Herr Polizeirat ist tot, oder?«, fragte er verzagt.

Kaltenbach nickte.

»Das ist schlimm. Der war richtig nett.«

»Ja, das war er.«

Eine kurze Pause entstand. Toni kaute auf seiner Unterlippe, dann sagte er: »Ich muss jetzt nach Hause, sonst krieg ich nichts mehr zu essen. Aber wenn's Fragen gibt, können Sie immer auf mich zählen. Wer sind Sie eigentlich?«

»Kaltenbach. Oberkommissar Kaltenbach.«

»Ist Oberkommissar viel?«

»Ja, schon. Kommt gleich nach Polizeirat.«

»Das ist gut«, sagte Toni und rannte los.

Kaltenbach hatte sich noch an die Schaulustigen gewandt, sie gefragt, ob sie heute Nachmittag in der Nähe des Fundorts waren, ob ihnen etwas aufgefallen sei. Leider hatte sich daraus nichts ergeben, niemand war zu gegebener Zeit im Wald oder auf dem Weg dorthin gewesen.

Auf der Rückfahrt hielt Kaltenbach noch beim Löwen an. Wie vermutet, stand dort Tanners Dienstwagen, der Adler. Das Fahrzeug war ordentlich abgeschlossen. Kaltenbach und Falk durchsuchten das Wageninnere. Sie fanden nichts Auffälliges – Tanner hatte keine persönlichen Gegenstände zurückgelassen.

»Sie nehmen den Adler und fahren Fräulein Schneider und Dr. Kneis zurück ins Präsidium«, befahl Kaltenbach.

»Sollten wir nicht noch den Wirt befragen?«, entgegnete Falk.

»Das schaffe ich auch alleine.«

»Wie soll ich dann Bescheid wissen?«

»Alles, was wichtig ist, werde ich Ihnen mitteilen.«

»Aber –«

»Kein Aber. Tun Sie, was ich sage.«

Im Gasthaus wurde das Abendessen abgeräumt. Der Stammtisch war gut besetzt, es floss reichlich Bier. Der Wirt war ziemlich beschäftigt, gab aber gern Auskunft.

»Ja, der Polizeirat war hier«, antwortete er. »Er hat mir eine Fotografie von einem Mann gezeigt.«

»Sie meinen die?« Kaltenbach zog das Bild von Walther von Straulitz heraus.

»Ja. Er wollte wissen, ob der Mann mal hier war. Das konnte ich aber nicht bestätigen. Dann hat er noch zwei Namen genannt. Einer gehörte zu dem Mann auf dem Bild. Beide Namen habe ich noch nie gehört.«

»Der eine lautete Straulitz und der andere vermutlich Peikert.«

»Ja, so in etwa, bin mir aber nicht ganz sicher. Es war viel los.«

»War sonst noch was?«

»Danach hat der Polizeirat noch zu Mittag gegessen. Erst eine Suppe, dann Zwiebelrostbraten mit einem ordentlichen Nachschlag. Das schaffen die wenigsten. Der Mann hatte einen gesegneten Hunger. Und Durst hatte er auch. Zwei halbe Bier hat er getrunken. Seinen Platz hatte er dort am Fenster.« Der Wirt deutete auf einen Vierertisch rechts der Theke. »Handelt es sich eigentlich um den Mann, der im Wald gefunden wurde?«

»Ja«, antwortete Kaltenbach. Es war nicht nötig, das zu verheimlichen, und spätestens morgen würde es ohnehin in der Zeitung stehen.

»Ein Kollege von Ihnen, das ist ja schlimm. Darf man erfahren, was mit ihm geschehen ist? Die Touristen, die ihn gefunden haben, haben gesagt, er sei tot.«

»Der Polizeirat ist verstorben. Die Umstände klären wir.«

Die Fragerei des Wirts ging Kaltenbach allmählich auf die Nerven, doch er wollte ihn nicht verärgern. Nicht dass er ihm etwas Wichtiges vorenthielt.

»War unter Ihren Gästen ein Mann, sehr kräftig, ungefähr eins achtzig bis eins fünfundachtzig groß? Kantiges Gesicht mit Kinn- und Schnurrbart, vermutlich ein Waldarbeiter oder Handwerker, auf jeden Fall so gekleidet.«

»Handwerker waren einige da. Die meisten kräftig. Aber so einen Bart hatte keiner.«

»Gab es sonst jemanden, auf den die Beschreibung passen könnte? Vielleicht auch ohne Bart.«

»Der ein oder andere sah schon ähnlich aus, aber hundertprozentig nicht. Um sicher zu sein, müsste ich den Mann sehen.«

»Ist Ihnen sonst etwas aufgefallen? Hat jemand mit dem Polizeirat gesprochen, war jemand an seinem Tisch?«

»Nicht dass ich wüsste.«

»Wann ist der Herr Polizeirat gegangen?«

»So um halb zwei.«

»Hat er über Unwohlsein geklagt? Ging es ihm nicht gut?«

»Nein, eher im Gegenteil. Er machte einen vitalen Eindruck auf mich.«

Kaltenbach nickte, er hatte keine Fragen mehr, doch dem Wirt war die Neugier ins Gesicht geschrieben.

»Der Mann, den Sie suchen, hat der was mit dem Polizeirat zu tun? Vermuten Sie doch ein Verbrechen?«

»Ein Polizist ist umgekommen, und wir sammeln Informationen. Der Mann könnte ein Zeuge sein, mehr nicht.«

Enttäuscht nahm der Wirt ein Glas und zapfte ein Bier. Vermutlich hatte er mit etwas Sensationellem gerechnet. Kaltenbach bedankte sich und verließ die Gaststätte. Im Augenwinkel sah er, wie der Wirt das Bier zum Stammtisch brachte. Die Runde erwartete ihn schon sehnsüchtig. Jetzt war Zeit für Gerüchte und Spekulationen.

19

Montag, der 25. Juni 1928, Amtsgericht Freiburg, Besprechungsraum IV

Anwesend waren Kaltenbach, Falk, Oberstaatsanwalt Tauenstein, Bezirksarzt Dr. Kneis und Dr. Cornelius Weber, der als Tanners Arzt und Freund Wichtiges beitragen konnte. Es war derselbe Personenkreis, der der gestrigen Obduktion beigewohnt hatte. Kriminalsekretär Falk durfte man aber nur eingeschränkt dazurechnen. Er hatte die Leichenschau frühzeitig wegen Unpässlichkeit verlassen.

Die Runde hatte sich gerade eingefunden, an dem großen Konferenztisch Platz genommen und ihre Unterlagen vor sich abgelegt. Kaltenbach ließ seinen Blick durch den schmucklosen Raum schweifen und blieb am Bild des Reichpräsidenten Hindenburg hängen, als Dr. Kneis das Wort ergriff.

»Meine Herren, die Ergebnisse der Obduktion liegen nun vor. Polizeirat Tanner starb, wie angenommen, an einem Herzstillstand. Die Untersuchung seines Mageninhalts und des Erbrochenen wies Digitalis nach. Vermutlich eine Überdosis, die zu seinem Tod führte. Noch einmal zur Erinnerung: Digitalis ist Gift und Medikament zugleich. In der richtigen Menge eingenommen, hilft es bei Herzinsuffizienz. Es stärkt die Kontraktionsfähigkeit der Herzmuskulatur und verlangsamt die Schlagfrequenz. Dr. Weber hat dem Herrn Polizeirat Digitalis verordnet – er litt an Herzschwäche. Hinzufügen möchte ich noch, dass der allgemeine Gesundheitszustand des Polizeirats nicht der beste war. Er hatte eine Fettleber, zu hohen Blutdruck und war übergewichtig.«

Oberstaatsanwalt Tauenstein, wie immer in feinem Zwirn, fragte: »Handelt es sich um ein Verbrechen? Wurde Polizeirat Tanner vergiftet? Oder war es, Gott bewahre, Selbstmord?«

»Das kann ich nicht beurteilen«, antwortete Dr. Kneis. »Verletzungen, die auf eine erzwungene Einnahme schließen lassen, hatte der Polizeirat aber nicht.«

»Was meinen Sie, Herr Kaltenbach?«, wandte sich Tauenstein an den Oberkommissar.

»Ich gehe von einem Verbrechen aus – die Ermittlungen laufen. Es gibt keinen Grund, warum Tanner Selbstmord hätte begehen sollen.«

»So? Woher wollen Sie das wissen?«

»Weil ich ihn kenne. Und warum sollte er dafür extra nach Breitnau fahren?«

»Menschen handeln oft nicht rational, gerade in Ausnahmesituationen.«

»Was für eine Ausnahmesituation?«

»Nun ja –«, holte Oberstaatsanwalt Tauenstein aus. Er wurde aber von Dr. Weber unterbrochen.

»Ich kenne Herrn Tanner schon seit ewigen Zeiten. Er war ein Jugendfreund. Er hatte es nicht gerade leicht, aber wer hat das schon? Gerd liebte das Leben – ein Suizid ist vollkommen ausgeschlossen.«

Bedächtig erwiderte Tauenstein: »Natürlich traue ich Ihrem Urteilsvermögen, Dr. Weber. Aber man darf vor den Problemen, die Herr Tanner hatte, nicht die Augen verschließen. Die Ergebnisse im Fehrenbach-Fall waren und sind unbefriedigend. Gesundheitlich war der Polizeirat stark angeschlagen, und dem Alkohol war er nicht abgeneigt – die Fettleber zeugt ja davon. Selbst bei der Arbeit hat er getrunken, was ich nur wegen seiner Verdienste und seines schweren Loses geduldet habe.«

»Hier hat doch jeder einen Weinbrand im Aktenschrank stehen, und Polizeirat Tanner war immer Herr seiner Sinne«, konterte Kaltenbach. »Wenn Sie diesen Maßstab anlegen, können wir hier gleich zumachen, Herr Oberstaatsanwalt.«

Tauenstein strafte Kaltenbach mit einem abschätzigen Blick, antwortete aber nicht.

»Und was meinen Sie mit schwerem Los?«, hakte Kaltenbach nach.

»Polizeirat Tanner hat früh seine Frau verloren. Und sein Sohn hat den Krieg nicht verkraftet. Er war ein Kriegszitterer. Einer jener bedauernswerten Männer, die zu weich und sensibel waren für das wahre Leben und das Kriegshandwerk. Körperlich und seelisch erkrankt, war er für die Gesellschaft unbrauchbar geworden. Er kam in die Nervenheilanstalt und hat sich dort umgebracht – war wohl besser so.«

Kaltenbach glaubte, sich verhört zu haben. Wenn ein Zivilist sich über die angebliche Schwäche einiger Veteranen ausließ, packte ihn die kalte Wut. Er hatte schon viele gestandene, gute Männer an dem Horror des Kriegs zerbrechen sehen. Und was Tanners Familiengeschichte betraf: Zwar kannte er sie bisher nicht, aber so tragisch sie auch war, in den Tod hatte sie ihn sicher nicht getrieben.

»Bei allem Respekt, Herr Oberstaatsanwalt«, sagte er ungehalten, »ein hochrangiger Polizist ist auf fragwürdige Art ums Leben gekommen. Wir sollten alles daransetzen, die Umstände aufzuklären, und uns nicht mit einer Lösung begnügen, die wenig Arbeit macht und keine unbequemen Fragen aufwirft.«

Sofort bereute Kaltenbach seine Provokation. Er hatte zu schroff reagiert, das war nicht gut. Nun richteten sich alle Blicke auf Tauenstein, der scheinbar unberührt eine Notiz machte. Nachdem er übertrieben stark einen Punkt gesetzt hatte, schaute er auf. »Achten Sie auf Ihre Wortwahl, Herr Oberkommissar. Solange ich verantwortlich bin, zählt allein die Wahrheit, auch wenn sie unbequem ist.« Eine weitere Notiz folgte, dann ergänzte er: »Natürlich liegt es auch in meinem Interesse, die Gründe von Tanners Tod aufzudecken. Nur sollte man dabei die Realität nicht aus den Augen verlieren, selbst wenn man, wie Sie, emotional betroffen ist.«

Diesmal beherrschte sich Kaltenbach – gegen Vorgesetzte aufzubegehren war niemals klug. »Ich bin durchaus in der Lage, auch in Fällen, die mir nahegehen, kühl und sachlich zu agieren. Dafür wurde ich im Krieg mehrfach ausgezeichnet.«

»Wenn Sie es sagen«, entgegnete Tauenstein. »Dann handeln Sie jetzt aber bitte auch so.«

Kaltenbach nickte kaum merklich.

»Wir sollten noch eine dritte Möglichkeit erörtern«, warf Falk ein.

»Welche dritte Möglichkeit?«, fragte Tauenstein.

»Nun, dass der Herr Polizeirat in Panik gehandelt hat. Diese Annahme hat Dr. Kneis bereits in Breitnau ins Spiel gebracht. Es könnte doch sein, dass Tanner sich aufgrund massiver Herzprobleme mit der Dosierung der Tropfen vertan hat.«

»Das bezweifle ich«, sagte Dr. Cornelius Weber. »Ich habe Gerd ausdrücklich auf die Einhaltung der Dosierung hingewiesen. Er wusste, wie gefährlich Digitalis ist. Und wenn einer nicht in Panik gerät, dann er.«

»Da habe ich aber eine andere Erfahrung gemacht«, widersprach Falk. »Zwei Tage vor Tanners Tod hatte ich abends eine Besprechung mit ihm. Dabei ist er beinahe zusammengebrochen. Aus einer Schublade zog er dann die Herztropfen, die er kaum halten konnte. Er verschüttete viel, aber er nahm auch ziemlich viel zu sich. Er sprach von fünf Tropfen, aber es waren sicher mehr. Und – ich sage es nur ungern – der Herr Polizeirat hat stark nach Alkohol gerochen.«

Du kleine, miese Ratte, dachte Kaltenbach, sagte aber nichts.

Dafür ergänzte Dr. Kneis: »Digitalis sollte nicht in Verbindung mit Alkohol genommen werden, das verstärkt die Wirkung. Die Obduktion ergab, dass der Polizeirat an seinem Todestag auch Alkohol getrunken hatte. Außerdem hat Herr Tanner reichlich gegessen.«

»Sie haben doch den Wirt befragt. Was sagte der?«, fragte Tauenstein an Kaltenbach gewandt.

»In der Gaststätte Zum Löwen waren es zwei Bier«, bestätigte er widerwillig.

»Und gegessen hat der Polizeirat auch?«

»Ja.«

»War es viel?«

»Nicht wenig.«

»Was soll das, Herr Oberkommissar? Wollen Sie sich alles aus der Nase ziehen lassen? Tanner hatte einen gesegneten Appetit, das wissen wir alle.«

»Also, wenn Sie es genau wissen wollen: Der Polizeirat hatte eine Suppe und Zwiebelrostbraten mit Beilagen. Die Portionen waren nicht klein.«

»Ich bin zwar kein Experte«, beeilte sich Falk zu sagen, »aber das alles ist bestimmt nicht gut für das Herz.«

Kaltenbach stellte sich vor, wie er Falks Kopf gegen die Tischkante knallte, das beruhigte ihn.

Tauenstein fragte: »Was meinen Sie, Dr. Weber?«

»Sicher sind fettes Essen und Alkohol Risikofaktoren, aber aus meiner Sicht ist eine Überdosierung die Ursache von Gerds Tod.«

»Können Sie die Menge Digitalis beziffern, Dr. Kneis?«, fragte Tauenstein.

»Nein, dazu reichen unsere Möglichkeiten nicht. Wir gehen aber davon aus, dass es zu viel war. Und das führt in Verbindung mit den bekannten Begleitumständen schnell zum Tod. Vor allen Dingen, wenn das Herz schon geschwächt ist.«

»Dann besteht also die Möglichkeit, dass es sich hier um eine Verknüpfung unglücklicher Faktoren handelt. Dass der Herr Polizeirat aufgrund seiner Herzschwäche und fahrlässigen Verhaltens ums Leben gekommen ist. Kann man das so sehen, Dr. Kneis?«

»Ja, diese Erklärung kann man durchaus in Betracht ziehen.«

»Hätte bei Tanners Konstitution auch eine geringe Überdosis Digitalis zum Herzstillstand führen können?«

»Auch das trifft zu.«

»Das könnte ja bedeuten, dass Tanners Fehlverhalten gar nicht so groß war: Er hat gegessen wie immer und sich bei den Tropfen nur geringfügig vertan. Was halten Sie davon, Dr. Weber?«

»Ganz ausschließen lässt sich diese Annahme nicht«, antwortete Dr. Weber widerstrebend. »Ich habe Gerd immer seinen ungesunden Lebenswandel vorgeworfen. Dennoch muss die Dosis weit über dem vorgeschriebenen Maß gelegen haben, sonst hätte er sich nicht übergeben müssen. Außerdem war das Fläschchen mit den Tropfen leer.«

»Wie auch immer«, sagte Tauenstein, »es scheint auf einen bedauerlichen Unfall hinauszulaufen.« Zufrieden machte er eine weitere Notiz. »Dann sind wir gerichtsmedizinisch so weit durch, denke ich. Vielen Dank für Ihre Expertise und Ihre wertvolle Zeit, Dr. Weber. Dank auch an Sie, Dr. Kneis, für Ihre gründliche und schnelle Arbeit.« Er stand auf und die beiden Ärzte ebenfalls. Mit Handschlag verabschiedete er sie.

Die Tür fiel ins Schloss, und Tauenstein setzte sich wieder – eine Pause entstand. Kaltenbach zündete sich eine Zigarette an. Er haderte mit sich. Entgegen Tauensteins Auffassung stand für ihn fest, dass Tanner ermordet worden war. Was Falk dachte oder vorhatte, entzog sich seiner Kenntnis – gut war es auf keinen Fall. Dessen ungeachtet galt sein Verdacht zwangsläufig Hauptmann von Straulitz als Auftraggeber und Peikert oder sonst jemandem aus Straulitz' Umfeld als Ausführendem. Eventuell kam auch einer von Röhms Genossen in Frage.

Man hatte Tanner aus dem Weg geschafft, um dessen Ermittlungen im Keim zu ersticken. Man wollte von Straulitz' Verwicklung in die Fehrenbach-Morde vertuschen und nichts von seiner und Röhms Homosexualität an die Öffentlichkeit dringen lassen. Das klang schlüssig, doch es musste auch bewiesen werden. Deshalb wollte Kaltenbach seinen Verdacht zurückhalten, bis er Konkretes vorweisen konnte. Doch jetzt hatte sich die Situation verändert. Der Oberstaatsanwalt war allem Anschein nach gewillt, die Ermittlungen einzustellen. Das musste er verhindern, auch wenn er dadurch, gerade Falk gegenüber, mehr preisgab, als er wollte.

»Wir sind gerade dabei, alle Möglichkeiten in Betracht zu ziehen«, sagte er. »Das ist gut. Deshalb sollten wir auch keine aus den Augen verlieren. Aus meiner Sicht spricht, wie bereits erwähnt, vieles dafür, dass Tanner Opfer eines Verbrechens wurde – eines Mordes.« Kaltenbach zog an seiner Zigarette und entließ den Rauch durch seine Nase. »Ein Mord bedingt ein Motiv. In diesem Fall soll die Aufklärung der Fehrenbach-Morde verhindert werden. Als vermutlicher Auftraggeber kommt Hauptmann von Straulitz in Frage, als Täter Hermann Peikert, ein Feldwebel, der unter Straulitz gedient hat.«

Tauenstein entglitten die Gesichtszüge. »Wie kommen Sie denn darauf? Hauptmann von Straulitz ist ein ehrenwertes Mitglied unserer Gesellschaft. Das habe ich schon damals Polizeirat Tanner gesagt. Und jetzt verdächtigen Sie ihn des mehrfachen Mordes! Und was hat es mit diesem Peikert auf sich?«

»Ich verstehe Ihre Entrüstung«, entgegnete Kaltenbach ruhig, »aber lassen Sie mich erklären.«

Tauenstein stimmte widerstrebend zu.

»Also, Hauptmann von Straulitz' Ehefrau war mit Clara Fehrenbach bekannt.«

»Aber das weiß ich doch schon«, unterbrach Tauenstein genervt.

Ungerührt fuhr Kaltenbach fort: »Clara Fehrenbach war im Sommer letzten Jahres in Berlin und wurde unfreiwillige Augenzeugin einer sexuellen Handlung zwischen Straulitz und einem anderen Mann.«

Tauenstein schlug auf den Tisch. »Hauptmann von Straulitz schwul! Jetzt reicht's!«

Kaltenbach redete einfach weiter: »Mit diesem Wissen hat Clara Fehrenbach Straulitz erpresst und musste deshalb sterben. Ihre Cousine Ruth war vermutlich am falschen Tag am falschen Ort oder nur Opfer, um das eigentliche Motiv zu vertuschen.«

»Und dann vergiftet dieser Peikert Polizeirat Tanner, weil dieser vor der Aufklärung des Falls stand?«, höhnte Tauenstein.

»So ist meine Theorie.«

»Kaltenbach, haben Sie eigentlich noch alle? Was für eine

Räuberpistole. Und wieso erfahre ich jetzt erst von diesen«, Tauenstein fuchtelte mit seinen Händen, »von diesen Verdächtigungen?«

»Weil die Beweislage noch dünn ist.«

»Die Beweislage ist dünn? Was haben Sie denn für Beweise? Wer kann zum Beispiel dieses unsägliche Ereignis in Berlin bezeugen? Clara Fehrenbach ja sicher nicht, die ist ja tot.«

»Ihre Freundin Anna Raff, die Clara begleitet hat. Und in Verbindung mit weiteren Fakten bekommt ihre Aussage Gewicht. Denn es ist erwiesen, dass Hauptmann von Straulitz homosexuell ist und dass er zur selben Zeit wie Clara Fehrenbach in Berlin war.«

»Wer kann das bezeugen?«

»Eugen Riedle. Ein Vertrauter Tanners. Leider ist der zurzeit nicht auffindbar.«

»Nicht auffindbar? Wohl auch durch Straulitz und seine Hintermänner um die Ecke gebracht? Also die ganz große Verschwörung.« Tauenstein schüttelte den Kopf.

»Ich kann Ihre Bedenken durchaus verstehen, Herr Oberstaatsanwalt«, lenkte Kaltenbach ein. »Um die auszuräumen, sollten wir Tanners Tod vorerst als Mordfall behandeln. Denn hier sehe ich den Schlüssel zu allem.«

»Und wie wollen Sie da vorgehen?«

»An dem Tag, als Tanner umgekommen ist, hat ihn zuletzt ein Junge gesehen. Dieser Junge hat auch einen Mann beobachtet, der Tanner in den Wald gefolgt ist. Diesen Mann gilt es zu finden. Sei es als Zeuge oder als Täter.«

Tauenstein seufzte. »Also, Herr Kaltenbach, Sie tischen mir hier eine Menge Namen und Theorien auf, die schwer zu überblicken sind. Das mit dem Zeugen könnte ja interessant sein, aber was ich vermisse, ist eine solide Dokumentation, das Handwerkzeug der Polizeiarbeit. Ich habe noch keinen einzigen Bericht gesehen. Gibt es denn nichts Schriftliches?«

»Die Ermittlungsergebnisse stammen alle von Tanner. Es sollte Notizen geben, er war da sehr pedantisch. Ich habe danach in seinem Büro und bei ihm zu Hause gesucht, aber leider nichts gefunden. Ich werde den Verdacht nicht los, dass mir jemand zuvorgekommen ist.«

Kaltenbach schaute zu Falk. Der ignorierte dessen Blick.

»Was kommt denn jetzt noch alles?«, fragte Tauenstein gereizt. »Ein Maulwurf in unseren Reihen, der Unterlagen entsorgt?«

»Das weiß ich nicht. Auf jeden Fall hat Tanner Notizen gemacht. Und die müssen irgendwo sein.«

»Dann kümmern Sie sich darum, Herr Oberkommissar.«

Kaltenbach nickte.

Tauenstein wandte sich an Falk. »Sie wissen auch nichts von Tanners Unterlagen?«

»Nein. Und ich habe genau wie Sie gerade zum ersten Mal von dieser Theorie gehört.«

»Und was meinen Sie dazu?«

»Ich bin ja noch ziemlich neu hier und natürlich nicht so erfahren wie Oberkommissar Kaltenbach, aber auf mich wirkt das Ganze doch sehr spekulativ: Zeugen und Unterlagen, die verschwinden, fragwürdige Anschuldigungen gegen unbescholtene Bürger. Dabei wurden die Ermittlungen gegen Volksschädlinge und soziale Randgruppen vollkommen vernachlässigt. Ich erwähne nur zum wiederholten Male Emil Schwarz, den Juden, den man trotz eindeutiger Indizien laufen ließ.«

»Da liegt wirklich einiges im Argen«, bestätigte Tauenstein. »Was können Sie dazu sagen, Herr Kaltenbach?«

»Wir sind allen Spuren und Verdächtigen gewissenhaft nachgegangen und da gelandet, wo wir jetzt stehen. Emil Schwarz hat definitiv nichts mit dem Fall zu tun, damit muss sich der Herr Kriminalsekretär nun mal abfinden.«

Diesmal erwiderte Falk Kaltenbachs Blick.

»Lassen Sie uns zu den Tatsachen und dem Jungen zurückkommen«, fuhr Kaltenbach fort. »Ich schlage vor, ihm ein Bild von Hermann Peikert zu zeigen. Falls er ihn als den Mann, den er gesehen hat, identifiziert, ist Peikert ein Hauptverdächtiger.

Außerdem muss ich noch einmal Hauptmann von Straulitz und seine Frau befragen.«

»Haben wir denn ein Foto?«, fragte Falk verwundert.

»Demnächst«, antwortete Kaltenbach. »Peikerts Aufenthaltsort werden wir auch bald wissen.«

»Das ist …«, Falk stockte, »äh, das ist gut. Darf man fragen, woher?«

»Ja, aber ich werde es Ihnen nicht verraten. Seine Quellen sollte man für sich behalten.«

Tauenstein schaute von Falk zu Kaltenbach. »Ich wünsche, dass Sie Ihre Zusammenarbeit verbessern, gerade jetzt, wo Sie nur zu zweit sind.«

Falk zeigte Einverständnis, Kaltenbach verzog keine Miene.

»Ich werte das als Zustimmung«, sagte Tauenstein und wandte sich dann an Kaltenbach. »Ihre ganze Argumentationskette hat aber einen Haken: Was sollte mit dem Mord an Tanner, wenn es wirklich einer war, bezweckt werden? Was wäre mit seinem Tod gewonnen?«

»Nun, vermutlich hofft man, dass damit die Ermittlungen eingestellt werden, oder man geht davon aus, dass Tanner seine Ermittlungsergebnisse noch nicht weitergegeben hat und sich deshalb das Problem von allein löst. Es könnte aber auch sein, dass man auf eine Staatsanwaltschaft setzt, die unbequemen Fragen aus dem Weg geht. Was natürlich nicht der Fall ist.«

»Natürlich nicht«, bestätigte Tauenstein pikiert. »Wie bereits gesagt, ist eine unabhängige, unvoreingenommene Justiz in einem Rechtsstaat unabdingbar.«

»Das heißt, wir machen wie vorgeschlagen weiter?«

Tauenstein zögerte, er schien abzuwägen. Einen Moment später sagte er: »Ja, trotz großer Bedenken. Prüfen Sie, ob der Junge diesen Peikert gesehen hat. Befragen Sie meinetwegen auch noch einmal die Familie von Straulitz. Hier erwarte ich aber Respekt und äußerste Diskretion. Sie melden sich vorher an und lassen sich die Zustimmung des Hauptmanns geben. Ohne die gibt es keine Befragung.«

»Gut«, sagte Kaltenbach, obwohl dem Hauptmann mit zu viel Rücksicht kaum beizukommen war. Aber da würde er schon den richtigen Ton finden.

»Außerdem gebe ich Ihnen für Ihre Ermittlungen genau drei Wochen Zeit. Wenn Sie bis dahin keine Ergebnisse vorweisen können, stellen wir die Ermittlungen gegen von Straulitz ein, und Tanners Tod wird als eine Verknüpfung unglücklicher Umstände behandelt.«

***

Auf Kaltenbachs Schreibtisch lagen die Fotos vom Tatort. Sie waren erst jetzt entwickelt worden. Das war äußerst ärgerlich und offenbarte, wie Tanners Tod eingestuft wurde. Kaltenbach suchte die Aufnahmen, die das »P« zeigten, das Tanner in den Boden geritzt hatte. Als er sie in der Hand hielt, brüllte er: »Falk!«

Falk, der ihm gegenübersaß, zuckte zusammen. »Was ist?«

»Herkommen!«

Vorsichtig schob Falk seinen Stuhl zurück und ging zu Kaltenbach. Der schleuderte die Fotos auf seinen Schreibtisch. »Was soll das sein?«

Die »P-Bilder« waren unscharf im Gegensatz zu den anderen. Man konnte nichts erkennen, sie waren unbrauchbar.

»Das ist nicht gut«, stammelte Falk.

»Nein, das ist gar nicht gut«, zischte Kaltenbach. »Haben Sie eine Erklärung?«

»Die Nerven. Der Tod des Polizeirats hat mir sehr zugesetzt. Dennoch darf so was nicht passieren – ich weiß. Ich entschuldige mich.«

»Damit ist es nicht getan, Falk. Für mich sieht das nach Absicht aus. Es ist auch seltsam, dass Tanners Aufzeichnungen verschwunden sind. Ich bin mir sicher, dass es welche gibt. Sie haben die Obduktion frühzeitig verlassen, Sie hatten Zeit und Gelegenheit.«

»Das ist eine ungeheuerliche Anschuldigung. Warum sollte ich das tun?«

»Na, das ist ja wohl klar. Sie wollen die Ermittlungen behindern. Das ›P‹ wie Peikert ist ein gewichtiges Indiz. Sie verkehren in Kreisen, die politisch Gleichdenkende mit allen Mitteln schützen.«

»Ich bin mit Leib und Seele Polizist. Ich würde niemals irgendwelche Interessen über das Gesetz stellen.«

»Nein, das würden Sie nie tun«, entgegnete Kaltenbach zynisch. »Passen Sie auf, Falk: Verrat der eigenen Truppe ist unverzeihlich. Im Krieg haben wir Verräter sofort exekutiert. Eine Maßnahme, die auch heute noch Anwendung findet.«

»Sie drohen mir?«

»Nein. Ich beschreibe nur eine Tatsache. Seien Sie also auf der Hut, Falk.«

20

Dienstag, der 26. Juni 1928, Amtsgericht Freiburg

In Kaltenbachs Post lagen zwei große Umschläge, die sofort sein Interesse weckten. Der eine war von Hermann Leitner – einem Freund und Kameraden. Beide hatten sie im Sturm-Bataillon fünf gedient. Leitner war Kaltenbachs Kontakt zum »alten Militär«. Zu den Soldaten, die sich nach der Demobilisierung in Wehrverbänden oder paramilitärischen Vereinigungen organisierten und sich bei Kameradschaftsabenden trafen.

Im Umschlag fand er ein DIN-A4-großes Bild und ein Begleitschreiben. Kaltenbach erfuhr, dass Peikert als Feldwebel im Garde-Reserve-Schützen-Bataillon der Preußischen Armee in der Zweiten Kompanie gedient hatte. Das war interessant, war der Verband doch die Reserve seines eigenen Bataillons, und beide waren bekannt für ihre Scharfschützen. Peikerts Kompaniechef war Hauptmann von Straulitz. Das Foto war auf Dezember 1917 datiert. Es zeigte fünf finster dreinblickende Männer in Uniform. Sie standen in schmutzig grauem Schnee vor einer Art Verschlag, der wohl als Unterschlupf diente. Einer der Männer hielt die Standarte der Kompanie in der Hand. Der zweite von rechts war mit einem Kreuz gekennzeichnet – das war Peikert.

Kaltenbach nahm eine Lupe zur Hand. Der Feldwebel war von großer, breiter Gestalt, er hatte helle Haare und keinen Bart. Sein Gesicht konnte man durchaus als kantig bezeichnen. Wenn man von Bart und Haaren absah, gab es trotz des Alters der Aufnahme eindeutige Übereinstimmungen mit Tonis Beschreibung. Peikert konnte also der Gesuchte sein.

Beigefügt war auch Peikerts Adresse. Der Feldwebel war in Karlsruhe gemeldet. In derselben Stadt wie Hauptmann von Straulitz. Alles in allem eine gute Nachricht.

Kaltenbach nahm den zweiten Umschlag zur Hand. Absender war Pfarrer Andreas Sontheimer. Im Umschlag enthalten war ein kurzer Brief des Pfarrers und ein Kuvert. Das Kuvert war schmutzig und abgegriffen und offensichtlich schon mehrmals verwendet worden: Alte Adressen waren durchgestrichen, zugeklebt war es mit Kerzenwachs. Auf einer freien Stelle stand in enger Schrift: »Für Pfarrer Sontheimer von Johann Geigis.«

Kaltenbach wog das Kuvert in der Hand und legte es zur Seite. Zuerst las er Sontheimers Brief.

Der Pfarrer schrieb, dass ihm das Kuvert vor zwei Tagen durch Anton Geigis, einen Enkel von Hedwig Geigis, übergeben worden sei. Sie habe es für Johann verwahrt und sollte es im Falle seines Todes dem Pfarrer zukommen lassen. Leider habe sie das Kuvert vergessen und sei erst jetzt durch Zufall darauf gestoßen. Für den Inhalt habe sie sich nicht interessiert, sie könne ohnehin kaum lesen. Das sei ein Segen, schrieb Sontheimer, denn der Brief sei sehr brisant. Im Groben entspreche er Johanns letzter Beichte. Mit dem Brief habe Johann ihn vom Beichtgeheimnis befreit. Deshalb könne er ihn auch weiterleiten, und deshalb würde er auch für weitere Fragen zur Verfügung stehen.

Abschließend schrieb der Pfarrer: »Johanns Tat ist schrecklich – Gott wird ihn richten. So wie er alle richten wird, die Johann zu dem gemacht haben, was er war.«

Kaltenbach zündete sich eine Zigarette an, inhalierte tief und öffnete dann das Kuvert. Mehrere dicht beschriebene Blätter lagen darin. Vieles war durchgestrichen – oft einzelne Wörter, manchmal ganze Sätze und Abschnitte –, und zwar so sorgfältig, dass man das Geschriebene nicht mehr entziffern konnte. Häufig gab es Einfügungen, die zwischen die Zeilen gequetscht waren. Dennoch war der Text gut lesbar. Kaltenbach nahm das erste Blatt.

Geständnis von Johann Geigis.

Ich bin ein schlechter Mensch. Wenn Sie das lesen, Herr Pfarrer, bin ich tot. Ich hoffe, ich habe gebeichtet, bevor Sie das lesen. Wenn ich gebeichtet habe, entbinde ich Sie vom Beichtgeheimnis. Ich weiß nicht, was ich beichten werde. Ich schreibe viel Unsinn. Was ich sagen will, ist, dass Sie alles weitererzählen dürfen, wenn Sie wollen.
Der 31. Mai war ein verfluchter Tag. Es war ein Donnerstag. Ich war mit den beiden Hirtenbuben auf der Nordweide. Ich hatte das Bild dabei. Das Bild mit der nackten Frau. Wie immer hatte ich es eingesteckt, um es zu verbrennen, und wie immer wusste ich, dass ich es nicht tun werde. Die beiden Hirtenbuben konnte ich allein lassen mit dem Vieh. Sie würden nichts erzählen. Sie trauten sich nicht, weil sie Angst hatten vor mir. Ja, vor mir kann man Angst haben. Ich kann sehr böse werden. Ich habe ein Messer. Und ich habe Kraft, mehr Kraft, als man denkt. Und ich habe einen bösen Blick. Das weiß ich, weil die Hirtenbuben immer weinen, wenn ich sie so anschaue. Warum ich so böse sein kann, weiß ich nicht genau. Vielleicht ist es so, weil alle böse sind.
Den Weg zu meinem Unterschlupf renne ich immer, weil ich die Unruhe loswerden will, weil es in meinen Lenden pocht, weil ich mich hasse und mich darauf freue. Der Teufel hat das in meinen Kopf gepflanzt. Ich werde es nicht los. Immer lege ich Hand an mich. Das ist gefährlich. Deshalb gehe ich zu meinem Unterschlupf. Dort kann ich tun, was ich will. Dort muss ich mich nicht beeilen. Dort hefte ich das Bild an den Stamm neben mir. Dort habe ich es auch schon zweimal hintereinander gemacht.
Schuld ist der Vater, und schuld ist die Mutter. Ich hasse sie, ich verfluche sie. Das darf ich, weil ich jetzt tot bin. Ich bin jetzt in der Hölle, im Fegefeuer. Ich weiß nicht, wie schlimm das ist, aber schlimmer als mein Leben kann

es nicht sein. Vielleicht war mein Leben schon die Hölle. Vielleicht habe ich nie gelebt.
Der Vater prügelt mich, weil es ihm Spaß macht. Ich habe ihn grinsen gesehen, als das Blut aus meiner Nase schoss. Der Vater wird bald zur Lore ins Bett steigen oder sie in den Stall zerren. Er wird sein Ding in sie reinstecken, auch wenn sie schreit oder weil sie schreit. Die Mutter wird wegsehen, sie wird zu Gott beten, und sie wird Lore bestrafen, weil sie den Vater nicht bestrafen kann und weil sie selber böse ist. Sie ist schlimmer als der Vater. Kann eine Frau der Teufel sein? Kann ein Teufel zu Gott beten? Wo ist Gott dann?
An diesem Tag war meine Erregung so groß wie lange nicht mehr. Es würde schnell gehen. Das Bild vor meinen Augen, die schweren Brüste, das dunkle Dreieck. Da hörte ich Frauenstimmen. Es waren zwei. Die eine stand am Weg, die andere habe ich nicht gesehen. Ich hatte mein Ding noch in der Hand und spähte aus meinem Unterschlupf. Meine Lust war auf dem Höhepunkt, aber noch war nichts passiert. Die Frau sah aus wie die auf dem Foto. Mein Ding pochte. Ich zog meine Hose hoch. Heute war mein Tag. Heute würde ich das Geheimnis lüften.
Plötzlich fiel ein Schuss. Ich duckte mich. Ein Mann sprang aus dem Gebüsch am Wegesrand. Er rannte auf die Frau zu. Die Frau schrie auf und lief in den Wald, fast direkt auf mich zu. Ich warf mich zu Boden. Die Frau schrie weiter, sie schrie laut, ich tastete nach meinem Messer. Die Frau rannte an mir vorbei, sie sah mich nicht. Der Mann war ihr auf den Fersen, er holte sie ein, er hatte eine Pistole in der Hand. Er zog an ihrem Rucksack, der Rucksack riss, die Frau fiel hin, der Mann war direkt hinter ihr, sie kroch von ihm weg, sie schrie, der Mann hob seine Pistole, er machte einen Schritt auf sie zu und schoss ihr ins Genick. Das Schreien endete, es wurde zu einem Wimmern.
Der Mann drehte die Frau um, setzte die Pistole auf

ihre Stirn und schoss ein zweites Mal. Jetzt war es still. Der Mann hatte ein Messer. Es war ein langes Messer. Er bog den Kopf der Frau nach hinten und durchschnitt ihre Kehle. Blut schoss heraus, ihr Herz schlug noch. Der Mann ließ sie achtlos fallen und rannte den Weg zurück. Ich blieb in meinem Versteck, ich lief nicht weg, warum, weiß ich nicht. Ich zitterte, ich hatte Angst. Dann hörte ich wieder einen Schuss.

Bald darauf kam der Mann zurück. Er durchwühlte die Taschen und den Rucksack der Frau. Und dann schob er ihren Rock hoch und zog die Unterwäsche runter. Die Frau war entblößt. Sie rührte sich nicht, sie war tot. Der Mann nahm einen Stock. Er schaute sie an, er zögerte, und dann warf er den Stock weg. Er ging ein paar Schritte, ich bewegte mich, um besser sehen zu können, da gab es ein Geräusch.

Der Mann schaute zu meinem Versteck, er sah mich. Für einen Moment erstarrten wir beide. Der Mann war voller Blut. Er hatte einen Kinnbart und einen Schnauzer, der zur Hälfte herunterhing. Der Bart war nicht echt. Auch seine Haare waren nicht echt, sie waren verrutscht. Ich sprang auf und rannte los. Der Mann verfolgte mich. Aber ich bin schnell, das ist mein Wald. Die Angst saß in meinem Nacken. Immer wieder drehte ich mich um. Jeden Moment rechnete ich mit einem Schuss, aber es gab keinen. Der Abstand zwischen uns wurde immer größer. Bald gab der Mann auf. Ich versteckte mich hinter einem Baum und sah, wie er in eine andere Richtung weglief.

Ich wartete eine Weile.

Spätestens jetzt hätte ich Hilfe holen müssen, die Polizei verständigen. Aber in meinem Kopf hatte der Teufel einen dunklen Gedanken gepflanzt. Das Böse nahm Besitz von mir. Als es mir sicher vorkam, bin ich zurück zu der Frau. Sie lag auf der Seite. Ihre Augen waren geöffnet, ein Loch dazwischen, ihr Gesicht ein Schrei. Ich schaute an ihr her-

unter, ich wollte es nicht. Aber da war das Geheimnis, da war das dunkle Dreieck.
Die Frau ist tot, ich muss sie zudecken, der Teufel drängt, das dunkle Dreieck zieht mich an. Meine Hände verselbstständigen sich. Sie fahren über Bauch und Beine, immer näher zum Geheimnis. Meine Lenden pochen. Ich öffne meine Hose, lege Hand an mich, meine andere Hand schiebt sich zwischen die Beine, öffnet sie, mein Finger taucht ein, ich stöhne, es zerreißt mich, das Weiße kommt. Der Teufel lässt von mir ab. Meine Hände zittern, ich bin voller Blut. Tote Augen starren mich vorwurfsvoll an. Ich wische meine Hände ab. Ich schließe die Augen. Ich stehe auf, ich friere, ich heule. Der Rotz läuft aus meiner Nase. Ich bin ein schlechter Mensch. Ich bin ein Ungeheuer. Wo ist Gott? Ich renne davon, ich schaue nicht nach der anderen Frau.

Jede Nacht wache ich schweißgebadet auf. Die Frau starrt mich an, meine Unterhose ist feucht. Mein Leben war die Hölle, schlimmer kann es nicht mehr werden. Ich will ewig büßen, ewig leiden. Ich will aber auch, dass der Mann gefasst wird. Deshalb beschreibe ich ihn so gut, wie ich kann: Er war groß, so groß wie der Vater. Er war auch ungefähr so alt und so kräftig wie der Vater. Seine Hände waren groß, der Bart war nicht echt, die Pistole war klein. Was er anhatte, weiß ich nicht mehr. Seine echten Haare unter der Perücke waren blond, glaube ich, alles ging so schnell.

So, jetzt habe ich alles gesagt. Aber besser ist gar nichts. Es geht mir schlecht, ich bin schlecht. Beichten werde ich noch. Auf den Tod hoffe ich. Ich hoffe aber auch, dass die Oma nichts von meiner Schande erfährt. Erzählen Sie ihr bitte nichts, Herr Pfarrer. Und ich hoffe, dass der Vater und die Mutter von Gott bestraft werden. So schlimm, wie man es sich nur vorstellen kann. Es gibt doch eine Gerechtigkeit, oder? Das Gleiche wünsche ich dem Mann. Der soll auch bestraft werden. An den Galgen soll er. Ich will auch an den Galgen, dann ist es wenigstens hier vorbei. Was dann kommt, weiß ich nicht. Das Schlimmste wäre, wenn sich alles wiederholen würde.

Johann Geigis

Kaltenbach legte die Blätter beiseite und fuhr sich übers Gesicht. Seine Zigarette war ausgegangen, er steckte sich eine neue an. Was für eine Geschichte, dachte er. Der arme Kerl. Die ganze Zigarette lang ließ er sich treiben, nichts Bestimmtes ging durch seinen Kopf. Er beobachtete, wie die Glut sich fast bis zum Ende fraß, eine bleierne Müdigkeit lastete auf ihm.

Irgendwann fiel Asche auf den Schreibtisch, Kaltenbach gab sich einen Ruck. Für Schwäche war jetzt keine Zeit. Während er die Asche beseitigte, fand er in die Wirklichkeit zurück, und eine Frage drängte sich ihm auf: Was nutzte Johanns Aussage?

Der junge Mann war Augenzeuge der Fehrenbach-Morde gewesen – er hatte den Täter gesehen. Deshalb wurde er aus dem Weg geschafft. Er war also nicht Opfer eines Unfalls, sondern eines Verbrechens. So wie Clara und Ruth Fehrenbach, wie Tanner und wie Eugen Riedle. Ja, auch Riedle gehörte in diese Reihe. Wenn der jemals wieder auftauchen würde, dann als Leiche – da war Kaltenbach sich sicher. Vier Menschen waren es nun schon. Jeder, der Straulitz gefährlich werden konnte, wurde ermordet. Somit war Kaltenbach auch selbst gefährdet, was ihn aber wenig kümmerte. Wichtiger war, dass Johanns Brief seine Vorgehensweise bestätigte: Vorrang hatte Peikert. Er kam mit hoher Wahrscheinlichkeit als Täter in Frage, da Johanns Beschreibung auf ihn passte und sich mit Toni Romingers deckte. Doch wie konnte man ihn überführen? Kaltenbach musste nicht lange überlegen, der Weg war klar: In einem ersten Schritt musste Toni ihn auf dem Bild identifizieren und in einem weiteren bei einer Gegenüberstellung. Falls diese wie erwartet ausfiel, könnte man Peikert einem harten Verhör unterziehen und seine Alibis zu den verschiedenen Todestagen prüfen. Auch eine Durchsuchung seiner Wohnung wäre dann angezeigt. Wenn man Peikert erst hatte, dann hatte man auch Straulitz.

Kurzentschlossen nahm Kaltenbach das Foto von Peikert und fuhr zu Toni. Jetzt hängt alles an dir, junger Freund, dachte er.

***

Dicker Zigarettenqualm vermischte sich mit dem säuerlichen Geruch von Kohl und Bier. Falk saß mit Nerder im hintersten Winkel einer Schankwirtschaft in der Nähe des Schwabentors. Nerder löffelte eine Kohlsuppe, die es hier eigentlich gar nicht hätte geben dürfen. Für Speisen hatte der Wirt keine Lizenz.

»Kohl reinigt die Gedärme«, sagte Nerder und stieß auf. »Was gibt es so Dringendes?«

»Kaltenbach ist überzeugt, dass Tanner ermordet worden ist. Es gibt einen Jungen, der einen Mann gesehen hat, der mit der Tat in Verbindung gebracht wird. Kaltenbach glaubt, dass dieser Mann ein gewisser Feldwebel Peikert ist. Und dass dieser Mann im Auftrag von Hauptmann von Straulitz handelt.«

»Peikert? Das ist erstaunlich.« Nerder schob die Kohlsuppe beiseite und zündete sich eine Zigarette an. Das Streichholz warf er in den Teller und stieß abermals auf.

Falk verzog sein Gesicht. »Ich kenne diesen Peikert nicht und weiß nicht viel über Straulitz. Doch Kaltenbach hat eine Geschichte aufgetischt, die bestechend logisch ist. Ich sabotiere diese Ermittlungen so weit, wie ich kann, habe aber keine Ahnung, um was es geht. Das könnte sich fatal auswirken. Ich will jetzt eingeweiht werden.«

»Falk, du kapierst es nicht.« Nerder schnippte Asche in den Teller. »Du darfst und wirst nicht mehr wissen, als ich dir sage, sonst bist du angreifbar.«

»Das sehe ich aber anders.«

Nerder fixierte Falk. Nerders Augen waren graugrün. Er blinzelte nicht. »Deine Meinung interessiert nicht. Du befolgst meine Befehle, sonst ist es bald aus mit der Karriere.«

Falk senkte seinen Blick und biss sich auf die Unterlippe. »Ich denke aber«, sagte er vorsichtig, »man muss Hauptmann von Straulitz aus der Schusslinie nehmen und dieser Peikert muss untertauchen. Oberstaatsanwalt Tauenstein hat weiteren Ermittlungen zugestimmt. Zwar auf kleiner Flamme, aber dennoch nicht ungefährlich.«

»Tauenstein, dieser Fatzke! Aber im Zweifel wird der Oberstaatsanwalt schon das Richtige tun.« Nerder grinste. »Nie den Optimismus verlieren, Falk. Um Hauptmann von Straulitz brauchst du dir keine Sorgen zu machen. Und für Peikert habe ich eine bessere Idee. Wichtig ist, dass du mich immer auf dem Laufenden hältst.« Fast schon beschwingt drückte Nerder die Zigarette im Suppenrest aus und zündete sich eine neue an. Er schien bester Laune zu sein.

21

Mittwoch, der 27. Juni 1928, Amtsgericht Freiburg

Kaltenbach war in Tanners Büro umgezogen, da ihm dies als dessen Stellvertreter zustand. Eine unangenehme Sache, denn jeder Gegenstand, jedes Möbelstück, jede Schublade atmete Tanners Geist. Aber es musste sein, nur so konnte Kaltenbach Falk vom Wichtigsten fernhalten. Auf Dauer war das natürlich keine Lösung. Falk musste aus dem Polizeidienst entfernt werden. Aber solange ihm kein Dienstvergehen nachgewiesen werden konnte und er die Rückendeckung von Tauenstein genoss, war da nichts zu machen.

Kaltenbach stellte sich an eines der Fenster, die zur Kaiserstraße zeigten, und beobachtete das morgendliche Treiben, so wie Tanner es oft getan hatte. Vier Tage waren seit dessen Tod vergangen. Der Beerdigungstermin stand noch nicht fest, vermutlich am Sonntag. Ein ehrenvoller Abschied sollte es werden mit Polizeikapelle und allem Drum und Dran, das hatte Tauenstein versprochen.

Dieser Heuchler! Tanners Schicksal, die Umstände seines Todes interessierten ihn einen Dreck: Der Oberstaatsanwalt hatte Kaltenbachs Vorschläge komplett abgelehnt. Keine Vorladung, keine Gegenüberstellung, keine Wohnungsdurchsuchung. Und das, obwohl Toni Rominger Peikert auf dem Bild erkannt hatte. Nicht hundertprozentig zwar – kein Wunder bei einem elf Jahre alten Bild –, aber mit hoher Sicherheit. Doch Tauenstein verlangte einhundert Prozent. Überhaupt zog er Tonis Urteilsvermögen in Zweifel: Ein Kind sei ein unzuverlässiger Zeuge, es male sich Dinge aus, es übertreibe, es mache sich wichtig. Kaltenbach solle beim Besprochenen bleiben, also Peikert in Karlsruhe befragen und um einen Termin bei Hauptmann Straulitz ersuchen. Mit den Aussagen könne man dann die weiteren Schritte planen. Diese unangebrachte Vorgehensweise hatte nur ein Ziel: Die Ermittlungen in Richtung Straulitz sollten erfolglos bleiben. Selbst die Beichte von Johann Geigis hatte daran nichts geändert. Zwar zeigte sich Tauenstein beeindruckt, aber die Beschreibung des Täters sei ihm zu vage. Und aus dem Umstand, dass Johann der einzige Augenzeuge der Tat war, einen Mord an ihm abzuleiten, sei zwar naheliegend, aber die Fakten sprächen dagegen, es liege ja nicht einmal eine Anzeige vor.

»Wer weiß, ob der Junge auch alles wahrheitsgetreu geschildert hat«, hatte er gesagt. Dessen verkommener, abartiger Charakter habe sich ja in seiner perversen Handlung gezeigt. Und dann noch die Eltern dafür verantwortlich zu machen, spräche Bände. Wie krank müsse man sein, den Vater und die Mutter derart in den Schmutz zu ziehen? Die beiden, die offensichtlich rechtschaffene Bürger seien, solcher Untaten zu bezichtigen, würde Johann alle Glaubwürdigkeit kosten. Zum Glück sei der Junge tot. Sein Geständnis sei wertlos, und es dürfe nie an die Öffentlichkeit gelangen, man müsse ja die Eltern schützen.

Tauensteins Worte klangen nach. Verärgert wandte Kaltenbach sich vom Fenster ab und setzte sich wieder an den ausladenden Schreibtisch. Wie oft hatte er hier mit Tanner gesessen und mit ihm über Dienstliches, aber auch Privates gesprochen. Das Unbehagen holte Kaltenbach wieder ein. Saß er tatsächlich nur wegen Falk hier, oder war das seine Art der Trauerbewältigung? Stärke vorzuspielen, indem man ungerührt das Büro seines gerade verstorbenen Vorgesetzten übernahm?

Tauenstein hatte dazu seine eigene Interpretation. Er hatte Kaltenbach darauf aufmerksam gemacht, dass dies nur eine Übergangslösung sei und er sich ja keine Hoffnung auf eine Beförderung machen solle. Tauensteins Denken konzentrierte sich nur auf Karriere und Ansehen. Tauenstein wusste gar nichts. Und er ging Kaltenbach erheblich auf die Nerven.

Der Dienstapparat klingelte. Es meldete sich eine Gerlinde Hauser. Sie sei das Dienstmädchen der Familie von Straulitz. Endlich, dachte Kaltenbach. Er hatte es über den Hausanschluss der Familie Straulitz versucht, aber niemanden erreicht. Deshalb hatte er den zuständigen Karlsruher Polizeiposten beauftragt, für einen Rückruf zu sorgen. Ebenso war er bei Peikert vorgegangen, der zwar kein Telefon hatte, dessen Adresse aber bekannt war.

»Ich hätte gerne Ihren Dienstherrn, Hauptmann von Straulitz, gesprochen«, sagte Kaltenbach.

»Das geht nicht.«

»Warum?«

»Die gesamte Familie von Straulitz ist nach Bolivien ausgereist.«

»Was?« Kaltenbach rang um Fassung. »Wann war das?«

»Am Sonntag vor drei Tagen.«

»Und warum, wenn ich fragen darf?«

»Der Herr Hauptmann hat eine militärische Beratungsstelle angetreten. Das ging alles ganz schnell.«

»Und die Familie musste mit?«

»Ja, das ist alles ganz schrecklich.«

Kaltenbach hörte ein Schniefen. »Warum?«

»Ich weiß nicht, ob ich Ihnen das sagen darf.«

»Ich bin von der Polizei, Sie dürfen.«

»Die Herrin wollte nicht mit. Auch der kleine Maxi nicht. Es gab eine schreckliche Szene. Wir alle, das gesamte Personal, hatten uns in die Küche verzogen.«

»So eine Reise muss aber geplant werden.«

»Fragen Sie mich nicht, wie das vonstattenging. Wir wurden alle überrollt. Jetzt sind wir dabei, das Anwesen einzumotten. Bis auf die Hausverwalterin werden alle zum Monatsende entlassen. Ich weiß nicht, wie es weitergehen soll.« Wieder das Schniefen.

»Wissen Sie mehr über die Stelle des Hauptmanns? Was er genau da macht? Wie er dazu kam?«

»Nein. Wir erfahren solche Sachen nur über fünf Ecken. Aber am Abend, als es diese Szene gab, konnte man ein paar Worte auffangen – laut genug war es ja.«

»Und was haben Sie gehört?«

»Der Herr Hauptmann sollte einen Böhm oder Röhm begleiten. Als der Name fiel, bekam die Herrin einen Schreikrampf.«

»Röhm? Ernst Röhm?«

»Weiß ich nicht. Ist mir auch egal. Aber die Herrin und der Maxi, die tun mir so leid. Jetzt sind alle weg. Das Haus ist leer. Keiner weiß, ob sie wiederkommen. Ich brauche eine neue Stelle. Muss jetzt erst mal wieder zu meinen Eltern. Alles geht den Bach runter.«

»Das tut mir leid für Sie.«

»Ja, danke – hilft aber nichts.«

Eine Pause entstand, Kaltenbach ordnete seine Gedanken, dann fragte er: »Kennen Sie einen Herrn Peikert?«

»Wen?«

»Peikert. Hermann Peikert.«

»Nein, hab ich noch nie gehört.«

»Groß, muskulös, blonde Haare. Ein Feldwebel, er hat unter dem Hauptmann gedient.«

»Nein, kenne ich nicht. Kann ich auch nicht kennen, denn bei uns verkehren nur Offiziere.«

»Ist Ihnen bei denen etwas aufgefallen?«

»Nein. Alles sehr einsilbige Herren, die unsereins kaum beachten. Offiziere halt.«

»Nun gut.« Kaltenbach seufzte. »Das war es vorerst. Ich danke Ihnen. Falls Ihnen noch etwas einfällt, benachrichtigen Sie mich bitte.«

»Das mache ich, Ihre Nummer habe ich ja. Da fällt mir auf, die ist dieselbe wie die vom Herrn Polizeirat Tanner. Arbeitet der bei Ihnen?«

»Ja.«

»Dann grüßen Sie ihn bitte. Der war nicht so von oben herab, der war richtig nett.«

Eine Pause entstand. Kaltenbach kämpfte mit sich. Irgendwann brachte er ein »Das werde ich ausrichten, vielen Dank« heraus.

Den Hörer legte er behutsam auf, presste ihn aber fest auf die Gabel. Tanner war plötzlich wieder gegenwärtig. Die Trauer um ihn und die Wut auf dessen Mörder hielten sich die Waage, bis die Wut überwog: Straulitz hatte sich also abgesetzt, gerade jetzt – was für ein Zufall.

Das Telefon klingelte erneut.

Diesmal war es der Karlsruher Polizeiposten. Der einbestellte Hermann Peikert sei hier. Man werde augenblicklich durchstellen.

Peikert war jetzt Kaltenbachs einzige Chance. Es musste eine Gegenüberstellung geben, sei es freiwillig oder mit Druck, ganz egal, was der Oberstaatsanwalt angeordnet hatte.

»Hermann Peikert«, meldete sich eine kräftige Stimme. »Sie wollten mich sprechen?«

»Ja, Oberkommissar Kaltenbach, Kripo Freiburg. Danke, dass Sie sich so schnell melden.«

»Wenn die Obrigkeit ruft, bin ich zur Stelle – Soldatenehre. Was kann ich für Sie tun?«

»Es geht um eine Straftat im Hochschwarzwald in der Nähe von Freiburg. Sie wurden dort gesehen. Wir hätten Sie gerne dazu befragt.«

»Aha. Und wie kommen Sie auf mich? Hat man dort meine Visitenkarte gefunden?« Ein abgehacktes Lachen war zu hören.

»Das kann ich Ihnen wegen der laufenden Ermittlung nicht sagen.«

»Na, Sie sind ja gut. Wann und wo genau soll das denn gewesen sein?«

»In diesem Jahr am 23. Juni bei Breitnau unterhalb der Weißtannenhöhe.«

»Ich kenne kein Breitnau und auch keine Weißtannenhöhe. In Freiburg war ich mal, ist aber schon Jahre her.«

»Wo waren Sie denn am 23. Juni?«

»Das kann ich Ihnen aus dem Stegreif heraus nicht sagen, und meinen Kalender habe ich leider zu Hause. Aber wie bereits erwähnt, ich war noch nie in dieser Gegend.«

»Dann liegt da vermutlich ein Missverständnis vor. Wären Sie bereit, das zu klären? Wir haben einen Zeugen, der Sie gesehen haben will. Würden Sie einer Gegenüberstellung bei uns im Präsidium zustimmen?«

»Eine Gegenüberstellung? Ich glaube nicht, dass ich das muss.«

»Sie müssen nicht, zumindest momentan. Das kann sich aber noch ändern. Ich denke, es wäre in Ihrem Interesse, die Sache aus der Welt zu schaffen. Man weiß ja nie, was da hängen bleibt.«

»Wieso sollte denn jemand davon erfahren?«

»Wir arbeiten natürlich sehr diskret. Dennoch dringen immer wieder Dinge nach draußen. Das ist ärgerlich, lässt sich aber in der heutigen Zeit kaum verhindern.«

»Oh, ich verstehe«, entgegnete Peikert mit ironischem Unterton. »Sie wollen mich schützen.«

»So ist es.«

»Na, unter diesen Umständen komme ich gerne. Ich habe ja nichts zu verbergen. Zumal das Land doch sicher für meine Kosten aufkommt. Ich denke da an Fahrt, Übernachtung und Spesen.«

»Das lässt sich machen, Herr Peikert. Wie wäre es in zwei Tagen, am Freitagnachmittag um ein Uhr im Gebäude des Amtsgerichts?«

»Das ist sehr kurzfristig, aber ich kann es einrichten. Ich werde da sein. Wichtige Angelegenheiten sollte man sofort erledigen. Nennen Sie mir bitte die genaue Adresse.«

Kaltenbach starrte auf den aufgelegten Hörer. Das ging zu leicht. Entweder war Peikert tatsächlich unschuldig, oder er war sich sicher, nicht erkannt zu werden. Oder es war ihm einfach egal, weil ihm nichts passieren konnte. Aber warum?

Kannte er vielleicht Toni Rominger? War der Junge gefährdet? Sollte es ihm wie Johann Geigis ergehen?

Diesen Gedanken verwarf Kaltenbach. Dafür wäre zu wenig Zeit, und es wäre zu auffällig. Eher würde man versuchen, den Jungen zu verunsichern, ihn unglaubwürdig zu machen. Dem musste Kaltenbach entgegenwirken. Tonis Aussage musste gefestigt werden, am besten durch weitere Zeugen. Und da gab es durchaus noch Möglichkeiten. Vielleicht hatte er ja Glück.

Doch zuerst brauchte er genauere Informationen über die überstürzte Auswanderung der Familie Straulitz, und dann musste er seine Eigenmächtigkeit gegenüber dem Oberstaatsanwalt verantworten. Das könnte unangenehm werden.

***

Tauenstein blieb gefährlich ruhig. »Nur zur Erinnerung«, sagte er, »der Staatsanwaltschaft obliegt die Leitung der Ermittlungen. Sie können sich doch nicht einfach über meine Anweisungen hinwegsetzen.«

»Peikert hat freiwillig der Gegenüberstellung zugestimmt. Warum sollte ich das ablehnen? Damit vereinfacht sich vieles, und es bringt die Ermittlungen weit voran.«

»Sie hätten mich fragen müssen. Die Ausgaben für Übernachtung, Fahrt und Spesen müssen genehmigt werden.«

»Bei der Sachlage habe ich das als Selbstverständlichkeit betrachtet. Zumal Sie mir einen engen Zeitrahmen gesetzt haben.«

»Und das nicht umsonst. Sie haben sich ja vollkommen verrannt. Ich bin sicher, Sie verfolgen die falsche Spur.«

»Das wird sich zeigen. Und eigentlich müssten Sie ja froh sein, denn falls sich mein Verdacht nicht bestätigt, haben Sie die besten Argumente, die Ermittlungen in Richtung Peikert und Straulitz zu beenden.«

»Dazu brauche ich keine weiteren Argumente und schon gar nicht von Ihnen. Sie bewegen sich auf ganz dünnem Eis, Kaltenbach. Sie scheinen zu vergessen, dass ich Ihnen Anweisungen erteilen darf, und die sollten Sie auch befolgen. Der Polizeipräsident wird über Ihre Disziplinlosigkeit sicher nicht erfreut sein, der legt Wert auf die Einhaltung der Hierarchie. Der wird Sie schon zurechtstutzen.«

»Wir werden sehen. Wenn die Ergebnisse stimmen, zeigt sich der Polizeipräsident immer recht tolerant. Und da gibt es noch etwas, das Ihnen zu denken geben könnte.«

»Und das wäre?«

»Hauptmann von Straulitz hat sich den Ermittlungen entzogen. Er ist recht überstürzt nach Bolivien gereist, samt seiner Familie. Dort unterstützt er Ernst Röhm, der als Militärinstrukteur die bolivianische Armee reorganisieren soll. Röhm dürfte Ihnen ja nicht unbekannt sein.«

»Röhm ist eine einflussreiche Figur der Rechtsnationalen, er hat schon oft von sich reden gemacht. Aber was wollen Sie mir damit sagen?«

»Nun, das liegt ja wohl auf der Hand. Erstens: Straulitz' Flucht ist eine Art Schuldeingeständnis. Für ihn wird es ungemütlich, also setzt er sich ins Ausland ab. Zweitens: In gewissen Kreisen ist es ein offenes Geheimnis, dass Röhm homosexuell ist und sich Straulitz in seinem Dunstkreis bewegt hat. Es gibt also ein großes Interesse, dass dieser Sachverhalt nicht bekannt wird. Und das würde er, falls Straulitz schuldig wäre.«

»Noch ein Schwuler und ausgerechnet Ernst Röhm.« Tauenstein verzog verächtlich die Mundwinkel. »Und der fürchtet also um seinen Ruf und seine Karriere und besorgt deshalb Straulitz eine Anstellung im Ausland.«

»Genau.«

»Kaltenbach, Sie machen sich lächerlich. Aber nun gut. Mit der Gegenüberstellung wird dieser Irrsinn hoffentlich ein Ende nehmen, und dann müssen Sie für Ihre Fehler und die unnötig verschwendete Ermittlungszeit geradestehen. Wie weit könnten wir sein, wenn Sie nicht diesen Hirngespinsten nachjagen würden?«

22

Freitag, der 29. Juni 1928, Amtsgericht Freiburg

Hermann Peikert war pünktlich. Ein Wachtmeister hatte ihn in Kaltenbachs Büro gebracht. Der Enddreißiger stand in der Mitte des Raumes und wirkte wie ein wohlhabender Tourist. In der Hand eine Reisetasche, sein Teint gebräunt. Er trug einen hellen Sportpullover zu einer ebenfalls hellen Leinenhose. Sein Lächeln war dezent, seine blonden Haare sorgfältig gescheitelt. Kaltenbach erhob sich und kam ihm entgegen. Peikerts Händedruck war fest, beide Männer waren gleich groß. Sie maßen einander mit Blicken.

»Schön, dass Sie sich bereit erklärt haben«, sagte Kaltenbach.

»Es freut mich, wenn ich helfen kann«, entgegnete Peikert.

»Haben Sie denn keine Bedenken?«

»Nein, warum auch?«

»Manchmal entwickeln sich Dinge in eine andere Richtung, als man denkt.«

»Wenn man sich seiner Sache sicher ist, dann nicht.«

»Und das sind Sie?«

»Ich bin ein guter Deutscher, ich stehe auf der richtigen Seite. Mir kann nichts passieren.«

»Was macht denn ein guter Deutscher so?«

»Alles, was dem Vaterland hilft.«

»Auch Ungesetzliches?«

»Der Dienst für das Vaterland ist heilig. Was gut für das Deutsche Reich ist, kann nicht ungesetzlich sein. Aber dazu kommen wir sicher später noch.«

»Richtig. Zuerst werde ich Ihre Personalien aufnehmen, und dann beginnen wir mit der Gegenüberstellung und danach mit der Befragung. Das kann sich hinziehen.«

»Dann lassen Sie uns keine Zeit verlieren. Ich habe noch einiges vor in Ihrer schönen Stadt.«

***

Wieder standen sechs Männer vor der unverputzten Wand im Keller des Amtsgerichts und hatten Nummern in der Hand. Peikert war die Nummer vier. Der Raum war derselbe wie bei der Gegenüberstellung von Lot und Hess. Die Männer starrten auf das mit schwarzen Brettern vernagelte Fenster, hinter dem Kaltenbach, Tauenstein, Falk, Fräulein Schneider und Toni standen. Der Oberstaatsanwalt war ungehalten, denn Kaltenbach hatte neben Toni Rominger noch Pfarrer Sontheimer, den Wirt vom Löwen und Rosa Reichert vom Gasthaus Thurner als Zeugen geladen.

»Was wollen Sie denn mit den ganzen Leuten?«, fragte Tauenstein gereizt.

»Das lässt sich leicht erklären: Peikert behauptet, nie auf der Weißtannenhöhe oder in der umliegenden Gegend gewesen zu sein. Aber wenn doch, dann könnte ihn jemand von den Anwesenden gesehen haben. Und zwar Rosa Reichert in der Zeit, als die Morde an den Fehrenbach-Cousinen begangen wurden, Pfarrer Sontheimer, als Johann Geigis ums Leben kam, und der Löwenwirt, als Polizeirat Tanner gestorben ist.«

»Wir sprachen aber nur von Toni Rominger. Wieso erfahre ich erst jetzt davon?«

»Ich wollte Sie nicht mit Details belästigen.«

Tauenstein warf Kaltenbach einen vernichtenden Blick zu. Falk, der neben dem Oberstaatsanwalt stand, hatte aufmerksam zugehört. Er versuchte, ruhig zu wirken, doch seine angespannten Gesichtszüge verrieten ihn.

Eingepfercht zwischen den ganzen Erwachsenen wartete Toni Rominger ungeduldig auf seinen Einsatz. Für ihn hatte man einen Stuhl vor die Trennwand gestellt, da er nicht bis zu den Sehschlitzen reichte.

»Dann mal los«, sagte Kaltenbach. Umgehend erklomm Toni den Stuhl und spähte in den anderen Raum. Keine zwanzig Sekunden später verkündete er: »Es ist die Nummer vier.«

»Junge, das ist kein Wettbewerb, wer am schnellsten ist«, mahnte der Oberstaatsanwalt. »Das hier ist ernst. Schau dir gefälligst die Männer richtig an, und dann überlegst du, und dann antwortest du.«

»Aber das muss ich nicht. Ich hab den Mann sofort erkannt. Es ist die Nummer vier. Der gleiche Mann wie auf dem Foto. Den hab ich gesehen, nachdem ich den Polizeirat getroffen hatte.«

»Du hast aber gesagt, der Mann hätte einen Spitzbart und dunkle Haare gehabt.«

»Das stimmt. Aber man kann sich ja verkleiden, so wie an Fastnacht.«

»Man verkleidet sich, um nicht erkannt zu werden. Wieso glaubst du, den Mann zu erkennen?«

»Weil ich das gut kann. Wenn an Nikolaus sich der Kirchendiener verkleidet, erkenne ich den immer. Und beim Knecht Ruprecht ist es genauso. Egal, ob das der Hannes Rubin oder der Herr Seiler ist.«

»Der Nikolaus! Wo sind wir denn hier? Bei der Kinderbelustigung? Das kann man nicht ernst nehmen«, zürnte Tauenstein.

»Ich denke, schon«, widersprach Kaltenbach. »Die Aussage ist eindeutig, auch wenn sie von einem Kind stammt. Danke, Toni.«

Tauenstein schüttelte nur den Kopf, während Kaltenbach den Jungen entließ und Rosa Reichert hereinbat. Die Wirtstochter vom Thurner ließ sich viel Zeit und den einen oder anderen vortreten oder im Profil zeigen. Sie war sehr engagiert, dennoch konnte sie sich nicht erinnern, einen der Männer je gesehen zu haben.

Der Löwenwirt war eher ungehalten und wollte die Sache schnell hinter sich bringen. Wiederholt machte er darauf aufmerksam, dass er in seiner Wirtschaft gebraucht werde und dass die Arbeitsentschädigung viel zu gering ausfalle. Nach mehrmaligem Nachfragen nannte er die Nummer vier als möglichen Gast an jenem Samstag. Daraufhin bedrängte Tauenstein den Wirt und nannte die Folgen, die seine Aussage nach sich ziehen könnte. Der Wirt wurde zusehends unsicher und zog seine Aussage zurück.

Zuletzt nahm Pfarrer Sontheimer die Männer in Augenschein. Er ließ jeden vortreten und sich einmal um die Achse drehen.

»Die Nummer vier war am Todestag von Johann Geigis in meiner Kirche. Sein Gesicht ist mir gut im Gedächtnis geblieben, obwohl er damals einen Vollbart trug und andere Haare hatte.«

Tauenstein hakte nach. »Es war Sonntag. Ich gehe davon aus, dass Ihre Kirche voll war.«

»Ja.«

»Und wo befand sich der Mann?«

»Am Ende der Kirche, in der Nähe des Eingangs.«

»Und wo waren Sie, als Ihnen der Mann auffiel?«

»Auf der Kanzel.«

»Sie hatten also eine volle Kirche, Sie predigten von der Kanzel, der von Ihnen Genannte stand in der hintersten Ecke Ihrer Kirche, und er hatte sein Äußeres verändert. Und da wollen Sie den Mann identifizieren?«

»Gottesdienstbesucher, die nicht zu meiner Gemeinde gehören, fallen mir immer auf.«

»Auffallen ja, aber unter diesen Umständen wiedererkennen ist doch eher unwahrscheinlich.«

»Mit Verlaub, Herr Oberstaatsanwalt, das müssen Sie schon mir überlassen.«

»Dann sind Sie sich vollkommen sicher, diesen Mann am Sonntag, dem 17. Juni, in Ihrer Kirche gesehen zu haben?«

»Ja.«

***

Im Verhörraum eins wartete Fräulein Schneider auf ihrem Platz rechts vom Eingang auf den Beginn der Befragung. So unauffällig wie möglich beobachtete sie diesen Herrn Peikert, der im Verdacht stand, mehrere Verbrechen begangen zu haben. Peikert saß entspannt auf seinem Stuhl. Konnte dieser stattliche Mann tatsächlich der Mörder von Polizeirat Tanner sein? Oberkommissar Kaltenbach ging davon aus, so viel hatte sie bereits mitbekommen. Und der kleine Toni hatte ihn ja auch in der Nähe des Tatorts gesehen, was Kaltenbachs Annahme bestärkte. Oberstaatsanwalt Tauenstein hingegen vertrat die Meinung, dass der Polizeirat Opfer eines selbst verschuldeten Unfalls geworden sei, es also gar kein Verbrechen gebe. Fräulein Schneider wollte Kaltenbach glauben. Tauenstein war ihr suspekt. Sie traute ihm nicht.

Kaltenbach führte das Verhör. Er und Tauenstein saßen Peikert gegenüber. Falk lehnte hinter ihnen an der Wand, die Arme verschränkt.

»Herr Peikert, Sie haben behauptet, niemals in Breitnau oder auf der Weißtannenhöhe gewesen zu sein. Ist das richtig?«

»Richtig.«

»Jetzt haben wir aber zwei Zeugen, die Sie genau an diesen Orten gesehen haben. Wie erklären Sie sich das?«

»Ein Irrtum, eine Verwechslung.«

»Wo waren Sie denn am Sonntag, dem 17. Juni, und am Samstag, dem 23. Juni?«

»In Karlsruhe, vermute ich.«

»Geht es ein bisschen genauer?«

»Sicher, aber da muss ich erst einmal nachschauen. Darf ich?« Peikert zeigte auf seine Reisetasche, die neben seinem Stuhl stand. Kaltenbach nickte. Peikert entnahm eine leichte Sommerjacke und zog einen Taschenkalender aus der Innentasche. »Wann, sagten Sie noch einmal?«

Kaltenbach wiederholte.

»Also am Sonntag war unsere Skatrunde. Und am Samstag habe ich selbstverständlich gearbeitet.«

»Zeugen?«
»Natürlich.«
»Nennen Sie bitte Namen.«
»Sowohl beim Skat als auch bei der Arbeit waren es Karl Allgaier und Ernst Träger, das sind Kollegen und Freunde.«
»Wie praktisch«, bemerkte Kaltenbach sarkastisch. »Wo arbeiten Sie denn?«
»Bei der BERKA als Buchhalter.«
»Ist das nicht ein Waffen- und Munitionsbetrieb?«
»Früher mal. Dann kam aber der Versailler Knebelvertrag. Die Waffenherstellung in Deutschland wurde untersagt. Jetzt produzieren wir Haushaltsgeräte.«
»Dort sollen mehrere Kriegsveteranen arbeiten.«
»Richtig. Einige aus der Führungsetage haben selbst gedient. Die haben uns nicht vergessen, die fühlen sich uns gegenüber verpflichtet.«
»Wenn man einmal zusammen im Schützengraben war, dann hält man zusammen.«
»So ist es.«
»Kann es sein, dass Ihre Skatbrüder in derselben Einheit wie Sie gedient haben?«
»Das trifft zu. Vertrauen erhöht bei der Arbeit die Effektivität.« Peikert lächelte.
»Die BERKA ist ein sehr großer Betrieb. Da gibt es doch sicher einen Pförtner.«
»Nicht nur einen, mehrere. Aber ich kann Ihnen Heinrich Besch nennen. Der müsste mich gesehen haben. Darauf wollten Sie doch hinaus, nicht wahr?«
Kaltenbach ignorierte Peikerts Bemerkung und fragte: »Sie haben doch sicher auch eine Stempelkarte?«
»Gewiss. Und auch die wird meine Angaben bestätigen.«
»Auch für die Vortage? Denn wenn man von Karlsruhe nach Breitnau fährt und dort etwas erledigen will, das einige Zeit in Anspruch nimmt, und dann wieder zurückfährt, dann braucht man zwei Tage.«

»Richtig. Als Polizist müssen Sie natürlich alles bedenken und Zweifel anmelden. Und wenn man zweifelt, muss man kontrollieren, was Sie gewiss auch tun werden. Aber glauben Sie mir, wenn Sie die Stempelkarte prüfen und meine Kollegen und den Pförtner befragen, werden Sie feststellen, dass alles seine Richtigkeit hat.«

»Dann waren Sie auch am 31. Mai in Karlsruhe? An diesem Tag wurden zwei Frauen auf der Weißtannenhöhe umgebracht.«

Peikert machte ein betroffenes Gesicht. »Davon habe ich gehört. Schreckliche Sache.« Er blätterte in seinem Kalender. »Wie ich sehe, war das ein gewöhnlicher Donnerstag. Da habe ich natürlich gearbeitet. Und am Vorabend hat sich unsere Skatrunde getroffen, um einer wahrscheinlichen Frage vorzugreifen.«

»Vermutlich bestätigen die bereits genannten Personen Ihre Anwesenheit.«

»So ist es.«

»Sie sind also auch privat viel zusammen.«

»Kollegen auf Zeit. Kameraden für immer.«

»Gilt das auch für den Pförtner Besch?«

»Bei den Kameradschaftstreffen ist er immer dabei, beim Skat nicht. Das kann er nicht. Aber sonst gehört er schon dazu. Wie gesagt: Kameraden für immer.«

»Kameraden halten zusammen, egal was kommt.«

»Richtig. Solange es sich im gesetzlichen Rahmen bewegt.« Peikert lächelte wieder.

»Sie haben unter Hauptmann von Straulitz gedient. Haben Sie zu dem noch Kontakt?«

»Ich verstehe Ihre Frage zwar nicht ganz, aber da der Hauptmann mein Kompaniechef war, sehe ich ihn gelegentlich auf den großen Veranstaltungen. Mehr als eine kurze Nachfrage zu meinem Befinden gibt es aber nicht.«

»Man sagt, Sie seien sein Mann fürs Grobe.«

»Wer behauptet so was?« Peikert schaute verwundert. »Ich muss schon sagen, Sie kommen hier mit abenteuerlichen Anschuldigungen. Wie bereits erwähnt, habe ich keinen engen

Kontakt zu Hauptmann von Straulitz. Und der Mann fürs Grobe, das klingt ja nach Unterwelt, nach fragwürdigen Geschäftsmethoden. Das wollen Sie mir und dem Hauptmann doch nicht ernsthaft unterstellen?«

»Dann ist das also nur ein Gerücht?«

»Natürlich, was sonst? Ich arbeite nicht für den Herrn Hauptmann. Ich bin bei der BERKA angestellt.«

»Dann wissen Sie auch nicht, dass er nach Bolivien ausgewandert ist?«

»Nein, weiß ich nicht. Zwar würde mich interessieren, warum, aber nur aus Neugier. Im Grunde ist es mir egal.«

Der Oberstaatsanwalt räusperte sich. »Ich denke, das genügt, Herr Peikert. Sie haben unsere Bedenken ausgeräumt. Natürlich werden wir Ihre Angaben noch prüfen, aber Sie können jetzt gehen.«

»Moment«, warf Kaltenbach ein, »ich bin noch nicht –«

»Aber ich. Die Befragung ist hiermit beendet. Vielen Dank, Herr Peikert.«

»Ich helfe gern.« Peikert verstaute seinen Kalender und stand auf, der Oberstaatsanwalt ebenso. Die beiden gaben sich die Hand. Kaltenbach blieb sitzen und musterte Peikert, der freundlich lächelte.

»Kriminalsekretär Falk wird Sie hinausbegleiten«, sagte Tauenstein. An Falk und Kaltenbach gewandt, ergänzte er: »Wir sehen uns in meinem Büro.«

***

Das Büro des Oberstaatsanwalts war von beeindruckender Größe, die Ausstattung edel: Teppiche an den Wänden, schwere Vorhänge, ein mächtiger Schreibtisch, Stühle mit Stoffbezug, ein Porträt des Oberstaatsanwalts und eines seines Vorgängers, ein gerahmtes Schreiben des Reichspräsidenten Hindenburg, verglaste Schränke, mannshohe Regale mit Fachliteratur und exklusiven Sonderdrucken: unter anderem Meyers Lexikon als komplette ledergebundene Sonderausgabe mit Rückenschild und Goldprägung.

Kaltenbach rauchte und fragte sich jedes Mal, wenn er in Tauensteins Büro weilte, wie der sich das leisten konnte. Der Oberstaatsanwalt thronte ihm gegenüber in der Mitte des ausladenden Schreibtisches und rauchte ebenfalls. Falk saß links von Kaltenbach und wusste nicht so recht, wohin mit seinen Händen.

»Das war's dann«, sagte Tauenstein. »Wenn die Karlsruher Kollegen Peikerts Alibis überprüft haben, und keiner zweifelt wohl an deren Korrektheit, dann stellen wir die Ermittlungen gegen Peikert und von Straulitz ein. Ebenso die Ermittlungen zum Tode Tanners und dieses Johann Geigis.«

Falk nickte anerkennend.

Kaltenbach nahm einen tiefen Zug, ließ den Rauch langsam entgleiten und beugte sich dann vor. »Das ist nicht Ihr Ernst?«

»Doch, natürlich. Peikert hat stichhaltige Alibis, da können Ihre Zeugen sich einbilden, was sie wollen. Das dürfte Ihnen doch klar sein?«

»Klar ist hier gar nichts. Das Ganze war doch eine Farce. Ein Kalender, in dem er seine Skatrunden festhält, die zufällig auf die entscheidenden Tage fallen. Zeugen, die seine Kameraden sind, die in derselben Einheit wie er gedient haben. Sie wissen doch, wie es bei der Armee läuft. Da gelten eigene Regeln, da gibt es einen Korpsgeist, die helfen einander bedingungslos.«

»Das ändert nichts an den Tatsachen. Peikert hat an den betreffenden Tagen gearbeitet, da braucht es die Skatrunden als Alibi gar nicht.«

»Seine Arbeit, genau das ist der schwache Punkt. Die BERKA ist ein riesiges Industriewerk. Da kann man noch andere Leute fragen, ob Peikert zu den besagten Zeiten gearbeitet hat. Lassen Sie mich das machen.«

»Das können die Karlsruher Kollegen auch. Die werden ohnehin Peikerts Aussage überprüfen.«

»Ich denke, ich wäre geeigneter.«

»Sie trauen denen das nicht zu?«

»Ich will nur sichergehen.«

Tauenstein drückte seine Zigarette aus. »Nein, ich handle mir kein Kompetenzgerangel mit Karlsruhe ein. Die sind dafür zuständig.«

»Das ist jetzt aber interessant«, intervenierte Falk. »Als ich bei dem Verdächtigen Emil Schwarz tätig werden wollte, wurde mir das von Tanner verboten – und Sie, Herr Kaltenbach, haben das unterstützt.«

»Aus gutem Grund. Man könnte ja auch fragen, warum Peikert so gut vorbereitet war. Auf alles wusste er eine Antwort. Das ist doch auffällig, nicht wahr, Falk?«, konterte Kaltenbach.

»Wer nichts getan hat, muss sich auch nicht vorbereiten«, entgegnete dieser. »Herr Peikert ist einfach gut organisiert.«

Kaltenbach musste einsehen, dass es jetzt keinen Zweck hatte, sich mit Falk anzulegen. Deshalb wandte er sich wieder an Tauenstein. »Es gibt viele Möglichkeiten, Peikerts Alibi in Frage zu stellen: Er muss mit dem Auto gefahren sein. Wenn man die Tankstellenbesitzer an der Strecke Karlsruhe–Freiburg befragt, wird man garantiert fündig. Auch muss Peikert übernachtet haben. Bei einer großflächigen Überprüfung von Pensionen und Hotels würde man sicher auf ihn stoßen. Damit konfrontiert und mit dem nötigen Nachdruck würde bestimmt einer von Peikerts Zeugen einknicken – Falschaussage in einem Mordfall ist kein Kavaliersdelikt.«

»Eben sprachen Sie noch von Korpsgeist und bedingungslosem Zusammenhalt. Ihre Argumente sind konfus, Sie können mich nicht umstimmen.«

»Wir haben zwei Tote und einen Vermissten, die im Zusammenhang mit den Fehrenbach-Morden stehen. Wir haben Straulitz' Flucht. Wir haben ein Motiv. Wir haben Zeugen, die Peikert gesehen haben. Das können Sie doch nicht ignorieren.«

Tauenstein hob seine Hand. »Es reicht. Keine weiteren Diskussionen.«

»Man könnte meinen, Sie behindern die Ermittlungen«, entfuhr es Kaltenbach.

»Vorsicht, Herr Oberkommissar. Vorsicht.«

Mühsam schluckte Kaltenbach seinen Ärger hinunter. »Und was gedenken Sie jetzt zu tun?«

»Wie bereits gesagt, verfolgen wir Ihre Verdachtsmomente nicht weiter. Die Akten Peikert, Straulitz, Tanner und Johann Geigis werden geschlossen. Stattdessen konzentrieren wir uns wieder auf das eigentliche Problem: auf den Mord an den Fehrenbach-Cousinen und die naheliegenden Täter – also Fremdarbeiter, Zigeuner und Ausländer. Kriminalsekretär Falk hat da schon einiges an Vorarbeit geleistet. Nur wurden seine Bemühungen nicht richtig gewürdigt. Deshalb verlange ich, dass Sie ihn ab sofort mehr einbinden, ihm mehr Verantwortung übertragen.«

»Sie haben die Juden vergessen«, bemerkte Kaltenbach spöttisch.

»Ja, auch die«, bestätigte Tauenstein grimmig.

Kaltenbach legte nach. »Wie wäre es noch mit den Sozis und den Kommunisten? Da sollte man auch mal ordentlich reinhauen.«

»Wissen Sie was, Kaltenbach? Ihre Unverschämtheiten reichen mir. Sie sollten mal ausruhen. Machen Sie Urlaub. Am besten gleich morgen.«

»Sie haben recht. Das sollte ich tun. Mit Falk haben Sie ja einen ausgewiesenen Experten an der Hand.« Abrupt stand Kaltenbach auf, Falk zuckte zusammen.

»Bevor Sie gehen«, bemerkte Tauenstein. »Ein Nachfolger für Polizeirat Tanner wurde gefunden. Er wird in zwei Wochen anfangen. Bis dahin sollten Sie Ihr Büro geräumt haben.«

Kaltenbach verharrte. Er musterte den Oberstaatsanwalt unangenehm lang, dann nickte er finster.

»Und vergessen Sie nicht Tanners Beerdigung. Die ist am Sonntag. Selbst der Bürgermeister hat sich angekündigt. Der Polizeirat bekommt ein ehrenvolles Begräbnis.«

»Ich werde da sein. Sie auch?«

»Natürlich.«

Beinahe hätte Kaltenbach gelacht. Grußlos verließ er das Büro.

***

Eine Niederlage musste man als solche anerkennen und dann weitermachen. Kaltenbach rang mit sich, mit seiner Wut. Er hatte verloren, auf ganzer Linie, das war klar. Seine Optionen waren keine – auf eigene Faust weitermachen, was sollte das bringen? Ohne Unterstützung des Oberstaatsanwalts fehlte ihm die Handhabe. Blieb die nächsthöhere Ebene, der Generalstaatsanwalt. Dafür musste er aber Tauenstein Versäumnisse nachweisen, im besten Fall eine Pflichtverletzung. Dazu reichte die Sachlage nicht aus. Weder bei Tanner noch bei Johann Geigis gab es eindeutige Beweise für einen Mord. Bei Johann lag ein Unfall oder ein Selbstmord nahe, bei Tanner sein Gesundheitszustand, kombiniert mit der falschen Einnahme seines Medikaments. Zwar war ein Bezug zum Fehrenbach-Fall vorhanden, aber daraus unbewiesene Straftaten abzuleiten war Interpretationssache.

Peikert kam also ungeschoren davon. Das war unerträglich. Er war der Mörder, daran zweifelte Kaltenbach nicht. Doch ohne weitere Ermittlungen kam er nicht an ihn heran. Demzufolge blieb auch die Rolle Falks und Tauensteins im Dunkeln: Opportunismus, Amtsmissbrauch, Korruption? Alles zusammen? Was für ein Dreck!

Kaltenbach sah sich in Tanners Büro um. Bald musste er es räumen und sein altes wieder mit Falk teilen. So weiterzuarbeiten, unter diesen Voraussetzungen, war undenkbar. Eine Entscheidung musste her. Der Mörder und seine Hintermänner durften nicht davonkommen. Im Krieg hätte Kaltenbach gewusst, was zu tun wäre. Aber wenn der Rechtsstaat versagte, herrschte dann nicht schon Krieg?

Das Telefon klingelte. In der Leitung war jemand, mit dem Kaltenbach am allerwenigsten gerechnet hätte.

»Peikert? Was wollen Sie?«, fragte er.

»Wir sollten uns treffen.«

»Warum?«

»Es gibt einiges, was ungesagt blieb.«

»Da bin ich jetzt aber gespannt.«

»Kennen Sie den Aussichtspunkt Breitnauer Blick bei der Weißtannenhöhe?«

»Ja.«

»Dort morgen Abend um acht Uhr dreißig.«

»Kurz vor Sonnenuntergang? Warum so spät und warum so abgelegen?«

»Ich liebe Sonnenuntergänge, und ich will mich mit Ihnen ungestört unterhalten. Sie müssen aber alleine kommen, sonst wird das nichts.«

»Ich halte Sie für einen Mörder, das wissen Sie. Und dann soll ich mich auf eine Begegnung unter vier Augen einlassen?«

»Ein Risiko besteht immer. Aber ich will Ihnen nichts tun, ich will nur reden.«

Kaltenbach überlegte. Durch den Hörer vernahm er im Hintergrund Geschirrgeklapper und die Stimme von Rosa Reichert – Peikert war im Gasthaus Thurner.

»Gut, ich komme«, sagte er.

»Freut mich. Dann bis morgen.« Peikert legte auf.

Was sollte das werden? Kaltenbach hatte keine einleuchtende Erklärung. Eine Falle? Wollte Peikert ihn tatsächlich beseitigen? Aber warum? Gerade jetzt, wo er nichts mehr zu befürchten hatte? Es musste einen anderen Grund geben. Schon allein den zu erfahren hätte gereicht, um dem Treffen zuzustimmen. Aber da war noch mehr: Wenn der Gegner sich im Vorteil wähnte, konnte man ihn überraschen, indem man selbst die Initiative ergriff. In Kaltenbach reifte ein Plan, der durch das Klopfen an seiner Tür konkrete Formen annahm.

Der kleine Toni trat ein. »Ich hab den Zug verpasst«, sagte er bedrückt. »Das ist mir noch nie passiert. Aber da war der Spielzeugladen mit dem Nachbau vom Freiburger Hauptbahnhof und der Badischen VI-c samt Personenwagen. Jetzt wartet die Mama. Ich muss dringend nach Hause.«

Kaltenbach lächelte. »Ist schon gut, Toni. Ich fahre dich. Wir nehmen den Adler Standard, das wird dir bestimmt Spaß machen. Vorher muss ich aber noch bei mir zu Hause vorbei.«

23

Samstag, der 30. Juni 1928

Kaltenbach saß im Zug nach Neustadt. Er war auf dem Weg zu seinen Eltern. Er besuchte sie selten, umso größer war jedes Mal ihre Freude – zumindest die seiner Mutter. Im Rucksack hatte er Wäsche zum Wechseln, Kleidung zum Wandern, Bohnenkaffee, Echt Kölnisch Wasser für seine Mutter, einen Hefeschnaps für seinen Vater, den kurzen Feldspaten und seine Dienstpistole. Eine Fahrt mit dem Auto hätte er bevorzugt, aber privat musste er mit Zug und Bus vorliebnehmen – er hatte keinen eigenen Wagen, das war zu kostspielig. Um ein Uhr nachmittags stieg er in Neustadt aus.

Das Wetter war gut, einzelne Schäfchenwolken zeigten sich am tiefblauen Himmel. Seine Eltern lebten im Nordwesten Neustadts direkt am Ortsausgang. Sie hatten eine Erdgeschosswohnung in einem alten Mietshaus. Die war feucht und kalt. Nachdem seine Eltern ihr mühsam Erspartes durch die Hyperinflation verloren hatten, mussten sie hier wohnen. Zwei Zimmer mit Küche und einem Klo auf dem Gang. Das Klo mussten sie mit den Nachbarn teilen. Dazu eine Art Abstellkammer, die Kaltenbach als Schlafstätte nutzte. Seine Eltern waren alt und gebrechlich. Die Begrüßung seiner Mutter war herzlich, die seines Vaters distanziert. Früher hatte sein alter Herr ihn oft verprügelt, jetzt war er ein Männlein, das sich kaum noch auf den dürren Beinen halten konnte.

Zum Kaffee gab es Marmorkuchen und zum Abendessen eine Gemüsesuppe mit Fleischeinlage. Seine Mutter war extra noch einmal einkaufen gegangen und hatte sich in Unkosten gestürzt. Während sie weg war, hatte Kaltenbach heimlich ein paar Geldscheine in die Zuckerdose gesteckt, die auf dem Regal über der Spüle stand.

Wieder zu Hause, erzählte seine Mutter von der Frau Traubner, bei der man immer das Rückgeld kontrollieren musste. Sie erzählte von den neuen Nachbarn, die wohl aus dem Elsass stammten und die das Klo nicht richtig putzen würden, von ihrem Rheuma, das sie immer mehr beugte, von der alten Wohnung mit den vielen Fenstern, die einen Kachelofen hatte und herrlich warm war, von den Apfelbäumen in dem großen Garten, der zur Wohnung gehörte, vom Kaiser, den sie mal in Donaueschingen gesehen hatte, von ihrem Begräbnis, wo ein Hornist spielen sollte, von ihrem Sarg, der einfach, aber solide sein sollte, von dem Metallkreuz auf dem Deckel, das silbern glänzen sollte – ähnlich wie das auf dem Sarg, den man im Schaufenster vom Bestatter Götz sehen konnte. Manchmal griff sie nach Kaltenbachs Hand. Ihre war kühl und von Altersflecken übersät, ihre Augen müde. Sein Vater schaute nicht auf. Er brummte nur und trank seinen Schnaps.

Um sieben Uhr schulterte Kaltenbach seinen Rucksack und brach in Richtung Weißtannenhöhe auf. Er sagte, er mache noch einen Spaziergang und sei gegen neun Uhr wieder zurück. Seine Eltern gingen früh zu Bett, um neun schliefen sie schon. Falls es darauf ankam, würden sie schwören, dass er zeitig zu Hause gewesen sei.

Kaltenbach schritt zügig voran, die Schönheit des Schildwendetals beachtete er nicht. Als er nach einer guten Stunde den Wald unterhalb der Weißtannenhöhe betrat, hielt er sich abseits des Weges und begegnete von nun an niemandem mehr. An dem vereinbarten Treffpunkt wartete Peikert schon. Er saß auf einer grob gezimmerten Holzbank und hielt sein Gesicht in die untergehende Sonne, seine Augen waren halb geschlossen. Kaltenbach nahm neben ihm Platz. Breitnau lag zu ihren Füßen, die Häuser warfen lange Schatten, der Blick reichte bis zu den Vogesen.

Ohne Kaltenbach anzusehen, begann Peikert zu reden: »Der Schwarzwald, dann die Rheinebene, dann das Elsass. Dahinter der Rest Frankreichs bis zum Atlantik. Das alles sollte uns gehören, wir sollten jetzt in Paris sitzen – wir waren so dicht dran. Jetzt haben wir Elsass-Lothringen verloren, unsere Leute haben sie enteignet und vertrieben. Posen und Westpreußen mussten wir abtreten, das Memelgebiet, Nordschleswig, die Kolonien – man könnte endlos aufzählen. Alles unser Boden, alles geraubt. Dazu die Reparationen, die uns ausbluten lassen, und die Demütigung der Reichswehr, entwaffnet und zu Zwergengröße reduziert. Der Versailler Vertrag ist ein einziges Dokument der Schande. Damit wollen sie das Deutsche Reich kleinhalten, auszehren, ausquetschen wie eine Zitrone und dann auf den Müllhaufen der Geschichte werfen.«

Peikert richtete sich auf und fixierte Kaltenbach. »Dabei sind wir unbesiegt. Eine stolze, schlagkräftige, von allen Seiten gefürchtete Armee, die niemals aufgibt. Aber was erzähle ich, das wissen Sie ja allzu gut. Sie sind ja durch das Brandenburger Tor marschiert, als selbst der Verräter Friedrich Ebert dem ruhmreichen Garde-Schützen-Bataillon der Preußischen Armee zugerufen hat: ›Ihr seid unbesiegt!‹«

Kaltenbach sah in ein Gesicht, das zeigte, dass dieser Mann vom Gesagten restlos überzeugt war, dass er unumstößlich an die Mär vom ungeschlagenen Heer glaubte. Normalerweise hätte er widersprochen, doch die Situation war jetzt eine andere. Gleichmütig entgegnete er: »Das ist alles bekannt. Aber auf was wollen Sie hinaus?«

Peikert richtete seinen Blick wieder in die Ferne. »Nach meinem Wehrdienst wollte ich Schauspieler werden. Ich habe Talent. Das Schlüpfen in andere Rollen liegt mir. Allein durch Veränderung der Körperhaltung kann man viel bewirken. Dazu andere Kleidung, ein Bart, eine Perücke, schon wird man kaum mehr erkannt. Ich war fest entschlossen, diesen Beruf zu ergreifen, doch leider kam der Krieg dazwischen. Als junger Reservist wurde ich schon im August 1914 in das Garde-Reserve-Schützen-Bataillon eingezogen. Wenn man so will, gehörten wir zum gleichen Verein. Unsere Truppe war euphorisch. Wir waren gut und konsequent. Ich tat mich als Scharfschütze hervor und stellte fest, dass das Töten mir nichts ausmachte. Ich war und bin richtig gut darin – ein weiteres, ein überraschendes Talent, das ich ohne den Krieg wohl nie entdeckt hätte. So hat alles sein Gutes, nicht wahr?«

Kaltenbach zuckte mit seinen Schultern.

»Na ja, nicht immer – Sie haben recht: Unsere Einheit war am Vormarsch nach Belgien beteiligt. Dort gab es den Zwischenfall in Andenne, viele Zivilisten mussten ihr Leben lassen. Aber ein Anschlag auf die Bevölkerung war das nicht. Krieg ist nun mal Krieg, wir haben nur unsere Arbeit gemacht. Ich war damals ein Hitzkopf, wusste kaum, wohin mit meiner Wut, mit meiner Kraft. Das haben die eben zu spüren bekommen. Aber nicht nur die. Auch Weicheier und Drückeberger in unseren eigenen Reihen haben mich rasend gemacht. Einer musste deswegen sein Leben lassen. Hauptmann von Straulitz, mein Kompaniechef, war es, der sich schützend vor mich stellte. Er hat mich vor dem Kriegsgericht und vor dem sicheren Tod bewahrt. Er nahm mich unter seine Fittiche und brachte mich zur Räson. Dafür stehe ich für immer in seiner Schuld. Nach dem Krieg hat er mir die Arbeit bei der BERKA besorgt, obwohl Buchhaltung nicht meine Stärke ist. Deshalb war ich mehr im Außendienst tätig, oft als Chauffeur und – inoffiziell, als rechte Hand des Hauptmanns, wenn es Ärger gab.«

»Was soll das werden, Peikert?«, unterbrach Kaltenbach. »Ein Geständnis?«

»Nein, ein Geständnis wäre ja offiziell, mit Zeugen und einem Protokoll. Sehen Sie meine Ausführungen eher als einen Vertrauensbeweis und eine Würdigung Ihrer Arbeit an. Denn im Grunde erfahren Sie Dinge, die Sie ohnehin schon wissen oder ahnen – also nichts, was Ihnen weiterhelfen könnte. Was ich will, ist meine Position darlegen und Ihnen ein Angebot machen. Doch dazu später, lassen Sie mich meine Geschichte fortführen.«

Kaltenbach steckte sich eine Zigarette an. Nach einem kräftigen Zug sagte er: »Nur zu.«

»Zuerst habe ich dafür gesorgt, dass säumige Kunden ihre Schulden zahlen, ich habe bei ausstehenden Unterschriften Überzeugungsarbeit geleistet, bei heiklen Geschäften Präsenz gezeigt und mit großer Freude den politischen Gegner mit schlagkräftigen Argumenten in die Schranken verwiesen. Das war in Ordnung, das war gut so. Ich stand auf der richtigen Seite. Doch bald musste ich eine Neigung des Hauptmanns kennenlernen, die mir überhaupt nicht gefiel: Von Straulitz steht auf Männer. Er ist ein gottverdammter Schwuler! Und keiner von der normalen Sorte, soweit man bei dieser abartigen Neigung überhaupt von normal sprechen kann. Ich war sein Begleitschutz in diversen Lokalitäten. Nicht nur einmal habe ich ihn aus Situationen befreit, die jeder Beschreibung spotten. Danach fühlte ich mich, als wäre ich in eine Jauchegrube gefallen. Ich musste mich waschen, meine Kleider wechseln. Wenn ich nicht in seiner Schuld stünde, hätte ich das längst beendet.«

Peikert atmete tief durch. »Dann kam diese Geschichte mit der Fehrenbach. Sie war Nachhilfelehrerin im Hause von Straulitz, und sie wusste, dass er homosexuell war. Sie erpresste ihn, sie musste weg. Lange habe ich daran gearbeitet, sie angemessen zu beseitigen. Das war keine leichte Aufgabe. Es durfte keinen Bezug zum Hause von Straulitz geben, keinen Bezug zu Karlsruhe. Der Mord musste an einem anderen Ort geschehen. Ihre Pfingstreise war die Gelegenheit. Ihre Urlaubspläne waren dem Hauptmann bekannt, weil er regelmäßig die Korrespondenz zwischen ihr und seiner Frau kontrollierte. Ich hatte mehrere Gelegenheiten ausgekundschaftet. Es musste ein abgelegener Ort sein, mit guten Fluchtmöglichkeiten. Drei davon kamen in die engere Auswahl – ich entschied mich für die Weißtannenhöhe. Ziel der ganzen Unternehmung war es, vom eigentlichen Motiv abzulenken. Deshalb kam mir gelegen, dass Clara Fehrenbach von ihrer Cousine begleitet wurde – ein Doppelmord verschleiert vieles. Auch die häufigen Sexualstraftaten im Hochschwarzwald, die in Verbindung mit dem Maskenmann gebracht wurden, waren von Vorteil. Der geplante Tathergang sollte den Verdacht auf ihn lenken.«

Peikerts Redefluss stoppte, er schien sich zu sammeln. Schließlich fuhr er fort. »Versteckt im Wald habe ich auf die Frauen gewartet. Sie waren die Ersten, die ich an diesem Morgen sah. Nicht weit weg von mir ging die jüngere ins Gebüsch. Eine Gelegenheit, die ich sofort nutzte. Ich schlich mich mit gezogener Waffe an und schoss ihr in die Schläfe, noch bevor sie mich wahrnahm. Ohne sie weiter zu beachten, stürmte ich dann auf ihre Cousine zu. Die reagierte unerwartet schnell und rannte schreiend in den Wald. Es dauerte, bis ich sie eingeholt hatte. Ich brachte sie zu Fall und schoss ihr ins Genick. Eigentlich ein sicheres Todesurteil, doch sie wimmerte, sie war nicht tot. Schuld war diese verdammte kleinkalibrige Spielzeugpistole, die ist zwar praktisch, aber sie taugt nicht viel. Also schoss ich ein zweites Mal, jetzt in die Stirn. Aber kaum zu glauben, noch immer war Leben in ihr. Da blieb nur noch das Messer. Mit einem sauberen Schnitt beendete ich das Ganze – eine blutige Angelegenheit, aber die Zeit drängte. Dann rannte ich zurück zur anderen. Hier das gleiche Ärgernis. Auch sie schien noch zu leben, zumindest ging ihr Atem. Ihre Augen hingegen sahen mich nicht, sie wirkte friedlich, ihr Geist hatte sie wohl schon verlassen. Mit dem zweiten Schuss in ihren Kopf erlöste ich sie. Bei ihr hätte das gereicht, dennoch schnitt ich ihr ebenfalls die Kehle durch – das musste sein. Denn mein Plan sah vor, die beiden auf die gleiche Art zu töten. Ich wollte eine Art Muster hinterlassen, das auf einen gestörten Täter hinwies, einen Täter, wie ich mir den Maskenmann vorstellte. Zu diesem Plan gehörte leider auch ein sehr unangenehmer Teil. Um eine Sexualstraftat vorzutäuschen, musste ich ihr Kleid hochschieben, sie entblößen. Töten ist mein Handwerk, aber das nicht. Der Anblick war erbärmlich. Angewidert wandte ich mich ab und nahm ihren Rucksack und durchsuchte ihn im Gehen. Aus einer Laune heraus entwendete ich Geld. Bei ihrer Cousine das gleiche Spiel, wieder musste ich die Frau entblößen. Doch noch war ich nicht fertig, für einen überzeugenden Lustmord war das zu wenig. Ich nahm also einen Stock, er wog schwer in meiner Hand. Ich zögerte – und verwarf diesen Teil meines Plans. Das war eines deutschen Soldaten unwürdig. Manche Grenzen darf man nicht überschreiten. Kurz entschlossen schleuderte ich den Stock weg. Im selben Moment hörte ich ein Geräusch. Ich sah einen Jungen, der mich erschrocken musterte. Der Junge floh. Ich verfolgte ihn, doch er war schneller als ich. Die lächerliche Pistole war mir keine Hilfe, für einen guten Schuss war die Distanz zu groß. Die Zeit rannte mir davon. Ich entschied, mich zurückzuziehen, den Augenzeugen laufen zu lassen. Ein kalkuliertes Risiko, denn noch war ich mit Bart und Perücke verkleidet. Gleichwohl war er eine Gefahr. Ich beschloss, mich später um ihn zu kümmern.«

Peikert kniff die Augen zusammen und blickte in die Sonne, die bald den Horizont berührte.

»Wenn man all die Unwegsamkeiten berücksichtigt, war es, von dieser Störung abgesehen, ein gelungenes Unterfangen.«

Ein gelungenes Unterfangen. Kaltenbach schnippte seine Zigarette, die längst ausgeraucht war, ins Gras. Er hatte schon viele Verrückte getroffen, aber Peikert übertraf alle. »Wie haben Sie Johann Geigis gefunden?«, fragte er.

»Beachtlich, nicht wahr? Aber wenn man es genau betrachtet, eigentlich ganz einfach. Der Junge musste aus der Gegend stammen. Und wie jeder ordentliche Katholik geht er in die Sonntagsmesse. Ich musste also nur die entsprechenden Kirchen sonntags aufsuchen. Alles eine Frage der Zeit. Viel schwieriger war, es wie einen Unfall aussehen zu lassen. Die Mühle bot dazu Gelegenheit. Anfangs hatte er sich heftig gewehrt, doch dann ließ er sich fallen. Ich hatte den Eindruck, dass er es wollte.«

»Wieder ein erfolgreiches Unterfangen?«

»Ja. Sehr gelungen. Eine saubere Arbeit.«

»Und warum Polizeirat Tanner?«

»Die Gründe dürften bekannt sein. Er war zu nahe dran, und er war unbestechlich.«

»Im Gegensatz zu mir?«

Peikert verzog keine Miene. »Darauf komme ich noch zurück. Lassen Sie mich über Tanner reden. Auch hier haben sich Planung und äußere Umstände auf perfekte Weise gefügt. Ein Meisterstück, würde ich sagen.«

»Woher wussten Sie von seiner Herzschwäche? Von Digitalis?«

»Das werde ich Ihnen nicht verraten.«

»Von Tauenstein oder von Falk?«

Peikerts Gesicht blieb ausdruckslos. »Sie brauchen nicht zu fragen. Was ich Ihnen preisgeben will, erfahren Sie, mehr aber nicht.«

Kaltenbach nickte. Er musste sich mit dem zufriedengeben, was Peikert ihm anbot. Offensichtlich hörte der sich gern reden. Er war eitel, er wollte seine Leistung gewürdigt sehen. Vermutlich war das mit ein Grund für diese seltsame Veranstaltung.

Peikert nahm seine Erzählung wieder auf. »Der Polizeirat schien ein lebensfroher Mensch gewesen zu sein. Mit großer Freude hatte er sich über sein üppiges Mahl hergemacht. Der konnte richtig gut essen. Und trinken natürlich auch. Sein erstes Bier leerte er fast in einem Zug. Ich saß nicht weit weg von ihm, beachtet hat er mich nicht. Als er austreten ging, kippte ich das Gift in sein zweites Bier. Das trank er so genussvoll wie das erste. Nur am Schluss schien ihn der Geschmack zu irritieren. Er verließ den Löwen und machte noch einen Spaziergang. Das kam mir sehr entgegen, es lief geradezu mustergültig. In gebührendem Abstand folgte ich ihm. Ich wollte sichergehen, dass er auch starb, und dann weitere Spuren legen, die einen Selbstmord nahelegten. Die Wirkung des Gifts setzte im Wald ein. Gerade dort, wo niemand unterwegs war, wo niemand ihn sah. Und dann noch unweit von der Stelle, wo mit dem Tod der Fehrenbach-Cousinen alles begann. Der Kreis schloss sich auf wunderbare Weise. Ich bin sogar nicht abgeneigt, hier von Fügung zu sprechen. Herbeigeführt durch jemanden, der gut plant und gut vorbereitet ist.«

Offensichtlich von sich selbst beeindruckt, legte Peikert wieder eine Pause ein. Dann fuhr er fast schon erheitert fort. »Als ich den Polizeirat antraf, war er schon nicht mehr ganz klar. Er erhoffte sich Hilfe von mir, er hielt mich tatsächlich für einen Arzt!« Peikert schüttelte den Kopf. »Dabei war ich sein Todesengel. Tanners Ende kam recht schnell. Mit Abstand betrachtet war das meine beste Arbeit. Nahe am perfekten Verbrechen.«

Vor seinem geistigen Auge sah Kaltenbach Tanner tot am Wegesrand liegen: das schmerzverzerrte Gesicht, der offene Mund, die gekrümmte Haltung. Kaltenbach verdrängte das Bild, er ließ sich nichts anmerken. »Ein perfektes Verbrechen ist es, wenn die Tat nicht aufgeklärt werden kann«, sagte er ruhig.

»Nein, ein perfektes Verbrechen ist es, wenn man den Täter kennt, ihn aber nicht überführen kann. Aber das müssen wir hier nicht klären. Tatsache ist, ich bin frei, und Sie können nichts dagegen tun, obwohl Sie die Wahrheit kennen. Sie sind machtlos, dieser Staat ist machtlos. Er ist schwach, weil er es allen recht machen will, selbst seinen Gegnern. Sie und ich wissen, dass das Recht des Stärkeren herrscht. Ein Staat, der dem Gegner die gleichen Rechte einräumt, ist dem Untergang geweiht. Und dieser Staat hat viele Gegner, selbst in den eigenen Reihen, das Staatsversagen ist nur eine Frage der Zeit. Deshalb sollte man gerüstet sein, man sollte sich positionieren. Viele Gruppierungen sind bereit zum Griff nach der Macht. Die Kommunisten, die Nationalsozialisten, die Deutschnationalen. Zu Letzteren gehören ich und meine Kameraden. Wir sind der geheime militärische Arm der DNVP, wenn Sie so wollen. Wir wollen die Monarchie zurück, wir sind kaisertreu. Und von Ihnen weiß ich, dass Sie das auch sind. Ich habe mich erkundigt über Sie. Man hört nur das Beste. Im Krieg haben Sie sich einen Namen gemacht. Wenn es aus den Schützengräben ging, haben Sie Ihre Leute gnadenlos angetrieben – wenn es sein musste, mit der Waffe. Sie waren vorne immer mit dabei. Keine Rücksicht gegen sich selbst und gegen andere. Später haben Sie sich in Verhören hervorgetan. Es gab wohl keinen, den Sie nicht zum Reden gebracht hätten – mit Methoden, die Ihnen jetzt versagt sind.«

»Es war Krieg. Wir brauchten die Informationen. Das Leben vieler Männer stand auf dem Spiel.«

»Sie müssen sich nicht rechtfertigen, ich habe vollstes Verständnis. Die Arbeit muss getan werden, auch wenn sie schmutzig ist.«

»Da haben Sie leider recht«, stimmte Kaltenbach finster zu. »Aber warum DNVP? Ich dachte, Sie gehören zu den Nazis.«

»Wir kooperieren mit denen. Wir haben viele Gemeinsamkeiten, aber auch Trennendes. Bis zum Umsturz werden wir zusammenarbeiten – und dann mal sehen.«

»Und was ist mit Hauptmann von Straulitz?«

»Da bin ich mir nicht sicher. Es gibt Grund, an seiner Gesinnung zu zweifeln, aber das soll nicht Ihre Sorge sein.«

»Angenommen, ich bin interessiert. Was erwarten Sie von mir?«

»Erst mal nur kleine Gefälligkeiten im Dienst. Wegsehen, wenn es sein muss, manche Dinge forcieren, andere verhindern, auf Entwicklungen achten und darüber berichten.«

»Und warum sollte ich das tun? Was ist der Lohn?«

»Der Lohn ist, auf der richtigen Seite zu stehen, wenn es so weit ist. Viele gehobene Stellen müssen besetzt werden.«

»Sie wollen also die Zeit zurückdrehen. Sie wollen, dass es wieder wie vor dem Krieg wird«, stellte Kaltenbach fest.

»So ist es. Damals war alles besser. Und wenn ich ›alles‹ sage, dann meine ich auch alles.«

»Prinzipiell sehe ich das auch so«, stimmte Kaltenbach nachdenklich zu. »Aber mit allen Regeln brechen, die eigenen Leute hinters Licht führen – das ist viel verlangt.«

»Sie hintergehen nur die, die es verdienen. Die anderen werden sich, wenn der Umsturz kommt, auch bekennen.«

»Oder auch nicht. Ich bin mir nicht sicher, ich brauche Bedenkzeit.«

»Kriegen Sie. Eine Woche.«

Kaltenbach nickte.

»Aber eines noch zur Warnung: Glauben Sie nur nicht, dass Sie gegen uns arbeiten können. Zu was wir fähig sind, haben wir ja unter Beweis gestellt.« Peikert stand auf. »Eine Woche. Ich melde mich.«

Kaltenbach schaute Peikert nach, bis dieser im Wald verschwunden war. Er hatte mit vielem gerechnet, aber damit nicht: ein Geständnis, das er nicht verwerten konnte, und ein Angebot, das ihm zu denken gab. Er sollte sich mit dem Mann gemein machen, der die einzige Person, die ihm nahestand, umgebracht hatte. Offensichtlich hielt Peikert ihn für seinesgleichen: einen Mann, der über Leichen ging, wenn es die Sache erforderte. Das war absurd, aber so falsch auch wieder nicht. Denn auch Kaltenbach war bereit, Grenzen zu überschreiten, falls alle anderen Möglichkeiten ausgeschöpft waren. Vor allem jetzt, da es keine Zweifel mehr gab.

Mit der gebotenen Geschwindigkeit brach Kaltenbach auf. Seine Route wich von der ab, die er zuvor genommen hatte. Sie führte den Berg hinauf direkt zu einem Ort, wo er gestern schon gewesen war, nachdem er Toni nach Hause gebracht hatte: eine Lichtung, die gern von Jägern genutzt wurde. Sie ermöglichte den Blick auf ein freies Feld und auf den Weg, der zum Thurner führte. Im Unterholz zwischen zwei dicht stehenden Tannen nahm er den Spaten und begann zu graben – nicht tief, nur ein paar Zentimeter.

Schnell hatte er eine dunkelgrüne, längliche Tasche freigelegt, eine Gewehrtasche. Ihr entnahm er das Scharfschützengewehr und ging zum Waldrand. Dort legte er sich hinter den quer liegenden Baumstamm, der den Gewehrlauf stützte. Das Zeiss-Zielfernrohr stellte er auf eine Tanne, die in ungefähr fünfhundert Metern Entfernung lag, scharf. Gerade war die Sonne untergegangen, aber das Restlicht der Dämmerung war ausreichend.

Nach ungefähr drei Minuten kam Peikert ins Blickfeld. Kaltenbach justierte das Zielfernrohr nach. Er war vollkommen ruhig. Auch er hatte dieses Talent, auch er war gut im Töten.

Peikert ging nicht schnell, aber er verschwand immer wieder hinter den Bäumen. Das Fadenkreuz folgte ihm. Als der Weg einen Knick machte, wandte Peikert Kaltenbach den breiten Rücken zu. Das war der ideale Moment: Kaltenbach drückte ab. Der Schuss zerriss die Stille und hallte nach. Peikert brach sofort zusammen und rührte sich nicht mehr. Routiniert verstaute Kaltenbach das Gewehr und verwischte seine Spuren. Dann lief er in den Wald. In angemessener Entfernung vergrub er die Waffe. Diesmal tiefer. Keiner würde sie mehr finden. Auf dem Weg nach Neustadt holte ihn die Dunkelheit ein. Ungesehen erreichte er die Wohnung seiner Eltern und legte sich schlafen.

24

Sonntag, der 1. Juli 1928, Hauptfriedhof Freiburg

Die letzten von der Polizeikapelle gespielten Töne waren verklungen, der Polizeipräsident hatte seine Rede gehalten, der Pfarrer daran erinnert, dass der Tod ein Teil des Lebens sei. Allmählich leerte sich der Platz um Tanners Grab. Ein älterer Herr, der ihm erstaunlich ähnlich sah, stützte eine Frau, die bitter weinte. Vermutlich Geschwister Tanners – sie nahmen Beileidsbekundungen entgegen. In einem gewissen Abstand wartete Dr. Cornelius Weber, Tanners Arzt und Freund. Er sprach gedämpft mit einem Mann, der zu seinem abgetragenen Anzug eine Schiebermütze trug. Das war der Reisinger, der mit Tanner manch feuchtfröhliche Stunde verbracht hatte. Auch sonst waren enorm viele Leute erschienen, die ihm die letzte Ehre erwiesen, darunter ein Sängerkreis und Kegelfreunde.

Mit so vielen Menschen hatte Kaltenbach nicht gerechnet. Ihm wurde bewusst, wie wenig er Tanner gekannt hatte. Er schaute nach oben. Das Wetter mochte nicht so recht zum Anlass passen. Es war ein heiterer Tag, nur selten schoben sich Wolken vor die Sonne, ein leichter Westwind sorgte für eine angenehme Temperatur.

Tanners Grab lag in der Nähe von Constantin Fehrenbach, dem ehemaligen Reichskanzler. Ob das Tanner gefallen hätte? Vermutlich schon. Immerhin war Fehrenbach ein Verfechter des demokratischen Rechtsstaats und ein Gegner der Antisemiten gewesen. Neben Kaltenbach standen Tauenstein und Falk. Die beiden hatten ernste Gesichter aufgesetzt und heuchelten Betroffenheit.

»Zwar waren wir oft unterschiedlicher Meinung«, sagte Tauenstein, der einen eleganten Hut in der Hand hielt, »aber er war ein guter Polizist. Immer im Einsatz für die Sache.«

Falk, in den letzten Tagen etwas bleichgesichtig, wollte in nichts nachstehen, doch außer »Es ist immer schlimm, wenn jemand gehen muss« fiel ihm nichts ein.

Kaltenbach hatte genug gesehen, ihm reichte es. Er wandte sich grußlos zum Gehen, da tauchte ein aufgeregter Wachtmeister auf und näherte sich ihnen eilig. »Meine Herren«, stammelte er atemlos, »ich habe einen Mordfall zu melden.«

»Wo?«, fragte der Oberstaatsanwalt, um die Hierarchie zu demonstrieren.

»Bei der Weißtannenhöhe in der Nähe vom Breitnauer Blick. Erschossen. Vermutlich von hinten.«

»Weiß man, wer der Tote ist?«

»Nein, keine Papiere.«

»Das wäre dann wohl was für Sie.« Tauenstein blickte zu Kaltenbach.

Der winkte ab. »Nein, ich habe Urlaub. Anweisung von oben, schon vergessen?«

Tauenstein brauchte einen Moment, bis er das Gesagte realisierte. Er wurde ungehalten. »Werden Sie nur nicht unverschämt, Herr Oberkommissar«, zischte er. »Und das noch am Grab Ihres ehemaligen Vorgesetzten. Haben Sie denn keinen Respekt?«

Vor dir nicht, dachte Kaltenbach, sagte aber: »Es ist mir ernst, Herr Oberstaatsanwalt. Mit Falk haben Sie doch einen fähigen Beamten. Der kann sich jetzt bewähren.«

»Ich kann Sie auch zwingen.«

»Warum? Sie halten doch ohnehin nichts von mir.«

»Ich würde das gerne übernehmen«, drängte sich Falk dazwischen. »Das traue ich mir durchaus zu.«

»Sehen Sie, Falk ist äußerst motiviert. Außerdem sind meine Tage bei der Kripo gezählt. Ich werde wechseln.«

»Wohin?« Tauenstein war ehrlich überrascht. »Und warum?«

»Der Grund dürfte ja klar sein. Meine Karrierechancen sind in dieser Abteilung – wie soll ich sagen? – eher überschaubar.«

Kaltenbach lächelte. »Und mir liegt schon lange ein Angebot der Politischen Polizei vor. Die schätzen meine Fähigkeiten.«

»Der Politischen? Zum Staatsschutz?«

»Ist eine interessante Aufgabe. Vermehrt arbeiten wieder extreme Gruppen gegen den Staat. Sie versuchen, ihn zu untergraben, drängen in den Polizeiapparat, da muss man dagegenhalten.« Kaltenbach schaute von Falk zu Tauenstein. »Auch die Justiz ist gefährdet.«

Tauenstein lächelte jetzt ebenfalls. »Und da sind Sie der richtige Mann?«

»Nun, ich bin schon lange im Geschäft. Ich weiß, wie es läuft. Da gibt es schon einige Ansatzpunkte. Außerdem sind meine Verhörmethoden gefragt. Bei der Politischen gelten andere Maßstäbe.«

»Manchmal ist Härte angesagt, da haben Sie recht«, stimmte Tauenstein zu. »Aber überheben Sie sich nur nicht. Da kann man sich schnell einen Bruch holen.«

»Machen Sie sich um mich keine Sorgen. Ich kann meine Möglichkeiten gut einschätzen, und ich weiß, wo der Feind steht. Sie doch auch?«

»Gewiss.«

»Und was ist mit Ihnen, Falk?«

Der Angesprochene hob seine Schultern. »Dazu fehlt mir die Erfahrung. Aber prinzipiell ist jeder ein Feind, der gegen unser Vaterland arbeitet.«

»Dann war Tanner auch ein Feind?«

»Ich verstehe nicht, Herr Kaltenbach. Das war doch ein Unfall.«

Kaltenbach entgegnete nichts. Er starrte Falk nur an. Falk erwiderte seinen Blick. Ein stilles Duell – Falk verlor. Gereizt sagte er: »Können wir jetzt diese Spielereien beenden? Der Wachtmeister wartet. Es gilt, einen Mordfall aufzuklären.«

Tauenstein wandte sich an Kaltenbach. »Sie bleiben bei Ihrer Entscheidung?«

»Ja.«

»Gut.« Tauenstein setzte seinen Hut auf. »Falk, Sie übernehmen den Fall. Ich werde Sie begleiten.«

Nachdem alle gegangen waren, stand Kaltenbach vor Tanners Grab. Der Grabstein war schlicht gehalten: keine Gedenkschrift, nur ein Kreuz mit Namen sowie Geburts- und Todesjahr. Ein Baum spendete Schatten. Entfernt war ein Geigenspiel zu vernehmen. Es gehörte zu einer anderen Trauerfeier. Kaltenbach kramte in seinen Erinnerungen und ließ einen Hauch Melancholie zu. Gern hätte er jetzt mit Tanner gesprochen, denn der war der Einzige, dem er sich hätte anvertrauen, dem er von seiner Tat und seinen Beweggründen hätte berichten können. Da Kaltenbach wusste, was Tanner dazu gesagt hätte, machte er aus der Not eine Tugend, und es ergab sich eine Art Zwiegespräch, in dem Kaltenbach beide Positionen vertrat:

»Du hast es also getan.«

»Es gab keine andere Möglichkeit.«

»Ein Mord ist keine Option – für niemanden, vor allem nicht für einen Polizisten.«

»Peikert wäre so davongekommen, das konnte ich nicht zulassen.«

»Die Rechtsstaatlichkeit muss immer gewahrt bleiben, sonst bricht alles zusammen.«

»Der Rechtsstaat hat versagt. Es herrscht Krieg. Und da gelten andere Voraussetzungen.«

»Krieg herrscht nur in deinem Kopf. Den redest du herbei, um dich zu rechtfertigen.«

»Wenn wir nicht mit der gleichen Härte zurückschlagen, verlieren wir.«

»Aber nicht so. Selbstjustiz ist der Untergang, sie führt ins Chaos. Sie ist das Ende jeglicher Ordnung.«

»Nein, im Notfall garantiert sie die Ordnung.«

»Was für ein Unsinn. Wenn jeder so handelt, herrscht keine Ordnung, sondern Anarchie.«

»Mit Handauflegen gewinnt man keinen Krieg – wir können die Ordnung nur aufrechterhalten, wenn wir mit den Mitteln des Gegners antworten. Die nehmen uns doch gar nicht ernst, die lachen uns aus, die halten uns für Schwächlinge.«

»Was machst du, wenn Falk dir auf die Schliche kommt?«

»Das wird er nicht. Alles ist perfekt gelaufen, und ich habe ein Alibi. Auf mich wird er nie kommen. Wenn, dann wird Falk den Täter bei den Tagelöhnern, Ausländern oder Juden suchen. Wie gehabt.«

»Und falls er jemanden verhaftet, wenn ein Unschuldiger verurteilt wird?«

»Dann werde ich reagieren.«

»Wie?«

»Ich werde Falk zur Rechenschaft ziehen und mich dann stellen.«

»Wie kannst du dir bei Falk sicher sein?«

»Es passt alles zusammen, Falk ist der Maulwurf, er hat dich ans Messer geliefert.«

»Du hast keine Beweise.«

»Falk wird mir alles sagen. Wenn ich den verhöre, bricht der nach ein paar Minuten zusammen.«

»Also erst Folter und dann eine Hinrichtung?«

»Ich denke, wenn ich mit Falk fertig bin, wird es Strafe genug sein.«

»Was geht nur in dir vor? Damit bist du nicht besser als die, die du jagst. Du hast einen Mord begangen.«

»Ich rücke nur die Dinge zurecht.«

»Und Tauenstein?«

»Bei dem bin ich mir nicht sicher. Er wird wohl davonkommen.«

»Und wenn alles so läuft, wie du es geplant hast? Wenn der Tod Peikerts nicht aufgeklärt wird? Was kommt dann?«

»Dann werde ich die Möglichkeiten nutzen, die meine neue Arbeit bietet. Falk und Tauenstein stehen ganz oben auf meiner Liste.«

»Was ist mit Straulitz?«

»Solange er im Ausland weilt, habe ich keinen Zugriff. Falls er zurückkehrt, werde ich ihm ein Geständnis abringen.«

»Du wirst also nicht aufhören?«

»Ich habe einen Weg eingeschlagen, und den verfolge ich mit allen Konsequenzen.«

»Bis zum bittereren Ende?«

»Es ist mir egal, was aus mir wird.«

»Wie edel! Aber nichts kann deine Tat rechtfertigen. Im Falschen gibt es kein Richtig.«

Kaltenbach zündete sich eine Zigarette an und warf einen letzten Blick auf das Grab. Falls Tanner noch leben würde, hätte er ihn sicher gleich verhaftet.

Wohin jetzt?

Kaltenbach ging in Richtung Münsterplatz. Er hatte gute Lust, sich zu betrinken. Vielleicht traf er ja den Reisinger. Der war trinkfest und kannte viele Geschichten. Vielleicht aus seiner Schulzeit mit Tanner. Alte Geschichten, die das Herz wärmten.

25

Eine Woche später schlug die Gegenseite zurück. Kaltenbach kam bei einem Unfall mit dem Dienstwagen ums Leben. Laut offizieller Begründung war es überhöhte Geschwindigkeit. Die Ermittlungen führte Falk.

***

Ende Juli entdeckte man die Leiche Eugen Riedles, Tanners Mann in Berlin, im Landwehrkanal. Die Leiche wies schwere Verletzungen auf, vermutlich wurde Riedle gefoltert. Die Suche nach den Tätern blieb erfolglos.

***

Falk wurde im selben Jahr noch zum Kommissar befördert. Er war einer der jüngsten des Landes. Mit der Machtübernahme 1933 durch die Nationalsozialisten wurde die Polizei neu organisiert. Falk wechselte von der Kripo zur Gestapo – einer politischen und rassistischen Geheimpolizei ohne juristische Kontrolle. Nach dem Krieg wurde die Gestapo in den Nürnberger Prozessen zur verbrecherischen Organisation erklärt. Die Mitglieder wurden vom Staatsdienst ausgeschlossen. 1951 trat eine weitgehende Amnestie für belastete Beamte in Kraft. Falk machte eine Anordnung von höherer Stelle für seine Versetzung von der Kripo zur Gestapo geltend und wurde wieder in seiner alten Funktion eingestellt. Bis zu seiner Pensionierung arbeitete er bei der Kripo Freiburg.

***

Tauenstein trat nach dem Zusammenbruch der Weimarer Republik der NSDAP bei und blieb deshalb im Amt. Seine Anklageführung war eher verhalten. Er forderte für damalige Verhältnisse selten die Todesstrafe, dennoch wurde ihm in einer dienstlichen Beurteilung eine zuverlässige nationalsozialistische Gesinnung bescheinigt. Nach dem Krieg wurde er als Mitläufer entnazifiziert und erhielt seine Rechtsanwaltszulassung zurück. Im Bundesjustizministerium wurde er ein angesehener Strafrechtsreferent.

26

Von oben betrachtet, sah es aus wie immer. Gleichgültig erwarteten Feldberg, Herzogenhorn und Belchen, die Könige des Südschwarzwalds, deren Gipfel sich über eintausendvierhundert Meter erhoben, den nächsten Tag. Und auch ihr Nachbar, die dicht bewaldete Weißtannenhöhe, schenkte den Geschehnissen im Sommer 1928 keine Beachtung. Es kümmerte sie nicht, dass ein Junge den Berg hinaufrannte. Es war Toni. Er ahmte die Geräusche einer Dampflokomotive nach. Er lachte, er hatte viel Spaß. Elf Jahre später sollte er im Zweiten Weltkrieg sinnlos verheizt werden.

Personenregister

Charaktere, die an reale Personen angelehnt sind. Die Realnamen wurden geändert:

Clara Fehrenbach (1902–1928), Lehrerin in Mannheim an der Uhlandschule

Ruth Fehrenbach (1892–1928), Hauptlehrerin in Mannheim an der Uhlandschule

Claras Familie:

Lothar Fehrenbach, 61, Claras Vater, Oberlehrer aus Gengenbach

Maria Fehrenbach, 33, Claras Schwester, Hauptlehrerin

Frau Fehrenbach, Claras Mutter, ist psychisch labil

Ruths Familie:

Regina Fehrenbach, 61, Ruths Mutter, wohnt in Mannheim

Elsbeth Fehrenbach, 32, Hauptlehrerin, Ruths Schwester, wohnt mit ihr zusammen

Adolf Fehrenbach, Ruths Vater, Hauptlehrer, gestorben 1916

Sonstige Personen:

Rosa Reichert, 22, Thurner-Wirtshaustochter, hat als Letzte mit Ruth und Clara gesprochen

Anna Raff, 26, Kreisfürsorgerin in Neustadt, Claras beste Freundin, war mit ihr in Berlin

Dr. Hubert Koch, katholischer Religionslehrer, war Claras Psychoanalytiker

Frau Wegner, Claras Vermieterin

Frau Professor Dr. Rahn, Claras Gesangslehrerin in Karlsruhe

Prof. Dr. Alfred Hoche (Person der Zeitgeschichte, Echtname), Psychiater, erstellte Gutachten zu Hess. Mitautor der Schrift: »Die Freigabe der Vernichtung lebensunwerten Lebens«.

Lore Engels, Freiburg, Hellseherin

Frau Strobel, Straßburg, Hellseherin

Reinhold Gerber, Friesenheim, Hellseher

Ernst Röhm (Echtname), zeitweise Chef der SA, Hitlers »Duzfreund«, wurde 1934 auf Befehl Hitlers erschossen

Verdächtige:

Theodor Franz Lot, 30, vereidigter Bücherrevisor, geboren in Niederbühl, wohnt in Magdeburg

Friedrich Hess, 30, Bäcker, geboren in Schonach, wohnt in Furtwangen

Emil Schwarz, 25, Händler, österreichischer Jude, geboren in Wien

Erdacht:

Polizeirat Gerd Tanner, Chefermittler und Genussmensch

Oberkommissar Hans Kaltenbach, Tanners rechte Hand, überschreitet Grenzen

Kriminalsekretär Benedikt Falk, überzeugter Nationalsozialist

Oberstaatsanwalt Tauenstein, Staatsanwaltschaft Freiburg, Opportunist

Fräulein Schneider, Stenotypistin, langjährige Mitarbeiterin Tanners

Bezirksarzt Dr. Kneis, Pathologe

Wachtmeister Wöhrlin, Polizei Freiburg
Dr. Cornelius Weber, Tanners Arzt und Freund
Der Reisinger, Tanners trinkfreudiger Schulkamerad
Gustav Nerder, Strippenzieher, Falks Kontaktmann zur NSDAP

Oberwachtmeister Rolf Kleiser, Station Hinterzarten
Wachtmeister Steiert, Station Hinterzarten

Andreas Sontheimer, Pfarrer der Gemeinde Breitnau
Toni Rominger, junger Zugfreund aus Breitnau
Pauline, Mädchen aus Breitnau, will Mitglied im »Geheimen Club der Waldläufer« werden
Ehepaar Friese, Stuttgart, Wanderer, haben Tanner gefunden

Eugen Riedle, Tanners Mann in Berlin
Dorian Gray, Pseudonym von Riedles Künstlerfreund Friedhelm
Frau Keppler, Riedles Vermieterin

Hauptmann Walther von Straulitz, Ehrenmann ohne Ehre
Marlene von Straulitz, Frau des Offiziers und Claras Vertraute
Gerlinde Hauser, Dienstmädchen im Hause Straulitz
Feldwebel Hermann Peikert, Straulitz' Mann fürs Grobe

Hedwig Geigis, Altbäuerin
Matthäus Geigis, Bauer, gewalttätiger Vater
Hermina Geigis, Bäuerin, bigotte Mutter
Konrad Geigis, erster Sohn
Wilhelmine Geigis, erste Tochter

Anton Geigis, zweiter Sohn, der mit dem Foto

Lore Geigis, zweite Tochter, wird vom Bauern bedrängt

Johann Geigis, dritter Sohn mit Sprachfehler, Gespött der Leute, tragische Figur

Zwei Knechte, *zwei Mägde*, *zwei Hirtenbuben*, arbeiten alle beim Geigishof

Wahre Hintergründe und Fiktion

Der Doppelmord in dieser »friedlichen« Ecke des Landes sorgte für viel Aufsehen. Die Polizei ermittelte sehr umfangreich und gründlich – von einzelnen Verdächtigen wurden sogar Bewegungsprofile erstellt. Die Akte wurde erst 1953 geschlossen.

Den Geschehnissen dieses Mordfalls habe ich mich, so gut es ging, genähert. Die vorliegenden Tatsachen ließen mehrere Motive zu. Das von mir gewählte wurde von den damaligen Ermittlern durchaus als Möglichkeit angesehen. Allerdings ist meine Lösung des Falls durch den erdachten Handlungsstrang mit Straulitz, Peikert, Röhm usw. ergänzt und deshalb reine Fiktion.

Die Hauptquellen meiner Recherchen waren die Unterlagen des Staatsarchivs Freiburg (Stichwort »Weißtannenhöhe«), die von jedermann einzusehen sind:

A 25/1 Nr. 441–460 Akten des Landgerichts Freiburg,

A 40/1 Nr. 336–343 Akten der Staatsanwaltschaft Freiburg,

T 1 Middendorf Nr. 79 Akte aus dem Nachlass Wolf Middendorf.

Ein Teil davon wurde schon digitalisiert und kann unter www.landesarchiv-bw.de abgerufen werden.

Weitere Quellen waren verschiedene Bücher zu den Gegebenheiten der 1920er bis 1930er Jahre, das Internet und – besonders hervorzuheben – die »Freiburger Zeitung« (1784–1943), die vollständig digitalisiert unter www.ub.uni-freiburg.de/?id=117 zu finden ist.

Die letzten beiden Tage und die Todesumstände der beiden Mordopfer entsprechen den Tatsachen, ebenso, dass beide Jungfrauen waren. Das Lehrerinnenzölibat galt, mit kurzer Unterbrechung, bis in die fünfziger Jahre des letzten Jahrhunderts.

Viele der betroffenen Frauen befürworteten das Zölibat (was für Zeiten!), das unter anderem eine Heirat verbot. Die »christliche Jungfräulichkeit« kann als moralische Konsequenz dieses Gesetzes angesehen werden.

Die ältere der beiden Cousinen hatte während des Krieges eine kurze Männerbekanntschaft, die wohl auch ihre einzige war. Ihre Mutter beschrieb sie als eher bodenständig: »Sie nahm das Leben, wie es ist.«

Die jüngere hatte psychische Probleme und war deshalb in Behandlung bei einem Psychoanalytiker. Zu einer Bekannten sagte sie einmal: »Das Unnatürliche an mir ist, dass ich keinen Sinn für die Ehe habe.« Ein Tagebuch hatte sie auch geschrieben, das von ihrem Vater verbrannt wurde! (Nach seinen Angaben auf ihren Wunsch hin.) Mit einer Freundin hatte sie vom 30. Juni 1927 bis Ende August eine größere Reise unternommen (Offenburg – Berlin – Rügen – Malmö – Stockholm – Offenburg). Auf dieser Reise war sie »oft sehr bedrückt«, so ihre Freundin. Sie wolle »ihr etwas mitteilen«, machte es aber doch nicht, denn »es könne ihr doch niemand helfen«. Dazu ein Kommissar: »Nach Lage der Sache ist es nicht ausgeschlossen, dass in dem Geheimnis, von dem das jüngere Mordopfer betroffen war, das Motiv zu der furchtbaren Tat zu finden wäre.« Vermutlich »liegt dieses Geheimnis in Karlsruhe oder Mannheim«.

Die Vermieterin der jüngeren Frau sagte, dass sie jeden Mittwoch in Karlsruhe Singstunden genommen habe. Sie habe sich »immer so geputzt«.

Aus all diesen Aussagen konstruierte ich das Mordmotiv und die Geschichte um Straulitz und Peikert. Die Ereignisse in Berlin und Karlsruhe sind also erdacht und knüpfen nur an die dokumentierten Aufenthaltsorte des jüngeren Mordopfers an.

Ein Wanderer, der zur selben Zeit wie die Mordopfer im Thurnergasthof übernachtet hatte, tat alles, um als Verdächtiger zu gelten. Er hatte mit der Älteren gesprochen, er kannte ihre Reiseroute, er wollte zum Kandel, ging aber in Richtung Weißtannenhöhe (eine Dreiviertelstunde vor den beiden Frauen), er fragte, ob die Polizei hier regelmäßig kontrolliere. Auch ansonsten benahm er sich recht seltsam. Die Wirtshaustochter beschrieb seinen Blick als »frech und stechend«, was sie nicht ertragen konnte. »Dieser Mann machte auf mich keinen günstigen Eindruck.«

Sein Alibi wurde von der Wirtin des Hirschen in Neueck bestätigt. Da er zu Fuß unterwegs gewesen war, schied er als Täter aus. (Ein Auto hatte man nicht in Betracht gezogen.)

Das Verhör durch Tanner ist erdacht, basiert aber auf Fakten, die das Alibi des Wanderers betreffen. Eine Gegenüberstellung hatte nicht stattgefunden.

Ein Kriegsversehrter, der unzählige Frauen exhibitionistisch belästigt hatte, war ebenfalls verdächtig. Seine Kriegsverletzung – er hatte einen Kopfschuss erlitten – könnte ursächlich für sein Verhalten gewesen sein. Manche der Frauen hatte er sogar mit dem Messer bedroht. Ihm konnte nachgewiesen werden, dass er der berüchtigte Maskenmann war. Im Verhör antwortete er sprunghaft und gestand viele Taten offenherzig ein. Den Doppelmord wies er aber entschieden zurück. Das Verhör im Roman kann als Zusammenschnitt einzelner Vernehmungen angesehen werden und gibt zum Teil seine tatsächlichen Aussagen wieder.

In der Hand des älteren Mordopfers wurde ein Haar gefunden. Es stammte zu hoher Wahrscheinlichkeit von dem Kriegsversehrten. Hierzu das Gutachten des Instituts für gerichtliche Chemie und Mikroskopie in Frankfurt am Main: »Man muss hiernach schließen, dass das Haar aus der Hand des Mordopfers von dem Kopf des Kriegsversehrten herstammen kann und dass für diese Herkunft eine große Wahrscheinlichkeit spricht. Einen bestimmten Prozentsatz für die Wahrscheinlichkeit kann man nicht angeben …«

An seiner Kleidung wurden Blutspuren gefunden, er hatte

Zugang zu einem kleinen Revolver (Kaliber 6,35 Millimeter) seines Schwiegervaters (Verbleib des Revolvers ungewiss).

Verhaftet wurde er erst am 28. Dezember 1929. (Um den Erzählfluss aufrechtzuerhalten, habe ich einige Geschehnisse auf einen engen Zeitraum komprimiert.) Zwei Quittungen, die seinen Aufenthalt am Tattag in Furtwangen beweisen sollten (der genaue Ausstellungszeitpunkt der Quittungen konnte nicht festgestellt werden – vermutlich weil die Überprüfung ein halbes Jahr nach der Tat erfolgte), entlasteten ihn. Außerdem die Beurteilung des Sachverständigen Professor Dr. Hoche, der einem Exhibitionisten eine solche Tat nicht zutraute: »Ohne dass damit etwas gesagt wäre, was Beweiswert beanspruchen möchte, muss ich aussprechen, dass eine Täterschaft des Kriegsversehrten im Sinne von Tötungsversuchen irgendwelcher Art nicht wahrscheinlich ist.«

Die Ermittlungen gegen ihn wurden im Oktober 1930 trotz erdrückender Indizien eingestellt. Ein sich aufdrängender Restverdacht hätte durch eine DNA-Analyse bestätigt oder entkräftet werden können. Leider standen damals die Möglichkeiten der modernen Kriminaltechnik noch nicht zur Verfügung. Auch war die Erkennung von Fingerabdrücken noch nicht so ausgefeilt.

Sechs Jahre später (am 11. Mai 1936) wurde der Kriegsversehrte wegen sexuellen Missbrauchs Minderjähriger zu eineinhalb Jahren Gefängnis verurteilt und in der Heil- und Pflegeanstalt Emmendingen untergebracht. Warum ein Urteil erst so spät erging, entzieht sich meiner Kenntnis.

Ein österreichischer Jude wurde augenscheinlich ohne konkrete Gründe verhaftet und bald wieder freigelassen. Vielen erging es so. Es genügte, Ausländer zu sein oder anderweitig aufzufallen. Oftmals sorgte ein aufgebrachter Mob für die Verhaftung. Dem Hetzblatt »Stürmer« reichte für eine Verurteilung aus, dass er Jude war. Der zuständige Staatsanwalt Holland (Echtname) forderte vom »Stürmer« eine Berichtigung. Im Gegenzug stellte der »Stürmer« die Frage, welcher Rasse Holland angehöre: »Holland, dieser Name stimmt uns nachdenklich ...« Im Anschluss erfolgte eine abenteuerliche Aufstellung von angeblichen Ritualmorden, die sie in eine Reihe mit dem Doppelmord auf der Weißtannenhöhe stellten.

Das Hinzuziehen von Hellsehern war zur damaligen Zeit nicht unüblich und wurde von Angehörigen einer Opferfamilie erwünscht. Die geschilderten Episoden haben in dieser Art stattgefunden und waren zum Teil sehr befremdlich. Exemplarisch der Kommentar eines Kommissars zur Begegnung mit einer Hellseherin: »Schon die Begrüßung, die mir die Frau entgegenbrachte, war eine außerordentlich komisch auffallende. Als ich ausstieg, um sie zum Einsteigen in das Auto zu bewegen, geriet sie in eine Art Ekstase.«

Im Februar 1929 wurde festgestellt, dass die Tätigkeit der Hellseher ohne Wert war. Im selben Jahr wurde das offizielle Einbeziehen von Hellsehern in die Ermittlungsarbeiten verboten.

Ernst Röhm (Echtname) bekannte sich zu seiner Homosexualität, die er 1924 entdeckt hatte. Er verkehrte in einschlägigen Berliner Clubs und lebte dort seine Sexualität aus. Von Dezember 1928 bis 1930 war er Militärinstrukteur in Bolivien. Seine Rolle in dem Mordfall ist reine Fiktion.

Der Geigishof und seine Bewohner sind erfunden, orientieren sich aber an der Realität. In der Abgeschiedenheit einzelner Bauernhöfe war nicht immer alles gut.

Viele Höfe hatten eine Mühle, die Arbeit war sehr hart und entbehrungsreich. Mit Bollenhutidylle hatte das nichts zu tun. (Zumal der Bollenhut in Gutach, Reichenbach und Kirnbach beheimatet ist.)

Das Freizeitangebot (Kino, Tanz, Fußball usw.) ist so in der »Freiburger Zeitung« nachzulesen – da war ordentlich was los.

Das Land Baden hatte sich lange und erfolgreich gegen die Einflussnahme der Nationalsozialisten gewehrt. Hervorgetan hat sich hier der Innenminister Adam Remmele (SPD), der die Verwaltung der Polizei mit unbedingt republiktreuen Beamten besetzte. Nach der Machtübernahme wurde er verhaftet und vor seiner Einlieferung in das KZ Kislau in einem offenen Polizeiauto durch Karlsruhe gekarrt und dem Spott des Pöbels ausgeliefert. Remmele überlebte die dunkle Zeit und starb 1951 in Freiburg.

Der Lebenslauf der beiden fiktiven Figuren Oberstaatsanwalt Tauenstein und Kriminalsekretär Falk kann als exemplarisch angesehen werden. Viele, die sich schuldig gemacht haben, kamen später wieder in Amt und Würden. Natürlich brauchte die junge BRD einen funktionierenden Beamtenapparat, aber ein bitterer Nachgeschmack bleibt.

Danksagung

Mein Dank gilt Christof B., Frank the Tank und Tom H. für Kritik, Motivation und für eines der wertvollsten Güter unserer Gegenwart: Zeit.

Danken will ich auch Sabine für die Hilfe bei der Recherche im Staatsarchiv Freiburg und vor allem für alles andere.